W0388734

Von Mäusen und Menschen und andere Erzählungen

Büchergilde Gutenberg Frankfurt am Main Wien Zürich

JOHN STEINBECK
Von Mäusen und Menschen

und andere Erzählungen

mit 26 Photographien von Hennes Maier

Lizenzausgabe mit freundlicher Genehmigung
des Diana Verlags Dr. S. Menzel, Zürich
© Copyright by Diana Verlag Dr. S. Menzel, Zürich

»Von Mäusen und Menschen«
Titel der Amerikanischen Originalausgabe
»Of Mice and Men«. Übersetzt von Georg Hofer

»Der rote Pony«
Titel der Amerikanischen Originalausgabe
»The Long Valley«. Einzig autorisierte Übertragung

Gesamtausstattung Hennes Maier, Frankfurt am Main
Schrift 10p Baskerville (Linotype)
Satz von Oertzen KG, Frankfurt
Papier BO 80 holzfrei Werkdruckpapier, 90 g/qm
der Papierfabrik Scheufelen Oberlenningen
Druck Paul Robert Wilk, Friedrichsdorf/Taunus
Bindung G. Lachenmaier, Reutlingen
Printed in Germany 1976 ISBN 3 7632 1990 0

Inhalt

Von Mäusen und Menschen

Ein paar Meilen südlich von Soledad senkt sich dicht am bergseitigen Ufer das Bett des Salinas-Flusses; das Wasser nimmt größere Tiefe und eine grüne Färbung an. Es ist hier auch warm, weil es, bevor es diese schmale teichartige Stelle erreicht, flimmernd über besonnte gelbe Sandstrecken gelaufen ist. Auf der einen Seite des Flusses schweifen sich die goldenen Hänge der Vorberge zum schroffen Felsgestein des Gabilan-Gebirges empor, doch auf der Talseite ist das Wasser von Bäumen umrahmt: in jedem Frühling frisch ergrünende Weiden, in deren unteren Astgabeln noch allerhand Überbleibsel vom Hochwasser des Winters hängen, und Sykomoren, deren weißgesprenkeltes, zurückgebogenes Geäst und Gezweig sich über den kleinen Teich wölbt. Auf dem sandigen Ufer liegt das welke Laub unter den Bäumen so hoch und dicht, daß es ein lautes Geraschel gibt, wenn eine Eidechse darüber hinhuscht. Aus dem Gestrüpp wagen sich wilde Kaninchen heraus und bleiben abends auf dem Sand sitzen; die feuchten Sandbänke sind übersät mit den nächtlichen Spuren von Waschbären, den breiten Pfotenabdrücken der Hunde von den umliegenden Landgütern sowie den keilförmigen gespaltenen Hufspuren des Rotwilds, das in der Dämmerung zur Tränke kommt.

Unter den Weiden und zwischen den Sykomoren läuft ein Fußpfad, der festgetreten ist durch Buben, die von den umliegenden Gutshöfen zum Schwimmen an den tiefen Teich kommen, und durch Landstreicher, die gegen Abend müde von der Staatsstraße abbiegen, um in Wassernähe zu kampieren. Vor dem untersten waagrechten Ast einer riesigen Sykomore, der glattgescheuert ist von den zahlreichen Wanderern, die darauf gerastet haben, liegt ein von vielen Lagerfeuern zurückgebliebener Aschenhaufen.

Am Abend nach dem heißen Tag setzte ein leichter Wind ein und wehte durch das Laub. Der Schatten kletterte die Berghänge zur Kuppe empor. Im Ufersand saßen die Kaninchen so still wie graue Steinfiguren. Auf einmal wurde von der Staatsstraße her das Geräusch von Schritten auf dürren Sykomorenblättern hörbar. Lautlos huschten die Kaninchen in Deckung. Ein stelzbeiniger Reiher

hob sich mühsam in die Luft und flog mit schwerem Schwingenschlag flußabwärts. Einen Augenblick lang regte sich nichts mehr an der Uferstelle, dann tauchten zwei Männer auf dem Fußweg auf und traten in die Lichtung an dem grünen Teich. Einer hinter dem andern waren sie den Weg heruntergekommen, und der eine blieb auch noch hinter dem andern, als sie das Gehölz verließen. Beide trugen Drillichkittel und -hosen mit Messingknöpfen. Beide trugen schwarze verbeulte Hüte und hatten fest zusammengerollte Dekken über den Schultern hängen. Der erste Mann war klein und lebhaft, hatte ein dunkles Gesicht mit unruhigen Augen und scharfen, ausgeprägten Zügen. Alles an ihm war gut ausgebildet: die kleinen, kräftigen Hände, die schlanken Arme, die schmale, knochige Nase. Der hinter ihm Gehende war sein vollendeter Gegensatz: ein ungeschlachter, riesiger Mensch mit formlosem Gesicht, farblosen großen Augen und breiten abfallenden Schultern; er schleppte die Füße etwas nach wie ein Bär seine Pfoten. Seine Arme schwangen nicht seitlich am Körper, sondern hingen schlaff herunter und bewegten sich nur, weil die schweren Hände als Pendelgewichte wirkten.

Als er auf die Lichtung hinausgekommen war, blieb der erste Mann mit einem Ruck stehen, so daß der Hintermann auf ihn prallte und ihn fast umrannte. Er nahm seinen Hut ab, wischte mit dem Zeigefinger über das Schweißleder und schnickte die Nässe ab. Sein ungeschlachter Kumpan ließ das Deckenbündel fallen und warf sich dann selbst der Länge nach zu Boden, um den Kopf auf den grünen Wasserspiegel zu senken und zu trinken; er schlürfte in langen Zügen und schnaufte dabei ins Wasser hinein wie ein Pferd. Hastig trat der Kleinere neben ihn.

»Lennie!« sagte er scharf. »Lennie, um Gottes willen, trink nicht soviel.«

Lennie schnaufte weiter in den Teich hinein. Da beugte sich der Kleinere vor und rüttelte ihn an der Schulter.

»Lennie, dir wird wieder übel werden wie gestern abend.«

Lennie tauchte den Kopf samt Hut und Drum und Dran unter Wasser und setzte sich dann aufrecht am Ufer hin, während das Wasser vom Hut abtropfte, auf seinen blauen Kittel rann und den Rücken hinuntersickerte.

»Ist gut«, sagte er. »Trink doch auch, George. Nimm 'nen kräftigen, großen Schluck.«

Er lächelte zufrieden.

George machte nun auch sein Bündel von der Schulter los und ließ es sanft auf den Uferboden fallen.

»Ist mir gar nicht so sicher, daß das Wasser gesund ist. Sieht ein bißchen schlammig aus.«

Lennie steckte seine große Pfote ins Wasser und plätscherte mit seinen Fingern darin, daß kleine Spritzer aufflogen. Wasserringe gingen davon aus, kreisten bis zum andern Ufer und kreisten wieder zurück. Lennie sah ihnen zu.

»Schau, George. Schau hin, was ich da gemacht hab.«

George kniete am Rand des Teichs hin, schöpfte mit der einen Hand ein paarmal rasch hintereinander und trank.

»Schmeckt ganz ordentlich«, gab er zu. »Scheint aber doch nicht richtig zu fließen. Solltest nie von Wasser trinken, das nicht fließt«, sagte er in einem Ton, als wäre doch Hopfen und Malz verloren. »Du tätest ja aus der Gosse trinken, wenn du Durst hättest.«

Er schöpfte wieder eine Handvoll Wasser, schüttete es sich übers Gesicht und verrieb das Wasser unterm Kinn und am Nacken. Dann setzte er seinen Hut wieder auf, rückte vom Teichrand weg, zog die Knie hoch und umschlang sie mit den Armen. Lennie, der ihm zugesehen hatte, machte George alles genau nach. Er rückte ebenfalls vom Teichrand weg, stellte die Knie hoch und umschlang sie, worauf er zu George hinüberblickte, um sich zu vergewissern, daß er es richtig gemacht habe. Auch zog er sich den Hut etwas mehr ins Gesicht, damit er genauso säße wie der von George.

George starrte mürrisch auf das Wasser. Seine Augenränder waren von der grellen Sonne rot angelaufen.
Ärgerlich sagte er: »Wir hätten gleich richtig bis zur Ranch hinfahren können, wenn der blöde Kerl von Buschauffeur Bescheid gewußt hätte. ›Bloß noch 'n kleines Stück Landstraße‹, sagte er, 'n ganz kleines Stück. Dabei sind's glatt vier Meilen gewesen, verdammt noch mal. Wollte bloß nicht am Gutstor halten, darum. Zu gottverdammt faul dazu, der Kerl. War ein Wunder, daß er sich überhaupt dazu herabgelassen hat, in Soledad zu halten. Schmeißt uns einfach raus und sagt: ›Kleines Stückchen die Landstraße runter.‹ Ich wette, es sind mehr als vier Meilen gewesen. Verflucht heiß heute.«
Lennie sah schüchtern zu ihm hinüber.
»George?«
»Ja, was willst du denn?«
»Wo gehn wir hin, George?«
Der Kleine riß seine Hutkrempe noch ein Stück herunter und warf Lennie einen bösen Blick zu.
»Hast du auch schon wieder vergessen, was? Muß ich's dir noch mal sagen? Herrgott im Himmel, bist du ein blöder Hund!«
»Hab's vergessen«, sagte Lennie leise. »Hab versucht, es nicht zu vergessen. Auf Ehr' und Seligkeit, George.«
»Schon gut, schon gut. Ich sag's dir noch mal. Hab ja nichts zu tun. Da kann ich grad so gut meine Zeit drauf verschwenden, dir was zu sagen, damit du's wieder vergißt und ich dir's noch mal sagen kann.«
»Hab versucht und versucht«, sagte Lennie, »hat aber nix genützt. Aber das von den Kaninchen weiß ich noch, George.«
»Zum Teufel mit den Kaninchen. Das einzige, was dir immer im Kopf rumgeht, sind die Kaninchen. Also schön. Jetzt paß mal auf

und behalt's diesmal, damit wir keine Scherereien kriegen. Kannst du dich noch erinnern, wie wir auf dem Randstein an der Howard Street saßen und das Anschlagbrett ansahen?«

Lennies Gesicht verzerrte sich zu einem glückseligen Lächeln.

»Ja, gewiß, George, daran erinnre ich mich ... aber ... was taten wir dann? Ich weiß noch, es kamen ein paar Mädchen vorbei, und du sagst ... du sagst ...«

»Zum Teufel, was ich gesagt hab. Weißt du noch, daß wir zu Murray und Ready gingen, daß wir dort Arbeitskarten und Busbilletts bekamen?«

»Doch, George; fällt mir jetzt wieder ein.«

Eifrig fuhr er mit den Händen in seine Rocktasche.

Dann sagte er leise: »George ... ich hab meine nicht. Muß sie verloren haben.«

Ganz verzweifelt schlug er die Augen nieder.

»Hast doch gar keine gehabt, blöder Hund. Ich hab sie doch alle beide. Meinst du, ich laß dich deine Arbeitskarte selber behalten?«

Lennie grinste erleichtert.

»Ich ... ich hab gemeint, ich hätt sie in die Rocktasche gesteckt.«

Wieder fuhr seine Hand in die Tasche.

George warf ihm einen scharfen Blick zu. »Was hast du da aus der Tasche geholt?«

»Ist gar nix in der Tasche«, wich Lennie pfiffig aus.

»Das weiß ich, daß nichts mehr drin ist. Du hast's in der Hand. Was hast du da in der Hand? Du versteckst was drin!«

»Gar nix, George. Wahrhaftig.«

»Gib's her.«

Lennie zog die geschlossene Hand von George weg.

»Bloß eine Maus, George.«

»Eine Maus? Eine lebendige Maus?«

»Mm ... mm. Bloß eine tote Maus, George. Ich hab sie nicht totgemacht. Wahrhaftig nicht. Ich hab sie gefunden. Hab sie tot gefunden.«

»Gib her!«

»Ach, laß sie mich doch behalten, George.«

»Gib sie her!«

Langsam kam die geschlossene Hand dem Befehl nach. George

nahm die Maus und warf sie über den Teich hinüber ins Buschwerk des anderen Ufers.
»Wozu brauchst du überhaupt eine tote Maus?«
»Hab sie unterwegs mit dem Daumen gestreichelt«, sagte Lennie.
»Also, solang du mit mir gehst, streichelst du keine toten Mäuse. Erinnerst du dich jetzt, wo wir hingehn?«
Lennie schaute bestürzt auf, dann verbarg er das Gesicht verlegen auf den Knien.
»Hab's wieder vergessen.«
»Jesus Christus«, entfuhr es George wie ein Stoßseufzer. »Also, gib acht, wir gehn zur Arbeit auf eine Ranch wie die, wo wir droben im Norden waren.«
»Droben im Norden?«
»In Weed.«
»Ach, ja, richtig. Jetzt weiß ich wieder. In Weed.«
»Die Ranch, wo wir hinwollen, ist grad da unten, eine Viertelmeile von hier. Wir gehn hin und melden uns beim Chef. Jetzt paß auf ... Ich geb ihm unsere Arbeitskarten, aber du sagst keine Silbe. Du stehst dabei und sagst keinen Ton. Wenn er merkt, was für ein blöder Hund du bist, dann kriegen wir keine Arbeit; aber wenn er dich arbeiten sieht, bevor er dich reden hört, dann sind wir gemachte Leute. Hast du verstanden?«
»Jawohl, George. Hab's genau verstanden.«
»Also gut. Wenn wir uns beim Chef melden, was hast du zu tun?«
»Ich ... ich ...«
Lennie dachte nach. Vor Anstrengung strafften sich seine Züge.
»Ich ... ich ... sag keinen Ton ... Ich steh bloß dabei.«
»Brav, brav. Großartig. Jetzt sag das ein paarmal vor dich hin, damit du's nicht vergißt.«
Leise brummte Lennie vor sich hin: »Ich sag keinen Ton ... Ich sag keinen Ton ... Ich sag keinen Ton ...«
»So ist's recht«, sagte George. »Und wirst auch nichts Schlimmes anstellen wie in Weed.«
Lennie machte ein verdutztes Gesicht.
»Wie in Weed?«
»Ach, das hast du auch schon wieder vergessen, he? Na, ich will dich nicht dran erinnern, sonst tust du's wieder.«

Ein Schimmer von Verständnis überflog Lennies Gesicht.
»In Weed haben sie uns rausgeschmissen«, platzte er voller Stolz heraus.
»Quatsch, rausgeschmissen«, sagte George entrüstet. »Wir haben uns davongemacht. Sie waren hinter uns her, aber erwischt haben sie uns nicht.«
Lennie kicherte glückselig.
»Das hab ich nicht vergessen, das nicht.«
George legte sich ganz zurück auf den Sand und verschränkte die Hände unterm Nacken; Lennie machte es ihm nach und hob noch einmal den Kopf, um sich wieder zu vergewissern, daß er es richtig mache.
»Herrgott«, sagte George, »mit dir hat man einen Haufen Schererei. Ich könnt so glatt und schön mein Auskommen haben, wenn ich dich nicht auf dem Hals hätte. So ein glattes schönes Leben könnt ich haben, und vielleicht ein Mädchen auch.«
Einen Augenblick lang blieb Lennie still liegen, dann sagte er in erwartungsvollem Ton: »Wir gehn auf einer Ranch arbeiten, George.«
»Jawohl. Schön, das hast du begriffen. Aber wir schlafen heut hier. Hab meine Gründe dafür.«
Rasch ging der Tag zur Rüste. Nur die Gipfel des Gabilan-Gebirges flammten noch im Sonnenlicht, das bereits aus dem Tal gewichen war. Eine Wasserschlange glitt über den Teich hin, den Kopf wie ein kleines Periskop über die Oberfläche gehoben. Von der Strömung bewegt, schwangen die Schilfhalme leise hin und her. Weit weg auf der Landstraße rief ein Mann etwas, und ein anderer rief etwas zurück. Von einem leichten Wind, der sofort wieder nachließ, raschelte es im Gezweig der Sykomore.
»George . . . warum gehn wir nicht auf die Ranch und lassen uns was zu essen geben? Auf der Ranch gibt's Nachtessen.«
George wälzte sich zu ihm herum.
»Ist gar nicht gesagt, daß du was kriegst. Mit gefällt's hier. Morgen gehn wir wieder arbeiten. Ich hab Dreschmaschinen hinfahren sehn. Das bedeutet, daß wir Getreidesäcke schleppen müssen, bis uns die Gedärme platzen. Heut nacht bleib ich hier liegen und guck in den Himmel. Mir gefällt's hier.«

Lennie hob sich auf die Knie und blickte auf George hinunter.
»Gibt's also heut kein Nachtessen?«
»Natürlich, wenn du ein paar dürre Weidenäste zusammensuchst. Ich hab drei Büchsen Bohnen im Bündel. Mach du das Feuer. Wenn du die Zweige zusammengesucht hast, geb ich dir ein Zündholz. Dann machen wir die Bohnen warm und essen zu Nacht.«
Lennie sagte: »Ich eß gern Bohnen mit Ketchup.«
»Schön, aber Ketchup haben wir nicht. Geh und such Holz. Bummle nicht herum. Es wird bald finster.«
Lennie rappelte sich schwerfällig auf und verschwand im Gebüsch. George blieb liegen und pfiff leise vor sich hin. Auf einmal hörte er vom Fluß her aus der Richtung, nach der Lennie gegangen war, Wassergeplätscher.
Er hörte zu pfeifen auf und horchte.
»Armer Hund«, sagte er leise, dann fing er wieder zu pfeifen an.
Gleich darauf stampfte Lennie wieder aus dem Buschwerk heraus. In der Hand hielt er ein einziges kleines Weidenästchen. George richtete sich auf.
»Aha«, sagte er böse. »Gib mir die Maus!«
Aber Lennie spielte mit sichtlich einstudierter Gebärde und Miene den Unschuldigen.
»Was für eine Maus, George? Ich hab keine Maus.«
George streckte die Hand aus: »Gib sie her. Mir machst du nichts weis.«
Lennie zögerte, trat zurück, und sein Blick fuhr aufgeregt zum Rand des Buschwerks hin, als wolle er ausreißen.
George sagte kalt: »Gibst du mir die Maus, oder muß ich dich erst verprügeln?«
»Was soll ich dir geben, George?«
»Das weißt du doch genau, verdammt noch mal. Die Maus will ich haben.«
Widerstrebend griff Lennie in die Tasche.
Fast schluchzend sagte er: »Weiß nicht, warum ich sie nicht behalten darf. Die Maus gehört niemand. Hab sie nicht gestohlen. Hab sie dicht am Straßenrand gefunden.«
Georges Hand blieb gebieterisch ausgestreckt. Langsam, wie ein Foxterrier, der seinem Herrn einen Ball nicht bringen will, kam

Lennie näher, trat wieder zurück, kam wieder näher heran. George schnalzte scharf mit den Fingern; auf dieses Geräusch hin legte Lennie die Maus in Georges Hand.
»Ich hab ja nix Böses damit machen wollen, George. Bloß streicheln.«
George stand auf und schleuderte die Maus soweit weg, wie er konnte, in das sich verdunkelnde Unterholz; dann ging er zum Teich und wusch sich die Hände.
»Du blöder Esel! Meinst du, ich kann nicht sehen, daß deine Füße naß sind, weil du übern Fluß gegangen bist, um sie zu holen?«
Da hörte er Lennie wimmern und aufschluchzen.
Er fuhr herum: »Flennt wie ein Säugling! Herrgott noch mal! Ein großer Kerl wie du.«
Lennies Lippen zitterten, und es traten Tränen in seine Augen.
»Aber Lennie . . .« sagte George und legte die Hand auf Lennies Schulter. »Ich nehm sie dir doch nicht aus Gemeinheit weg. Die Maus war nicht mehr frisch, Lennie, und du hast sie außerdem beim Streicheln kaputtgedrückt. Such dir eine andere, eine frische, dann laß ich sie dir eine Weile.«
Lennie setzte sich auf den Boden und ließ niedergeschlagen den Kopf hängen.
»Ich weiß doch nicht, wo ich eine andre Maus herkriegen soll. Ich erinner' mich an eine Dame, wo mir immer die Mäuse gab . . . jede, die sie fing. Aber die Dame ist nicht hier.«
George sagte in spöttischem Ton: »Dame, pah! Du weißt nicht einmal mehr, wer die Dame war. War doch deine Tante Clara. Und die hat dir schließlich auch keine mehr gegeben. Weil du sie immer totgemacht hast.«
Lennie blickte kummervoll zu ihm auf.
»Sie waren so klein«, sagte er, gleichsam entschuldigend. »Ich hab sie gestreichelt, und da haben sie mich bald in die Finger gebissen, und da zwickte ich ihre Köpfe ein bißchen, und da gingen sie tot . . . weil sie so klein waren. Ich wollte, wir könnten bald ein paar Kaninchen fangen, George. Die sind nicht so klein.«
»Hol der Kuckuck die Kaninchen. Dir kann man nicht einmal eine lebendige Maus anvertrauen. Deine Tante Clara hat dir eine Gummimaus geschenkt; die war dir nicht recht.«

»Die war nicht richtig zum Streicheln.«
Der Schein des Abendrots schwand nun auch von den Berggipfeln; auf das Tal legte sich Dämmerung, Halbdunkel zwischen die Weiden und Sykomoren. Ein großer Karpfen streckte den Kopf über die Oberfläche des Teichs, schnappte nach Luft und sank dann wieder geheimnisvoll ins dunkle Wasser, auf dem er immer weiter sich ausdehnende Ringe hinterließ.
Im Laub oben begann es wieder zu rauschen; kleine Büschel Weidenfasern wurden herabgeweht und fielen auf die Oberfläche des Teichs.
»Gehst du jetzt endlich Holz holen?« fragte George. »Dort drüben gleich hinter der Sykomore liegt mehr als genug. Schwemmholz vom Hochwasser. Jetzt marsch, hol das.«
Lennie ging hinter den Baum und brachte einen wirren Haufen von dürren Blättern und Zweigen herbei. Er warf sie alle zusammen auf die alte hohe Aschenschicht, ging wieder fort und holte immer mehr. Es war beinahe ganz dunkel geworden. Über das Wasser hin schwirrten die Flügel einer Waldtaube. George ging zu der Feuerstelle und zündete die dürren Blätter an. Die Flamme züngelte zu den Zweigen auf und prasselte weiter. George schnürte sein Felleisen auf und förderte daraus drei Büchsen Bohnen zutage. Er stellte sie ans Feuer, dicht gegen die Glut, doch so, daß sie nicht mit der Flamme in Berührung kamen.
»Genug Bohnen für vier Mann«, sagte George.
Lennie sah ihm über das Feuer weg zu. Verstockt sagte er: »Ich eß sie gern mit Ketchup.«
»Aber wir haben keinen«, brauste George auf. »Immer willst du was, was wir nicht haben. Herrgott noch mal, wie schön könnt ich leben, wenn ich für mich allein wär. Ich bekäme Arbeit und hätte keine Sorgen, keine Scherereien, und am Monatsende könnt ich meine fünfzig Dollar einsacken, in die Stadt gehn und kriegen, was ich will. Ich könnt die ganze Nacht in einem Freudenhaus bleiben. Könnt essen, wo ich Lust hätte, in einem Hotel oder sonstwo, und mir alles mögliche bestellen. Jeden Monat, den Gott gibt, könnt ich das so machen. Könnt mir eine Gallone Whisky kaufen, im Spiellokal sitzen, Karten oder Billard spielen.«
Lennie kniete sich wieder hin und blickte über das Feuer hinüber

nach dem erbosten George. Lennies Gesicht war vor Angst verzerrt.
»Aber was hab ich statt dessen?« fuhr George wütend fort. »Dich! Du kannst bei keiner Arbeit bleiben, und durch dich verlier ich jede Stelle, die ich kriege. Wegen dir muß ich die ganze Zeit im ganzen Land herumschieben. Und das ist noch nicht das Schlimmste. Du rennst dich immer wieder ins Unglück. Du stellst schlimme Sachen an, und ich muß dich rauslotsen.«
Seine Stimme schwoll fast zu Geschrei an: »Du verblödeter Schweinehund. Wegen dir sitz ich immer auf glühenden Kohlen.«
Er schlug den gezierten Ton an, mit dem Backfische einander nachäffen.
»Ich hab doch nur mal das Kleid von dem Mädchen anfühlen wollen . . . bloß streicheln, als wenn's eine Maus wär . . . Na, wie zum Teufel soll die denn wissen, daß du bloß ihr Kleid anfühlen wolltest? Sie zuckt zurück, und du packst nach ihr, als wenn sie wirklich eine Maus wär. Dann schreit sie Zeter und Mordio, und wir müssen uns in einem Abzugsggraben verstecken, und den ganzen Tag über sind Kerle hinter uns her, die uns suchen, und wir müssen bei Nacht und Nebel wegschleichen und uns aus dem Staub machen. Immer ist irgend so was los . . . Ich wollte, ich könnt dich in einen Käfig stecken mit einer Million Mäuse zusammen, daß du dich amüsieren kannst.«
Plötzlich war sein Zorn verraucht; er blickte übers Feuer weg nach dem angstverzerrten Gesicht Lennies und dann voll Scham in die Flammen.
Es war stockdunkel geworden, doch der Feuerschein spielte auf den Baumstämmen und dem niederhängenden Geäst. Langsam und vorsichtig kroch Lennie um das Feuer herum, bis er dicht bei George war. Dort hockte er sich auf die Fersen.
George drehte die Bohnenbüchsen um, damit die andere Seite dem Feuer ausgesetzt war. Er tat, als bemerke er nicht, daß Lennie so dicht bei ihm kauerte.
»George«, kam es ganz leise.
Keine Antwort.
»George!«
»Was willst du denn?«

»Ich hab ja nur Spaß gemacht, George. Ich will gar kein' Ketchup. Ich tät keinen Ketchup anrühren, und wenn er neben mir stünde.«
»Wenn welcher da wär, könntest du ihn auch kriegen.«
»Aber ich tät keinen essen, George. Ich tät dir den ganzen lassen. Du könntest dir deine ganzen Bohnen damit zudecken, und ich tät ihn nicht anrühren.«
George starrte immer noch verstimmt ins Feuer.
»Wenn ich denke, was für ein großartiges Leben ich hätte ohne dich, könnt ich verrückt werden. Nie hab ich meine Ruhe.«
Lennie hatte sich wieder hingekniet. Er blickte weg, in die Finsternis überm Fluß.
»George, soll ich fortgehn und dich in Ruhe lassen?«
»Wohin würdest du denn gehn, zum Teufel?«
»Ach, einfach . . . Ich könnt in die Berge da gehn. Eine Höhle würd ich schon irgendwo finden.«
»So? Und was tätst du essen? Du hast ja nicht Verstand genug, was zum Essen aufzutreiben.«
»Ich tät schon was auftreiben. Ich brauch kein feines Essen mit Ketchup. Ich tät mich in die Sonne legen, und kein Mensch tät mir was. Und wenn ich eine Maus fände, dann könnt ich sie behalten. Kein Mensch tät sie mir wegnehmen.«
George warf einen forschenden Blick auf ihn.
»Ich war gemein, wie?«
»Wenn du mich nicht mehr haben willst, geh ich in die Berge un' such mir eine Höhle. Ich kann jede Minute fortgehn.«
»Nein nein. Ich hab ja bloß Spaß gemacht, Lennie. Du sollst natürlich bei mir bleiben. Das Dumme mit den Mäusen ist, daß du sie immer kaputtmachst.«
Er stockte.
»Weißt du was, Lennie. Bei nächster Gelegenheit schenk ich dir einen jungen Hund. Vielleicht bringst du den nicht um. Das wär doch was Schönres wie Mäuse. Der ist größer. Den könntest du fester streicheln.«
Lennie ließ sich nicht ködern. Er merkte, daß er im Vorteil war und nutzte das aus.
»Wenn du mich nicht mehr haben willst, dann brauchst du mir's bloß zu sagen, und ich geh gleich in die Berge dort drüben . . . ein-

fach in die Berge hinauf und leb für mich allein. Dann krieg ich keine Maus mehr weggenommen.«

George sagte: »Du sollst bei mir bleiben, Lennie. Herrje, wenn du für dich allein herumstreifst, dann hält dich irgend jemand für einen Präriewolf und schießt dich nieder. Nein, du bleibst bei mir. Deiner Tante Clara wär's gar nicht lieb, wenn du dich allein herumtreibst, wenn sie auch tot ist.«

Pfiffig sagte Lennie: »Erzähl mir doch . . . wie früher.«

»Was soll ich erzählen?«

»Von den Kaninchen.«

»Mir machst du nix weis«, schnauzte George ihn an.

Lennie bettelte: »Los doch, George. Erzähl mir. Bitte, George. Wie früher.«

»Das macht dir Spaß, wie? Na, schön . . . Ich erzähl dir, und dann essen wir.«

Georges Stimme bekam einen tieferen Klang. Er leierte die Worte her, als habe er sie schon oft gesagt.

»Leute wie wir, die auf Bauernhöfen arbeiten, sind die einsamsten auf der Welt. Sie haben keine Familie. Sie sind nirgends daheim. Sie kommen auf einen Hof, verdienen sich ein bißchen was, dann gehn sie in die Stadt und verpulvern den Verdienst wieder, und dann setzen sie ihren Fuß weiter und machen auf einem anderen Gut Station. Immer ohne ein Ziel vor sich.«

Lennie war begeistert.

»So is es . . . so is es. Jetzt erzähl, wie das mit uns ist.«

George sprach weiter: »Mit uns ist das anders. Wir haben ein Ziel. Wir haben jemand, mit dem wir reden können, einen, der verflucht zu uns hält. Wir brauchen nicht im Wirtshaus zu hocken und unsern Mammon hinauszuschmeißen, bloß weil wir nicht wissen, wohin sonst. Wenn die andern Kerle ins Kittchen kommen, dann können sie da verfaulen, ohne daß ein Hahn nach ihnen kräht. Wir nicht.«

Lennie unterbrach ihn: »Wir nicht! Un' warum? Weil . . . weil ich dich hab, wo auf mich aufpaßt, un' du hast mich, wo auf dich aufpaßt . . . darum.«

Er lachte glückselig.

»Weiter, George.«

»Du weißt's ja auswendig. Kannst selber weitererzählen.«
»Nein, du . . . Ich weiß nicht mehr alles. Erzähl, wie's später wird.«
»Also schön. Eines Tages legen wir unser Geld zusammen, und dann kaufen wir ein kleines Haus und ein paar Morgen Land und eine Kuh und ein paar Schweine und . . .«
»Und leben vom Fett der Erde«, rief Lennie aus. »Un' halten Kaninchen. Weiter, George! Erzähl, was wir im Garten ziehn un' von den Kaninchenställen un' vom Regen im Winter un' vom Ofen un' wie dick der Rahm auf der Milch is, daß man ihn kaum schneiden kann. Erzähl davon, George.«
»Erzähl doch selbst. Du weißt ja alles.«
»Nein . . . erzähl du. Ist nicht dasselbe, wenn ich's erzähl. Los, weiter, George. Wie ich die Kaninchen besorgen muß.«
»Also«, sagte George. »Wir haben ein großes Gemüsebeet und einen Kaninchenstall und Hühner. Und wenn's im Winter regnet, dann sagen wir nur: Der Teufel hol die Arbeit, und machen ein großes Feuer im Ofen und sitzen dran und horchen auf den Regen, der aufs Dach platscht . . . Blödsinn!«
Er zog sein Taschenmesser heraus: »Hab keine Zeit mehr.«
Er bohrte die Klinge in den Deckel der einen Bohnenbüchse, schnitt ihn heraus und reichte Lennie die Büchse. Darauf öffnete er eine weitere Büchse. Dann holte er aus der Rocktasche zwei Löffel und gab einen davon Lennie.
Sie blieben beim Feuer sitzen, stopften sich den Mund voll Bohnen und schmatzten drauflos. Ein paar Bohnen fielen Lennie aus dem Mund.
George machte ein Zeichen mit dem Löffel: »Was sagst du morgen, wenn der Chef dich ausfragt?«
Lennie hörte auf zu kauen und schluckte hinunter. Sein Gesicht zog sich vor Anstrengung zusammen.
»Ich . . . ich . . . sag . . . keinen Ton.«
»Brav! Fein, Lennie! Kann sein, daß es besser mit dir wird. Wenn wir die paar Morgen Land haben, kann ich dich ganz gut die Kaninchen versorgen lassen. Besonders wenn du so ein gutes Gedächtnis hast wie jetzt.«
Lennie verschluckte sich fast vor Stolz.

»Hab ein gutes Gedächtnis«, sagte er.
George winkte wieder mit dem Löffel.
»Paß auf, Lennie. Sieh dich mal gut hier um. Kannst du dir die Stelle hier merken? Die Ranch liegt etwa eine Viertelmeile von hier aufwärts. Immer dem Fluß nach.«
»Jawohl«, sagte Lennie. »Das kann ich behalten. Hab ich nicht auch behalten, daß ich keinen Ton sagen soll?«
»Natürlich. Jetzt paß auf, Lennie, wenn du wieder in die Tinte gerätst, wie du das immer gemacht hast, dann mußt du geradenwegs hierherkommen und dich im Buschwerk verstecken.«
»Im Buschwerk verstecken«, sagte Lennie langsam.
»Im Buschwerk verstecken, bis ich komme. Kannst du das behalten?«
»Jawohl, das kann ich behalten, George. Im Buschwerk verstekken, bis du kommst.«
»Aber du darfst nicht wieder in die Tinte geraten, denn sonst laß ich dich die Kaninchen nicht versorgen.«
Er warf seine leergegessene Bohnenbüchse ins Gebüsch.
»Ich komm nicht in die Tinte, George. Ich sag keinen Ton.«
»Schön. Bring dein Bündel zum Feuer. Hier kann man gut schlafen. Man guckt hinauf . . . Laub . . . Leg nichts mehr aufs Feuer. Wir wollen es ausgehn lassen.«
Sie richteten sich im Sand ihr Lager her; die Glut fiel zusammen, der davon ausgehende Lichtkreis verengte sich immer mehr, die geschweiften Äste wurden unsichtbar, und nur an einem schwachen Schimmer ließen sich noch die Baumstämme unterscheiden.
Durchs Dunkel rief Lennie: »George . . . schläfst du schon?«
»Nein. Was willst du?«
»Wir könnten doch Kaninchen in verschiedenen Farben züchten, George.«
»Natürlich«, sagte George schläfrig. »Rote, blaue, grüne Kaninchen, Lennie. Millionen.«
»So mit dickem Fell, wie auf dem Jahrmarkt in Sacramento.«
»Natürlich, mit ganz dickem Fell.«
»Ich kann aber auch fortgehn, George, in eine Höhle.«
»Du kannst auch zum Teufel gehn«, sagte George. »Jetzt halt's Maul.«

Der rote Schein auf den Kohlen verglomm. Bergaufwärts vom Flußlauf her ließ sich das Gewinsel eines Präriewolfes hören; irgendwo am andern Flußufer antwortete ein Hund. Leise raschelte das Laub der Sykomoren in der leichten Nachtbrise.

Zweites Kapitel

Die Schlafbaracke war ein langgestrecktes, rechteckiges Gebäude. Die Wände innen waren geweißt, die Böden ungestrichen. Drei Wände hatten kleine viereckige Fenster; in der vierten war eine feste Tür mit hölzernem Schnappschloß. An den Wänden befanden sich acht Schlafstellen, von denen fünf mit Wolldecken hergerichtet waren, während bei den drei andern das Bettzeug aus Sackleinewand sichtbar wurde. Über jeder Schlafstelle war eine Äpfelkiste mit der offenen Seite nach vorne angenagelt, so daß sich zwei Fächer für die Habseligkeiten des jeweiligen Bettinhabers ergaben. Diese Spinde waren vollgehäuft mit allerhand Kleinzeug: Seife, Talkpuder, Rasierapparaten und Nummern von Wildwestzeitschriften, in denen die Knechte mit Vorliebe lesen und deren Inhalt sie bespötteln, obschon sie insgeheim daran glauben. Auch allerhand Arzneien, Fläschchen, Kämme waren darin untergebracht; ein paar Krawatten hingen von Nägeln an den Seitenwänden der Kiste herab. An der einen Wand befand sich ein schwarzer gußeiserner Ofen, dessen Rohr steil zur Decke hinauflief. In der Mitte des Raums stand ein großer viereckiger Tisch, auf dem Spielkarten herumlagen; als Sitze für die Spieler dienten um den Tisch angeordnete Kisten.

Gegen zehn Uhr morgens warf die Sonne durch eines der Seitenfenster einen hellen Lichtstreifen; die Stäubchen wirbelten darin, und Fliegen schossen wie Sternschnuppen hin und her.

Der hölzerne Türschnapper hob sich. Durch die Tür kam ein großgewachsener alter Mann mit abfallenden Schultern. Er hatte blaue Köperhosen an; in der linken Hand hielt er einen großen Reiserbesen. Hinter ihm trat George ein und hinter diesem Lennie.

»Der Chef hat euch schon gestern abend erwartet«, sagte der Alte. »Er war fuchsteufelswild, als ihr heut früh nicht da wart.«

Er hob den rechten Arm, um auf etwas zu deuten; aus dem Ärmel kam ein Gelenk, rund und dünn wie ein Stecken, zum Vorschein, jedoch keine Hand.
»Ihr könnt die zwei Betten da drüben haben«, sagte er, auf zwei Schlafstellen beim Ofen weisend.
George ging hinüber und warf seine Deckenbündel auf den mit grober Leinwand überzogenen Strohsack, der als Matratze diente. Dann warf er einen Blick auf das Kistenspind und nahm eine kleine gelbe Büchse heraus.
»Hör mal, was ist denn das, zum Teufel?«
»Weiß ich nicht«, sagte der Alte.
»›Tötet absolut sicher Läuse, Schaben und anderes Ungeziefer‹, steht drauf. Was für eine gottverdammte Sorte von Bett gibst du uns da? Wir wollen keine Haustiere in den Unterhosen haben.«
Der alte Barackenfeger verschob seinen Besen, klemmte ihn zwischen Ellbogen und Brustkasten und griff mit seiner Hand nach der Büchse. Dann studierte er aufmerksam das Etikett.
»Das ist so«, meinte er schließlich, »der Bursche, wo zuletzt das Bett gehabt hat, war ein Schmied, verteufelt netter Kerl, der reinlichste Bruder, den man sich vorstellen kann. Wusch sich die Hände sogar nach dem Essen.«

»Wieso hat er dann Wanzen gekriegt?«
In George stieg allmählich Zorn auf. Lennie legte sein Bündel auf das Bett daneben und setzte sich. Er beobachtete George mit offenem Mund.
»Das ist so«, sagte der Alte wieder. »Der Schmied da, Whitey hieß er, der streute überall das Zeug herum, auch wenn keine Wanzen da waren . . . für alle Fälle, verstehst du? Was meinst du, was der alles getan hat? Der schälte die gesottenen Kartoffeln beim Essen und schnitt jedes Fleckchen heraus. was es auch war. Und wenn an einem Ei ein Blutpünktchen war, dann kratzte er's raus. Schließlich ist er dann auch fort wegen der Kost. So ein Bruder war das . . . ein ganz sauberer. Am Sonntag machte er sich immer fein, auch wenn er nirgends hinging, zog sich sogar eine Krawatte an und blieb in der Baracke sitzen.«
»Ist mir gar nicht so sicher«, meinte George skeptisch. »Weshalb ist er fort, sagst du?«
Der Alte steckte die gelbe Büchse in die Tasche und rieb sich mit den Fingerknöcheln seiner einen Hand über den weißen Stoppelbart.
»Tja . . . er . . . ist halt fort, wie die Brüder das so machen. Wegen der Kost, sagte er. Wollte sich halt verändern. Gab keinen andern Grund an als die Kost. Eines Abends sagte er einfach: ›Ich kündige‹, wie das die Brüder halt so machen.«
George hob sein Bettzeug auf und schaute darunter. Er beugte sich vor und untersuchte den Strohsack genau. Sofort stand Lennie auf und tat es ihm bei seiner Lagerstatt nach. Schließlich aber schien George befriedigt. Er schnürte sein Bündel auf und legte seine Sachen in das Fach: Rasierzeug, ein Stück Seife, Kamm und ein Fläschchen mit Pillen, ein anderes mit einer Flüssigkeit zum Einreiben, seine ledernen Handgelenkstulpen. Dann richtete er sein Bett ordentlich mit den Decken her.
Der Alte sagte: »Der Chef kann jede Minute herkommen. Er war richtig wütend, wie ihr heute früh nicht da wart. Kommt reingestürmt, während wir frühstücken, und sagt: ›Wo, zum Teufel, sind denn die Neuen?‹ und den Stallknecht hat er auch zusammengestaucht.«
George strich noch eine Falte auf seinem Bett glatt, dann setzte er

sich darauf und sagte dann: »Den Stallknecht hat er zusammengestaucht?«
»Und wie. Mußt wissen, der Stallknecht ist ein Nigger.«
»Ein Nigger . . . hm?«
»Ja, ja. Aber ein netter Kerl. Hat einen krummen Rücken von einem Hufschlag. Der Chef macht ihm das Leben sauer, wenn er wütend wird. Aber der Stallknecht schert sich keinen Pfifferling drum. Liest viel. Hat Bücher in seiner Stube.«
»Was ist denn der Chef für ein Mensch?«
»Ach, ein ganz netter Kerl. Kann manchmal saugrob werden, aber er ist doch ganz nett. Ich will dir was erzählen . . . weißt du, was er Weihnachten getan hat? Bringt eine Gallone Whisky her und sagt: ›Trinkt nur tüchtig. Ist nur einmal im Jahr Weihnachten.‹«
»Teufel noch mal, das hat er getan? Eine ganze Gallone?«
»Jawohl. Herrje, waren wir lustig. An dem Abend wurde auch der Nigger reingelassen. Ein kleiner Fahrer, Smitty hieß er, fing mit dem Nigger Händel an. Und zwar tüchtig. Die anderen erlaubten aber nicht, daß er die Füße gebrauche, drum kriegte ihn der Nigger unter. Wenn er die Füße hätte gebrauchen dürfen, sagte Smitty, hätt er den Nigger umgebracht. Aber die Jungens sagten, Smitty dürfe die Füße nicht gebrauchen, weil der Nigger einen krummen Rücken hätte.« Er hielt inne, um in der Erinnerung zu schwelgen. »Danach gingen die andern nach Soledad hinein und machten einen Mordskrach. Ich bin nicht mitgegangen. Hab zu so was keine Lust mehr.«
Lennie hatte gerade sein Bett fertig hergerichtet, da schnappte der Holzdrücker wieder, und die Tür tat sich auf. Darin stand ein stämmiger, untersetzter Mann in blauen Hosen, Flanellhemd, schwarzer offener Weste und schwarzer Jacke. Zu beiden Seiten einer viereckigen Stahlschnalle hielt er die Daumen in den Gürtel gesteckt. Auf dem Kopf trug er einen verschmutzten breitkrempigen Hut, die Beine steckten in Reitstiefeln mit hohen Absätzen und Sporen, zum Zeichen, daß er kein Feldarbeiter sei.
Der alte Barackenfeger warf einen raschen Blick auf ihn und schlurfte dann, sich wieder den Stoppelbart reibend, zur Tür. Als er am Chef vorbeikam, sagte er: »Grad sind die Burschen gekommen«, und ging hinaus.

Mit den kurzen raschen Schritten der Dickbeinigen kam der Chef näher.
»Ich hatte Murray und Ready geschrieben, daß ich für heute früh zwei Leute brauche. Habt ihr eure Arbeitszettel?«
George griff in die Tasche, holte die Zettel heraus und reichte sie dem Chef.
»Murray und Ready trifft keine Schuld. Hier auf dem Zettel steht deutlich, daß ihr heute früh hier zur Arbeit anzutreten hättet.«
George schlug die Augen nieder.
»Der Busführer hat uns falsche Auskunft gegeben«, sagte er. »Wir mußten zwölf Meilen zu Fuß laufen. Hat gesagt, wir wären da, wie wir noch nicht da waren. Am Morgen ging noch kein Bus.«
Der Chef kniff die Augen zusammen. »Ich mußte die Korntrupps mit zwei Mann zuwenig rausschicken. Hat keinen Zweck, daß ihr jetzt noch vor dem Mittagessen rausgeht.«
Er zog sein Notizbuch aus der Tasche und schlug es auf, wo ein Bleistift zwischen den Blättern steckte. George warf Lennie einen strengen, mahnenden Blick zu; Lennie nickte zum Zeichen, daß er verstanden habe. Der Chef netzte den Bleistift mit der Zunge.
»Wie heißt du?«
»George Milton.«
»Und du?«
George fiel ein: »Er heißt Lennie Small.«
Die Namen wurden eingetragen. »Heut ist der Zwanzigste; also vom Zwanzigsten mittags ab.« Er klappte das Büchlein zu.
»Wo habt ihr gearbeitet?«
»Droben bei Weed«, sagte George.
»Du auch?« zu Lennie.
»Jawohl, er auch«, sagte George.
Der Chef deutete scherzend mit dem Finger auf Lennie.
»Kein großer Redner, der da, wie?«
»Nein, aber ein verteufelt guter Arbeiter. Stark wie ein Bulle.«
Lennie lächelte in sich hinein.
»Stark wie ein Bulle«, plapperte er nach.
George warf ihm einen strengen Blick zu; Lennie senkte den Kopf, beschämt, daß er nicht daran gedacht hatte.
Plötzlich sagte der Chef: »Hör mal, Small!«

Lennie hob den Kopf.
»Was kannst du alles?«
Tief erschrocken blickte Lennie George hilfeflehend an.
»Der kann alles, was ihm anbefohlen wird«, sagte George. »Er ist ein guter Fahrer. Er kann Kornsäcke schleppen, eine Umbrechmaschine bedienen. Der kann alles. Probieren Sie ihn nur aus.«
Der Chef wandte sich wieder George zu.
»Warum läßt du ihn dann nicht selbst Antwort geben? Was willst du mir vormachen?«
George fiel ihm laut ins Wort: »Ich behaupte ja nicht, daß er sehr hell ist. Das nicht. Ich sag nur, daß er ein verdammt guter Arbeiter ist. Der hebt Ihnen einen Ballen von vier Zentnern.«
Mit einer nachdrücklichen Gebärde schob der Chef das Notizbuch in die Tasche.
Dann steckte er wieder die Daumen in den Gürtel und kniff das eine Auge fast ganz zu.
»Sag mal . . . was treibst du da eigentlich?«
»Hä?«
»Ich möchte wissen, was du an dem Burschen da hast? Nimmst du ihm seinen Lohn weg?«
»Das sicher nicht. Wie kommen Sie drauf, daß ich ihn ausnutze?«
»Na, ich hab noch nie erlebt, daß sich einer soviel Mühe mit einem andern macht. Darum möcht ich wissen, was für ein Interesse du an ihm hast.«
»Er ist . . . mein Vetter«, sagte George. »Ich hab seiner alten Dame versprochen, mich um ihn zu kümmern. Er hat als Kind einen Huftritt von einem Gaul an den Kopf gekriegt. Sonst fehlt ihm nichts. Bloß nicht sehr hell ist er. Aber er kann alles, was man von ihm verlangt.«
Der Chef trat etwas zurück. »Na, um Gerstensäcke zu schleppen, braucht's, weiß Gott, keinen Verstand. Aber versuch nicht, mir was vorzumachen, Milton. Ich behalt dich im Auge. Warum seid ihr dort in Weed weg?«
»Weil die Arbeit da fertig war«, sagte George wie aus der Pistole geschossen.
»Was für Arbeit war denn das?«
»Wir . . . wir haben einen Abzugsgraben ausgehoben.«

»Schön. Aber versuch nicht, mir was vorzumachen, damit kommst du bei mir nicht durch. Ich hab schon allerhand Schlaumeier erlebt. Ihr geht nach dem Mittagessen raus mit den Korntrupps. Die sammeln die Gerste an der Dreschmaschine auf. Ihr geht mit Slims Trupp.«

»Slim?«

»Jawohl. Großer langer Fahrer. Wirst ihn schon beim Essen sehn.«

Er drehte sich mit einem Ruck um und ging zur Tür, doch bevor er hinausging, drehte er sich noch einmal um und warf einen langen Blick auf die beiden.

Als seine Schritte verhallt waren, sagte George zu Lennie: »Du hättest doch keine Silbe sagen sollen. Hättest deine große Klappe halten und mich allein reden lassen sollen. Um ein Haar hätten wir die Arbeit nicht gekriegt.«

Lennie glotzte hilflos auf seine Hände.

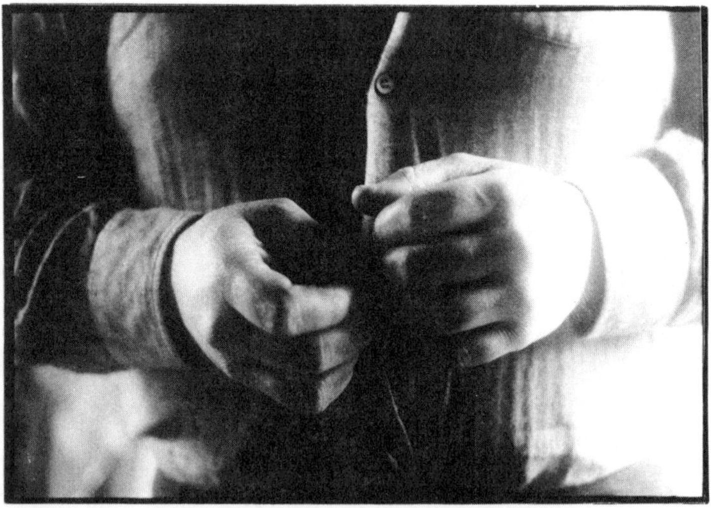

»Hab nicht dran gedacht, George.«

»Ja, ja, hast nicht dran gedacht. Du denkst nie dran, und ich muß dich rausreden.«

Er setzte sich schwer auf die Bettstelle: »Jetzt behält er uns im Auge. Jetzt müssen wir aufpassen, daß wir uns nicht verschwätzen. Halt gefälligst in Zukunft deine Klappe.«

Er fiel in mürrisches Schweigen.
»George.«
»Was willst du jetzt wieder?«
»Hab nie ein' Huftritt an den Kopf gekriegt, George, oder . . . ?«
»Wär aber verdammt schön, wenn du einen gekriegt hättst«, sagte George erbost. »Tät uns allen viel Schererei ersparen.«
»Hast gesagt, ich wär dein Vetter, George.«
»Na ja, das war Schwindel. Ich bin nur froh, daß es nicht stimmt. Wenn ich mit dir verwandt wär, tät ich mir eine Kugel in den Kopf schießen.«
Er stockte plötzlich, ging zu der offenstehenden Vordertür hin und schaute hinaus.
»Was hast du denn hier zu horchen, zum Donnerwetter!«
Langsam trat der Alte in den Schlafsaal. Er hatte seinen Besen in der Hand. Dicht hinter ihm hielt sich, das eine Bein nachschleppend, ein Schäferhund mit angegrauter Schnauze und trüben, altersblinden Augen. Mühsam schleppte sich der Hund zur Seitenwand und legte sich dort nieder, worauf er ein leises Knurren von sich gab und sich sein angegrautes, wie von Motten zerfressenes Fell leckte.
Der alte Feger hatte dem Hund nachgesehen, bis er sich hingelegt hatte: »Hab nicht gehorcht«, sagte er. »Ich hab nur eine Minute im Schatten gestanden und meinen Hund gekrault. Ich hab grad das Waschhaus fertig geputzt.«
»Hast deine großen Ohren in unsre Angelegenheiten reinhängen wollen«, sagte George. »Ich hab die Leute nicht gern, die ihre Nase in alles stecken.«
Die Blicke des Alten gingen unruhig zwischen George und Lennie hin und her.
»Ich bin grad erst gekommen«, sagte er. »Hab kein Wort gehört, was ihr geredet habt. Ist mir egal, was ihr redet. Auf einer Ranch horcht man nicht und fragt nichts.«
»Ist auch verdammt richtig, wenn einer länger da arbeiten will«, sagte George etwas besänftigt. Die Art, wie der Alte sich gegen den Vorwurf verteidigt hatte, wirkte beruhigend auf ihn.
»Komm rein und setz dich eine Minute her«, sagte er. »Der Hund da ist aber verflucht alt.«

»Ja, ja! Ich hab ihn von klein auf gehabt. Er ist ein guter Schäferhund gewesen, als er noch jünger war.«
Er stellte seinen Besen an die Wand und rieb sich die weißen Bartstoppeln mit den Fingerknöcheln.
»Wie hat dir der Chef gefallen?«
»Ganz gut.«
»Netter Kerl«, stimmte der Alte zu, »man muß ihn nur behandeln können.«
Jetzt kam ein junger Mann in die Baracke herein; er war mager, hatte ein braunes Gesicht, braune Augen und dichtes Kraushaar. Seine linke Hand steckte in einem Arbeitshandschuh; er trug Stiefel mit hohen Absätzen wie der Chef.
»Habt ihr meinen Alten gesehn?« fragte er.
Der Feger sagte: »Grad ist er dagewesen, Curley. Ist wohl hinüber zur Küchenbaracke.«
»Vielleicht find ich ihn da«, sagte Curley.
Sein Blick glitt über die Neuen hin. Er blieb stehen, schaute erst George, dann Lennie kalt an. Langsam bogen sich seine Arme in den Ellbogen, und seine Hände ballten sich zu Fäusten. Sein Körper wurde straff und nahm eine leichte Duckstellung an; in seine Augen kam ein zugleich abschätzender und kampflustiger Blick. Lennie krümmte sich etwas unter diesem Blick und trat ängstlich von einem Fuß auf den andern. Behutsam trat Curley zu ihm hin.
»Seid ihr die Neuen, auf die mein Alter gewartet hat?«
»Wir sind grad gekommen«, sagte George.
»Der Große da soll reden.«
Lennie wand sich vor Verlegenheit.
George sagte: »Wenn er aber vielleicht nicht reden will?«
Curley fuhr herum. »Bei Jesus Christus, er muß aber reden, wenn er angeredet wird. Was mischst du dich da hinein, zum Donnerwetter?«
»Wir wandern zusammen«, sagte George kalt.
»Aha, so steht's?«
George saß gespannt und ohne sich zu rühren da.
»Jawohl, so steht's.«
Lennie richtete seinen hilflosen, um Verhaltungsmaßregeln bittenden Blick auf George.

»Du willst also den großen Kerl nicht reden lassen?«
»Wenn er dir was zu sagen hat, kann er schon reden.«
Er nickte Lennie leicht zu.
»Wir sin' grad gekommen«, sagte Lennie leise.
Curley schaute ihn fest an und sagte: »Das nächste Mal gibst du Antwort, wenn du angeredet wirst.«
Die Ellbogen immer noch etwas gebeugt, ging er zur Tür hinaus.
George sah ihm nach, bis er verschwunden war, dann drehte er sich zu dem alten Feger um: »Sag mal, was ist denn dem in die Krone gefahren? Lennie hat ihm doch gar nichts getan.«
Der Alte ging zur Tür und schaute vorsichtig hinaus, um sich zu vergewissern, daß niemand zuhöre.
»Das ist dem Chef sein Sohn. Ein rechter Draufgänger. Hat im Boxring schon allerhand geleistet. Leichtgewicht, aber großer Draufgänger.«
»Na, laß ihn draufgehen«, sagte George. »Aber er braucht doch nicht mit Lennie anzubinden. Lennie hat ihm nichts getan. Was hat er gegen Lennie?«
Der Alte überlegte.
»Tja . . . das ist halt so. Curley ist wie viele kleingewachsene Burschen. Er haßt die großen. Immer sucht er Händel mit großen Burschen. Er ist sozusagen bös auf sie, weil er selber nicht groß ist. Hast du auch schon so kleine Kerle gesehn, immer rauflustig?«
»Doch«, sagte George. »Ich hab viele so freche kleine Burschen gesehen. Aber der Curley da soll sich kein X für ein U vormachen über Lennie. Lennie ist kein Draufgänger, aber wenn dieser Wicht, der Curley, mit Lennie anbindet, dann kann's ihm schlecht gehn.«
»Ja, ja, Curley ist schon ein Draufgänger«, sagte der alte Feger nachdenklich. »Ist mir nie anständig vorgekommen. Nehmen wir an, Curley geht auf einen großen Kerl los und verhaut ihn. Dann sagen alle, was der Curley für ein Sportsmann ist. Wird er aber verhauen, dann sagen alle, der große Kerl hätt sich einen von seiner Größe aussuchen sollen, und sie tun sich womöglich alle zusammen gegen den Großen. Ich hab das nie anständig gefunden. Aber gegen den Curley kann wohl keiner etwas machen.«
George blickte aufmerksam zur Tür.
»Er soll sich jedenfalls vor Lennie in acht nehmen«, sagte er un-

heilverkündend. »Lennie ist kein Boxer; aber er ist stark und geschickt. Von Regeln hat er keine Ahnung.«
Er ging zu dem viereckigen Tisch und setzte sich auf eine Kiste. Dann schob er einen Teil der Karten zusammen und mischte sie. Der Alte setzte sich auch auf eine Kiste.
»Sag Curley nichts davon, daß ich dir das erzählt hab. Der zieht mir sonst das Fell über die Ohren. Dem ist alles egal. Der wird ja nicht rausgeschmissen, weil sein Alter der Chef ist.«
George hob die Karten ab, drehte jede um, schaute jede an und warf dann den Haufen wieder hin. Dabei sagte er: »Scheint mir ja ein Schweinehund zu sein, dieser Curley. So gemeine kleine Kerle kann ich nicht ausstehn.«
»Ich glaub, in der letzten Zeit ist's noch schlimmer mit ihm geworden«, sagte der Alte. »Er hat vor ein paar Wochen geheiratet. Die Frau wohnt drüben im Haus vom Chef. Seit er verheiratet ist, benimmt er sich noch hochnäsiger.«
George brummte: »Der will sich wohl vor seiner Frau wichtig machen.«
Der Alte erhitzte sich an seinem eigenen Geklatsch.
»Hast du den Handschuh an seiner linken Hand gesehn?«
»Ja, hab ich gesehn.«
»Der Handschuh ist innen vollgeschmiert mit Vaseline.«
»Mit Vaseline? Wozu das?«
»Kann ich dir sagen. Curley sagt, er muß eine weiche Hand behalten für seine Frau.«
George betrachtete angestrengt die Karten.
»Unanständig, so was rumzuerzählen.«
Der Alte war beruhigt. Er hatte George eine abschätzige Bemerkung entlockt. Jetzt fühlte er sich sicher und sprach vertraulicher.
»Wart nur, bis du Curleys Frau gesehn hast.«
George schnitt die Karten wieder und fing an, langsam und bedächtig eine Patience zu legen. »Hübsch?« fragte er obenhin.
»Ja, ja! Hübsch . . . aber . . .«
George besah wieder seine Karten. »Aber . . . was?«
»Na . . . sie macht Augen.«
»So? Zwei Wochen verheiratet und macht schon Augen? Vielleicht kribbelt's den Curley deshalb am Hintern.«

»Ich hab gesehn, wie sie Slim Augen gemacht hat. Slim ist ein fabelhafter Fahrer. Verteufelt netter Kerl. Der braucht keine Stiefel mit hohen Absätzen, wenn er beim Korntrupp schafft. Ich hab gesehn, wie sie Slim Augen gemacht hat. Curley hat nie was gesehn. Hab auch gesehn, wie sie Carlson Augen gemacht hat.«
George stellte sich gleichgültig.
»Da erleben wir ja wohl noch allerhand Spaß.«
Der Feger stand von der Kiste auf.
»Weißt du, was ich glaube?« George gab keine Antwort. »Ich glaub, der Curley hat da eine von der Straße geheiratet.«
»Wär nicht der erste«, sagte George. »Das gibt's oft.«
Der Alte ging nach der Tür; sein uralter Hund hob den Kopf, schaute sich um und richtete sich mühsam vom Boden auf, um ihm nachzugehen.
»Ich muß jetzt die Waschbecken für die Leute hinstellen. Die Arbeitstrupps kommen bald rein. Ihr zwei, sollt ihr Korn verladen?«
»Ja.«
»Du erzählst aber dem Curley nichts von dem, was ich dir gesagt hab?«
»Nein, zum Donnerwetter.«
»Also, schau sie dir an, junger Mann. Wirst schon sehn, ob sie keine von der Straße ist.«
Damit trat er durch die Tür in den grellen Sonnenschein hinaus.
Nachdenklich legte George seine Karten aus und drehte Dreierhäufchen um; dann legte er die Treff-Vier auf das Assenhäufchen. Der Sonnenstreifen, durch den die Fliegen sausten wie Funken, lag jetzt auf dem Fußboden. Das Klirren von Pferdegeschirr und das Knirschen von Wagenachsen unter schwerer Last wurde von draußen hörbar. Von ziemlich weither schallte deutlich der Ruf: »Stallknecht . . . heda . . . Sta-all-knecht!« Und danach: »Wo steckt denn der gottverdammte Nigger, zum Donnerwetter?«
George warf noch einen Blick auf seine Patiencekarten, dann schob er rasch das Spiel zusammen und drehte sich zu Lennie um. Er lag auf seiner Bettstelle und beobachtete George.
»Hör mal zu, Lennie. Hier ist dicke Luft. Ich habe Angst. Mit dem Kerl, dem Curley, kriegst du sicher Krach. Das Kaliber kenn ich. Der wollte dir sozusagen auf die Zähne fühlen. Er meint, er hätte

dir Angst gemacht, und bei der erstbesten Gelegenheit fängt er eine Prügelei mit dir an.«
Lennie machte angstvolle Augen: »Ich will kein' Krach«, sagte er kläglich. »Schau, daß er mich nicht verprügelt, George.«
George stand auf, ging zu Lennie hinüber und setzte sich auf die Bettstelle.
»Die Sorte von Schweinehunden ist mir zuwider«, sagte er. »Solche Brüder hab ich haufenweise erlebt. Es ist so, wie der Alte gesagt hat: der riskiert nichts. Der ist immer der Gewinner.«
Er dachte kurz nach.
»Wenn er mit dir anbindet, Lennie, dann fliegen wir raus. Mach dir darüber nichts vor. Er ist der Sohn vom Chef. Gib acht, Lennie. Bleib weg von ihm, verstehst du? Red kein Wort mit ihm. Wenn er hier reinkommt, gehst du gleich auf die andre Seite. Verstehst du?«
»Ich will kein' Krach«, sagte Lennie weinerlich. »Hab ihm doch nie nix getan.«
»Ja, das hilft nichts, wenn der Curley sich unbedingt als großer Boxer aufspielen will. Laß dich nur nicht mit ihm ein. Willst du dran denken?«
»Natürlich, George. Ich sag kein' Ton.«
Der Lärm der herankommenden Getreidegespanne wurde stärker: dumpfes Aufschlagen schwerer Hufe auf hartem Boden, Schleifen von Hemmschuhen, Klirren von Zugketten; rufende Männerstimmen. George, der noch immer auf der Bettstelle bei Lennie saß, runzelte gedankenversunken die Stirn.
Lennie fragte schüchtern: »Du bist doch nicht bös, George?«
»Auf dich bin ich nicht bös. Ich bin bös auf den Schweinehund, den Curley. Ich hatte gehofft, wir könnten ein bißchen was zusammensparen . . . vielleicht hundert Dollar.«
Sein Tonfall wurde entschieden: »Du hältst dich weg von diesem Curley, Lennie.«
»Tu ich sicher, George. Ich sag kein' Ton.«
»Laß dich nicht mit ihm ein . . . aber . . . wenn der Saukerl dich verhaut, dann . . . dann gib's ihm.«
»Was soll ich ihm geben, George?«
»Laß jetzt gut sein. Ich sag's dir schon rechtzeitig. Widerwärtig, diese Sorte. Paß auf, Lennie, wenn du irgendwie Schererei kriegst,

weißt du, was du tun sollst. Erinnerst du dich, was ich dir gesagt hab?«
Lennie richtete sich auf dem Ellbogen auf. Vor lauter Nachdenken war sein Gesicht verzerrt. Trübselig schaute er dann George an.
»Wenn ich Scherereien krieg, dann läßt du mich nicht die Kaninchen versorgen.«
»Das hab ich nicht gemeint. Erinnerst du dich an die Stelle, wo wir heut übernachtet haben? Drunten am Fluß?«
»Ja, ich weiß. Ach ja, natürlich. Ich geh hin un' versteck mich in den Büschen.«
»Versteck dich, bis ich komme. Läßt dich von niemand sehn. Versteckst dich in den Büschen am Fluß. Wiederhol das.«
»Versteck mich in den Büschen am Fluß, drunten in den Büschen am Fluß.«
»Wenn du Scherereien kriegst.«
»Wenn ich Scherereien krieg.«
Draußen kreischte eine Bremse, und ein Ruf schallte: »Stallknecht . . . Heda, Sta-all-knecht!«
»Sag's dir immer wieder vor«, schärfte ihm George ein, »daß du's nicht vergißt.«
Plötzlich blickten sie beide auf, denn das sonnenhelle Rechteck der Eingangstür hatte sich verdunkelt.
Eine junge Frau stand darin und sah sich im Raum um. Sie hatte volle, rotgemalte Lippen und große, ebenfalls geschminkte Augen. Die Fingernägel waren rot lackiert; die Haare hingen in kleinen, wie Würstchen gerollten Locken herunter. Sie trug ein baumwollenes Hauskleid und rote Pantöffelchen, die mit roten Straußfederbüscheln besetzt waren.
»Ich suche Curley«, sagte sie.
Ihre Stimme hatte einen spröden, nasalen Klang.
George wandte den Blick von ihr ab, dann wieder zu ihr hin.
»Gerade war er da, ist aber wieder weg.«
»Aha!«
Sie legte die Hände auf den Rücken und lehnte sich an den Türpfosten, so daß ihr Körper vortrat.
»Ihr seid wohl die Neuen, die grade gekommen sind?«
»Jawohl.«

Lennies Blick glitt an ihrem Körper herunter, und obwohl sie sich den Anschein gab, ihn nicht zu beachten, reckte sie sich ein wenig. Dann besah sie ihre Fingernägel.

»Curley ist manchmal hier«, erklärte sie.

George sagte grob: »Na ja, jetzt aber nicht.«

»Dann muß ich ihn wohl woanders suchen«, sagte sie schnippisch.

Lennie betrachtete sie hingerissen.

George sagte: »Wenn ich ihn seh, richte ich ihm aus, Sie hätten ihn gesucht.«

Sie lächelte ihn kokett an und machte eine Ruckbewegung mit dem Körper.

»Kann einem niemand vorwerfen, wenn man mal nachschaut«, sagte sie. Hinter ihr wurden vorbeigehende Schritte hörbar.

Sie drehte den Kopf und rief: »He, Slim.«

Durch die Tür hörte man Slim sagen: »Hi, schönes Kind.«
»Ich suche Curley, Slim.«
»Na, gar so eifrig suchen Sie scheint's nicht. Hab ihn zu Ihnen ins Haus gehn sehn.«
Auf einmal schien sie es mit der Angst zu bekommen.
»Wiedersehn«, rief sie in die Baracke zurück und machte sich schnell davon.
George blickte sich nach Lennie um.
»Herrje, was für ein hergelaufenes Frauenzimmer«, sagte er. »Und so was sucht sich der Curley zur Frau aus.«
»Sie is hübsch«, sagte Lennie wie zu ihrer Verteidigung.
»Jawohl, und sie hält nicht hinterm Berg damit. Der Curley wird mit der noch seine Not haben. Für zwanzig Dollar geht die glatt mit, wett ich.«
Lennie starrte noch immer auf die Tür, wo sie gestanden hatte.
»Herrgott, war die hübsch.«
Er schmunzelte vor Bewunderung. George betrachtete ihn mit einem raschen Blick von oben bis unten, dann packte er ihn am Ohr und schüttelte ihn.
»Hör, du blöder Hund«, sagte er wütend. »Nicht den kleinsten Blick wirfst du mir mehr auf das Frauenzimmer. Ist mir egal, was sie sagt oder tut. Ich hab schon allerhand solche Luder gesehen, aber noch keine schlimmere Zuchthauskandidatin wie die. Laß du die Finger davon.«
Lennie versuchte, sein Ohr freizubekommen.
»Ich hab nie nix getan, George.«
»Nein, bisher nicht. Aber wie sie da in der Tür gestanden und ihre Beine gezeigt hat, hast du auch nicht auf die andere Seite geguckt.«
»War doch nicht bös gemeint, George, wahrhaftig nicht.«
»Also, du hältst dich weg von ihr; denn das ist eine Rattenfängerin, wie ich noch keine schlimmere gesehn hab. Laß den Curley seine Prügel beziehen. Er ist ja auf sie reingefallen. Handschuh mit Vaseline drin«, sagte er angewidert. »Ich wette, der frißt rohe Eier und läßt sich allerhand Mittelchen aus den chemischen Fabriken kommen.«
Plötzlich schrie Lennie auf: »Mir gefällt's hier nicht, George. Hier ist's nicht schön. Ich möcht fort.«

»Wir müssen dableiben, bis wir was verdient haben. Geht nicht anders, Lennie. Wir gehn fort, sobald wir können. Mir gefällt's ebensowenig wie dir.«
Er ging zum Tisch zurück und fing eine neue Patience an.
»Nein, mir gefällt's auch nicht«, sagte er. »Lieber tät ich abschieben. Wenn wir ein paar Dollar im Beutel haben, schieben wir ab, gehn den American River hinauf und waschen Gold. Damit können wir jeden Tag ein paar Dollar machen, und womöglich stoßen wir auf ein Loch mit richtigen Klumpen drin.«
Lennie beugte sich drängend vor: »Gehn wir doch hin, George. Weg von hier. Hier ist's nicht schön.«
»Jetzt müssen wir erst mal bleiben«, sagte George kurz. »Halt jetzt den Mund. Die Leute kommen gleich.«
Aus dem Waschraum nebenan hörte man das Geräusch von laufendem Wasser und das Geklapper von Waschbecken. George betrachtete seine Karten. »Wir sollten uns wohl auch waschen gehn«, sagte er. »Aber wir haben ja nichts geschafft, um schmutzig zu werden.«
Ein großgewachsener Mann trat in den Türrahmen. Er hielt einen zusammengedrückten breitkrempigen Hut unter den Arm geklemmt, während er sein langes, feuchtes schwarzes Haar straff zurückkämmte. Wie alle trug er blaue Hosen und einen kurzen Drillichkittel. Als er mit dem Kämmen fertig war, trat er in den Raum, und zwar mit einem so hoheitsvollen Gang, wie er nur Fürsten oder Leuten, die Meister in ihrem Fach sind, zu Gebote steht. Er war der König des Guts, ein sogenannter Zugleinenfahrer, ein Mann, der imstande war, zehn, ja zwanzig Maultiere mit einer einzigen Kopfleine zum Leitpaar zu lenken. Er konnte mit einer Ochsenpeitsche eine Fliege auf der Kruppe des Stangentieres wegschlagen, ohne daß es der Maulesel spürte. Sein ganzes Auftreten und Gehaben war von solchem Ernst und solch tiefer Ruhe, daß jeses andere Gespräch verstummte, wenn er zu sprechen anfing. Sein Ansehen war so groß, daß jedes Wort von ihm, über welches Thema auch immer, ob es Politik oder Liebe war, widerspruchslos hingenommen wurde. Das war Slim, der Meisterfahrer. Sein scharfgeschnittenes Gesicht wirkte alterslos. Der Mann konnte ebensogut fünfunddreißig wie fünfzig Jahre alt sein. Sein Ohr hörte

mehr, als ihm gesagt wurde, und in seiner langsamen Sprechweise schwangen Untertöne, die nichts mit dem Verstand zu tun hatten, sondern einem Verstehen entsprangen, das über den Verstand hinausging. Seine Hände waren groß und schlank; ihre Bewegungen waren von einer Grazie wie die einer Tempeltänzerin.
Er glättete seinen zerdrückten Hut, kniff die Mittelfalte ein und setzte ihn auf. Er warf den beiden Leuten im Schlafsaal einen freundlichen Blick zu.
»Saumäßig grelles Licht draußen«, sagte er heiter. »Kann hier drin kaum was sehn. Seid ihr die zwei Neuen?«
»Grad angekommen«, sagte George.
»Sollt Gerste aufladen?«
»Der Chef sagt so.«
Slim setzte sich George gegenüber auf eine Kiste. Er sah sich die verkehrt zu ihm liegende Patience an.
»Hoffentlich kommt ihr zu meinem Trupp«, sagte er.
Seine Stimme klang sehr gewinnend.
»Ich hab ein paar faule Brüder bei meinem Trupp, die einen Gerstensack nicht von einer Frostbeule unterscheiden können. Habt ihr zwei schon mal Gerste geladen?«
»Verflucht, ja«, sagte George. »Ich bin da kein großer Held, aber der Mordskerl da, der hebt mehr Korn allein wie sonst zwei zusammen.«
Lennie, der dem Gespräch, von einem zum andern sehend, gefolgt war, schmunzelte selbstgefällig über das Lob; Slim warf George einen anerkennenden Blick dafür zu, daß er das Lob ausgesprochen hatte. Er beugte sich über den Tisch und schnickte eine herumliegende Karte an der Ecke in die Höhe.
»Ihr zwei geht miteinander auf Wanderschaft?«
Er sagte das in einem freundlichen Tonfall, der die Menschen dazu brachte, ihm ohne weiteres Vertrauen entgegenzubringen.
»Ja«, antwortete George. »Wir sorgen sozusagen einer für den andern.«
Er deutete mit dem Daumen auf Lennie.
»Er ist nicht sehr hell im Kopf. Aber verteufelt guter Arbeiter. Verteufelt braver Kerl, aber eben . . . nicht sehr hell. Kenn ihn schon lange.«

Slims Blick ging durch George hindurch und über ihn hinaus. »Selten, daß Burschen zusammen auf Wanderschaft gehn«, sagte er nachdenklich vor sich hin. »Ich weiß eigentlich nicht, warum. Als ob in dieser verdammten Welt jeder Mensch vor dem andern Angst hätte.«
»Ist schon schöner, wenn man mit einem guten Bekannten in der Welt rumläuft«, sagte George.
Jetzt betrat ein handfester, schmerbäuchiger Mann die Baracke. Sein Kopf triefte noch vom Waschen und Abbrausen.
»Hi, Slim«, sagte er, blieb dann stehen und betrachtete George und Lennie.
»Die zwei sind grad angekommen«, sagte Slim gewissermaßen als Vorstellung.
»Freut mich«, sagte der beleibte Mann. »Mein Name ist Carlson.«
»Ich heiße George Milton, und der da heißt Lennie Small.«
»Freut mich«, sagte Carlson noch einmal. »Klein ist er grade nicht.«
Er bekicherte seinen Witz ein wenig.
»Was ich dich fragen wollte, Slim . . . was ist mit deiner Hündin? Hab sie heut früh nicht unter deinem Wagen gesehn.«
»Hat heut nacht Junge geworfen«, sagte Slim. »Neun Stück. Vier davon hab ich gleich ersäuft. Für so viele hatte sie keine Milch.«
»Also fünf übrig, he?«
»Ja, ja, fünf. Die größten hab ich behalten.«
»Was für Hunde werden das, meinst du?«
»Keine Ahnung«, sagte Slim. »So was wie Schäferhunde wohl. Wenigstens hab ich solche am meisten hier in der Gegend gesehen, als sie läufig war.«
»Also fünf Junge«, fing Carlson wieder an. »Willst du alle behalten?«
»Weiß ich noch nicht. Jedenfalls muß ich sie so lange behalten, wie Lulu sie säugt.«
Nachdenklich sagte Carlson: »Hör mal, Slim. Candys Hund ist so gottverdammt alt, daß er kaum mehr laufen kann. Stinkt dazu wie die Pest. Jedesmal wenn er in die Baracke kommt, riecht's noch zwei, drei Tage lang nach ihm. Sag doch Candy, er soll den alten Hund erschießen, und gib ihm eins von den Jungen zum Aufziehn.

Den alten Hund da riecht man ja meilenweit. Keine Zähne mehr, fast blind und kann nicht mehr kauen. Candy füttert ihn bloß noch mit Milch.«

George hatte Slim gespannt beobachtet. Draußen wurde jetzt ein Triangel angeschlagen, erst langsam, dann immer rascher, bis die einzelnen Schläge zu einem einzigen langgezogenen Klang verschmolzen. Ebenso plötzlich, wie er eingesetzt hatte, brach er wieder ab.

»Es geht los«, sagte Carlson.

Von draußen drangen die Stimmen einer Anzahl vorbeigehender Männer herein. Slim erhob sich langsam und würdevoll.

»Eilt euch, ihr zwei, solange noch was zum Essen da ist. In ein paar Minuten ist nichts mehr übrig.«

Carlson trat zurück, um Slim vorgehen zu lassen; dann schritten die zwei Männer der Tür zu.

Lennie schaute George aufgeregt an. George schob die Karten zu einem ordentlichen Haufen zusammen.

»Ja, ja«, sagte George, »hab schon gehört, Lennie, werd ihn mal fragen.«

»Ein braun und weiß Geflecktes«, rief Lennie aufgeregt.

»Komm jetzt essen. Ich weiß nicht, ob er ein braun und weiß Geflecktes hat.«

Lennie rührte sich nicht von seinem Bett weg.

»Frag ihn gleich, George, damit er nicht noch mehr davon umbringt.«

»Ja, ja. Komm jetzt, steh auf.«

Lennie wälzte sich vom Bett herunter und stand auf; die beiden gingen zur Tür. Als sie gerade davor waren, stürzte Curley herein.

»Habt ihr hier eine junge Frau gesehn?« fragte er aufgeregt.

George sagte kühl: »Vor einer halben Stunde etwa.«

»So . . . was hat sie hier gewollt, zum Donnerwetter?«

George blieb stehen und betrachtete den wütenden kleinen Kerl. In aufreizendem Ton sagte er: »Sie hat gesagt . . . sie sucht dich.«

Es war, als ob Curley George zum ersten Male sähe. Seine Blicke fuhren über George hin, schätzten seine Körpergröße, maßen seine Reichweite ab, überflogen seinen schmalen Taillenumfang.

»So, und wo hinaus ist sie gegangen?« fragte er schließlich.

»Weiß ich nicht. Hab ihr nicht nachgesehn.«
Curley warf ihm einen bösen Blick zu, drehte sich um und eilte zur Tür hinaus.
»Weißt du, Lennie«, sagte George, »ich glaube, ich krieg selbst Krach mit dem Schweinehund. Ich kann ihn nicht ausstehn. Herrjeh! Na, komm. Sonst ist kein Bissen mehr übrig.«
Sie gingen aus der Baracke. Unter dem Fenster lag ein schmaler Sonnenstreifen. Von weitem hörte man Tellergeklapper.
Kurz darauf humpelte der alte Hund durch die offenstehende Tür. Mit seinen sanften, halb erblindeten Augen sah er sich nach allen Seiten um. Schließlich schnupperte er und legte sich hin, den Kopf zwischen den Pfoten. Wieder kam Curley dahergestürzt, blieb an der Tür stehen und schaute in die Baracke hinein.
Der Hund hob den Kopf; als Curley davongerannt war, sank die graue Schnauze wieder auf den Fußboden.

Drittes Kapitel

Obwohl das Abendlicht durch die Fenster der Schlafbaracke fiel, lag Dämmerung darin. Durch die offene Tür hörte man die meist dumpfen, hin und wieder auch hellklirrenden Aufschläge von einem Hufeisenspiel, dazwischen beifällige oder spöttische Rufe.
Slim und George betraten zusammen die dämmrige Baracke. Slim langte mit der Hand über den Spieltisch hinauf nach der mit einem Blechschirm versehenen elektrischen Lampe und knipste sie an. Sofort lag der Tisch grell beleuchtet da; der durch den Lampenschirm gebildete Lichtkegel ergoß sich nur nach unten und ließ die Ecken der Baracke im Dämmerdunkel. Slim setzte sich auf eine der Kisten, George nahm ihm gegenüber Platz.
»Ist ja nicht der Rede wert«, sagte Slim. »Ich hätt die meisten sowieso ersäufen müssen. Gar nichts zu danken.«
»Für dich mag's nicht der Rede wert sein, aber für ihn bedeutet das Gott weiß was. Herrje, ich weiß gar nicht, wie wir ihn dazu kriegen werden, hier zu schlafen. Er ist imstand und will draußen im Stall bei ihnen schlafen. Wir werden alle Mühe haben, daß er sich nicht zu den Jungen in die Kiste legt.«

»Nicht der Rede wert«, sagte Slim noch einmal. »Tja, aber mit ihm hast du ganz recht. Sehr hell ist er ja grade nicht, aber so einen Arbeiter habe ich meiner Lebtag nicht gesehn. Seinen Nebenmann beim Aufladen hat er, weiß der Teufel, fast umgebracht. Mit dem kann keiner Schritt halten. Allmächtiger Gott, so einen starken Kerl hab ich meiner Lebtage nicht gesehn.«

Voller Stolz sagte George: »Dem Lennie braucht man bloß zu sagen, was er tun soll, und er tut's, solang es dabei nichts nachzudenken gibt. Von sich aus kann er keine Arbeit tun, aber er führt jeden Befehl glatt aus.«

Von draußen hörte man das klirrende Anschlagen eines Hufeisens an den Eisenpfahl und Beifallsgemurmel.

Slim rückte ein wenig nach hinten, damit ihm das Licht nicht ins Gesicht fiel.

»Komisch, daß ihr zwei zusammengespannt habt.«

In seiner wortkargen Art forderte er George damit auf, sich offen auszusprechen.

»Was ist daran so komisch?« fragte George, wie um sich zu verteidigen.

»Tja, ich weiß nicht. Kommt sonst kaum vor, daß die Burschen miteinander auf Wanderschaft gehn. Hab das kaum je erlebt. Du weißt ja, wie die Hilfsarbeiter sind; kommen rein, kriegen ihre Schlafstelle, arbeiten einen Monat, und dann ziehn sie weiter, jeder für sich allein. Keiner schert sich den Teufel um den andern. Es ist doch ein bißchen komisch, daß ein närrischer Vogel wie der und ein gewitzter Kerl wie du miteinander auf Wanderschaft gehn.«

»Ein närrischer Vogel ist er nicht«, sagte George. »Er ist saublöd, aber verrückt nicht. Und ich bin ja auch nicht so hell, sonst tät ich nicht für mein bißchen Essen und Schlafen Gerstensäcke schleppen. Wenn ich hell oder gar ein bißchen gewitzt wär, dann hätt ich mein eignes Anwesen und brächt meine eigne Ernte ein, statt bloß zu schuften und nichts von dem zu haben, was der Boden hergibt.«

George fiel in Schweigen. Aber er hatte eigentlich den Wunsch, sich auszusprechen. Slim äußerte kein Wort, weder in aufmunterndem noch in entmutigendem Sinn. Er lehnte sich nur ruhig und aufnahmewillig zurück.

»Ist nichts Komisches dran, daß wir zwei zusammen rumziehn«, fing George schließlich wieder an. »Wir beide stammen aus Auburn. Ich hab seine Tante Clara gekannt. Sie hat ihn als kleines Kind zu sich genommen und ihn aufgezogen. Als die Tante Clara starb, ist er einfach mit mir auf Arbeit gegangen. So haben wir uns mit der Zeit aneinander gewöhnt.«

»Hm«, machte Slim.

George warf einen Blick auf Slim und sah dessen ruhige, götterbildähnliche Augen auf sich gerichtet.

»Komisch«, sagte George. »Ja, zuerst hab ich ihm alle möglichen Streiche gespielt, weil er zu blöd war, um auf sich aufzupassen. Aber er war auch zu blöd, um zu merken, daß man ihm einen Streich spielte. Machte mir viel Spaß. Ich kam mir neben ihm gottverdammt gescheit vor. Er machte das dümmste Zeug, das ich ihm nur angab. Wenn ich ihm sagte, er solle über einen abschüssigen Felsen gehen, dann ging er drüber. Auf die Dauer war das aber nicht mehr so verflucht komisch. Er wurde auch nie böse drüber. Ich hab ihn manchmal furchtbar verprügelt, und er hätte mir mit seinen bloßen Händen jeden Knochen im Leib zerbrechen können, aber er hat nie auch nur einen Finger gegen mich gerührt.«

Georges Tonfall wurde fast zu dem einer Beichte: »Ich will dir sagen, wieso ich dazu kam, damit aufzuhören. Oben am Sacramento-Fluß lungerte einmal ein Haufen Burschen herum. Ich wollte mich wichtig machen und sagte zu Lennie: ›Spring rein.‹ Und er springt. Schwimmen konnt er nicht, nicht einen Schlag. Wäre beinah ersoffen, ehe wir ihn grade noch rausholten. Und dann war er einfach schrecklich anständig zu mir, weil ich ihn rausgezogen hätte. Hatte glatt vergessen, daß ich ihm gesagt hatte, er solle reinspringen. Seitdem hab ich so was nicht mehr gemacht.«

»Anständiger Kerl«, sagte Slim. »Ein Mensch braucht keinen Verstand, um ein anständiger Kerl zu sein. Manchmal kommt mir eher vor, daß umgekehrt ein Schuh draus wird. Schau dir so einen ganz gewitzten Burschen an . . . selten, daß er auch ein anständiger Kerl ist.«

George schichtete die herumliegenden Karten zusammen und fing an, Patience zu legen. Von draußen wurde das dumpfe Aufprallen der Hufeisen hörbar. Das Abendlicht erhellte noch die Scheibenvierecke der Fenster.

»Ich hab keine Familie«, sagte George. »Hab die Burschen erlebt, die jeder für sich von Hof zu Hof laufen. Das ist nicht gut. Die haben keine Unterhaltung. Auf die Dauer werden sie bösartig. Dann wollen sie immer raufen.«

»Ja, ja, sie werden bösartig«, pflichtete Slim bei. »Wollen mit niemand mehr reden.«

»Natürlich ist Lennie meistens eine große Last«, sagte George. »Aber man gewöhnt sich dran, mit einem Menschen zusammen zu sein, und wird ihn dann nicht mehr los.«

»Der ist nicht bösartig«, sagte Slim. »Man merkt, daß er gar nicht bösartig ist.«

»Nein, bösartig sicher nicht. Aber er kommt immer wieder in Ungelegenheiten, weil er so gottverdammt blöd ist. Wie's da in Weed passiert ist . . .«

Er stockte, stockte mitten im Umdrehen einer Karte. Er machte ein erschrockenes Gesicht und schielte zu Slim hinüber.

»Erzählst du es sicher niemand?«

»Was hat er in Weed angestellt?« fragte Slim nur gelassen.

»Du erzählst es nicht weiter? . . . Nein, das tust du sicher nicht.«

»Was hat er in Weed angestellt?« fragte Slim noch einmal.

»Er hat ein Mädchen in einem roten Kleid gesehn. Blöder Hund, wie er ist, will alles anfassen, was ihm gefällt. Nur anfassen. Er langt also hin, um das rote Kleid anzufassen, das Ding kreischt auf, davon wird Lennie ganz wirr und hält fest, weil er keinen andern Gedanken im Kopf hat. Na, und das Mädchen kreischt und kreischt . . . Ich war ganz in der Nähe und hab das Geschrei gehört; ich renn also hin, und wie ich hinkomm, ist der Lennie so verdattert, daß er bloß noch den Gedanken hat festzuhalten. Ich hau ihm mit einem Zaunpfahl auf den Schädel, um ihn zum Loslassen zu bringen. Aber der Schreck ist ihm so in die Glieder gefahren, daß er das Kleid nicht loslassen konnte. Und er ist doch so gottverdammt stark, weißt du ja.«

Slims Blick blieb ruhig; seine Augen zwinkerten nicht. Er nickte langsam.

»Und dann?«

George legte sorgfältig seine Patiencereihe.

»Nun, das Mädchen rennt in die Ortschaft und erzählt der Polizei, es hätt sie einer notzüchtigen wollen. Die Burschen von Weed tun sich zusammen und ziehn aus, um Lennie zu lynchen. Und dann sitzen wir den ganzen übrigen Tag in einem Abzugsgraben. Bloß mit dem Kopf über Wasser und unterm Gras, das am Rand wächst. Und in der Nacht sind wir dann auf und davon.«

Slim blieb einen Augenblick lang schweigend sitzen.

»Hat dem Mädchen gar nichts zuleid getan, wie?« fragte er schließlich.

»Ach wo. Hat ihr bloß einen Schreck eingejagt. Ich wär auch erschrocken, wenn er nach mir gepackt hätte. Aber er hat ihr überhaupt nichts zuleid getan. Er wollte bloß das rote Kleid anfassen, wie er immerzu die Hundchen streicheln will.«

»Kein bösartiger Kerl«, sagte Slim. »Einen bösartigen Kerl erkenn ich auf eine Meile.«

»Natürlich nicht, und er tut jeden Dreck, den ich . . .«

Da kam Lennie zur Tür herein. Er trug seinen blauen Drillichkittel über die Schultern gehängt wie eine Pelerine und ging etwas vorgebückt.

»He, Lennie«, sagte George, »wie gefällt dir das Hundchen jetzt?«

Ganz außer Atem sagte Lennie: »Es is braun un' weiß, genau wie ich's mir gewünsch hab.«

Er ging stracks zu seiner Schlafstelle hin, legte sich darauf, drehte das Gesicht zur Wand und zog die Knie hoch.
Entschlossen legte George die Karten hin und sagte scharf zu ihm: »Lennie!«
Lennie drehte den Kopf und schaute über die Schulter zu George hinüber.
»Hä? Was ist, George?«
»Ich hab dir doch gesagt, du darfst das Hundchen nicht mit reinbringen.«
»Was für Hundchen, George? Ich hab kein Hundchen.«
George ging rasch zu ihm hin, packte ihn bei der Schulter und wälzte ihn herum. Dann griff er nach unten und nahm das winzige Tierchen hoch, das Lennie unter seinem Bauch versteckt hatte.
Lennie richtete sich ungestüm auf.
»Gib's mir doch wieder, George.«
»Du stehst jetzt sofort auf«, sagte George, »und bringst das Hundchen wieder in die Kiste. Es muß über Nacht bei seiner Mutter bleiben. Willst du's denn umbringen? Vorige Nacht ist es erst geboren, und schon nimmst du's der Mutter weg. Du bringst es zurück, oder ich sag Slim, daß er's dir nicht läßt.«
Lennie streckte bittend die Hände aus. »Gib's mir doch wieder, George. Ich bring's zurück. Hab nichts Böses tun wollen, George. Wahrhaftig nicht. Wollt' es doch bloß ein bißchen streicheln.«
George gab ihm das Tierchen zurück. »Na, schön. Du bringst's gleich wieder hin und nimmst's nicht mehr weg. Im Handumdrehen hast du's totgemacht.«
Lennie trollte sich schleunigst aus der Baracke.
Slim hatte sich nicht gerührt. Mit ruhigem Blick sah er Lennie nach.
»Herrje«, sagte er, »das reine Kind, was?«
»Ja, ja, das reine Kind. Auch so harmlos wie ein Kind, bloß daß er so stark ist. Ich mache eine Wette, daß er heut nacht nicht hier schläft. Legt sich lieber neben die Kiste im Stall. Na, mag er. Da drüben kann er nichts anstellen.«
Draußen war es fast ganz dunkel geworden. Candy, der alte Stubenfeger, kam herein und ging zu seiner Schlafstelle; der alte Hund schleppte sich hinter ihm her.

»Hallo, Slim. Hallo, George. Habt ihr nicht beim Hufeisenspiel mitgemacht?«
»Ich spiel nicht gern jeden Abend«, sagte Slim.
»Hat keiner von euch ’n Schluck Whisky?«, sagte Candy. »Ich hab Bauchweh.«
»Nein«, sagte Slim. »Wenn ich welchen hätte, würd ich ihn selber trinken, auch ohne Bauchweh.«
»Arges Bauchweh«, sagte Candy. »Von den gottverdammten Kohlrüben. Ich wußte, daß ich Bauchweh bekäm, bevor ich sie angerührt hab.«
Aus dem schon ganz verdunkelten Hof kam der schmerbäuchige Carlson herein. Er ging durch die Baracke zur andern Schmalseite und knipste dort die zweite Lampe unter dem Schirm an.
»Hier ist’s dunkler wie in der Hölle«, sagte er. »Herrje, wie der Nigger Hufeisen schmeißt.«
»Das kann er großartig«, sagte Slim.
»Wahrhaftig«, sagte Carlson. »Gegen den kommt keiner auf . . .« Er unterbrach sich und schnupperte.
Dann warf er, noch immer schnuppernd, einen Blick auf den alten Hund.
»Allmächtiger Gott, stinkt der Hund! Bring ihn raus, Candy. Ich kenn nichts, was so übel stinkt wie ein alter Hund. Du mußt ihn rausbringen.«
Candy wälzte sich zum Rand seiner Bettstelle herum, griff hinunter zu dem alten Hund, tätschelte ihn und sagte als Entschuldigung: »Ich bin so an ihn gewöhnt, daß ich gar nicht mehr merke, daß er stinkt.«
»Also, ich kann ihn jedenfalls nicht aushalten«, sagte Carlson. »Selbst wenn er weg ist, hängt der Gestank noch in der Luft.«
Mit seinem schweren Schritt ging er auf den Hund zu und schaute auf ihn hinunter.
»Hat überhaupt keine Zähne mehr«, sagte er. »Und ganz steif vor Rheumatismus. Ist doch ganz unnütz für dich, Candy, und ganz unnütz für sich selber. Warum erschießt du ihn nicht, Candy?«
Der Alte wand und drehte sich vor Verlegenheit.
»Tja . . . zum Teufel . . . ich hab ihn schon so lang, schon als Junges. Hab Schafe mit ihm gehütet.« Dann voll Stolz: »Wenn man

ihn heut ansieht, glaubt man's nicht; aber er war der beste Schäferhund, den ich je erlebt hab.«

George sagte: »In Weed hab ich mal einen Mann gesehn mit einem Airedale, der Schafe hüten konnte. Hat's von den andern Hunden gelernt.«

Carlson ließ sich nicht ablenken: »Schau, Candy. Der alte Köter ist sich doch bloß selbst zur Last. Wenn du ihn rausführst und gibst ihm eine Kugel grade ins Genick« – er beugte sich vor und deutete auf die Stelle – »grade hier, dann würd er gar nichts merken.«

Candy warf unglückselige Blicke um sich.

»Nein«, sagte er leise, »das kann ich nicht. Dazu hab ich ihn schon zu lang.«

»Dem Hund macht doch nichts mehr Freude«, beharrte Carlson. »Und er stinkt ärger wie die Hölle. Ich will dir was sagen. Ich werd' ihn erschießen. Dann brauchst du's nicht zu tun.«

Candy schob die Beine über den Bettrand. Er kratzte sich nervös seinen weißen Stoppelbart.

»Ich bin so an ihn gewöhnt«, sagte er leise. »Hab ihn als Junges gekriegt.«

»Na, du tust ihm nichts Gutes an, wenn du ihn am Leben läßt«, sagte Carlson. »Schau, Slims Hündin hat grade geworfen. Ich wette, daß dir Slim eins von den Jungen zum Aufziehen schenkt, nicht wahr, Slim?«

Slim hatte den alten Hund mit seinem ruhigen Blick betrachtet.

»Ja, ja«, sagte er. »Kannst ein Junges haben, wenn du willst.«

Er schien etwas abzuschütteln, um sich offen äußern zu können.

»Carlson hat recht, Candy. Der Hund ist sich selber zur Last. Ich wollt, mir gäb einer eine Kugel, wenn ich einmal alt und ein Krüppel bin.«

Candy blickte ihn hilflos an, denn Slims Ansichten waren Gesetz.

»Vielleicht tät's ihm weh«, meinte er. »Mir macht's nichts aus, für ihn zu sorgen.«

»Wie ich ihn erschießen würde«, sagte Carlson, »tät er's gar nicht spüren. Ich würde den Revolver hier ansetzen« – er deutete mit dem Fuß auf die Stelle –, »genau im Nacken. Er würde nicht einmal zucken.«

Candy blickte hilfesuchend von einem zum andern. Draußen war

es jetzt völlig Nacht. Ein junger Handlanger kam herein. Seine abfallenden Schultern waren vorgebeugt, und er ging schwer, als schleppte er einen unsichtbaren Kornsack auf dem Rücken. Er ging zu seiner Schlafstelle und legte seinen Hut auf das Fach darüber. Dann nahm er aus dem Fach ein illustriertes Heft, brachte es zum Tisch und hielt es in den Lampenschirm.
»Hab ich dir das schon gezeigt, Slim?« fragte er.
»Was gezeigt?«
Der junge Mensch schlug die letzte Seite des Heftes auf, legte es auf den Tisch und deutete mit dem Finger auf etwas: »Da, hier, lies das mal.«
Slim beugte sich darüber.
»Lies mal laut«, sagte der junge Mann.
»›Werter Herr Redakteur‹«, las Slim langsam vor. »›Ich lese Ihre Zeitschrift seit sechs Jahren und halte sie für die beste, die auf dem Markt ist. Die Erzählungen von Peter Rand mag ich sehr. Ich finde ihn prima. Bringen Sie noch mehr solche Sachen wie den ›Unbekannten Reiter‹. Ich schreibe nicht oft Briefe. Ich wollte Ihnen nur sagen, daß ich nie einen Cent besser angelegt habe wie für Ihre Hefte.‹«
Slim blickte fragend auf. »Warum sollte ich das unbedingt lesen?«
Whit sagte: »Lies mal weiter. Lies den Namen, der drunter steht.«
Slim las vor: »›Weiter guten Erfolg. Ihr William Tenner.‹«
Dann blickte er wieder Whit an.
»Und warum soll ich das lesen?«
Whit klappte das Heft nachdrücklich zu. »Erinnerst du dich nicht an William Tenner? Vor einem Vierteljahr ungefähr hat er doch hier gearbeitet.«
Slim dachte nach.
»So ein Kleiner?« sagte er schließlich. »Fuhr eine Umbrechmaschine?«
»Ja, eben der«, schrie Whit. »Das ist er!«
»Meinst du, der hat den Brief geschrieben?«
»Ich weiß es. Einmal waren Bill und ich hier drin. Bill hatte eins von den Heften; es war grad angekommen. Er schaut hinein und sagt: ›Ich hab einen Brief geschrieben. Bin doch neugierig, ob er in dem Heft abgedruckt ist.‹ Aber er war nicht drin. Bill sagt: ›Na,

vielleicht heben die ihn für später auf.‹ Und so war's auch. Da steht er jetzt.«
»Stimmt«, sagte Slim. »Da steht er im Heft.«
George streckte die Hand nach dem Heft aus. »Laß mich's mal sehn.«
Whit schlug die Seite wieder auf, gab aber das Heft nicht aus der Hand. Er deutete mit dem Zeigefinger auf den Brief. Dann ging er wieder zu seiner Schlafstelle und brachte das Heft sorgfältig in seinem Spind unter.
»Ich möcht wissen, ob Bill es gesehn hat«, sagte er. »Bill und ich haben zusammen auf dem Erbsenfeld gearbeitet. Wir haben jeder eine Umbrechmaschine gefahren. Verteufelt netter Kerl, dieser Bill.«
Carlson hatte es vermieden, sich in das Gespräch hineinziehen zu lassen. Er schaute immer noch auf den alten Hund. Candy beobachtete ihn beunruhigt.
Schließlich sagte Carlson: »Wenn du willst, erlös ich den armen alten Teufel gleich jetzt von seinem Elend, dann ist's überstanden. Er hat doch nichts mehr vom Leben. Kann nicht fressen, sieht nichts, kann nicht mal mehr laufen, ohne daß es ihm weh tut.«
Mit letzter Hoffnung meinte Candy zu ihm: »Du hast ja kein Schießeisen.«
»So? Ich hab eine Lugerpistole. Es tut ihm überhaupt nicht weh.«
Candy sagte: »Vielleicht morgen. Warten wir bis morgen.«
»Ich seh nicht ein, warum«, sagte Carlson. Er ging zu seiner Schlafstelle, holte darunter seinen Reisesack hervor und nahm eine Luger-Pistole heraus.
»Machen wir Schluß damit«, sagte er. »Wir können ja nicht schlafen, wenn er uns hier die Bude verstänkert.«
Er steckte die Pistole in die Hintertasche.
Candy warf einen langen Blick auf Slim, als erwarte er, daß der ein gutes Wort einlege. Aber Slim tat ihm nicht den Gefallen.
Schließlich sagte Candy leise und mutlos: »Also gut . . . nimm ihn mit.«
Er warf keinen Blick mehr auf den Hund. Er streckte sich wieder auf seiner Bettstelle aus, verschränkte die Arme im Nacken und starrte an die Zimmerdecke.

Carlson nahm einen kleinen Lederriemen aus der Tasche, bückte sich und band ihn dem alten Hund um den Hals. Alle Anwesenden außer Candy sahen ihm zu.
»Komm, Alter; komm los, Bursche«, sagte er gutmütig.
Dann sagte er, wie entschuldigend, zu Candy: »Er wird's nicht mal spüren.«
Candy regte sich nicht und sagte keine Silbe. Carlson zog leicht am Riemen.
»Komm, Bursche.«
Schwer und steif rappelte sich der alte Hund auf und folgte der leicht angezogenen Leine.
»Carlson«, rief Slim.
»Ja?«
»Du weißt, was du zu tun hast?«
»Was meinst du damit, Slim?«
»Nimm eine Schaufel mit«, sagte Slim kurz
.»Natürlich! Ich versteh.«
Damit ging er mit dem Hund an der Leine in die Nacht hinaus.
George ging ihm zur Tür nach und machte sie zu, indem er das Schnappschloß sanft zudrückte. Candy lag steif auf seinem Bett und starrte an die Decke.
Slim sagte laut: »Eins von meinen Leittieren hat einen bösen Huf. Ich muß etwas Teer draufschmieren.«
Der Klang seiner Stimme war immer leiser geworden. Draußen war es still. Carlsons Schritte verhallten. Die Stille schien von draußen in den Raum zu kriechen. Sie setzte sich fest.
Endlich lachte George leise auf: »Lennie ist sicher drüben im Stall bei seinem Hundchen. Der hat keine Lust mehr, hierherzukommen, wo er jetzt ein Hundchen hat.«
Slim sagte: »Candy, du kannst von den jungen Hunden haben, welchen du willst.«
Candy gab keine Antwort. Wieder legte sich die Stille über den Raum. Aus der Nacht draußen drang sie herein, durchdrang den ganzen Raum. Wieder brach George das Schweigen: »Spielt jemand eine kleine Partie Whist?«
»Ich spiel ein paar Runden mit dir«, sagte Whit.
Sie setzten sich am Tisch im Lampenschein einander gegenüber;

aber George mischte die Karten nicht. Er schnippte nur nervös über die Ränder des Häufchens; als er merkte, daß das leise knatternde Geräusch die Blicke aller Anwesenden auf sich zog, ließ er es sein. Wieder legte sich die Stille über den Raum. Es verging eine Minute; noch eine Minute. Candy lag ruhig da und starrte an die Decke. Slim schaute kurz nach ihm hin und blickte dann auf seine eigenen Hände; er drückte die eine auf die andere, um sie niederzuhalten. Ein leises nagendes Geräusch wurde unter dem Fußboden vernehmlich; dankbar blickten sämtliche Männer nach der Stelle hin. Nur Candy fuhr fort, an die Decke zu starren.

»Hört sich an, als wenn da eine Ratte wäre«, sagte George. »Wir sollten eine Falle aufstellen.«

Whit platzte heraus: »Was fackelt er denn so lang, zum Donnerwetter. Leg mal ein bißchen Karten, ja? So wird's nichts mit dem Whistspielen.«

George legte die Karten dicht zusammen und betrachtete ihre Rückseite. Wieder blieb alles still.

Ein Schuß knallte in der Ferne. Die Männer warfen einen raschen Blick auf den Alten. Die Köpfe aller waren ihm zugekehrt.

Einen Augenblick lang starrte er noch zur Decke hinauf. Dann drehte er sich langsam auf die Seite mit dem Gesicht zur Wand und blieb schweigend liegen.

Geräuschvoll mischte George die Karten und teilte dann aus. Whit zog sich ein Markierbrett heran und steckte die Zapfen zurecht. Dabei sagte er: »Ihr zwei seid, scheint's, richtig zum Arbeiten hergekommen.«

»Was soll das heißen?« fragte George

Whit lachte.

»Na, ihr seid am Freitag gekommen, da habt ihr noch zwei Tage zu arbeiten bis zum Sonntag.«

»Ich versteh nicht, was du da rechnest«, sagte George.

Whit lachte wieder auf.

»Wenn du viel auf diesen großen Gütern rumgekommen wärst, tätst du schon verstehn. Wenn sich einer den Hof erst mal ansehen will, dann kommt er am Samstagnachmittag. Dann kriegt er am Samstag Nachtessen und am Sonntag drei Mahlzeiten und kann am Montagmorgen nach dem Frühstück wieder abschieben, ohne

daß er eine Hand gerührt hat. Ihr zwei aber kommt am Freitagmittag zur Arbeit. Müßt anderthalb Tage drangeben, wie du auch rechnest.«
George sah ihn ruhig an.
»Wir wollen eine Zeitlang hierbleiben«, sagte er. »Ich und Lennie wollen ein bißchen was zusammensparen.«
Lautlos tat sich die Tür auf, und der Stallknecht steckte seinen Kopf durch den Spalt, einen mageren Negerkopf mit schmerzverzerrten Zügen, aber still duldenden Augen.
»Mr. Slim.«
Slims Augen ließen von dem alten Candy ab.
»He? Ach so. Hallo, Crooks. Was ist los?«
»Sie haben mir gesagt, ich soll Teer anwärmen für dem Maultier sein' Fuß. Hab ihn warm.«
»Ach so, Crooks. Ja, ja, ich komm gleich raus und schmier ihn drauf.«
»Wenn Sie wollen, kann ich's auch machen, Mr Slim.«
»Nein, ich komm schon und mach's selbst.«
Er stand auf.
Crooks sagte: »Mr. Slim.«
»Ja?«
»Der große neue Kerl macht sich im Stall mit Ihren kleinen Hunden zu schaffen.«
»Na, er tut ihnen nichts. Ich schenk ihm einen.«
»Ich wollt Ihnen bloß sagen«, fuhr Crooks fort, »er nimmt sie aus dem Lager raus und streichelt sie immer. Das tut ihn' nicht gut.«
»Er wird ihnen nicht weh tun«, sagte Slim. »Ich komm schon mit.«
George blickte auf.
»Wenn der blöde Kerl zuviel Unsinn anstellt, schmeiß ihn einfach raus, Slim.«
Slim folgte dem Stallknecht und ging.
George teilte aus, Whit nahm seine Karten auf und betrachtete sie.
»Hast du schon die neue Kleine gesehn?« fragte er.
»Was für eine Kleine?« fragte George.
»Dem Curley seine neue Frau.«
»Ja, hab ich gesehn.«
»Na, ist sie nicht ein süßes Puppchen?«

»Hab nicht viel von ihr gesehn.«
Whit legte die Karten mit Nachdruck auf den Tisch.
»Na, bleib nur da und halt die Augen offen. Dann kriegst du schon allerhand zu sehn. Verbergen tut sie nichts. So eine hab ich noch nicht erlebt. Mit allen äugelt sie. Ich möcht wetten, sie äugelt sogar mit dem Stallknecht. Weiß der Teufel, was sie damit vorhat.«
George fragte obenhin: »Hat's Krach gegeben, seit sie da is?«
Whit war es offensichtlich mit dem Kartenspiel nicht sehr ernst. Er legte sein Blatt hin, George schob die Karten mit seinen und dem Rest zusammen und fing an, bedächtig eine Patience zu legen: erst sieben Karten, darüber sechs, darüber wieder fünf.
Whit sagte: »Ich versteh, was du meinst. Nein, bisher ist nichts los gewesen. Curley ist wild vor Eifersucht, das ist bisher alles. Wo die Burschen gehn und stehn, schwänzelt sie herum. Sie sucht Curley oder hat was liegengelassen, was sie suchen muß. Kann, scheint's, den Männern nicht vom Leib bleiben. Curley kribbelt's in den Unterhosen wie von Ameisen, aber bisher ist noch nichts passiert.«
George sagte: »Sie wird schon Unfug anrichten. Das ist eine ganz Gefährliche, die ist reif fürs Kittchen. Der Curley wird mit der noch was erleben. Ein Gut mit einer Horde Männer drin ist kein Platz für eine junge Frau, schon gar nicht für eine wie die.«
Whit sagte: »Wenn's dir danach ist, dann komm morgen abend mit uns in die Stadt.«
»Wozu? Was ist los?«
»Bloß das Übliche. Wir gehn in das Lokal von der alten Susy. Verteufelt netter Ausschank. Bei der gibt's immer was zu lachen; immer reißt sie Witze. Wie wir vorigen Samstag zu ihr auf die Veranda kommen, macht Susy die Tür auf und schreit ins Haus: ›Kinder, zieht eure Röcke an, die Polizei ist da.‹ Aber unanständig redet sie nie daher. Hat fünf Mädchen.«
»Was kostet's da?« fragte George.
»Zweieinhalb. Kannst aber auch bloß für einen Vierteldollar trinken. Susy hat auch nette Sessel, wo man sich gemütlich hinsetzen kann. Wenn einer nicht ins Bett will, dann kann er sich auf einen Sessel setzen, ein paar Gläschen trinken und den Tag vertrödeln, das macht der Susy nichts. Die drängt einen nicht und schmeißt einen nicht raus, wenn man nicht ins Bett will.«

»Ich geh vielleicht mit dir in die Stadt und seh mir's mal an«, sagte George.
»Natürlich. Komm mit. Gibt viel zu lachen ... immer reißt sie Witze. Einmal sagte sie: ›Ich kenn Leute, wo sich einbilden, weil sie einen Flickenteppich auf dem Fußboden und eine Zelluloidpuppe als Lampe auf dem Grammophon haben, sie betreiben einen Salon.‹ Damit meint sie Claras Lokal. Und Susy sagt: ›Ich weiß, was ihr Burschen braucht. Meine Mädchen sind sauber‹, sagt sie, ›und mein Whisky ist nicht gewässert. Wenn einer von euch unbedingt eine Lampe mit einer Zelluloidpuppe sehn und sich dabei selber was verbrennen will, dann weiß er ja, wo er hinzugehen hat.‹ Und dann sagt sie: ›Da gibt's welche, die laufen mit O-Beinen rum, weil sie unbedingt eine Lampe mit einer Zelluloidpuppe sehn wollen.‹«
George fragte: »Die Klara betreibt das andere Lokal?«
»Jawohl«, sagte Whit. »Wir gehn aber nie hin. Clara nimmt drei Dollar für den Spaß und fünfunddreißig Cents für ein Gläschen, und Witze macht sie auch keine. Aber Susys Bude ist sauber, und sie hat hübsche Sessel drin. Läßt auch keine farbigen Brüder rein.«
»Lennie und ich wollen was zusammensparen«, sagte George. »Ich geh vielleicht mal hin, setz mich hin und trink ein Glas, aber ich geb keine zweieinhalb Dollar aus.«
»Na, man muß doch hin und wieder mal ein bißchen Vergnügen haben.«
Die Tür ging auf. Lennie und Carlson kamen zusammen herein. Lennie schlich sich zu seiner Schlafstelle, setzte sich darauf und bemühte sich, die Aufmerksamkeit nicht auf sich zu lenken. Carlson griff unters Bett und holte einen Sack hervor. Er warf keinen Blick auf den alten Candy, der noch immer mit dem Gesicht zur Wand dalag. Carlson brachte aus dem Reisesack einen Wischer zum Laufputzen sowie ein Ölkännchen zum Vorschein. Er legte beides auf sein Bett, holte dann die Pistole hervor, zog das Magazin heraus und ließ den Patronenrahmen aus der Kammer schnappen. Dann machte er sich mit dem Wischer ans Reinigen des Laufs. Beim Geräusch des schnappenden Auswerfers drehte sich Candy um, warf einen kurzen Blick auf die Pistole und kehrte sich wieder zur Wand.

Carlson fragte obenhin: »Ist Curley hier gewesen?«
»Nein«, sagte Whit. »Was ist denn dem über die Leber gelaufen?«
Während er mit zugekniffenem Auge durch den Pistolenlauf schaute, sagte Carlson: »Sucht seine Alte. Tobt dauernd draußen rum.«
Und schon stürzte Curley aufgeregt herein.
»Hat einer von euch meine Frau gesehn?« rief er.
»War nicht hier«, sagte Whit.
Curley warf drohende Blicke um sich.
»Wo ist denn Slim, zum Donnerwetter?«
»Im Stall«, sagte George. »Wollte einen gerissenen Huf mit Teer einschmieren.«
Curley ließ die Schultern fallen und reckte sich.
»Wie lang ist das her?«
»Fünf . . . zehn Minuten.«
Curley lief hinaus und knallte die Tür hinter sich zu.
Whit stand auf.
»Das muß ich mir ansehn«, sagte er. »Curley ist nicht bei Trost, sonst tät er nicht mit Slim anbinden. Aber Curley ist ein Draufgänger, verdammter Draufgänger. Ist in die Endrunde um die ›Goldenen Handschuhe‹ gekommen. Hat Zeitungsausschnitte davon.«
Er dachte nach.
»Immerhin wär's gescheiter, er würde Slim in Ruhe lassen. Kein Mensch weiß, zu was Slim imstand ist.«
»Er meint wohl, Slim hätte was mit seiner Frau?« fragte George.
»Scheint so«, sagte Whit. »Natürlich hat Slim nichts mit ihr. Wenigstens glaub ich das nicht. Aber ich möcht das gern sehn, wenn der Krach losgeht. Komm mit.«
George sagte: »Ich bleib hier. Ich will in nichts verwickelt werden. Lennie und ich wollen ein bißchen Geld sparen.«
Carlson war fertig mit dem Reinigen der Pistole; er legte sie wieder in den Reisesack und schob diesen unters Bett.
»Ich geh mal raus und seh nach ihr«, sagte er.
Der alte Candy lag still da, und Lennie beobachtete George von seiner Schlafstelle aus argwöhnisch.
Als die Tür hinter Whit und Carlson zugefallen war, drehte sich George zu Lennie um.

»Was hast du auf dem Gewissen?«
»Hab nix gemacht, George. Slim sagt, ich soll die Jungen jetzt nicht soviel streicheln. Slim sagt, das tät ihnen nicht gut; deshalb bin ich gleich hergekommen. Ich war brav, George.«
»Das hätt ich dir auch sagen können«, meinte George.
»Ich hab ihnen nicht weh getan. Ich hab nur meins auf dem Schoß gehabt un' gestreichelt.«
George fragte: »Hast du Slim drüben im Stall gesehn?«
»Ja, natürlich. Er hat gesagt, ich soll das Hundchen nicht mehr streicheln.«
»Hast du die Frau gesehn?«
»Curleys Frau?«
»Ja. Ist sie in den Stall gekommen?«
»Nein. Jedenfalls hab ich sie nicht gesehn.«
»Hast Slim nicht mit ihr sprechen sehn?«
»Nein. Sie war nicht im Stall.«
»Also schön«, sagte George. »Mir scheint, die Burschen werden keine Rauferei erleben. Wenn's irgendwo Rauferei gibt, Lennie, bleib nur weg.«
»Ich will nix von Raufereien wissen«, sagte Lennie.
Er stand von seinem Bett auf, ging bis zum Tisch und setzte sich George gegenüber. Mechanisch mischte George die Karten und fing wieder an, Patience zu legen. Er tat es mit bedächtiger, versonnener Langsamkeit.
Lennie nahm eine der Bildkarten und betrachtete sie; dann drehte er sie herum und betrachtete sie wieder.
»Is oben wie unten«, sagte er. »George, warum is sie oben so wie unten?«
»Weiß ich nicht«, sagte George. So werden sie eben gedruckt. Was hat Slim denn im Stall gemacht, als du ihn dort gesehn hast?«
»Slim?«
»Ja. Hast ihn doch im Stall gesehn, und er hat dir gesagt, du sollst die Jungen nicht soviel streicheln.«
»Ach ja. Er hat eine Büchse mit Teer und einen Pinsel gehabt. Weiß nicht wozu.«
»Weißt du sicher, daß die Frau nicht hereinkam, wie sie heut hier hereinkam?«

»Sie ist überhaupt nicht reingekommen.«
George seufzte auf.
»Da hab ich lieber gleich ein richtiges Bordell«, sagte er. »Da kann einer sich besaufen und alles auf einmal loswerden, was er in sich hat, ohne Scherereien. Und erweiß, wieviel er dafür zu zahlen hat. Mit so einer Zuchthauspflanze steht man immer mit dem einen Fuß im Kittchen.«
Mit bewundernden Blicken las Lennie ihm die Worte vom Mund ab und bewegte den seinen leicht, wie um mitzukommen.
George fuhr fort: »Erinnerst du dich an Andy Cushman, Lennie? Ging in die Realschule.«
»Der, bei dem die alte Dame immer Kuchen für die Kinder machte?« fragte Lennie.
»Jawohl. Eben der. Du behältst alles, wo was zum Essen dabei ist.«
George betrachtete genau die Patience. Er legte ein As heraus und dann Karo-Zwei, -Drei und -Vier darauf.
»Andy sitzt jetzt in San Quentin*, bloß wegen einem Frauenzimmer«, sagte George.
Lennie trommelte mit den Fingern auf die Tischplatte.
»George?«
»Hä?«
»George . . . wie lang dauert's noch, bis wir das Gütchen kriegen un' vom Fett der Erde leben . . . un' Kaninchen . . .?«
»Weiß ich nicht«, sagte George. »Da müssen wir noch viel zusammensparen. Ich kenn schon so ein Gütchen, was billig zu haben wär, aber geschenkt kriegen wir's nicht.«
Der alte Candy drehte sich langsam um. Seine Augen standen weit offen. Er betrachtete George genau.
Lennie sagte: »Erzähl mir davon, George.«
»Hab dir doch erst gestern abend davon erzählt.«
»Ach, George . . . erzähl's noch mal.«
»Also, es ist zehn Morgen groß«, sagte George. »Hat eine kleine Windmühle; ein kleines Blockhaus ist drauf und ein Hühnerstall. Ein Küchen- und ein Obstgarten mit Kirschen, Äpfeln, Pfirsichen, Aprikosen, Nüssen. Dann ein Kleefeld und viel Wasser zum Bewässern. Und ein Koben für die Schweine . . .«

* Strafanstalt in Kalifornien. (Anm. d. Übers.)

»... un' Kaninchen, George.«
»Für die Kaninchen ist noch kein Platz da, aber da kann ich leicht ein paar Verschläge bauen, und du kannst die Kaninchen mit Klee füttern.«
»Verdammt ja, das könnt ich«, sagte Lennie. »Hast verdammt recht, das könnt ich.«
George ließ die Karten liegen. Sein Ton wurde wärmer.
»Wir könnten ein paar Schweine halten und ein Räucherhaus bauen, wie Großvater eins hatte, und dann schlachten wir ein Schwein und räuchern Speck und Schinken und machen Wurst und dergleichen. Und wenn die Lachse den Fluß raufziehn, dann fangen wir so hundert und salzen sie ein oder räuchern sie. Die essen wir dann zum Frühstück. Gibt nichts Feineres wie geräucherten Lachs. Wenn das Obst reif wird, machen wir's ein, auch Tomaten, die kann man leicht einmachen. Jeden Sonntag schlachten wir ein Huhn oder ein Kaninchen. Vielleicht halten wir auch eine Kuh oder eine Ziege, und da ist der Rahm so verflucht dick, daß man ihn mit dem Messer schneiden und mit dem Löffel essen kann.«
Lennie hörte mit aufgerissenen Augen zu; auch der alte Candy betrachtete ihn.
Leise sagte Lennie: »Wir könnten vom Fett der Erde leben.«
»Ja, ja«, sagte George. »Alle möglichen Gemüse im Garten, und wenn wir Lust auf ein bißchen Whisky haben, dann verkaufen wir ein paar Eier oder sonst was oder Milch. Da würden wir also wohnen. Da wären wir daheim. Brauchten nicht mehr im Land rumzulaufen und den Fraß von einem japanischen Koch essen. O nein, dann hätten wir unser eignes Anwesen, wo wir daheim sind, und brauchen in keiner Baracke zu schlafen.«
»Erzähl vom Haus, George«, bat Lennie.
»Ja, ja, wir haben dann ein eignes Häuschen und eine Stube für uns allein. Ein dickes, rundes, eisernes Öfchen, wo wir im Winter Feuer drin anmachen. Schwer arbeiten brauchten wir nicht, dazu ist der Grund und Boden nicht groß genug. So sechs, sieben Stunden am Tag vielleicht. Brauchten nicht elf Stunden lang Gerstensäcke zu schleppen. Und wenn wir was säen, na, dann haben wir auch die Ernte davon. Dann haben wir was davon, wenn wir was pflanzen.«

»Und Kaninchen«, warf Lennie eifrig ein. »Und die versorge ich. Erzähl, wie ich das mache, George.«
»Ja, ja, du gehst hinaus aufs Kleefeld mit einem Sack. Und dann füllst du den Sack und bringst Futter heim und steckst es in die Kaninchenställe.«
»Un' da täten sie knabbern, immer knabbern«, sagte Lennie. »Das machen sie so . . . ich seh's ordentlich vor mir.«
»Alle sechs Wochen oder so«, fuhr George fort, »werfen die dann Junge, so daß wir immer haufenweis Kaninchen zum Schlachten und zum Verkaufen haben. Wir halten auch ein paar Tauben, die fliegen dann um die Windmühle rum . . . wie die zu Haus, als ich ein kleiner Bub war.«
Erinnerungsverloren starrte er über Lennies Kopf hinweg auf die Wand.
»Und das gehört dann uns, und keiner kann uns rausschmeißen. Zu einem, der uns nicht paßt, können wir sagen: ›Mach daß du rauskommst‹, und dann gnad ihm Gott, wenn er's nicht tut. Und wenn ein Freund daherkommt, für den haben wir eine Extraschlafstelle, und wir sagen: ›Bleib doch über Nacht‹, und das tut er dann wahrhaftig auch. Wir haben auch einen Setter und ein paar gestreifte Katzen, aber du mußt aufpassen, daß die Katzen sich nicht an die Kaninchen machen.«
Lennie atmete schwer.
»Die sollen das bloß probieren. Dann brech ich ihnen ihr vermaledeites Genick. Ich . . . ich hau sie mit dem Knüppel kaputt.«
Er sank wieder zusammen und brummelte bloß noch Drohungen gegen die künftigen Katzen, die die künftigen Kaninchen zu belästigen wagen würden, vor sich hin.
Auch George, in sein Zukunftsbild vertieft, saß stumm da.
Als Candy zu sprechen anfing, fuhren sie beide auf, als wären sie bei etwas Strafbarem ertappt worden.
Candy sagte: »Weißt du denn, wo's so was gibt?«
George wurde sofort argwöhnisch.
»Und wenn . . . was schert dich das?«
»Brauchst nicht zu sagen, wo's ist. Kann ja in jeder Gegend sein.«
»Natürlich«, sagte George. »Richtig. Und wenn du hundert Jahre suchst, kannst du's nicht finden.«

Voller Erregung fragte Candy weiter: »Wieviel wird denn für so ein Anwesen verlangt?«
George betrachtete ihn mißtrauisch, während er sagte: »Na . . . ich könnt's um sechshundert Dollar kriegen. Die alten Leutchen, denen es gehört, sind glatt pleite, und die alte Dame muß sich operieren lassen. Aber . . . was kümmert dich das? Du hast mit uns nichts zu tun.«
Candy sagte: »Ich bin nicht mehr viel wert mit meiner einen Hand. Die rechte Hand hab ich hier auf dem Gut verloren. Deshalb lassen sie mich hier noch was mit Putzen verdienen. Sie haben mir auch zweihundertfünfzig Dollar ausgezahlt, weil ich hier die Hand verloren hab. Außerdem hab ich was gespart; hab jetzt grade fünfzig Dollar auf der Bank liegen. Macht dreihundert, und dazu kommen noch fünfzig Ende des Monats. Ich will euch was sagen . . .«
Er beugte sich aufgeregt vor.
»Wie wär's, wenn ich mit euch ginge . . . Dreihundertfünfzig kann ich reinstecken. Ich taug ja nicht mehr viel, aber kochen und die Hühner füttern und im Garten ein bißchen hacken, das kann ich immer noch. Wie wär's?«
George kniff die Augen halb zu.
»Das muß ich mir erst überlegen. Wir haben immer gedacht, wir machen das allein.«
Candy fiel ein: »Ich würde ein Testament machen und euch zwei meinen Anteil hinterlassen für den Fall, daß ich abkratze. Denn Verwandte oder so was hab ich nicht. Habt ihr denn Geld? Vielleicht könnten wir's gleich machen.«
George spuckte höhnisch auf den Boden.
»Wir haben zusammen zehn Dollar.«
Dann setzte er nachdenklich hinzu: »Schau, wenn Lennie und ich einen Monat lang arbeiten und nichts ausgeben, dann haben wir hundert Dollar. Das wären dann vierhundertfünfzig. Dafür bekämen wir's sicher. Du und Lennie, ihr könntet einstweilen anfangen, ich würd mir Arbeit suchen, um den Rest aufzubringen, und ihr könntet Eier und allerhand sonst verkaufen.«
Die drei verstummten. Sie warfen einander erstaunte Blicke zu. Sie hatten eigentlich nie richtig an die Sache geglaubt, und jetzt sollte auf einmal etwas draus werden.

Fast feierlich sagte George: »Jesus Christus! Ich wette, wir könnten das schaffen.«
Seine Blicke waren erfüllt von verwundertem Staunen.
»Ich wette, wir könnten das schaffen«, wiederholte er leise.
Candy hatte sich auf die Kante der Bettstelle gesetzt. Unruhig kratzte er sich am Armstumpf.
»Vor vier Jahren ist es passiert. Man wird mich bald raussetzen. Wenn ich die Baracken nicht mehr scheuern kann, dann überlassen sie mich der Armenpflege. Wenn ich euch zwei mein Geld geb, dann laßt ihr mich vielleicht noch im Garten hacken, auch wenn's nicht mehr so weit damit her ist. Ich kann Geschirr spülen und ein bißchen für die Hühner sorgen und so allerhand. Aber es wird auf unserm eigenen Fleck sein, und ich kann mich auf unserm eigenen Fleck Erde nützlich machen.«
Dann sagte er in kläglichem Ton: »Habt ihr gesehn, was sie vorhin mit meinem Hund gemacht haben? Er wäre sich und andern nichts mehr nütze, sagen sie. Wenn sie mich hier raussetzen, möcht ich am liebsten, daß mich einer erschießt. Aber so was tun sie nicht. Dann weiß ich nicht, wo ich hin soll, und Arbeit krieg ich auch keine mehr. Aber bis ihr zwei hier eure Zeit abgemacht habt, sind bei mir noch dreißig Dollar fällig.«
George sagte: »Das machen wir.«
Er stand auf.
»Wir wollen uns das kleine Anwesen sichern und uns da niederlassen.«
Er setzte sich wieder. Alle drei blieben stumm sitzen, ganz benommen von der Herrlichkeit dessen, was ihnen vorschwebte, die Gemüter eingesponnen in die zukünftigen Tage, da dies alles zur Erfüllung gelangte.
George ließ seiner Phantasie freien Lauf: »Wenn, zum Beispiel, ein Karneval oder ein Zirkus in der Stadt wär, oder ein Baseball-Match oder der Teufel weiß, was sonst« – der alte Candy nickte beifällig –, »dann gehn wir einfach hin. Wir sagen nur ›Wir gehn hin‹, und dann gehn wir. Bloß noch die Kuh gemolken und den Hühnern ein paar Körner hingestreut, und dann ziehn wir los.«
»Un' den Kaninchen Grünfutter geben«, fiel Lennie ein. »Das vergeß ich nicht. Wann machen wir das, George?«

»In einem Monat. Auf den Kopf in einem Monat. Wißt ihr, was ich tu? Ich schreib den Alten da, denen das Anwesen gehört, daß wir's nehmen. Und Candy schickt hundert Dollar hin, um die Sache festzumachen.«
»Gern«, sagte Candy. »Ist ein guter Ofen dort?«
»Jawohl, netter Ofen, für Kohle und Holz.«
»Ich nehm mein Hundchen mit«, sagte Lennie. »Dem gefällt's dort, das wett' ich bei Jesus Christus.«
Draußen näherten sich Stimmen. Rasch sagte George: »Keinem Menschen ein Wort sagen. Es bleibt unter uns dreien. Die sind im Stand und schmeißen uns raus, und wir können kein Geld sparen. Wir machen einfach weiter, als ob wir bis ans Lebensende Gerste verladen wollten, und dann plötzlich eines schönen Tags lassen wir uns unsern Lohn auszahlen und machen uns von hier weg.«
Lennie und Candy nickten, vor Begeisterung schmunzelnd.
»Keinem Menschen ein Wort sagen«, plapperte Lennie leise vor sich hin.
Candy sagte: »George.«
»Hä?«
»Ich hätt den Hund selbst erschießen sollen, George. Hätt keinen Fremden meinen Hund erschießen lassen sollen.«
Die Tür ging auf. Slim trat ein, hinter ihm Curley, Carlson und Whit. Slims Hände waren schwarz von Teer; er machte ein finsteres Gesicht. Curley drängte sich dicht an ihn heran.
Curley sagte: »Na, ich hab ja gar nichts weiter damit gemeint. Hab dich bloß gefragt.«
Slim sagte: »Na, du hast mich das schon zu oft gefragt. Das hab ich nachgerade verflucht satt. Wenn du deine gottverdammte Frau nicht selbst bewachen kannst, was geht denn das mich an? Laß mich in Frieden.«
»Ich hab dir doch bloß sagen wollen, daß ich nichts weiter damit gemeint hab«, sagte Curley. »Ich dachte ja bloß, du hättest sie vielleicht gesehn.«
»Sag ihr doch, sie soll im Haus bleiben, wo sie hingehört, zum Donnerwetter«, sagte Carlson. »Du läßt sie da in den Baracken rumschwänzeln, und du wirst bald einen Splitter in die Hand kriegen, den du nicht wieder rausziehn kannst.«

Curley fuhr auf Carlson los: »Misch du dich hier nicht ein, wenn du nicht mit mir antreten willst.«
Carlson lachte auf: »Du gottverdammter Wicht«, sagte er. »Du hast Slim Angst machen wollen, und er hat nicht angebissen. Slim hat dafür dir Angst gemacht. Du Hasenfuß! Was liegt mir dran, ob du der beste Mittelgewichtler im Land bist! Komm du mir zu nah, und ich schlag dir deinen gottverdammten Schädel ein.«
Mit Begeisterung steuerte Candy sein Scherflein bei: »Handschuh mit Vaseline drin«, sagte er verächtlich.
Curley glotzte wütend nach ihm hin. Dabei glitt sein Blick an Candy vorbei und fiel auf Lennie. Lennie schmunzelte noch immer in Gedanken an das Anwesen verzückt vor sich hin.
Wie ein Foxterrier sprang Curley ihn an.
»Was hast du da zu lachen, verflucht noch mal?«
Lennie schaute ihn mit leerem Blick an und sagte: »Hä?«
Da ging die Wut mit Curley durch.
»So, du großer Saukerl. Steh auf. Kein noch so großer Saukerl soll mich auslachen. Ich will euch zeigen, wer hier Angst hat.«
Lennie warf George einen hilflosen Blick zu, stand dann auf und wollte zurückweichen. Doch Curley hatte sich in Boxerstellung vor ihm aufgepflanzt, versetzte ihm erst eine gerade Linke, dann einen schweren rechten Haken auf die Nase. Lennie stieß einen Schrekkensschrei aus. Aus seiner Nase schoß Blut.
»George«, schrie er, »sag ihm, er soll mich in Ruh lassen, George.«
Er wich bis zur Wand zurück. Curley ging ihm nach und schlug weiter auf sein Gesicht ein. Lennie ließ die Arme herunterhängen; er war zu entsetzt, um sich zu wehren.
George, der aufgesprungen war, schrie ihm zu: »Pack ihn, Lennie! Laß dir's nicht gefallen.«
Lennie legte seine ungeheuren Pratzen vors Gesicht und kreischte vor Angst: »Er soll aufhören, George.«
Da versetzte Curley ihm einen Magenschlag, daß ihm die Luft wegblieb.
Slim sprang auf.
»Die elende Dreckratte«, schrie er. »Ich werd ihn selbst packen.«
George faßte mit der einen Hand nach Slim und hielt ihn fest.
»Augenblick«, rief er ihm zu.

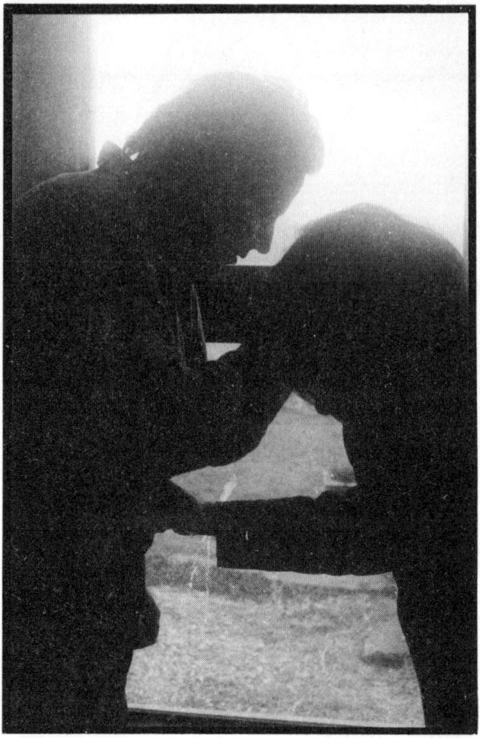

Dann legte er die Hände wie ein Sprachrohr an den Mund und schrie: »Pack ihn, Lennie!«
Lennie nahm seine Hände vom Gesicht weg und sah sich suchend nach George um, da drosch Curley auf seine Augen ein. Lennies breites Gesicht war blutüberströmt.
Wieder schrie George laut: »Pack ihn, sag ich!«
Curley holte gerade wieder zu einem Schwinger aus, als Lennie nach seiner Faust griff. Im nächsten Augenblick hing Curley wie ein Fisch an der Angel; seine geballte Faust war zwischen Lennies Riesenfingern verschwunden. George lief hin.
»Laß ihn los, Lennie, laß los.«
Lennie aber starrte nur voll Entsetzen auf das zappelnde Kerlchen, das er hochhielt. Sein eines Auge war schwer getroffen und geschlossen; sein Gesicht war von Blut überströmt. George gab ihm

eine Ohrfeige nach der andern, aber Lennie hielt die geballte Faust Curleys weiter fest. Curley war kreideweiß und schlapp zusammengesunken; seine Gegenwehr war immer schwächer geworden. Die Faust gänzlich von Lennies Riesenpratze umschlossen, stand er heulend da.

George schrie immer wieder: »Laß seine Hand los, Lennie. Laß los! Slim, hilf doch, solang noch etwas von seiner Hand übrig ist!«

Plötzlich lockerte Lennie den Griff und ließ los. Dann drückte er sich zusammengekauert an die Wand.

»Du hast mir gesagt, ich soll's tun, George«, brachte er kläglich heraus.

Curley saß auf dem Boden und schaute fassungslos seine zerquetschte Hand an. Slim und Carlson beugten sich über ihn. Dann richtete sich Slim auf und betrachtete Lennie voller Schauder.

»Wir müssen ihn in die Stadt zum Arzt bringen«, sagte er. »Mir scheint, jeder Knochen an der Hand da ist kaputt.«

»Ich hab's nicht gewollt«, rief Lennie. »Ich hab ihm nicht weh tun wollen.«

Slim sagte: »Carlson, geh und spann den leichten Wagen an. Wir wollen ihn nach Soledad bringen und verbinden lassen.«

Carlson eilte hinaus. Slim drehte sich zu dem noch immer vor sich hingreinenden Lennie um.

»Du kannst nichts dafür. Der Drecksack hat sich das selbst eingebrockt. Aber ... Herrje ... von seiner Hand ist kaum noch was übrig!«

Darauf ging er ebenfalls rasch hinaus, kam aber gleich darauf mit einem blechernen Becher voll Wasser wieder. Er hielt ihn Curley an die Lippen.

George sagte: »Slim, werden wir jetzt rausgeschmissen? Wir brauchen doch den Lohn. Schmeißt uns Curleys Alter jetzt raus?«

Slims Gesicht verzerrte sich zu einem säuerlichen Lächeln.

Dann kniete er neben Curley nieder und fragte ihn: »Hast du deine fünf Sinne genügend beieinander, daß du zuhören kannst?«

Curley nickte.

»Dann paß auf«, fuhr Slim fort. »Soviel ich weiß, bist du mit der Hand in eine Maschine geraten. Wenn du niemand etwas davon sagst, was passiert ist, dann sagen wir auch nichts. Aber wenn du einen Ton sagst und den Burschen da raussetzen lassen willst, dann erzählen wir die Geschichte jedem, und dann hast du zum Schaden noch den Spott.«

»Ich sage nichts«, brachte Curley heraus.

Er hütete sich, nach Lennie hinzusehen.

Das Geräusch von Wagenrädern wurde hörbar. Slim half Curley auf die Füße.

»Komm jetzt«, sagte er. »Carlson bringt dich zum Doktor!«

Dann half er Curley zur Tür und beim Hinausgehen.

Das Rädergeräusch entfernte sich und verhallte. Slim kam in die Baracke zurück. Er ging zu Lennie, der immer noch verängstigt an die Wand gedrückt kauerte.

»Zeig mal deine Hände her«, sagte Slim.

Lennie streckte seine Pratzen aus.

»Allmächtiger Gott, mit dir bekäm ich auch nicht gern Händel«, sagte Slim.

George fiel entschuldigend ein: »Lennie hat bloß Angst bekommen. Er hat nicht mehr ein und aus gewußt. Hab dir ja gesagt, es solle niemand mit ihm anbinden. Nein, das hab ich Candy gesagt, glaub ich.«

Candy nickte ernst und bedächtig.

»Ja, das hast du gesagt«, bestätigte er. »Grad heut früh, wie Curley zum ersten Male auf ihn losgehn wollte, da hast du gesagt: ›Er soll sich bloß hüten, mit Lennie Dummheiten zu machen, wenn ihm seine Knochen lieb sind.‹ Jawohl, das hast du wörtlich gesagt.«

»Du kannst nichts dafür«, sagte George zu Lennie. »Brauchst keine Angst zu haben. Hast bloß getan, was ich dir gesagt hab. Jetzt geh mal in den Waschraum und wasch dein Gesicht ab. Du siehst ja aus wie der Teufel.«

Lennie verzog seine zerschlagenen Lippen zu einem Lächeln.

»Ich hab kein' Krach gewollt«, sagte er. Er ging zur Tür; doch kurz bevor er sie erreichte, drehte er sich noch einmal um: »George?«

»Was willst du?«

»Ich darf doch noch die Kaninchen versorgen, George?«

»Natürlich. Hast doch nichts angestellt.«

»Hab's nicht bös gemeint, George.«

»Schon recht, mach daß du rauskommst und wasch dein Gesicht.«

Crooks, der schwarze Stallknecht, hatte seine Schlafstelle in der Sattelkammer, einem kleinen, an den Stall angebauten Schuppen. An der einen Seite war ein viereckiges Fenster mit einer viergeteilten Scheibe, auf der andern führte eine schmale Brettertür in den Stall. Crooks' Schlafstelle war eine lange, mit Stroh gefüllte Kiste, über die er seine Wolldecken geworfen hatte. Neben dem Fenster hing an Holzkloben beschädigtes Pferdegeschirr zum Ausbessern sowie in Streifen geschnittenes frisches Leder. Unter dem Fenster selbst standen ein kleiner Werktisch mit Geräten für Lederarbeiten, gebogene Messer, Ahlen und Knäuel mit Leinenfäden sowie ein kleiner Handnietapparat. An weiteren Kloben hingen einzelne Stücke Pferdegeschirr, ein ausgeplatztes Kummet, dessen Roßhaarfütterung herausquoll, ein zerbrochenes Kummetholz und eine Zugkette mit zerrissenem Lederüberzug. Die als Spind dienende Apfelkiste war über Crooks' Bettstelle angebracht; sie enthielt hauptsächlich eine Reihe von Arzneiflaschen, teils für ihn selbst, teils für die Pferde. Ferner standen Büchsen mit Sattelschmiere herum und eine große tropfende Dose voll Teer, über deren Rand der Pinsel ragte. Eine Anzahl persönlicher Habseligkeiten des Negers waren auf dem Fußboden verstreut; da er den Raum allein bewohnte, konnte Crooks seine Sachen nach Belieben herumliegen lassen, und da er Stallbursche und außerdem ein Krüppel war, blieb er länger als die andern auf dem Gut, so daß sich mit den Jahren bei ihm mehr Habseligkeiten angesammelt hatten, als er auf dem Rücken hätte mitnehmen können.

Er besaß mehrere Paar Schuhe, ein Paar Gummischaftstiefel, einen großen Wecker und eine einläufige Flinte. Er hatte auch Bücher: ein abgegriffenes Wörterbuch und ein zerfetztes Exemplar des Bürgerlichen Gesetzbuches für Kalifornien vom Jahre 1905. Zerlesene Zeitschriften und ein paar verschmutzte Bücher standen auf einer besonderen Leiste über dem Bett. An der Wand drüber hing an einem Nagel eine goldgefaßte Brille.

Der Raum war gefegt und leidlich sauber, denn Crooks war ein stolzer, auf sich gestellter Mensch. Er wahrte Abstand zu den andern Menschen und erwartete, daß sie den Abstand von ihm zu wahren wußten. Infolge des verkrümmten Rückgrats – das ihm seinen Spitznamen Crooks, der Krumme, eingebracht hatte – hing sein Körper nach links über; er hatte tiefliegende Augen, die eben auf Grund ihres tiefen Sitzes stark glänzend wirkten. Sein mageres Gesicht war von tiefen dunklen Falten durchzogen; seine schmalen, meist schmerzverkniffenen Lippen traten hell aus dem Gesicht hervor.

Es war Samstagabend. Durch die offene zum Stall führende Tür kam das Geräusch der Pferde: Scharren von Hufen, Knirschen von heumalmenden Zähnen, Gerassel von Halfterketten. In der Kammer des Stallknechts verbreitete eine kleine elektrische Birne spärliches gelbes Licht.

Crooks saß auf der Bettstelle. Aus seinen blauen Hosen stand hinten das hochgezogene Hemd heraus. In der einen Hand hielt der Neger eine Flasche mit einer Flüssigkeit, mit der andern rieb er sich das Rückgrat ein. Von Zeit zu Zeit goß er ein paar Tropfen aus der Flasche auf seine hellrote Handfläche, dann fuhr er damit unter das Hemd und rieb wieder eifrig. Die angespannten Rückenmuskeln taten ihm so weh, daß er zitterte.

Lautlos erschien Lennie in der offenen Tür, blieb stehen und schaute herein; seine breiten Schultern füllten fast den Türrahmen aus. Zuerst sah ihn Crooks einen Augenblick lang nicht; als er ihn einmal, die Augen hebend, erblickte, blieb er steif sitzen, machte ein finsteres Gesicht und zog seine Hände unter dem Hemd hervor. Lennie lächelte in einem schüchternen Versuch, sich mit Crooks anzufreunden.

Crooks sagte in scharfem Ton: »Du hast kein Recht, in meine Stube zu kommen. Das hier ist meine Stube. Niemand außer mir hat hier ein Recht.«

Lennie schluckte; sein Lächeln wurde noch einschmeichelnder: »Ich tu ja nix«, sagte er. »Ich hab bloß mal nach meinem Hundchen schauen wollen; un' da hab ich dein Licht gesehn«.

»Nun, ich hab das Recht, Licht zu machen. Du machst, daß du aus meiner Stube rauskommst. Mich will man in der Baracke nicht haben, und ich will dich in meiner Stube nicht haben.«

»Warum will man dich nicht haben?« fragte Lennie.

»Weil ich schwarz bin. Die spielen dort Karten, aber ich darf nicht mitspielen, weil ich schwarz bin. Sie sagen, ich stinke. Na, ich sag dir, für mich stinkt ihr alle miteinander.«
Hilflos ließ Lennie seine großen Hände herunterhängen.
»Sind alle in die Stadt«, sagte er. »Slim un' George un' alle. George hat gesagt, ich soll dableiben und nix anstellen. Da hab ich dein Licht gesehn.«
»Na und . . . was willst du?«
»Nix . . . hab dein Licht gesehn. Hab bloß gemeint, ich könnt rein kommen und mich hinsetzen.«
Crooks betrachtete Lennie, dann griff er nach hinten, holte die Brille herunter, befestigte sie über seinen rosaschimmernden Ohren und schaute wieder auf Lennie.
»Jedenfalls versteh ich nicht, was du im Stall zu schaffen hast. Du bist kein Fahrer, und Auflader haben im Stall nix zu suchen, gar nix. Du bist kein Fahrer. Du hast nix mit Gäulen zu tun.«
»Das Hundchen«, sagte Lennie wieder. »Ich wollt nach meinem jungen Hundchen sehn.«
»Also, geh und sieh nach deinem Hundchen. Komm nicht in eine Stube rein, wo man dich nicht haben will.«
Von Lennies Gesicht wich das Lächeln. Er trat einen Schritt vor, dann besann er sich und trat wieder zur Tür zurück.
»Hab sie schon ein bißchen angesehn. Slim sagt, ich soll sie nicht soviel streicheln.«
»Ja, ja«, sagte Crooks, »hast sie immer aus dem Stroh genommen. Wundert mich, daß die Alte sie nicht woanders hinbringt.«
»Ach, der ist das gleich. Die läßt mich dran.«
Wieder hatte Lennie einen Schritt ins Zimmer hinein getan.
Crooks schaute wieder böse drein, doch vor Lennies entwaffnendem Lächeln gab er nach.
»Komm rein und setz dich ein paar Minuten«, sagte Crooks. »Wenn du doch nicht weggehst und mich in Frieden läßt, kannst du dich auch hinsetzen.«
Sein Ton war ein klein wenig freundlicher.
»Sind alle in die Stadt, hä?«
»Alle, nur nicht der alte Candy. Der sitzt in der Baracke, spitzt immer wieder sein' Bleistift un' rechnet.«

Crooks schob die Brille zurecht.
»Rechnet? Was rechnet er denn?«
Lennie brüllte fast: »Wegen den Kaninchen.«
»Du spinnst ja«, sagte Crooks. »Du hast ja einen Sparren im Hirn. Von was für Kaninchen redst du denn da?«
»Von den Kaninchen, die wir halten wollen un' die ich versorgen soll, Grünfutter holen un' Wasser geben un' alles.«
»Du spinnst einfach«, sagte Crooks. »Dem Burschen, mit dem du auf der Wanderschaft bist, kann ich's nicht verdenken, daß er dich drei Schritt vom Leib hält.«
Lennie sagte gelassen: »Ist nicht gelogen. Das machen wir. Wir kaufen ein kleines Anwesen un' leben vom Fett der Erde.«
Crooks machte es sich auf der Bettstelle bequemer.
»Setz dich hin«, forderte er Lennie auf. »Setz dich auf das Nagelfäßchen.«
Lennie hockte sich auf das Fäßchen.
»Du meinst, das wär nicht wahr«, sagte er, »aber es is' wahr. Jedes Wort is wahr, da kannst du George fragen.«
Crooks legte sein dunkles Kinn auf die rosige Handfläche.
»Du bist mit George auf Wanderschaft, wie?«
»Stimmt. Wir zwei gehn überallhin zusammen.«
Crooks fuhr fort: »Der redet allerhand, und du hast keine Ahnung, von was er redet. So ist's doch?«
Er beugte sich vor und sah Lennie aus seinen tiefliegenden Augen durchdringend an: »So ist's doch?«
»Ja, ja . . . Manchmal schon . . .«
»Der red't drauflos, und du weißt überhaupt nicht, von was er so redet?«
»Ja, ja . . . manchmal schon . . . Aber nicht immer.«
Crooks beugte sich über den Bettrand vor.
»Ich bin kein Südstaaten-Neger«, sagte er. »Ich bin hier in Kalifornien geboren. Mein Alter hat eine Hühnerfarm gehabt, so ungefähr zehn Morgen groß. Die weißen Kinder kamen zum Spielen zu uns, manchmal bin ich auch zu ihnen zum Spielen gegangen; es waren sehr nette dabei. Mein Alter hatte das nicht gern. Erst viel später hab ich verstanden, warum. Jetzt weiß ich's.«
Er stockte; dann fuhr er leiser fort: »Auf Meilen in der Runde war

keine andre farbige Familie. Und jetzt hier auf der Ranch ist nicht ein einziger Farbiger, und in Soledad auch nur eine Familie.«
Er lachte.
»Wenn ich was sage, tja, dann ist's ja bloß ein Nigger, der's gesagt hat.«
Lennie fragte: »Wie lange, meinst du, dauert's, bis die Hundchen groß genug zum Streicheln sind?«
Crooks lachte wieder auf.
»Mit dir kann man wenigstens reden und ist sicher, daß du's nicht weiterplapperst. In ein paar Wochen sind die Jungen sicher soweit. George weiß, woran er mit dir ist. Er redet drauflos, und du verstehst nix.«
Aufgebracht beugte er sich wieder vor.
»Was ich da red', ist bloß Gerede von einem Nigger, einem krummen und lahmen Nigger. Hat also nix zu bedeuten, verstehst du? Du kannst's ja doch nicht behalten. Ich hab das oft erlebt: ein Mensch redet mit einem andern, und es kommt auf eins hinaus, ob der andere nicht zuhört oder nix versteht. Sie reden halt miteinander, oder sie sitzen stumm beieinander und reden nix. Kommt auf eins hinaus, kommt ganz auf ein hinaus.«
Er hatte sich so in Hitze geredet, daß er sich schließlich mit der Faust aufs Knie schlug.
»George kann dir blödsinniges Zeug erzählen, darauf kommt's nicht an. Es kommt nur aufs Reden an. Nur darauf, daß man mit einem andern Menschen zusammen ist. Weiter gar nix.«
Er stockte wieder.
Dann fuhr er mit leiser, aber eindringlicher Stimme fort: »Nimm mal an, George kommt nicht wieder. Nimm mal an, er macht sich aus dem Staub und kommt einfach nicht wieder. Was machst du dann?«
Lennie kamen allmählich die Worte halbwegs zu Bewußtsein.
»Was?« fragte er.
»Ich hab gesagt, nimm an, George ist heut in die Stadt gegangen, und du kriegst nie mehr was von ihm zu hören.«
Crooks hieb wieder in die Kerbe, als gelte es einen persönlichen Sieg.
»Nimm bloß mal an«, drängte er.

»Das tut er nicht«, schrie Lennie auf. »So was tut George nicht. Ich bin mit George schon lang zusammen. Er kommt heut nacht wieder . . .«
Aber der Zweifel übermannte ihn doch.
»Meinst du, er kommt nicht wieder?«
Vor Schadenfreude über Lennies Qual erhellte sich Crooks' Gesicht.
»Man kann nie sagen, was ein Mensch tun wird«, bemerkte er gelassen. »Nehmen wir an, er will zurückkommen und kann nicht. Nehmen wir an, er wird umgebracht oder so schwer verletzt, daß er nicht zurückkommen kann.«
Lennie rang nach Verständnis.
»So was tut George nicht«, sagte er wieder. »George ist vorsichtig. Er ist noch nie verletzt worden, weil er vorsichtig ist.«
»Na, angenommen, bloß mal angenommen, er kommt nicht wieder. Was machst du dann?«
Lennies Gesicht verzerrte sich vor Angst.
»Weiß ich nicht. Hör mal, was willst du überhaupt?« schrie er. »Das ist nicht wahr. George ist nicht verletzt.«
Crooks bohrte weiter.
»Soll ich dir sagen, was dann passiert? Dann kommst du in die Idiotenanstalt. Wirst mit einem Halsband angebunden, wie ein Hund.«
Plötzlich richteten sich Lennies Augen fest auf einen Punkt, und es kam ein Blick stiller Wut hinein. Er stand auf und ging furchteinflößend auf Crooks zu.
»Wer hat George verletzt?« fragte er.
Crooks wurde der ihm drohenden Gefahr inne. Er drückte sich zur Sicherung in den Hintergrund der Schlafstelle.
»Hab ja bloß mal angenommen«, sagte er. »George ist nicht verletzt. Es fehlt ihm nix. Er kommt gesund wieder.«
Lennie stand vor ihm.
»Was hast du da dann anzunehmen? Hat niemand nix anzunehmen, daß George verletzt ist.«
Crooks nahm die Brille ab und wischte sich mit den Fingern die Augen aus.
»Setz dich nur hin«, sagte er. »George ist nicht verletzt.«

Murrend trat Lennie zurück und setzte sich wieder auf das Nagelfäßchen.
»Hat keiner nicht zu sagen, George wäre verletzt«, brummte er.
Crooks schlug einen freundlichen Ton an.
»Jetzt siehst du ja wohl, wie das ist. Du hast George. Du weißt, daß er wiederkommt. Aber wenn du niemand hättest. Wenn du nicht in die Baracke gehn und Rummy spielen dürftest, weil du schwarz wärst. Wie tät dir das gefallen? Wenn du hier draußen allein sitzen und Bücher lesen müßtest. Bis zum Abend könntst du ja beim Hufeisenspiel mitmachen, aber dann müßtest du Bücher lesen. Mit Büchern ist's auch nicht getan. Ein Mensch braucht jemand . . . einen, der bei ihm ist.«
Weinerlich setzte er hinzu: »Man wird verrückt, wenn man niemand hat. Kommt nicht drauf an, wer's ist, solang er bei einem ist. Ich sag dir«, schrie er jetzt, »ich sag dir, man wird zu einsam, und davon wird man krank.«
»George kommt wieder«, sagte Lennie sich selbst beruhigend, aber in angsterfülltem Ton vor sich hin. »Vielleicht ist er schon wieder zurück. Ich könnt mal nachsehn.«
Crooks sagte: »Ich hab dich nicht erschrecken wollen. Er kommt ja wieder. Ich hab von mir selbst gesprochen. Man sitzt abends hier draußen allein, und dann liest man oder denkt nach, und dann kommt einem so Zeug in den Kopf. Manchmal denkt man nach und hat dann nix und niemand, der einem sagt: stimmt oder stimmt nicht. Man sieht etwas, und man weiß nicht, stimmt's oder stimmt's nicht. Man kann keinen andern Menschen fragen, ob er das auch sieht. Man kann's nicht sicher sagen. Hier hab ich allerhand gesehn. Ich war nicht betrunken. Ich weiß nicht, ob's im Schlaf war. Wenn einer bei mir gewesen wär, dann hätt er mir sagen können, ich hätt geschlafen, und dann wär's gut. Aber ich weiß es einfach nicht.«
Crooks blickte über die Stube weg nach dem Fenster.
Lennie sagte kläglich: »George geht nicht weg und läßt mich allein. Das tut George nicht.«
Verträumt fuhr der Stallknecht fort: »Ich weiß noch, wie ich ein kleiner Bub war auf der Hühnerfarm von meinem Alten. Ich hatte zwei Brüder. Die waren immer um mich herum, immer da. Wir

haben in derselben Stube geschlafen, im selben Bett . . . alle drei. Wir hatten ein Erdbeerbeet. Wir hatten ein Kleefeld. Aufs Kleefeld haben wir an sonnigen Tagen morgens die Hühner hinausgelassen. Meine Brüder saßen auf dem Zaun und haben ihnen zugesehn . . . weiße Hühner waren's.«
Allmählich wurde Lennie aufmerksam und erfaßte die Worte.
»George sagt, Klee haben wir dann auch für die Kaninchen.«
»Was für Kaninchen?«
»Wir haben dann Kaninchen un' Beerensträucher.«
»Du spinnst ja.«
»Haben wir auch. Frag nur George.«
»Du spinnst.«
Crook's Ton war verächtlich.
»Hunderte hab ich die Landstraße daherkommen sehn auf die Güter mit ihren Bündeln auf dem Rücken und dieselben blöden Raupen im Kopf. Hunderte. Sie kommen daher, gehn wieder weg und wandern weiter, und jeder einzelne von ihnen hat nix im Kopf wie ein Stückchen Land. Und auch nicht einer von ihnen kommt jemals dazu. Sowenig wie in den Himmel. Jeder will ein Stückchen Land. Ich hab hier viele Bücher gelesen. Kommt keiner nie in den Himmel und keiner zu einem bißchen Land. Das steckt ihnen bloß

im Kopf. Sie reden die ganze Zeit davon, aber es steckt ihnen bloß im Kopf.«
Er unterbrach sich und warf einen Blick auf die offene Tür, weil die Pferde unruhig geworden waren und die Halfterketten klirrten. Ein Pferd wieherte.
»Scheint jemand nebenan zu sein«, sagte Crooks. »Vielleicht Slim. Slim ist ein Fahrer, wie sich's gehört. Kümmert sich um sein Gespann.«
Mühsam rappelte er sich hoch und ging auf die Tür zu.
»Wer ist da? Slim?«
Es war Candys Stimme, die antwortete. »Slim ist in die Stadt. Hör mal, hast du Lennie gesehn?«
»Meinst du den großen Burschen?«
»Ja. Hast du ihn hier herum gesehn?«
»Hier bei mir«, sagte Crooks kurz, ging wieder zu seiner Schlafstelle und legte sich darauf.
Candy erschien in der Tür und blickte, vom Licht in der Stube geblendet, ohne etwas zu sehen, herein; dabei kratzte er sich an seinem Armstumpf. Er schickte sich jedoch nicht an, ins Zimmer zu treten.
»Ich will dir was sagen, Lennie. Ich hab's ausgerechnet mit den Kaninchen.«
Crooks sagte etwas gereizt: »Du kannst reinkommen, wenn du willst.«
Candy schien verlegen.
»Ich weiß nicht . . . Na ja, wenn du mich haben willst.«
»Komm nur rein. Kannst ebensogut reinkommen wie die andern auch.«
Es fiel Crooks schwer, seine Genugtuung unter gespieltem Ärger zu verbergen. Immer noch etwas verlegen trat Candy ein.
»Gemütliches Winkelchen hier«, sagte er zu Crooks. »Muß fein sein, eine Stube so ganz für sich allein.«
»Ja, ja«, sagte Crooks. »Und ein Misthaufen gleich vorm Fenster. Ja, ja, famos.«
Lennie unterbrach: »Du hast was über die Kaninchen gesagt.«
Candy lehnte sich neben das zerbrochene Kummet an die Wand und kratzte sich den Armstummel.

»Ich bin schon lang hier«, sagte er. »Und Crooks auch schon lang. Aber ich bin das erste Mal in seiner Stube.«
Crooks sagte finster: »In die Stube von einem Farbigen kommen die Leute nicht. Noch keiner außer Slim ist dagewesen. Slim und der Chef.«
Candy beeilte sich, dem Gespräch eine andere Wendung zu geben. »Slim ist der beste Fahrer, den ich je erlebt hab.«
Lennie beugte sich vor. »Über die Kaninchen«, wiederholte er.
Candy lächelte: »Hab ich berechnet. An den Kaninchen können wir verdienen, wenn wir's richtig anfangen.«
»Aber ich versorg sie«, fuhr Lennie auf. »George hat gesagt, ich soll sie versorgen. Er hat's versprochen.«
In barschem Ton unterbrach Crooks: »Ihr macht euch ja bloß was vor. Ihr schwätzt dem Teufel ein Ohr weg, aber Land kriegt ihr doch nicht. Du wirst hier Baracken kehren, bis man dich zwischen vier Brettern hinausbringt. Teufel, Teufel, ich hab zuviel solche Brüder gesehn. In zwei, drei Wochen geht der Lennie hier fort und ist wieder auf der Straße. All die Brüder haben immer bloß ein Stück Land im Kopf, scheint's.«
Candy rieb sich ärgerlich die Backe.
»Das stimmt, verflucht noch mal, daß wir das tun. George sagt, wir machen die Sache. Das Geld haben wir beisammen.«
»Soo?« machte Crooks. – »Und wo is George jetzt? Im Hurenhaus in der Stadt. Da geht euer Geld hin. Herrje, das hab ich zu oft erlebt. Hab zu viele Brüder erlebt mit nix wie einem Stück Land im Kopf. Aber gekriegt hat's noch keiner.«
»Natürlich wollen das alle«, rief Candy aus. »Jeder will ein Stückchen Land, gar nicht viel. Bloß daß er ein bißchen was hat, was ihm gehört. Etwas wo er leben und von dem ihn keiner wegjagen kann. Ich hab nie keins gehabt. Ich hab so ziemlich für jeden gottverdammten Menschen in diesem Staat gesät, aber meine Frucht war's nie, und wenn's zum Ernten kam, war's nicht meine Ernte. Aber jetzt machen wir das, täusch dich bloß nicht. George hat das Geld nicht mit in der Stadt. Das Geld liegt auf der Bank. Ich und Lennie und George. Wir werden eine Stube für uns haben. Und einen Hund und Kaninchen und Hühner. Wir säen an und halten vielleicht eine Kuh oder eine Ziege.«

Von dem Zukunftsbild überwältigt, brach er ab.
Crooks fragte: »Also das Geld habt ihr?«
»Zum Donnerwetter, ja. Den größten Teil haben wir. Fehlt bloß noch eine Kleinigkeit. In einem Monat haben wir alles beisammen. George hat das Grundstück schon an der Hand.«
Crooks langte nach hinten und befühlte seine Wirbelsäule.
»Hab noch nie einen gesehen, der's wirklich dahin gebracht hat«, sagte er. »Manche waren fast verrückt vor Sehnsucht nach einem Stück Land, aber jedesmal ist dann das Geld dafür im Hurenhaus oder beim ›Schwarzen Peter‹ draufgegangen.«
Er stockte; dann sagte er langsam: ». . . Wenn ihr . . . wenn ihr einen brauchen könnt, der umsonst arbeitet . . . bloß für sein Auskommen, dann tät ich euch helfen. So verkrüppelt bin ich nicht, daß ich nicht schaffen kann auf Teufel komm raus, wenn ich will.«
»Hat einer von euch Curley gesehn?«
Die Köpfe der drei fuhren herum. In der Tür stand jemand: Curleys Frau. Ihr Gesicht war stark geschminkt. Ihr Mund stand etwas offen; ihr Atem ging rasch, als ob sie gelaufen wäre.
»Curley war nicht hier«, sagte Candy sauertöpfisch.
Lächelnd rieb sie die Fingernägel der einen Hand zwischen Daumen und Zeigefinger der andern und blieb in der Tür stehen. Ihre Augen wanderten vom einen zum andern.
»Bloß die Schlappschwänze haben sie hiergelassen«, sagte sie schließlich. »Meint ihr, ich wüßte nicht, wo sie alle hin sind. Sogar Curley. Ich weiß, wo sie hin sind.«
Lennie starrte sie hingerissen an; aber Candy und Crooks wichen, finster zu Boden blickend, ihren Augen aus.
Candy sagte: »Wenn Sie's wissen, was fragen Sie da uns, was Curley treibt?«
Belustigt faßte sie die drei ins Auge.
»Komisch«, sagte sie, »wenn ich irgendeinen Mann allein erwische, dann geht's glänzend mit ihm. Aber wenn zwei von den Brüdern zusammen sind, dann reden sie keinen Ton. Sind bloß böse.«
Sie ließ von dem Spiel mit den Fingern ab und stemmte die Hände in die Hüften.
»Ihr habt alle Angst voreinander, so liegt die Sache. Jeder von euch hat Angst, die andern könnten ihm was am Zeug flicken.«

Nach einer Pause sagte Crooks: »Wär wohl gescheiter, Sie gingen jetzt in Ihre Wohnung. Wir wollen keine Scherereien haben.«
»Na, ich mach euch doch keine Scherereien. Meint ihr, ich möcht nicht auch hin und wieder mal mit jemand reden? Meint ihr, ich will den lieben langen Tag in der Wohnung hocken?«
Candy legte seinen Armstumpf aufs Knie und rieb ihn leicht mit der Hand.
Vorwurfsvoll sagte er: »Sie haben doch einen Mann. Sie haben gar keinen Grund, mit andern Burschen Ihr Spiel zu treiben und Unheil zu stiften.«
Da fuhr die Frau wütend auf: »Natürlich, einen Mann hab ich. Ihr kennt ihn ja alle. Famoser Kerl, nicht wahr? Bringt seine ganze Zeit damit hin, um zu erzählen, was er mit denen anstellen will, die er nicht leiden kann, und er kann keinen leiden. Glaubt ihr, ich will dauern in einer Trainingshalle hocken und zuhören, wie Curley zweimal erst mit der Linken losgegangen ist und dann den guten alten Schwinger mit der Rechten gelandet hat? ›Eins, zwei‹, sagt er. ›Bloß so eins, zwei, und dann geht er zu Boden.‹ «
Sie hielt inne, und die verdrossene Miene machte einer neugierigen Platz: »Sagt mal, was ist eigentlich mit Curleys Hand passiert?«
Es trat ein verlegenes Schweigen ein. Candy warf einen verstohlenen Blick auf Lennie. Dann hüstelte er.
»Tja . . . Curley . . . ist mit der Hand in eine Maschine gekommen, Madam. Bekam die Hand zerquetscht.«
Sie sah ihn einen Augenblick lang scharf an; dann lachte sie auf.
»Blödsinn! Glaubst du, das kannst du mir weismachen? Curley hat sich auf was eingelassen, was ihm zuviel war. In eine Maschine gekommen . . . Schwindel! Na, das gute alte ›eins, zwei‹ hat er mit keinem mehr probiert, seit seine Hand zerquetscht ist. Wer hat sie ihm zerquetscht?«
Wieder sagte Candy mürrisch: »Ist in eine Maschine gekommen.«
»Na schön«, sagte sie verächtlich. »Schön, deckt ihn nur, meinetwegen. Was liegt mir dran. Ihr Strolche haltet euch ja für mordsmäßig gescheit. Was glaubt ihr denn, was ich bin? Ein Kind? Ich sag euch, ich hätt zum Theater gehn können. Nicht bloß einmal. Einer hat mich sogar zum Film bringen wollen . . .«
Sie war ganz außer Atem vor Empörung.

»Samstagabend . . . Alle gehn aus und haben was vor. Alle! Und was tu ich? Ich stehe hier und schwatze mit drei Schlappschwänzen, einem Nigger, einem Trottel und einem räudigen alten Schafskopf, und muß noch froh drum sein, weil sonst niemand da ist.«

Mit halboffenem Mund gaffte Lennie sie an. Crooks hatte sich hinter die abschreckende Schutzwand der Negerwürde zurückgezogen. Doch mit dem alten Candy ging auf einmal eine Veränderung vor. Er sprang so heftig auf, daß das Nagelfäßchen, auf dem er saß, umfiel.

»Jetzt hab ich genug«, rief er wütend. »Wir wollen Sie hier nicht. Das haben wir Ihnen schon gesagt. Und ich sag Ihnen, was uns drei angeht, so machen Sie sich blöde Vorstellungen. In Ihrem Spatzenkopf haben Sie nicht einmal genug Grütze, um zu merken, daß wir keine Schlappschwänze sind. Meinetwegen können Sie uns rausschmeißen lassen. Sie glauben wohl, dann klappern wir die Landstraßen ab, und suchen uns wieder so eine Dreckarbeit wie hier. Sie haben keine Ahnung, daß wir unsern eigenen Hof haben, wo wir hingehn können, und unser eignes Haus. Hier brauchen wir nicht zu bleiben. Wir haben Haus und Hühner und Obstbäume und ein Gut hundertmal so schön wie das hier. Und Freunde haben wir auch, jawohl. Es hat vielleicht mal eine Zeit gegeben, wo wir Angst hatten, rausgeworfen zu werden, aber das ist vorbei. Wir haben unsern eignen Grund und Boden, und er gehört uns, und da können wir hingehn.«

Curleys Frau lachte ihn aus.

»Dummes Zeug«, sagte sie. »Brüder wie ihr hab ich zuviel erlebt. Wenn ihr zwei Cents Vermögen hättet, da wärt ihr in der Stadt, tätet euch zwei Schuß Schnaps kaufen und noch das Glas auslecken. Ich kenne euch Brüder.«

Candys Gesicht war immer röter angelaufen, aber ehe sie noch ausgeredet hatte, hatte er sich wieder in der Gewalt. Er fühlte sich vollkommen überlegen.

»Ich hätt's ja wissen können«, meinte er gutmütig. »Wär aber doch gescheiter, Sie machen sich auf die Strümpfe. Mit Ihnen haben wir überhaupt nix zu reden. Wir wissen, was wir haben, und es ist uns egal, ob Sie's wissen oder nicht. Also, Sie sollten sich jetzt trollen,

denn dem Curley wird's kaum recht sein, wenn seine Frau sich da im Stall mit uns ›Schlappschwänzen‹ herumtreibt.«
Sie sah einem nach dem andern ins Gesicht; alle drei machten die gleichen abweisenden Mienen. Am längsten blickte sie Lennie an, bis dieser vor Verlegenheit die Augen niederschlug.
Auf einmal sagte sie: »Woher hast du denn die Schrammen im Gesicht?«
Lennie schaute schuldbewußt auf.
»Wer . . . ich?«
»Ja, ja, du.«
Lennie blickte hilfesuchend Candy an, dann wieder auf seine Knie.
»Seine Hand is in eine Maschine gekommen«, sagte er.
Sie lachte wieder.
»Richtig, Maschine. Mit dir red ich nachher noch. Maschinen, das hab ich gern.«
Candy fiel ihr ins Wort: »Lassen sie den da in Ruh. Machen Sie kein dummes Zeug mit dem. Ich sag es George wieder, was Sie da sagen. George erlaubt nicht, daß Sie mit Lennie Dummheiten machen.«
»Wer ist denn George?« fragte sie. »Der kleine Kerl, mit dem du gekommen bist?«
Lennie lächelte glückselig.
»Das is er«, sagte er. »Das is er, un' er läßt mich die Kaninchen versorgen.«
»Na, wenn du weiter nichts willst, ein paar Kaninchen kann ich dir auch verschaffen.«
Da stand Crooks von der Bettstelle auf und trat vor sie hin.
»Jetzt hab ich genug«,sagte er kalt. »Sie haben nicht das Recht, in die Stube von einem Farbigen zu kommen. Sie haben überhaupt nicht das Recht, sich hier rumzutreiben. Jetzt machen Sie, daß Sie rauskommen, aber schleunigst. Wenn nicht, dann sag ich's dem Chef, daß er Ihnen verbietet, wieder den Stall zu betreten.«
Mit hämischem Gesicht sagte sie zu Crooks: »Hör mal, du Nigger. Du weißt ja wohl, was ich dir antun kann, wenn du dein Maul aufreißt.«
Hilflos starrte Crooks sie an, dann setzte er sich auf die Bettstelle und sank in sich zusammen.

Sie trat dicht zu ihm hin.
»Du weißt, was ich mit dir tun kann?«
Crooks schien zusammenzuschrumpfen und drückte sich an die Wand.
»Jawohl, Madam.«
»Na, dann nimm dir nichts heraus, Nigger. Es kostet mich so wenig Mühe, dich an einen Baum hängen zu lassen, daß es nicht einmal ein Spaß wäre.«
Crooks war zu einem Häufchen Elend zusammengesunken. Es war sozusagen nichts mehr von ihm vorhanden: keine Persönlichkeit, kein Ichbewußtsein, nichts, was noch Gefallen oder Mißfallen erregen konnte.
»Ja, Madam«, sagte er mit tonloser Stimme.
Einen Augenblick lang blieb sie noch vor ihm stehen und blickte auf ihn herunter, als wartete sie, ob er sich noch einmal rühre, damit sie ihm gleich noch eins versetzen könne; aber Crooks blieb vollkommen reglos sitzen, mit abgewendeten Augen, jede Angriffsfläche gleichsam nach innen gezogen. Sie drehte sich wieder zu den beiden andern um.
Der alte Candy beobachtete sie wie gebannt.
»Wenn Sie das tun, dann sagen wir's«, äußerte er ruhig, »Dann sagen wir, daß Sie Crooks verleumdet haben.«
»Sagt's nur, der Teufel soll euch holen«, schrie sie. »Es hört doch keiner auf euch, das weißt du genau. Keiner hört auf euch.«
Candy gab nach. »Nein«, sagte er. »Keiner hört auf uns.«
Lennie winselte: »Wenn doch George da wär . . . Wenn doch nur George da wär . . .«
Candy trat zu ihm.
»Mach dir keine Sorge«, sagte er. »Ich hab grad die Leute heimkommen hören. George ist jetzt sicher schon in der Baracke.«
Er drehte sich zu Curleys Frau um und sagte gelassen: »Sie sollten jetzt heimgehn. Wenn Sie gleich gehn, dann sagen wir Curley nichts davon, daß Sie hier gewesen sind.«
Sie maß ihn kühl von oben bis unten.
»Ist mir gar nicht so sicher, daß du was gehört hast.«
»Lassen Sie's nicht drauf ankommen«, sagte er. »Wenn Sie's nicht sicher wissen, dann seien Sie lieber vorsichtig.«

Sie wandte sich wieder zu Lennie. »Ich freu mich, daß du dem Curley ein bißchen die Knochen gebrochen hast. Geschieht ihm recht. Manchmal möcht ich ihm selbst die Knochen brechen.«
Damit schlüpfte sie zur Tür hinaus und verschwand im dunklen Stall. Während sie durch den Stall ging, rasselten die Halfterketten, einige Pferde schnaubten, andere stampften mit den Hufen.
Crooks schien langsam wieder die Schutzschichten abzustreifen, die er sich übergezogen hatte.
»Ist das wahr, was du gesagt hast, daß die Leute heimkommen?« fragte er.
»Natürlich, ich hab sie gehört.«
»So . . . ich nicht.«
»Das Tor ist zugeschlagen«, sagte Candy, und dann fügte er hinzu: »Herrje, wie das Weib schleichen kann. Da hat sie, scheint's, große Übung drin.«
Crooks wollte sichtlich von dem Thema nichts mehr wissen.
»Vielleicht geht ihr zwei jetzt«, sagte er. »Mir wär's lieber, wenn ihr nicht länger hierbleibt. Auch ein Farbiger muß seine Rechte haben, auch wenn's ihm nicht paßt.«
Candy sagte: »Das Luder hätt dir das nicht sagen dürfen.«
»Hat nichts auf sich«, sagte Crooks dumpf. »Daß ihr hier reinkamt und euch hingesetzt habt, darüber hab ich's vergessen. Stimmt schon, was sie sagt.«
Die Pferde schnaubten im Stall, die Ketten klirrten, und eine Stimme rief: »Lennie, he, Lennie! Bist du ihm Stall?«
»Das ist George«, rief Lennie aus. Dann antwortete er: »Hier George. Hier bin ich!«
Gleich darauf stand George im Türrahmen; er schaute sich mißbilligend in der Stube um. »Was machst du in Crooks' Stube? Du hast hier nichts verloren.«
Crooks nickte: »Hab's ihnen gesagt; sind aber trotzdem reingekommen.«
»Warum wirfst du sie dann nicht raus?«
»War mir gleich«, sagte Crooks. »Lennie ist ein netter Kerl.«
Jetzt meldete sich Candy.
»Hör mal, George . . . Ich hab immer gerechnet. Ich hab rausgekriegt, was wir aus den Kaninchen Geld rausschlagen können.«

George warf ihm einen bösen Blick zu. »Ich hab euch gesagt, ihr sollt niemand was davon erzählen.«
Candy wurde kleinlaut. »Ich hab niemand was erzählt außer Crooks.«
»Jetzt macht, daß ihr hier rauskommt, ihr zwei«, sagte George. »Herrje, nicht eine Minute kann man fort sein, scheint's.«
Candy und Lennie standen auf und gingen zur Tür. Crooks rief ihm nach: »Candy!«
»Hä?«
»Denkst du noch dran, was ich gesagt hab wegen Hacken und allerhand Aushelfen?«
»Ja«, sagte Candy. »Ich denk schon dran.«
»Denk nicht mehr dran«, sagte Crooks. »War nicht mein Ernst. Nur Spaß. Ich hätt gar keine Lust auf so was.«
»Na, auch recht, wenn du keine Lust hast. Gut Nacht.«
Die drei gingen hinaus. Als sie durch den Stall gingen, schnaubten die Pferde, und die Ketten rasselten.
Crooks blieb auf seiner Bettstelle sitzen, blickte noch kurz zur Tür hin, dann griff er nach der Flasche mit der Einreibung. Er zog hinten sein Hemd herauf, goß ein paar Tropfen aus der Flasche auf seinen hellroten Handteller, griff damit um die Hüfte herum und fing an, langsam seinen Rücken einzureiben.

Fünftes Kapitel

An der einen Schmalseite des langen Stalls war frisches Heu hoch aufgestapelt, und darüber hing die vierzinkige Heugabel von ihrem Flaschenzug herunter. Der Heuhaufen fiel wie ein Berghang zur andern Schmalseite des Stalls ab, und es blieb noch ein kleines Stück Boden für die neue Ernte frei. An den Langseiten waren die Futterraufen und zwischen deren Stangen die Köpfe der Pferde zu sehen.
Es war Sonntagnachmittag. Die ausgeruhten Pferde zupften die letzten Heuhalme heraus, stampften mit den Hufen, knabberten die Holzkrippen an und rasselten mit den Halfterketten. Die Nachmittagssonne fiel in feinen Strahlen durch die Spalten und

Ritzen der Holzwände und malte helle Streifen auf das Heu. Das träge Nachmittagsgesumm von Fliegen durchsurrte die Luft.
Von draußen war das Anschlagen der Hufeisen an den Zierpflock und das Rufen von Männern zu hören, die einander anfeuerten oder ausspotteten. Doch im Stall lag die summende, träge, warme Stille.
Niemand war im Stall außer Lennie, und Lennie saß neben einer Warenkiste im Heu, unter einer Krippe an der Seite des Stalls, die noch nicht ganz voll mit Heu war. Lennie saß im Heu und betrachtete ein totes kleines Hündchen, das vor ihm lag. Lange schaute er darauf, dann streckte er seine riesige Hand aus und strich damit das ganze Körperchen entlang.
Dabei sagte er leise zu dem Tierchen: »Warum hast du denn totgehn müssen? Bist doch nicht so klein wie ein Mäuschen. Hab dich doch gar nicht so fest geschlagen.«
Er bog das Köpfchen des kleinen Hundes ein wenig hoch, blickte auf das Gesichtchen und sagte: »Jetzt wird mich George wohl keine Kaninchen nicht mehr versorgen lassen, wenn er rausfindet, daß du totgegangen bist.«
Er höhlte eine kleine Mulde aus, legte das Hundekörperchen hinein und deckte Heu darüber, so daß es nicht zu sehen war. Dann aber starrte er weiter auf den kleinen Hügel, den er aufgeschichtet hatte.
Dabei sagte er vor sich hin: »Is nicht so was Schlimmes, daß ich mich drum in den Büschen verstecken muß. Nein, nein. Is es nicht. Ich sag George, ich hätt's tot gefunden.«
Er grub das Tierchen wieder aus, besah es genau und streichelte es wieder von den Ohren bis zum Schwänzchen.
Tief betrübt murmelte er weiter: »Er wird's aber merken. George merkt immer alles. Er sagt sicher: ›Du hast's getan. Brauchst mir nix vorzumachen.‹ Und dann wird er sagen: ›Eben darum kriegst du die Kaninchen nicht zum Versorgen.‹«
Plötzlich stieg Zorn in ihm auf.
»Gott verdamm dich«, schrie er, »warum hast du auch totgehn müssen? Bist doch nicht so klein wie eine Maus.«
Er nahm das Körperchen und schleuderte es weg. Dann drehte er ihm den Rücken zu. Darauf blieb er sitzen, den Kopf auf die Knie

gesenkt, und flüsterte: »Jetzt krieg ich die Kaninchen nicht zum Versorgen. Jetzt läßt er mich das nicht tun.«
Vor Kummer und Elend wiegte er sich hin und her.
Das Klirren von Hufeisen an den Eisenpflock wurde laut, dann ein Durcheinander von Rufen. Lennie stand auf, holte das tote Tierchen wieder, legte es aufs Heu und setzte sich davor. Wieder fing er an, das Körperchen zu streicheln.
»Warst nicht groß genug«, sagte er. »Sie haben mir's immer wieder gesagt, du wärst noch nicht groß genug. Hab nicht gewußt, daß du so leicht totgehst.«
Er kraulte mit den Fingern an dem schlaff hängenden Ohr des Tierchens.
»Vielleicht macht sich George nichts draus«, sagte er. »Das gottverdammte kleine Hundeviech hat doch überhaupt kein' Wert für George.«
Da kam Curleys Frau um die letzte Boxe herum. Sie trat sehr leise auf, so daß Lennie sie nicht bemerkte. Sie hatte ein helles Baumwollkleid und die Pantöffelchen mit den roten Straußenfedern an. Ihr Gesicht war geschminkt, und die kleinen Lockenwürstchen saßen alle tadellos. Sie stand schon ganz nahe bei ihm, ehe Lennie aufblickte und sie sah.
Wahnsinnig erschrocken schaufelte er mit den Fingern Heu über das tote Tierchen. Dann sah er ärgerlich zu ihr auf.
Sie sagte: »Was hast du denn da, Söhnchen?«
Lennie glotzte sie böse an.
»George sagt, ich soll mich nicht mit Ihn' einlassen . . . nicht mit Ihn' reden und überhaupt nix.«
Sie lachte auf: »Du kriegst wohl alles von George befohlen?«
Lennie sah wieder aufs Heu hinunter.
»Er sagt, ich darf die Kaninchen nicht versorgen, wenn ich mit Ihn' rede oder sonst überhaupt.«
Sie sagte gelassen: »Er hat Angst, daß Curley böse wird. Na, Curley trägt den Arm in der Schlinge . . . und wenn Curley unverschämt wird, kannst du ihm die andere Hand auch zerquetschen. Du kannst mir doch nicht weismachen, er wär damit in die Maschine gekommen.«
Doch Lennie ließ sich nicht einfangen.

»Nein, nein, nein. Ich red' nicht mit Ihn' und überhaupt nix.«
Sie kniete sich neben ihn ins Heu.

»Hör zu«, sagte sie. »Die sämtlichen Burschen machen jetzt ein Hufeisen-Wettspiel. Es ist erst gegen vier Uhr. Keiner von ihnen wird so bald vom Spiel weggehn. Warum soll ich mich nicht mit dir unterhalten? Nie hab ich jemand, mit dem ich mich unterhalten kann. Ich bin schrecklich allein.«

Lennie sagte: »Ja, aber ich darf mit Ihn' nicht reden und überhaupt nix.«

»Ich bin doch so allein«, sagte sie. »Du kannst dich mit Leuten unterhalten, aber ich darf mich nur mit Curley unterhalten. Sonst wird er böse. Wie wär's dir zumut, wenn du dich mit niemand unterhalten könntest?«

Lennie sagte: »Ja, aber ich darf nicht. George hat Angst, ich krieg Schererei.«

Sie wechselte das Thema. »Was hast du denn da zugedeckt?«

Sein ganzer Gram fiel wieder über Lennie.

»Nur mein Hundchen«, sagte er traurig. »Nur mein kleines Hundchen.«

Und er schob das darüberliegende Heu beiseite.

»Der ist ja tot!« schrie sie auf.

»Er war so klein«, sagte Lennie. »Ich hab nur mit ihm gespielt ... Un' da tat er, als wollte er mich beißen ... un' da tat ich, als wollt ich ihm eins draufgeben ... un' ... un' ... das hab ich getan. Un' da war er auf einmal tot.«

Sie sprach ihm tröstlich zu.

»Mach dir darum keinen Kummer. War doch bloß ein kleiner Köter. Das ganze Land wimmelt von so kleinen Kötern.«

»Nicht darum«, meinte Lennie kläglich. »Aber George läßt mich jetzt nicht die Kaninchen versorgen.«

»Warum denn nicht?«

»Er sagt, wenn ich noch irgendwas Schlimmes anstelle, dann läßt er mich die Kaninchen nicht versorgen.«

Sie rückte näher zu ihm heran und sprach ihm begütigend zu.

»Mach dir keine Sorgen drüber, daß du dich mit mir unterhältst. Hör nur, wie die draußen brüllen. Es geht um vier Dollar Einsatz. Keiner geht vom Spiel weg, bevor es aus ist.«

»Wenn George sieht, daß ich mit Ihnen rede, putzt er mich furchtbar herunter«, sagte Lennie mißtrauisch. »Das hat er mir gesagt.«
In ihrem Gesicht prägte sich Zorn aus.
»Was ist denn los mit mir?« schrie sie. »Hab ich nicht das Recht, mal mit einem Menschen zu reden? Für was halten denn die mich eigentlich? Du bist ein netter Kerl. Warum soll ich mich nicht mit dir unterhalten? Ich tu dir ja nichts.«
»George sagt, Sie bringen uns in Scherereien.«
»Ach, dummes Zeug!«, sagte sie. »Was tu ich dir denn? Wie ich da leben soll, darum kümmert sich ja wohl gar keiner. Ich sag dir, an so ein Leben bin ich nicht gewöhnt. Ich hätt aus mir was machen können.« Finster setzte sie hinzu: »Vielleicht mach ich's auch noch.«
Auf einmal entlud sich leidenschaftliches Mitteilungsbedürfnis; ihre Worte überstürzten sich, als müßte sie sich damit beeilen, bevor ihr der Zuhörer weggenommen werden könnte.
»Ich bin in Salinas zu Hause«, sagte sie. »Bin schon als kleines Kind hingekommen. Einmal kam eine Theatergruppe durch, und ich hab einen Schauspieler kennengelernt. Der sagt, ich hätt das Zeug dazu, bei der Truppe mitzumachen. Aber meine Alte wollte nicht. Weil ich erst fünfzehn Jahr alt sei, sagte sie. Aber der Mann sagte, es ginge doch. Wenn ich zum Theater gegangen wär, dann brauchte ich jetzt nicht dieses Leben führen, darauf kannst du Gift nehmen.«
Lennie streichelte immer über das tote Tierchen.
»Wir kriegen ein Gütchen . . . und Kaninchen«, sagte er.
Hastig fuhr sie mit ihrer Erzählung fort, um nicht unterbrochen zu werden.
»Dann hab ich wieder die Bekanntschaft von einem Mann gemacht, und er war beim Film. Ich ging mit ihm in den Riverside-Tanzpalast. Der sagte, er werde mich zum Film bringen. Ich sei ein Naturtalent, sagte er. Sobald er wieder in Hollywood sei, würde er mir Nachricht geben.«
Sie blickte Lennie scharf an, um zu sehen, ob ihm das Eindruck machte.
»Hab aber nie einen Brief gekriegt. Ich denk mir immer, meine Alte hat ihn unterschlagen. Na, ich wollte nicht an einem Ort blei-

ben, wo nichts aus mir werden oder ich nichts aus mir machen konnte und wo einem die Briefe unterschlagen werden. Ich hab sie gefragt, ob sie ihn unterschlagen hat; aber sie sagte nein. Und so hab ich Curley geheiratet. Lernte ihn noch am selben Abend im Riverside-Tanzpalast kennen.«

Sie unterbrach sich: »Hörst du zu?«

»Ich? . . . Ja, ja, natürlich.«

»Ich hab das noch niemand erzählt. Vielleicht sollt ich überhaupt nicht. Ich kann Curley nicht leiden. Ist kein netter Kerl.«

Und da sie ihm nun einmal Vertrauen geschenkt hatte, rückte sie noch näher an Lennie heran und setzte sich dicht neben ihn.

»Ich könnt beim Film sein und schöne Kleider haben . . . lauter so schöne Kleider wie die Filmschauspielerinnen. Und in großen Hotels sitzen und Bilder von mir machen lassen. Ich könnt hingehn, wenn eine Vorschau ist und am Radio reden, und all das tät mich keinen Cent kosten, weil ich im Film mitspiele. Und lauter schöne Kleider, wie man dabei trägt. Denn der Mann hat ja gesagt, ich bin ein Naturtalent.«

Sie sah zu Lennie auf und machte die Andeutung einer großartigen Hand- und Armbewegung, um zu zeigen, daß sie Theater spielen könne. Sie ließ die Finger die Gebärde des Handgelenks weiterführen und spreizte den kleinen Finger vornehm von den andern ab.

Lennie tat einen tiefen Seufzer. Von draußen hörte man das Klirren eines Hufeisens auf Metall und dann ein Beifallsgebrüll.

»Hat einer einen Rundwurf gemacht«, sagte Curleys Frau.

Je mehr die Sonne sank, desto höher nach oben verzog sich das Licht; die Sonnenstreifen kletterten die Wand hinauf und fielen über die Raufen und die Köpfe der Pferde.

Lennie sagte: »Wenn ich das Hundchen rausnehm und wegschmeiße, vielleicht merkt dann George nichts. Dann bekomm ich keine Vorwürfe und darf die Kaninchen versorgen.«

Ärgerlich sagte Curleys Frau: »Hast du denn gar nichts im Kopf als Kaninchen?«

»Wir kriegen ein Gütchen«, erklärte Lennie nachsichtig. »Un' ein Haus un' ein' Garten un' ein Kleefeld, un' der Klee is für die Kaninchen, un' ich nehm einen Sack un' mach ihn voll mit Klee, un' den bring ich den Kaninchen.«

»Wieso bist du denn so versessen auf Kaninchen?« fragte sie.
Lennie mußte angestrengt nachdenken, bevor er darüber mit sich ins reine kam.
Er rutschte vorsichtig zu ihr hin, bis er dicht an ihr war.
»Ich streichle gern hübsche Dingerchen. Auf einem Jahrmarkt hab ich mal so ein paar langhaarige Kaninchen gesehn. Die waren niedlich, wahrhaftig. Manchmal streichle ich auch Mäuse, aber nur wenn ich nix Besseres kriegen kann.«
Curleys Frau rückte ein wenig von ihm ab.
»Mir scheint, du bist schwachsinnig«, sagte sie.
»Nein, bin ich nicht«, verwahrte sich Lennie ernsthaft. »George sagt, das bin ich nicht. Ich streichle gern mit den Fingern über hübsche, weiche Sachen.«
Sie war etwas beruhigt.
»Na, wer tut das nicht?« sagte sie. »Das tut jeder gern. Ich fühl gern Seide und Sammet an. Fühlst du gern Sammet an?«
Lennie kicherte vor Freude.
»Wahrhaftiger Gott«, schrie er glückselig auf. »Hab auch schon welchen gehabt. Bekam ich von einer Dame . . . die Dame war meine Tante Clara. Die hat ihn mir geschenkt . . . ein ganz großes Stück, so groß ungefähr. Ich wollt, ich hätt den Sammet noch.«
Er machte ein finsteres Gesicht.
»Hab's verloren«, sagte er. »Hab's lang nicht gesehn.«
Sie lachte wieder auf.
»Du spinnst«, sagte sie. »Aber ein ganz netter Kerl. Grad wie ein großes Kind. Immerhin kann man dir das nachfühlen. Wenn ich meine Haare mache, dann sitz ich auch manchmal da und streiche mit der Hand drüber, weil's so weich ist.«
Um zu zeigen, wie sie das mache, fuhr sie sich mit den Fingern über den Kopf.
»Manche Leute haben ganz grobes Haar«, sagte sie eitel. »Curley, zum Beispiel. Dem sein Haar ist wie Draht. Aber meins ist weich und fein. Ich bürst es aber auch gehörig. Das macht's so fein. Da . . . fühl's einmal an.«
Sie nahm Lennies Hand und führte sie an ihren Kopf.
»Fühl's mal rundherum an, dann merkst du, wie weich es ist.«
Lennies große Finger fingen an, ihr übers Haar zu streichen.

»Zerrauf es nicht«, sagte sie.
Lennie sagte: »Ach, wie schön«, und strich kräftiger. »Wunderschön.«
»Paß auf, zu zerraufst es ja.« Schließlich schrie sie erbost: »Hör jetzt auf, du bringst mir die ganze Frisur durcheinander.«
Sie riß mit einem Ruck den Kopf zur Seite; doch Lennies Finger packten zu und hielten fest. »Laß los«, schrie sie. »Laß sofort los!«
Lennie durchfuhr ein wilder Schreck. Sein Gesicht war verzerrt. Sie kreischte laut auf, da legte Lennie ihr die andere Hand über Mund und Nase.
»Nicht, nicht«, bat er. »Ach, bitte nicht, George wird böse.«
Mit aller Gewalt versuchte sie sich loszureißen. Sie strampelte mit den Füßen im Heu und drehte sich, um freizukommen; ihr Schreien erstickte unter Lennies Hand. Lennie fing vor Angst zu weinen an.
»Bitte nicht, bitte tu das nicht«, wimmerte er. »George sagt sonst, ich hab was Schlimmes gemacht. Er läßt mich die Kaninchen nicht versorgen.«
Er verschob die Hand ein wenig; heiser kam jetzt das Schreien aus ihrem Mund. Da wurde Lennie zornig.
»Nicht!« fuhr er sie an. »Nicht brüllen. Ich krieg ja Scherereien, genau wie George gesagt hat. Nicht so.«
Sie fuhr jedoch fort, sich loszuringen; wahnsinnige Angst stand in ihren Augen. Da rüttelte er sie, wurde wütend mit ihr.
»Nicht brüllen«, schrie er sie an und schüttelte sie, daß ihr Körper zappelte wie ein Fisch.
Plötzlich sank sie zusammen, und es wurde still. Lennie hatte ihr das Genick gebrochen.
Er schaute auf sie herunter und zog behutsam seine Hand von ihrem Mund weg. Sie lag reglos da.
»Will Ihn' ja nicht weh tun«, sagte er, »aber George wird bös, wenn Sie schrein.«
Als sie keine Antwort gab, auch keine Bewegung machte, beugte er sich dicht über sie. Er hob einen ihrer Arme auf und ließ ihn wieder fallen. Einen Augenblick lang schien er vollkommen verstört. Dann murmelte er entsetzt: »Hab was Schlimmes gemacht. Hab wieder was Schlimmes gemacht.«

Mit seinen großen Pratzen häufte er Heu zusammen, bis der Körper teilweise zugedeckt war. Vor dem Stall erscholl das Schreien von Männerstimmen und verdoppeltes Klirren von Hufeisen auf Metall. Zum ersten Mal wurde sich Lennie der Außenwelt bewußt. Er duckte sich ins Heu und horchte.
»Hab was ganz Schlimmes gemacht«, sagte er vor sich hin. »Hätt das nicht tun dürfen. George wird bös. Und . . . hat er gesagt . . . soll mich im Gebüsch verstecken, bis er kommt. Ja, das hat er mir gesagt.«
Dann ging er wieder zu der Leiche hin und schaute sie an. Das tote Hündchen lag dicht neben ihr. Lennie hob es auf.
»Ich schmeiß es fort«, sagte er. »Is schon so schlimm genug.«
Er versteckte das Tierchen unter seinem Kittel, schlich sich zur Stallwand hin und lugte durch die Ritzen nach den Hufeisenspie-

lern. Dann schlich er um die letzte Krippe herum und machte sich hinaus.

Die Sonnenstreifen waren jetzt ganz oben an der Wand; immer weicher wurde das Licht im Stall. Curleys Frau lag, halb mit Heu zugedeckt, auf dem Rücken.

Sehr still war es im Stall; über dem ganzen Gutshof lag die Stille des Nachmittags. Selbst das Klirren der geschleuderten Hufeisen, ja sogar die Rufe der Männer beim Spiel schienen gedämpfter zu sein. Während im Freien noch Tageslicht war, herrschte bereits Dämmerstimmung im Stall. Durch die offenstehende Heubodenluke kam eine Taube hereingeflogen, flatterte einmal im Kreis herum und flog wieder hinaus. Um die letzte Krippe herum kam eine magere, lange Schäferhündin mit tief herabhängenden Zitzen. Auf dem Weg zu der Warenkiste, worin die Jungen lagen, witterte sie auf einmal den Leichengeruch der daliegenden Frau; die Haare der Hündin sträubten sich der Wirbelsäule entlang. Sie winselte auf, kroch geduckt zur Kiste und sprang zu den Jungen hinein.

Halb zugedeckt von gelblichem Heu lag Curleys Frau da. Gemeinheit und Streberei, Unbefriedigtheit und Geltungsbedürnis, all das war aus dem Gesicht gewichen. Sie wirkte sehr hübsch und schlicht; hold und jugendlich sah ihr Gesicht aus. Die geschminkten Wangen und die rotgemalten Lippen gaben ihr jetzt den Anschein eines in ganz leichtem Schlaf befangenen lebenden Mädchens. Die winzigen kleinen Lockenwürstchen lagen vom Kopf abstehend hinter ihr auf dem Heu; die Lippen waren leicht geöffnet.

Wie es manchmal geschieht, stand die Zeit gleichsam still, der Augenblick verweilte, blieb weit länger als einen Augenblick lang in der Schwebe. Und weit, weit länger als nur einen Augenblick stockten Laut und Bewegung.

Allmählich setzte die Zeit wieder ein und bewegte sich träge weiter. Auf der andern Seite der Futterraufen stampften die Gäule, und die Halfterketten klirrten. Draußen wurden die Männerstimmen lauter und deutlicher.

Von der letzten Boxe her ertönte auf einmal die Stimme des alten Candy.

»Lennie«, rief er. »Heda, Lennie! Bist du hier? Ich hab noch mal durchgerechnet. Kann dir sagen, wie wir's machen können.«

Er kam um die letzte Boxe herum.
»He, Lennie!« rief er wieder; auf einmal stockte er; er erstarrte am ganzen Körper. Mit dem glatten Armstumpf rieb er sich über die weißen Stoppeln.
»Hab nicht gewußt, daß Sie hier sind«, sagte er zu der daliegenden Frau.
Als sie keine Antwort gab, trat er näher heran.
»Sie sollten doch hier nicht schlafen«, sagte er in vorwurfsvollem Ton; noch einen Schritt auf sie zu und . . . »Ach, Herrjesus!«
Er warf hilflose Blicke um sich herum und rieb sich die Bartstoppeln. Dann fuhr er hoch und stürzte zum Stall hinaus.
Im Stall war es indes lebendig geworden. Die Pferde stampften und schnaubten, knabberten ihre Streu an und rissen an den Ketten. Gleich darauf kam Candy wieder; bei ihm war George.
George sagte: »Was wolltest du denn von mir?«
Candy deutete auf die daliegende Frau. George starrte hinunter.
»Was ist denn mit ihr?« fragte er.
Er trat einen Schritt näher, brach in dieselben Worte aus wie Candy: »Ach Herrjesus!« und kniete neben der Leiche hin.
Er legte ihre eine Hand aufs Herz. Als er schließlich mit steifen Gliedmaßen langsam aufstand, war sein Gesicht hart und straff wie Holz, und auch sein Blick war hart.
Candy fragte: »Wie ist denn das geschehen?«
George sah ihn kalt an.
»Hast du gar keine Ahnung?« fragte er.
Candy schwieg.
»Hätt's mir denken können«, sagte George hoffnungslos. »Ganz hinten in meinem Schädel hab ich doch wohl dran gedacht.«
»Was tun wir denn jetzt, George?« fragte Candy. »Was tun wir denn jetzt?«
George brauchte lange, bis er antwortete.
»Tja . . . wir werden's ihnen wohl sagen müssen . . . den Leuten draußen. Wir müssen ihn wohl packen und einsperren. Wir dürfen ihn nicht entkommen lassen. Der arme Hund tät ja verhungern.«
Er versuchte, sich selbst zu beschwichtigen.
»Vielleicht sperren Sie ihn ein und gehn anständig mit ihm um.«
Candy aber sagte aufgeregt: »Wir sollten ihn doch entkommen las-

sen. Du kennst den Curley nicht. Der wird alles aufbieten, daß er gelyncht wird. Curley läßt ihn umbringen.«
George sah Candy auf den Mund.
»Ja, ja«, sagte er schließlich, »natürlich, das tut er. Und die andern auch.«
Er blickte sich nach der Toten um.
Da machte sich Candys schwerste Befürchtung Luft.
»Du und ich, wir zwei, können doch das kleine Anwesen nehmen, nicht wahr, George? Du und ich, wir können hingehn und dort anständig leben, nicht wahr, George? Ja?«
Ehe George antwortete, senkte der Alte den Kopf und starrte auf das Heu. Er wußte Bescheid.
George sagte leise: »Mir scheint, ich hab's von vorneherein gewußt. Ich hab's wohl gewußt, daß es damit nichts wird. Er hat immer soviel davon hören wollen, daß ich schließlich gemeint hab, es könnt vielleicht doch sein.«
»Dann . . . ist also alles aus?« fragte Candy trübselig.
George gab keine Antwort darauf, sondern sagte: »Ich mach meinen Monat ab, nehm meine fünfzig Dollar, und dann bleib ich eine ganze Nacht in irgendeiner dreckigen Hurenbude. Oder ich bleib in einem Spielsalon, bis alle andern heimgegangen sind. Und dann komm ich wieder her und mach wieder einen Monat lang weiter und verdien wieder fünfzig Dollar.«
Candy sagte: »So ein netter Kerl, der Lennie. Hätt nicht gedacht, daß er so was tut.«
George betrachtete die Tote.
»Aus Gemeinheit hat das Lennie nie und nimmer getan«, sagte er. »Er hat schon immer schlimme Sachen gemacht, aber nie was Gemeines.«
Er richtete sich auf und drehte sich zu Candy um.
»Jetzt hör zu. Wir müssen's den Leuten sagen. Sie müssen ihn wohl in die Stadt bringen. Geht nicht anders. Vielleicht tun sie ihm nichts.«
In scharfem Ton setzte er hinzu: »Ich laß nicht zu, daß sie Lennie was tun. Paß jetzt auf. Sie könnten womöglich meinen, ich bin mit schuld. Ich geh jetzt in die Baracke. In einer Minute gehst du hinaus und erzählst es den Leuten draußen; ich komm dann dazu und

tu, als hätt ich keine Ahnung davon. Willst du das tun? Damit sie nicht meinen, ich wär dabei im Spiel?«

Candy sagte: »Gern, George. Natürlich tu ich das.«

»Schön. Laß mir ein paar Minuten Zeit, und dann läufst du raus und erzählst, wie du sie hier gefunden hast. Ich geh jetzt.«

Er machte kehrt und ging rasch zum Stall hinaus.

Der alte Candy sah ihm nach. Dann blickte er wieder hilflos auf die Tote; nach und nach machten sich sein Kummer und Ärger in Worten Luft.

»Du gottverdammte Landstreicherin«, sagte er erbost. »Das hast du fertiggebracht. Freust dich wohl noch drüber? Es haben's ja alle gewußt, daß du noch Unheil stiften wirst. Hast nichts getaugt. Und jetzt erst recht nicht, du dreckiges Luder.«

Er schnupfte auf, und seine Stimme fing an zu zittern.

»Ich hätt im Garten hacken können und den andern ihr Geschirr waschen.«

Er stockte, dann leierte er wie einen Singsang: »Wenn ein Zirkus gekommen oder ein Baseball-Match gewesen wär . . . dann wären wir hingegangen . . . und hätten einfach gesagt: ›Der Teufel soll die Arbeit holen‹ . . . un' wären hingegangen. Hätten nach niemand gefragt. Und ein Schwein gehalten und Hühner . . . und im Winter . . . hätten wir das dicke kleine Öfchen gehabt . . . und hätt's geregnet . . . dann hätten wir uns einfach drangesetzt.«

Tränen trübten seine Augen; er machte kehrt und ging auf schwachen Beinen, sich die Bartstoppeln mit dem Armstumpf reibend, zum Stall hinaus.

Der Lärm vom Spielplatz brach ab. Fragende Stimmen wurden laut, dann ein Getrappel von laufenden Füßen, und die Männer stürmten in den Stall herein. Slim, Carlson, der junge Whit und Curley; in vorsichtigem Abstand, um sich nicht bemerkbar zu machen, Crooks. Hinter ihnen kam Candy, und zuallerletzt erschien George. Er hatte seinen blauen Drillichkittel übergezogen und zugeknöpft; den schwarzen Hut hatte er tief ins Gesicht gesetzt. Die Männer stürzten zur letzten Boxe. Im Dämmerlicht sahen sie die Leiche liegen; sie stockten, blieben stehen und starrten darauf.

Schließlich trat Slim ruhig zu ihr hin und griff nach dem Handgelenk. Einer seiner schmalen Finger strich über die Wange; dann

fuhr er mit der Hand unter den leicht verdrehten Hals und tastete das Genick ab. Als er sich wieder aufrichtete, umdrängten ihn die andern; der bisher über ihnen liegende Bann war gebrochen.
Auch Curley erwachte plötzlich wie aus einer Starre.
»Ich weiß, wer's getan hat. Das hat der große Saukerl getan. Er ist's gewesen, das weiß ich. Alle andern waren ja draußen beim Hufeisenspiel.«
Er steigerte sich in Wut hinein.
»Ich werd den schon kriegen. Ich hol meine Flinte. Ich bring den Saukerl selber um. Ich schieß ihm eine Kugel ins Gedärm. Kommt mit, Leute.«
Er raste zum Stall hinaus.
»Ich hol meine Lugerpistole«, sagte Carlson und lief ebenfalls davon.
Slim drehte sich gelassen zu George um.
»Ich nehm an, es ist tatsächlich Lennie gewesen. Das Genick ist gebrochen. Das könnte Lennie gewesen sein.«
George erwiderte nichts; er nickte nur langsam. Sein Hut hing ihm so tief ins Gesicht, daß die Augen bedeckt waren.
»Vielleicht wie damals in Weed«, fuhr Slim fort, »das, was du mir erzählt hast.«
George nickte wieder.
»Tja«, seufzte Slim, »müssen ihn wohl zu fassen kriegen. Wo kann er hin sein, was meinst du?«
George brauchte sichtlich Zeit, um mit der Sprache herauszukommen.
»Er . . . Wohl nach Süden zu«, sagte er schließlich. »Wir sind von Norden her gekommen, da ist er wohl nach Süden zu gelaufen.«
»Müssen ihn wohl zu fassen kriegen«, sagte Slim noch einmal.
George trat dicht zu ihm hin.
»Könnten wir ihn nicht in die Stadt bringen, damit er eingesperrt wird? Er ist ja schwachsinnig, Slim. Er hat's sicher nicht aus Gemeinheit getan.«
Slim nickte.
»Schon«, sagte er. »Wenn wir Curley im Zaum halten könnten, dann schon. Aber Curley will ihn ja erschießen. Curley ist immer noch rasend wegen seiner Hand. Und wenn Lennie eingesperrt

wird, festgebunden und in einer Zelle gehalten . . . das hat auch keinen Zweck, George.«
»Weiß schon«, sagte George, »weiß schon.«
Carlson kam angelaufen.
»Der Hund hat meine Pistole gestohlen«, schrie er. »Sie ist nicht mehr in meinem Reisesack.«
Gleich darauf erschien Curley wieder, eine Flinte in der gesunden Hand. Er benahm sich jetzt eiskalt.
»Schon gut, Leute«, sagte er. »Der Nigger hat eine Flinte. Die nimmst du, Carlson. Wenn du ihn siehst, mach kurzen Prozeß. Eine Kugel ins Gedärm. Das legt ihn um.«
Aufgeregt rief Whit: »Ich hab keinen Revolver.«
Curley sagte: »Du gehst nach Soledad und holst einen von der Polizei. Bring Al Wilts, das ist der Untersheriff. Vorwärts jetzt.«
Und dann argwöhnisch zu George: »Du kommst mit, Bursche.«
»Ja, ja«, sagte George. »Ich komm mit. Aber hör mal, Curley. Der arme Hund ist ja schwachsinnig. Schieß ihn nicht übern Haufen. Er hat ja nicht gewußt, was er tut.«
»Nicht übern Haufen schießen?« schrie Curley. »Er hat ja Carlsons Pistole. Selbstverständlich schieß ich ihn übern Haufen.«
Schwach wendete George ein: »Vielleicht hat Carlson die Pistole verlegt.«
»Hab sie noch heut früh gesehn«, sagte Carlson. »Nein, nein, die hat einer gestohlen.«
Slim stand noch immer da und blickte auf die Leiche.
Er sagte: »Curley, es wär richtiger, du bliebst hier bei deiner Frau.«
Curleys Gesicht lief rot an.
»Ich geh«, sagte er, »ich schieß dem großen Schweinehund selber die Därme aus dem Bauch, wenn ich auch bloß eine Hand hab. Ich treff ihn schon.«
Da sagte Slim zu Candy: »Dann bleib du hier, Candy. Wir wollen uns jetzt auf den Trab machen.«
Sie schickten sich zum Gehen an. George blieb noch einen Augenblick bei Candy stehen, und beide blickten auf die Leiche hinunter, bis Curley rief: »He, du, George! Du bleibst bei uns, sonst glauben wir, du bist dran beteiligt.«

George ging ihnen langsam nach, mit schleppenden Füßen.
Als sie fort waren, hockte sich Candy ins Heu und betrachtete das Gesicht der Toten.
»Armer Kerl«, sagte er leise vor sich hin.
Die Schritte der Männer verhallten. Die Dunkelheit im Stall wurde immer dichter; die Pferde traten von einem Fuß auf den andern und rasselten mit den Ketten. Der alte Candy streckte sich im Heu aus und legte den Arm über die Augen.

Sechstes Kapitel

Der tiefe grüne Teich, den der Salinas-Fluß bildete, lag noch im Spätnachmittagslicht. Die Sonne war bereits aus dem Tal gewichen und kletterte an den Abhängen des Gabilan-Gebirges empor; in rosigem Schein lagen die Kuppen. Doch unter den gesprenkelten Sykomoren beim Teich breitete sich freundlicher Schatten hin. Eine Wasserschlange glitt, ihren periskopartigen Kopf nach allen Seiten drehend, geschmeidig unter der Wasseroberfläche hin; sie schwamm den ganzen Teich entlang, bis sie an die Beine eines Reihers geriet, der regungslos im seichten Wasser stand. Lautlos pfeilte der schnabelbewehrte Vogelkopf abwärts, packte die kleine Schlange beim Kopf, zog sie heraus und schluckte sie samt dem wild zappelnden Schwanz hinunter.
In der Ferne brauste Wind, dessen Ausläufer gleich einer Woge durch die Baumwipfel fuhr. Die Blätter der Sykomoren kehrten die silbrigen Seiten nach oben; das braune, dürre Laub am Boden wirbelte ein paar Schritte weit davon. Feine kleine Windwellen wehten Reihe nach Reihe heran und kräuselten die Oberfläche des Teichs.
So plötzlich, wie er aufgekommen war, legte sich der Wind, und die Lichtung lag wieder still da. Regungslos lauernd stand der Reiher im seichten Wasser. Wieder kam eine kleine Wasserschlange, ihr Periskop nach allen Seiten drehend, den Teich entlanggeschwommen.
Ganz ruhig kam Lennie jetzt an den Rand des Teichs. Er kniete nieder und trank, nur ganz leicht mit den Lippen das Wasser be-

rührend. Als hinter ihm ein kleiner Vogel über das dürre Laub hüpfte, fuhr er mit dem Kopf herum und spürte mit Auge und Ohr angestrengt dem Laut nach, bis er das Vögelchen bemerkte; dann senkte er wieder den Kopf zum Trinken.

Als er damit fertig war, setzte er sich am Ufer nieder, und zwar seitlich zum Teich, damit er die Stelle beobachten konnte, wo der Fußpfad ins Freie trat. Mit den Armen umschlang er die Knie und legte das Kinn darauf.

Das Licht kletterte weiter, aus dem Tal hinaus, und je mehr es aus dem Tal verschwand, in um so hellerem Schein erglühten die Bergkuppen.

Leise sagte Lennie vor sich hin: »Hab's nicht vergessen, kannst drauf wetten, Gott verdamm mich. Im Gebüsch verstecken und auf George warten.«

Er zog seinen Hut tief über die Augen.

»George wird mich schön herunterputzen«, sagte er. »George wird wollen, er wär allein und hätt keine Plage mit mir.«

Lennie drehte den Kopf und schaute nach den leuchtenden Berggipfeln hin.

»Ich geh einfach da hinauf und such mir eine Höhle«, murmelte er, setzte dann aber traurig hinzu: ». . . . bekomm dann aber keinen Ketchup mehr . . . aber das is mir gleich. Wenn George mich nicht mehr haben will . . . dann geh ich fort. Ich geh fort.«

Auf einmal stieg aus seinem Hirn das Bild einer dicken kleinen alten Frau auf. Auf der Nase hatte sie eine Brille mit starken runden Gläsern, und sie hatte eine riesengroße Kattunschürze mit Taschen an, alles blitzsauber und frisch gestärkt. Die Arme in die Hüften gestemmt, mit böser tadelnder Miene stand sie vor Lennie. Als sie sprach, geschah es mit Lennies Stimme: »Hab's dir gesagt un' immer wieder gesagt. Hab dir gesagt: ›Hör auf George, das is ein braver Kerl un' is gut zu dir. Aber du paßt ja nicht auf. Du machst schlimme Sachen.‹«

Und Lennie antwortete: »Hab's versucht, Tante Clara. Hab's immer wieder versucht. Aber 's ging nicht.«

»Du nimmst nie Rücksicht auf George«, fuhr sie mit Lennies Stimme fort. »Er hat sich immer so nett gegen dich benommen. Wenn er ein Stück Kuchen hatte, dann hast du immer die Hälfte

davon bekommen, ja mehr als die Hälfte. Un' wenn Ketchup da war, ja, dann ließ er dir sogar den ganzen.«
»Weiß schon«, sagte Lennie kläglich. »Hab's versucht, Tante Clara. Hab's immer wieder versucht.«
Sie fiel ihm ins Wort.
»Die ganze Zeit über hätt er so ein gutes Leben haben können, wenn du nicht gewesen wärst. Er hätt seinen Lohn genommen un' hätt im Freudenhaus alles drüber und drunter gehen lassen und hätt in den Spielsalon gehn und Billard spielen können. Aber er hat sich ja um dich kümmern müssen.«
Lennie stöhnte vor Kummer.
»Weiß schon, Tante Clara. Ich geh auf und davon in die Berge un' such mir eine Höhle un' bleib dort, daß ich George keine Scherereien mehr mach.«
»Das sagst du einfach so«, fuhr sie ihn scharf an. »Das sagst du immer, und du weißt gottverdammt genau, daß du's doch nicht tust. Du drückst dich immer herum un' ärgerst George die Seele aus dem Leib.«
Lennie sagte: »Wär ja gleich, wenn ich auf und davon ging. George läßt mich jetzt doch die Kaninchen nicht mehr versorgen.«
Tante Clara war verschwunden, dafür stieg jetzt aus Lennies Hirn das Bild eines Riesenkaninchens auf. Es saß, ein Männchen machend, vor ihm, wackelte mit den Ohren und zog die Nase kraus. Auch es sprach mit Lennies Stimme.
»Kaninchen versorgen«, höhnte es. »Du blöder Tropf. Du bist nicht wert, daß du einem Kaninchen die Schuhsohlen leckst. Du tätst gar nicht an sie denken und ließest sie verhungern. Das tätst du. Un' was tät George davon halten?«
»Ich tät wohl an sie denken«, sagte Lennie laut.
»Einen Dreck tätst du«, sagte das Kaninchen. »Du bist ja nicht einen guten Schuß Pulver wert, der dich hinab in die Hölle befördert. George hat, weiß Gott, alles getan, damit du aus dem Rinnstein kommst, aber es hat nix genützt. Wenn du dir einbildest, George wird dich Kaninchen versorgen lassen, dann bist du noch blöder wie sonst. Fällt ihm gar nicht ein. Er wird dir mit einem Stock die Seele aus dem Leib prügeln, jawohl.«
Da brauste Lennie kampfwütig auf: »Das tut er aber nicht. George

tut so was nicht. Ich kenn George seit . . . ich weiß nicht mehr, seit wann . . . aber er hat nie die Hand mit dem Stock gegen mich erhoben. Er is anständig zu mir. Er wird nicht gemein.«

»Na, er hat dich satt«, sagte das Kaninchen. »Er prügelt dir die Seele aus dem Leib, dann geht er fort un' läßt dich sitzen.«

»Nein, das tut er nicht«, schrie Lennie wahnsinnig vor Angst. »So was tut er nicht. Ich kenn George. Ich un' er gehn zusammen auf Wanderschaft.«

Das Kaninchen aber wiederholte immer wieder leise: »Er läßt dich sitzen, du blöder Tropf. Er läßt dich mutterseelenallein. Er läßt dich sitzen, blöder Tropf.«

Lennie hielt sich die Ohren zu.

»Nein, das tut er nicht, ich sag dir, das tut er nicht.« Und dann schrie er: »George . . . ach, George, George!«

Da trat ganz ruhig George aus dem Gebüsch heraus, und das Kaninchen hüpfte wieder in Lennies Hirn zurück.

Ruhig sagte George: »Was brüllst du denn so, zum Donnerwetter nochmal?«

Lennie richtete sich auf.

»Du läßt mich nicht allein, nein, George? Ich weiß, daß du das nicht tust.«

George kam steifbeinig näher und setzte sich neben ihn.

»Nein.«

»Ich hab's ja gewußt«, schrie Lennie. »So einer bist du nicht.«

George schwieg.

»George.«

»Ja?«

»Hab wieder was Schlimmes gemacht.«

»Ist ja gleich«, sagte George und verstummte wieder.

Nur auf den höchsten Berggraten lag noch die Sonne. Im Tal lag weicher, bläulicher Schatten. Aus der Ferne hörte man einander zurufende Männerstimmen. George drehte den Kopf und horchte darauf.

»George«, sagte Lennie wieder.

»Ja?«

»Putzt du mich jetzt nicht herunter?«

»Dich herunterputzen . . . ?«

»Jawohl, wie du's früher immer getan hast. So: ›Wenn ich dich nicht auf'm Hals hätte, dann nähm ich meine fünfzig Dollar . . .‹«
»Herrjesus, Lennie! Nichts kannst du behalten, was vorgeht, aber du erinnerst dich an jedes Wort, das ich mal gesagt hab.«
»Hast du das nicht gesagt?«
George schüttelte sich.
Hölzern sagte er: »Wenn ich allein wär, könnt ich so ein leichtes Leben haben.«
Seine Stimme war eintönig, ohne jeden Ausdruck.
»Ich bekäm Arbeit un' hätt keinen Verdruß.«
Er brach ab.
»Weiter«, sagte Lennie. »Un' am End' vom Monat . . .«
»Und am End vom Monat nähm ich meine fünfzig Dollar und ging in ein . . . Freudenhaus . . .«
Er stockte wieder.
Lennie sah ihn gespannt an.
»Weiter, George. Tust du mich nicht mehr herunterputzen?«
»Nein«, sagte George.
»Ich kann ja fortgehn«, sagte Lennie. »Ich geh auf und davon in die Berge un' such mir eine Höhle, wenn du mich nicht mehr haben willst.«
George schüttelte sich wieder.
»Nein«, sagte er. »Ich will, daß du bei mir bleibst.«
Listig sagte Lennie: »Erzähl mir wie früher.«
»Was soll ich erzählen?«
»Von den andern Leuten un' von uns.«
George sagte: »Leute wie wir haben keine Familie. Sie sparen sich was zusammen, und dann verpulvern sie's wieder. Sie haben keinen Menschen auf der Welt, dem irgendwas an ihnen liegt . . .«
»Wir aber nicht«, rief Lennie beseligt aus. »Erzähl jetzt von uns.«
George schwieg einen Augenblick.
»Wir aber nicht«, sagte er schließlich.
»Denn . . .«
»Denn ich hab dich und . . .«
»Und ich hab dich. Wir haben einander, und deshalb liegt uns was aneinander«, schrie Lennie triumphierend.
Die leichte abendliche Brise wehte über die Lichtung hin; das

Laub raschelte, und der Windhauch kräuselte das grüne Wasser des Teichs. Wieder erschallten die Männerstimmen, doch jetzt viel näher als vorher.
George nahm seinen Hut ab.
Mit zittriger Stimme sagte er: »Nimm deinen Hut ab, Lennie. Die Luft tut gut.«
Folgsam nahm Lennie seinen Hut ab und legte ihn vor sich hin auf den Boden. Der blaue Schatten im Tal wurde tiefer; der Abend fiel rasch. Der Wind trug das Geräusch eines Krachens im Buschwerk heran.
Lennie sagte: »Erzähl, wie's später ist.«
George hatte auf die fernen Geräusche gehorcht. Einen Augenblick lang wurde sein Ton sachlich.
»Schau übern Fluß, Lennie, dann erzähl ich's dir, daß du's geradezu vor dir siehst.«
Lennie wandte den Kopf und blickte über den Teich hinüber an den sich verdunkelnden Hängen des Gabilan-Gebirges hinauf.
»Dann haben wir ein kleines Anwesen«, begann George.
Er griff in seine Rocktasche und zog Carlsons Lugerpistole heraus. Er entsicherte sie; Hand und Waffe lagen hinter Lennies Rücken auf dem Boden. George betrachtete Lennies Hinterkopf; sein Blick blieb an der Stelle hängen, wo Rückgrat und Schädeldecke zusammenlaufen.
Flußabwärts rief eine Männerstimme etwas, und eine andere antwortete.
»Weiter, weiter«, sagte Lennie.
George hob die Pistole; seine Hand zitterte, er ließ sie wieder auf den Boden sinken.
»Weiter«, sagte Lennie. »Wie's später ist. Wir haben ein kleines Anwesen.«
»Wir halten eine Kuh«, sagte George. »Und vielleicht ein Schwein und Hühner . . . und drunten auf der Niederung ein . . . ein kleines Kleefeld . . .«
»Für die Kaninchen«, fiel Lennie laut ein.
»Für die Kaninchen«, wiederholte George.
»Un' ich versorg die Kaninchen.«
»Und du versorgst die Kaninchen.«

Lennie gluckste vor Beseligung.
»Un' wir leben vom Fett der Erde.«
»Jawohl.«
Lennie wandte den Kopf um.
»Nein, Lennie. Schau nur da hinüber übern Fluß, als könntst du's grade vor dir sehn.«
Lennie tat, wie ihm geheißen.
George blickte auf die Pistole hinunter.
Jetzt wurde deutlich das Krachen von Schritten im Buschwerk hörbar. George drehte sich um und blickte in die Richtung des Geräuschs.
»Weiter, George. Wann machen wir das?«
»Machen wir bald.«
»Ich un' du.«
»Du . . . und ich. Alle Leute sind dann nett mit dir. Scherereien gibt's keine mehr. Niemand tut einem andern was und stiehlt ihm nichts.«
Lennie sagte: »Ich hab gemeint, du bist bös auf mich, George.«
»Nein«, sagte George. »Ich bin nicht bös. Ich war nie bös auf dich, und ich bin's jetzt auch nicht. Das . . . das sollst du wissen.«
Die Stimmen kamen jetzt aus nächster Nähe. George horchte und hob die Pistole hoch.
Lennie bettelte: »Wir wollen's gleich machen. Nehmen wir doch gleich das Anwesen.«
»Ja, ja, gleich jetzt. Ich muß ja. Wir müssen ja.«
Damit hob er die Pistole hoch, hielt sie, so ruhig er konnte, und brachte den Lauf dicht an Lennies Hinterkopf. Seine Hand zitterte heftig, aber sein Gesicht war unbewegt, und schließlich brachte er auch seine Hand zur Ruhe. Er zog ab. Der Knall rollte die Hänge hinauf und wieder zurück. Durch Lennies Körper lief ein Schüttern, dann fiel er langsam vornüber auf den Sand, wo er reglos liegenblieb.
George blickte zusammenschauernd auf die Pistole und dann warf er sie von sich, weit rückwärts aufs Ufer hinauf in die Nähe des alten Aschenhaufens.
Jetzt schien das ganze Gehölz erfüllt von Geschrei und vom Lärm heranlaufender Füße.

Laut erschallte Slims Stimme: »George! Wo bist du, George?«
Doch George blieb steif am Ufer sitzen und schaute auf seine rechte Hand, mit der er die Pistole weggeschleudert hatte.
Da kam die ganze Schar auf die Lichtung hinausgestürmt. Curley zuvorderst. Er sah Lennie auf dem Sand liegen.

»Hat ihn erwischt, bei Gott.«
Er trat näher, blickte auf den toten Lennie hinunter, dann wieder auf George.
»Glatt in den Hinterkopf«, sagte er leise vor sich hin.
Slim ging stracks zu George und setzte sich neben ihn.
»Nimm's nicht schwer«, sagte Slim. »Manchmal kann einer nicht anders.«
Doch auch Carlson kam an George heran, blieb bei ihm stehen und fragte: »Wie hast du denn das gemacht?«
»Hab's halt gemacht«, sagte George matt.
»Hatte er meine Pistole?«
»Jaa . . . Er hatte deine Pistole.«
»Und du hast sie ihm weggenommen und du hast ihn damit erschossen?«
»Jaa . . . genau so.«

Georges Stimme war fast zu einem Flüstern geworden. Starr sah er auf seine rechte Hand, mit der er die Pistole gehalten hatte.
Slim zog George am Ellbogen.
»Komm, George. Wir zwei gehn in die Stadt eins trinken.«
George ließ sich von ihm auf die Beine helfen.
»Ja, ja, eins trinken.«
Slim sagte: »Du hast nicht anders können, George. Ich schwör dir, hast nicht anders können. Jetzt komm mit.«
Er führte George zum Fußweg durchs Gehölz und dann weiter zur Landstraße hinauf.
Curley und Carlson sahen den beiden nach.
Und Carlson sagte: »Jetzt hol mich der Teufel, was ist denn den beiden über die Leber gelaufen?«

Der rote Pony

Ich weiß nicht warum, aber dieses kleine Geschehnis erfüllt mich mit Freude. Bis in die letzte Einzelheit sehe ich es vor mir, nein, nie bis in die letzte, denn je öfter ich mich daran erinnere, um so mehr Einzelheiten fallen mir ein.

Und jede bringt eine eigene Wärme mit.

Es war in aller Herrgottsfrühe. Die Berge im Osten lagen schwarzblau, aber hinter ihnen stand schon eine Helle; dort wo ihr Saum an das Gebirge rührte, war sie wässerig rot, weiter oben wurde sie blaugrau. Dunkelgrau wölbte sie sich hoch über mir und sank im Westen in reine Nacht.

Und es war kalt, nicht eben grimmig, aber doch so, daß ich die Hände reiben und anhauchen mußte, sie tief in die Taschen versenkte, den Mantelkragen aufklappte und mit stampfenden Schritten drauflosschritt; mitunter rannte ich auch. Das Tal lag lavendelfarben im Morgen. Vor mir an der Landstraße sah ich ein Zelt wie mit feinem Stift in den Morgen gezeichnet, und daneben glühte, wie eine Blutorange, ein kleiner alter verrosteter Eisenherd. Das Ofenrohr diente als Schornstein, den der ihm senkrecht entsteigende Rauch turmhoch zu verlängern schien; erst in höheren

Sphären breitete sich die Rauchpalme aus, bis sie sich schließlich verflüchtigte.
Zur Seite des Herdes sah ich ein junges Weib, fast noch ein Kind, in Rock und Bluse. Der Rock war blaßblau wie das Tal. Als ich näher kam, sah ich: sie trug einen Säugling im Arm; sein Köpfchen lag unter der Bluse geschützt vor Kälte.
Der Säugling trank; die junge Mutter ging dabei geschäftig hin und her, schürte das Feuer mit einer Stange, schob rostige Ringe auf der Herdplatte herum und klappte die Ofentüre auf; das gab besseren Zug. Das Kleine trank weiter; es ließ sich nicht stören und störte nicht, weder die Arbeit der Mutter noch die Anmut ihrer flinken Bewegungen, die mir zugleich zweckmäßig und schön erschienen. Von der Zugluft entfacht, spritzte die Blutorange des Herdes ihre Feuersäfte über die Leinwand des Zeltes.
Nun war ich bereits so nah, daß mir der Duft von gebratenem Speck und geröstetem Brot in die Nase stieg. Das sind für mich die angenehmsten Gerüche. Ich trat an den Herd und hielt meine Hände darüber; einen wärmeren Händedruck hätte ich mir nicht wünschen können, es ging mir durch und durch.
Die Zeltlasche sprang auf. Ein junger Mann trat heraus, ein älterer folgte. Beide trugen funkelnagelneue Anzüge aus blauem grobkörnigem Tweed mit blitzenden Messingknöpfen. Sie sahen einander sehr ähnlich, die gleichen scharfgeschnittenen Gesichter. Der Jüngere hatte einen dunkelbraunen, der Ältere einen fast grauen Stoppelbart. Haare, Bart, Stirn und Wangen, die ganzen Gesichter trieften und glänzten vor Nässe. Sie standen nebeneinander, schauten still in das aufdämmernde Licht des Ostens, gähnten beide zugleich, blickten über die Hügel, und als sie sich abwandten, sahen sie mich.
»Guten Morgen«, grüßte der Ältere. Es klang nicht unhöflich und nicht höflich; es klang selbstverständlich.
»Guten Morgen, meine Herren«, dankte ich.
»Morgen«, grüßte der Junge.
Ihre nassen Gesichter trockneten langsam an der Morgenluft. Sie traten zum Ofen und hielten die Hände darüber.
Die junge Frau, das Gesicht abgewandt, die Augen auf ihre Arbeit gerichtet, tummelte sich. Ihr langes Haar, mit einem Bande zu-

sammengehalten, hing über ihren Rücken und flatterte bei ihrer geschäftigen Arbeit. Sie stellte Blechtassen und Teller auf eine leere Kiste, legte Messer und Gabeln dazu; hierauf schöpfte sie gebratene Speckscheiben aus dem tiefen Fett und tat sie auf eine große Blechpfanne. Der Speck schnurrte behaglich. Dann öffnete sie die rostige Herdklappe und nahm eine rechteckige Pfanne voll hoher, großer Zwiebacke heraus.
Als uns der Duft des heißen Brotes aus der offenen Klappe entgegenschlug, sogen ihn die zwei Männer tief ein.
»Jesus!« sagte der Junge sanft; es schien sein Tischgebet zu sein.
»Hattet ihr Frühstück?« wandte der Ältere sich an mich.
»Nein.«
»Dann setz dich zu uns!«
Auf dies hin traten wir zu der gedeckten Kiste und machten es uns am Boden bequem.
»Auch Baumwollpflücker?« fragte mich der Junge.
»Nein.«
»Wir haben jetzt zwölf Tage hintereinander gearbeitet«, erklärte der Junge.
»Sogar neue Kleider haben sie sich angeschafft«, rief die Frau vom Herd herüber.
Die Männer guckten an ihren guten Sachen herunter und schmunzelten.
Die Junge trug auf: die Platte mit Speck, die hohen gebräunten Zwiebacke, eine Schale Speckfett, einen Topf Kaffee, und ließ sich dann ebenfalls neben der Kiste nieder. Sie stillte noch immer das Kleine; ich hörte es unter der Bluse zuzzeln und schlucken.
Wir füllten unsere Teller, gossen Speckfett über unsere Zwiebacke und süßten den Kaffee. Der Alte stopfte und kaute und kaute und schluckte und sprach: »Gott der Allmächtige, ist das gut!«
Und stopfte weiter.
»Ich esse für zwölf«, sagte der Junge, »für zwölf Tage.«
Und wir aßen mit Eifer und Leidenschaft, gründlich und rasch, häuften auf unsere Teller und wurden voll und warm dabei. Der heiße Kaffee verbrannte uns fast den Schlund. Den Satz aus den Tassen schütteten wir auf den Boden und schenkten uns nochmals ein.

Farbe war nun in der Helle, ein rosiges Strahlen, das die Luft weicher machte. Die Männer blickten gen Osten. Ihre Gesichter waren vom Morgenrot licht. Ich sah ein Bild: Licht bricht über die Berge und spiegelt sich in den Augen von Arbeitnehmern, die geben und zu genießen verstehen.

Dann gossen die beiden den Rest ihrer Tassen auf die Erde und standen zusammen auf.

»Wir müssen gehen«, sagte der Ältere.

Der Jüngere wandte sich an mich.

»Willst du Baumwolle pflücken? Wir könnten dich vielleicht unterbringen.«

»Nein, ich muß weiter. Dank für das Frühstück!«

Der Alte wollte den Dank nicht.

»O. K.«, winkte er ab. »Gut, daß du da warst.«

Sie schritten miteinander von dannen. Im Osten flammte der Horizont. Und ich ging meines Weges.

Das war alles. Ich könnte natürlich die Gründe anführen, warum es mir gut gefiel. Doch über die Gründe hinweg sah ich in allem eine ursprüngliche große Schönheit. Sie überflutet mich warm, sooft ich auch daran denke.

Überfall

I

Die kleine kalifornische Stadt lag im Dunkel. Harmlos, fast etwas herausfordernd schlenderten zwei Männer von einem Imbißkarren in eine Seitenstraße. Faulig-süßer Geruch gärender Früchte drang aus einem Packhaus. Blaue Bogenlampen schwankten und warfen die Schatten von Telephondrahten über das Pflaster. Ihr Licht spiegelte sich trüb in schmutzigen Fenstern. Stumm lagen die alten Holzbaracken.

Die beiden Männer waren ungefähr gleich groß, aber der eine war alt und der andere sehr jung. Ihre Haare waren kurz geschnitten; sie trugen blaue Arbeitshosen, dazu der Ältere ein nußbaumbraunes Jackett, der Junge einen blauen, hochgeschlossenen Sweater. Der Widerhall ihrer Schritte scholl laut von den hölzernen Hauswänden zurück. Der Junge begann zu pfeifen: »Come to me, my melancholy baby . . .«, brach aber plözlich ab: »Den ganze Tag geht mir diese verdammte Melodie nicht aus dem Kopf, so ein alter Schmarren!«

Sein Begleiter sah ihn von der Seite her an.

»Du hast Angst, Root, sag's aufrichtig! Du hast eine Hundeangst.«

Über ihnen hing eine Bogenlampe. Root setzte sein kühnstes Gesicht auf, zog die Mundwinkel nach unten; die Augen schielten.

»Nein ich hab' keine Angst.«

Sie waren aus dem Lichtkreis heraus. Das junge Gesicht entspannte sich.

»Wenn ich nur mehr Erfahrung hätte! Du hast das schon mitgemacht; ich war noch nie mit auf Tour.«

»Die einzige Methode, etwas zu lernen, ist, daß man es einmal mitmacht«, zitierte Dick anzüglich. »Aus Büchern lernst du nie etwas ganz.«

Sie stiegen über ein Bahngeleise. Die Signalanlage über der Strecke war grün gestirnt.

»Scheußlich, diese Dunkelheit«, meinte Root. »Wo bleibt der Mond? Wenn es so finster ist, sollte er immer scheinen, nicht? . . . Dick! Sprichst du zuerst?«

»Nein, das wirst du. Ich habe von uns beiden am meisten Erfahrung; ich will sie, während du redest, im Auge behalten. Dann kann ich dazwischenfahren, wenn ich merke, sie wollen beißen. Weißt du schon, was du sagen willst?«

»Jedes Wort. Ich hab's genau im Kopf. Ich habe es mir aufgeschrieben und auswendig gelernt. Mir haben welche erzählt, sie seien hinauf ohne eine Ahnung, was sie sagen könnten, und dann auf einmal hätten sie losgeschossen, als wären sie's gar nicht, als stünde da jemand ganz anderer; die Worte strömten heraus wie aus einem Hydrant. Mike Sheane, weißt du: der Große, hat gesagt, so wär' es mit ihm gewesen. Aber ich will mich auf so etwas gar nicht verlassen; drum hab' ich es mir aufnotiert.«

Klagegeheul einer Lokomotive. Schon kommt der Zug um die Kurve, schmettert Licht auf die Schienen. Die hell erleuchteten Wagen rattern heran.

»Kein Mensch in der Ersten«, stellt Dick mit Befriedigung fest. Vorbei! »Sagtest du nicht, dein Alter ist bei der Bahn?« fragte er dann.

Root gibt sich Mühe, gleichgültig zu bleiben, aber in seiner Stimme sitzt eine Verbitterung.

»Jaja-a, er ist Bremser. Wie er dahintergekommen ist, was ich mache, hat er mich rausgeschmissen. Hat Angst um seine Stellung. Er hat ja keine Ahnung. Ich hab's ihm erklärt, aber er versteht es nicht. Hat mich rausgesetzt.«

So spricht, so klingt bittere Einsamkeit; er merkt es selbst, wie er weich wird, und vertuscht das Heimweh: »Das ist das Elend mit der Gesellschaft«, trumpft er auf, »sie sehen nicht, was mit ihnen geschieht. Sie klammern sich an ihre Ketten.«

»Geschenkt!« sagt Dick. »Ist das aus deiner Rede? Nicht übel!«

»Nein, aber wenn du meinst, es ist gut, kann ich's ja noch hineinnehmen.«

Immer spärlicher wurden die Straßenlampen; falsche Akazien säumten die Straße. Die Stadt machte sich dünn, die Pflasterung hörte auf, das Land begann. Da und dort standen Hütten in verwahrlosten Gärten.

»Herrje, ist das eine Finsternis!« fing Root wieder an. »Ich möchte wissen, ob es Radau gibt. Wenn es was setzt, ist die Dunkelheit ja

gut; da bist du gleich weg, da schnappt dich dann so leicht keiner.«
Dick knurrte etwas in seinen hochgeklappten Jackenkragen. Eine Weile gingen sie schweigend.
»Meinst du, daß du fortlaufen wirst, Dick? Wenn was passiert? . . .«
»Nein, da kannst du Gift drauf nehmen. Der Befehl lautet: Wenn was passiert, haben wir festzubleiben, dazubleiben, auszuhalten. Du bist ja noch ein Kind. Ich kann mir schon vorstellen, wie du ausreißen möchtest, wenn ich dich ließe.«
»Du tust weiß Gott wie!« lehnte sich Root auf, »bloß weil du schon ein paarmal aufs Land hinaus bist. Du tust, als wärst du schon hundert Jahre!«
»Wenigstens bin ich schon trocken hinter den Ohren.«
Root ging mit gesenktem Kopf.
»Dick?« fragte er nach einer Weile sanft, »weißt du genau, du wirst stehenbleiben, ganz gleich, was da kommt?«
»Gewiß, ich weiß es. Es ist nicht das erste Mal. Und es ist Befehl, nicht wahr? Und warum? Es wird publik; es wird sogar sehr publik.«
Er spähte im Finstern nach dem Genossen: »Wozu fragst du, Kleiner? Bist bange, daß du davonläufst? Wenn du Angst hast, hast du hier nichts zu suchen.«

Root fröstelte.
»Hör mal, Dick! Du bist ein guter Kamerad, du wirst niemandem verraten, was ich dir jetzt sage. Ich habe es doch noch nie ausprobiert. Woher soll ich wissen, was ich tun werde, wenn mir so einer die Keule ins Gesicht schmettert? Wie kann ein Mensch vorhersagen, was er in diesem Falle tun wird! Ich glaube nicht, daß ich fortlaufe, aber ich weiß es nicht . . . ich werde mir Mühe geben, nicht fortzulaufen.«
»Gut, Kleiner. Wollen wir so verbleiben. Aber ich sage dir: wenn du versuchst wegzurennen, wirst zu gelöscht. Für Gelbe ist bei uns kein Platz. Merk dir das, Kleiner!«
»›Kleiner‹ . . . Ich bin kein ›Kleiner‹, spiel dich bloß nicht so auf!«
Die falschen Akazien standen nun dichter beisammen; der Wind säuselte in ihren Blättern. Als sie an einem der Höfe vorüberkamen, kläffte ein Hund ihnen nach. Leichter Nebel trieb über die Felder. Kein Stern war mehr zu sehen.
»Hast du auch alles richtig besorgt?« fragte Dick. »Die Literatur? Die Lampen? Ich habe es dir übertragen.«
»Heut vormittag habe ich alles besorgt, nur noch nicht die Plakate befestigt; ich habe sie draußen in einer Kiste.«
»Genug Öl in den Lampen?«
»Reichlich. Höre mal, Dick . . . ich glaube, irgend so ein Schweinehund hat das Maul nicht gehalten.«
»Möglich. Einer quatscht immer.«
»Hast du nicht gehört, ob ein Überfall geplant ist?«
»Woher zum Donnerwetter soll ich das hören? Meinst du vielleicht, die schicken mir eine Ankündigung? Nimm dich jetzt endlich zusammen, Root, und heb dir dein Herzklopfen für später auf! Du machst mich noch ganz nervös.«

II

Sie näherten sich einem niederen Haus, das wie eine schwarze Kiste in der Dunkelheit lag.
Ihre Stiefel klapperten über einen Holzsteig.
»Noch niemand da«, stellte Dick fest. »Alles zu. Stockdunkel.«

Sie befanden sich vor einem leerstehenden Laden. Die Scheiben der beiden Schaufenster waren vor Schmutz undurchsichtig; eine Coca-Cola-Lady auf Glanzkarton stand als graues Gespenst hinter Staub. Dick stieß die doppelte Ladentür auf, trat ein, rieb ein Streichholz an, entzündete eine Petroleumlampe, rückte ihren Zylinder wieder fest und stellte die Lampe auf eine umgestülpte Apfelkiste.

»Los, Root, wir müssen für Ordnung sorgen!«

Von den Wänden hing der Verputz in Schmutzstreifen herunter, in einer Ecke lag ein Haufen verstaubtes Zeitungspapier; die zwei rückwärtigen Fenster waren von Spinngeweben bedeckt. Die ganze Ladeneinrichtung bestand aus drei leeren Apfelkisten. Aus einer derselben nahm Root ein Porträt, das mit derbem Pinsel in Rot und Schwarz auf einen großen Karton gehauen war, und heftete es an die getünchte Wand hinter der Lampe, daneben ein zweites Plakat; es zeigte auf weißem Grund ein mächtiges rotes Symbol. Hierauf kehrte er noch eine Apfelkiste um und legte eine Reihe Broschüren und Flugblätter drauf. Während er auf und ab ging, hallten seine Schritte auf dem Bretterboden im kahlen Raum.

»Steck auch die andere Lampe an, Dick«, bat er; »es ist dunkel.«

»Und im Dunkeln fürchtet er sich, der Kleine.«

»Nein, aber die Leute werden bald dasein; da brauchen wir doch Licht. Wieviel Uhr ist es?«

Dick sah nach.

»Viertel auf acht. Einige sollten jetzt bald erscheinen!«

Die Hände in den Taschen, stand er neben der Kiste mit Literatur. Sitzgelegenheit gab es nicht. Streng blickte das schwarzrote Bildnis. Root lehnte gegen die Wand.

Das Licht der einen Lampe brannte gelber und niedriger. Dick nahm sie in Augenschein.

»Du hast doch gesagt, sie sei voll? Sie ist aber fast trocken.«

»Ich habe gedacht, sie ist voll. Da schau, in der andern hat es genug! Wir können ja etwas davon herübergießen.«

»Wie willst du das anfangen? Da müßten wir erst beide auslöschen. Hast du Streichhölzer?«

Root suchte in seinen Taschen. »Nur zwei.«

»Da hast du's! Jetzt können wir die Versammlung mit einer einzi-

gen Lampe abhalten. Hätte ich doch nur heut nachmittag nachgesehen! Ich hatte aber zuviel in der Stadt zu tun; ich dachte, ich könnte mich auf dich verlassen!«
»Vielleicht wenn wir von dem Öl da in eine Büchse gießen und dann in die andere Lampe . . .«
»Und die Bude in Brand stecken! Du bist mir eine schöne Hilfe!«
Root lehnte sich wieder an.
»Ich wollte, sie kämen! Wieviel Uhr ist es, Dick?«
»Fünf nach acht.«
»Wieso klappt das nicht? Worauf warten sie denn? Hast du ihnen gesagt: um acht?«
»Ach, laß mich gefälligst in Ruh! Was weiß ich, was denen dazwischengekommen ist. Haben wohl kalte Füße bekommen. Halt jetzt eine Weile das Maul!«
Er vergrub wieder die Hände in seinen Taschen.
»Hast du Zigaretten?«
»Nein.«
Es war sehr still. Zuweilen, vom Stadtrand her, hörte man die Geräusche fahrender Autos. Ein Hund bellte in einem benachbarten Haus. In rauschenden Stößen zerrte der Wind an den falschen Akazien.
»Horch! Dick! Hörst du Stimmen? Ich glaube, sie kommen.«
Sie hoben die Köpfe und lauschten gespannt.
»Ich höre nichts. Das bildest du dir bloß ein.«
Root ging zu einem der schmutzigen Fenster und spähte hinaus, wandte sich dann zu den Broschüren und ordnete sie säuberlich.
»Wieviel Uhr ist es jetzt, Dick?«
»Still sein sollst du, verstanden! Ist ja nicht zum Aushalten mit dir. Zu so einer Sache braucht es Besonnenheit. Jetzt zeig, daß du Verstand hast!«
»Ich war halt noch nie so draußen, Dick.«
»Das kann jeder sagen. Das darf man sich aber nicht anmerken lassen.«
Der Wind blies in heftigen Stößen durch die Akazien. Die Eingangstüren ratterten; eine ging langsam auf, ihre Scharniere knarrten, ein Windstoß wehte herein, raschelte in dem Zeitungspapier in der Ecke; an der Wand blähten sich die Plakate wie Vorhänge.

»Mach die Tür zu, Root – nein, laß sie nur offen! Dann hören wir eher, wenn einer kommt.«
Dick sah auf die Uhr: »Gleich halb neun!«
»Glaubst du, sie kommen noch? Wie lange sollen wir warten, wenn sie sich nicht blicken lassen?«
Der alte Mann starrte auf die offene Ladentür.
»Vor halb zehn gehen wir auf keinen Fall. Wir haben Befehl, die Versammlung abzuhalten.«
Klarer tönten die Nachtgeräusche durch die geöffnete Tür, das Rauschen der Bäume, das monotone Hundegebell . . . Drohend blickte im trüben Licht das schwarzrote Porträt, löste sich von der Wand und schwebte zu Boden. Dick betrachtete es genau.
»Hör, Kleiner«, sagte er friedlich. »Ich weiß, du fürchtest dich. Darum sieh ihn dir an!«
Er wies auf das Bild: »Er hatte keine Furcht! Denk an alles, was er geleistet hat!«
Der Junge trat vor das Bild.
»Du meinst, er hatte nie Angst?«
»Und wenn«, fuhr Dick scharf, heftig auf, »dann hat nie jemand etwas davon gemerkt. Nimm dir daran ein Beispiel! Laß dir nichts anmerken! Zeig niemandem deine Furcht!«
»Du bist ein guter Genosse, Dick. Wenn man mich allein geschickt hätte, ich weiß nicht, was ich jetzt täte.«
»Du wirst schon noch richtig, Kleiner. Du hast das Zeug dazu, sag' ich dir. Hast nur noch nie im Feuer gestanden.«
Root sah rasch nach der Tür. »Horch! Hörst du sie kommen?«
»Laß die Dummheiten! Wenn sie kommen, sind sie halt da.«
»Ja – dann können wir ebensogut die Tür zumachen; es kommt kalt herein. Hör nur, jetzt kommt jemand!«
Rasche Schritte tönten von der Straße; nun war es ein Rennen; sie trappelten über den Holzsteg. Ein Mann in Overall mit einer Anstreichermütze keuchte herein.
»Macht, daß ihr fortkommt«, rief er atemlos. »Ein Überfalltrupp kommt. Von uns geht niemand in die Versammlung. Sie wollten euch sitzenlassen, aber ich war dagegen. Los! Packt das Zeug zusammen und raus! Das Kommando ist unterwegs.«
Roots Gesicht ist blaß und starr. Er sieht auf Dick.

Der fröstelt, stößt die Hände in die Taschen, strafft die Schultern. »Danke schön«, sagte er. »Besten Dank, daß du es uns mitgeteilt hast! Geh nur wieder! Wir machen's schon richtig.«
»Die anderen haben nichts dagegen; sie überlassen es euch«, drängte der Mann.
Dick nickte: »Natürlich. Sie sehen nicht in die Zukunft, sie sehen nicht weiter, als ihre Nase reicht. Lauf, ehe sie dich schnappen!«
»Aber ihr kommt doch mit! Ich helf' euch das Zeug tragen.«
»Wir bleiben«, sagte Dick steinern. »Wir haben Befehl zu bleiben. Wir müssen es durchkämpfen.«
Der Mann ging bis zur Ladentür, wandte sich noch einmal um.
»Soll ich bei euch bleiben?«
»Nein. Du bist ein braver Kerl, aber hier wirst du nicht gebraucht. Kannst dich ein andermal nützlich machen.«
»Wie du's für richtig hältst. Ich hab' mein möglichstes getan.«

III

Dick und Root hörten seine Schritte über den Holzsteig traben und in der Nacht sich verlieren; dann nur noch das Rascheln der toten Blätter am Boden und Motorsurren von fern. Root schaute auf Dick. Dessen Fäuste waren in den Taschen geballt; Root sah ihm das am Gesicht an. Wie hartnäckig er dreinschaute! Nun aber lächelte er ihm zu. Root hatte das Bild wieder befestigt; es blähte sich wieder im Zugwind, das andere auch; es war, als atmeten sie.
»Angst, Kleiner?«
Root wollte es abstreiten; dann gab er es auf.
»Ja, ich habe Angst, daß ich mich heute nicht bewähren werde.«
»Halt aus, mein Sohn!« stieß Dick grimmig hervor. »Ich weiß, du kannst es, du wirst es. Halte dich gut, mein Sohn!« Und er zitierte: »›Die Kleinmütigen brauchen ein Beispiel der Standhaftigkeit. Und immer wieder gilt es, dem Volk die Ungerechtigkeit des Systems vor Augen zu führen.‹ – Das ist es Root. Darum der Befehl.«
Er versank in Schweigen. Das Hundegebell wurde heftiger.
»Ob sie das sind . . .?« fragte Root. »Ob sie uns totschlagen? Was meinst du?«

»Daß sie einen direkt totschlagen, kommt nicht oft vor.«
»Aber schlagen und treten, das werden sie? Mit Knüppeln werden sie uns ins Gesicht schlagen, daß das Nasenbein bricht. Dem Mike, diesem Riesenkerl, haben sie den Kinnbacken an drei Stellen gebrochen.«
»Halt aus, mein Sohn, denn du hältst es aus. Hör auf mich! Wenn einer dich schlägt, ist nicht er es, der es tut; es ist das System. Und du bist es nicht, den er schlägt und hetzt; es ist die Idee; merk dir das! Wirst du es behalten? Wirst du daran denken, wenn es soweit ist?«
»Ich will nicht fortlaufen, Dick, auf Ehr und Seligkeit, ich will es nicht! Wenn ich Anstalten mache, halt mich fest, willst du?«
Dick legte die Hand auf die Schulter des Jungen. »Du wirst es schon richtig machen. Ich seh' es dir an, du hältst stand.«
»Wär' es nicht besser, wir versteckten die Literatur; sie wird sonst verbrannt!«
»Nein – vielleicht steckt einer ein Heftchen zu sich und liest es nachher. Dann hat's seinen Zweck erfüllt. Laß alles da! Aber jetzt schweig! Das viele Reden macht es nur schlimmer.«
Der Köter im Nachbarhaus bellte monoton wie zuvor. Ein Windstoß wirbelte einen Schwarm welker Blätter durch die offene Tür. Das Bildplakat riß sich an einer der Ecken los; Root eilte, es wieder festzumachen. Von irgendwoher hörte man quietschendes Bremsgeräusch eines Kraftwagens.
»Hörst du was, Dick? Hörst du sie kommen?«
»Nein.«
»Weißt du, Dick, Mike Sheane hat zwei Tage mit gebrochenen Kinnladen dagelegen, bis ihn jemand gefunden und ihm geholfen hat.«
Der alte Mann blickte zornig, die eine geballte Hand fuhr aus der Tasche. Er kniff die Augen zusammen, dann ging er zu Root hinüber, legte den Arm um seine Schulter und sagte: »Mein Sohn, ich weiß nicht viel, aber durch diese Knochenmühle bin ich schon zweimal durch, und das eine weiß ich genau und geb' dir mein Wort drauf: Wenn es geschieht – es tut nicht weh; ich weiß nicht wieso, aber es schmerzt nicht. Selbst wenn sie uns töten – das ist kein Schmerz.«

Er ließ den Arm sinken, ging zur Ladentür, spähte und lauschte nach beiden Seiten; dann kam er wieder zurück.
»Etwas zu hören?«
»Nicht das mindeste.«
»Was – was meinst du, was hält sie fern?«
»Wie soll ich das wissen.«
Root druckste, schluckte.
»Am Ende haben sie gar nicht die Absicht ... Vielleicht ist es Schwindel, was der vorhin gesagt hat ... ein dummer Witz ...«
»Vielleicht.«
»Ja ... warten wir die ganze Nacht drauf, daß sie uns den Schädel einschlagen?«
Dick äffte ihn nach: »Wir warten die ganze Nacht drauf, daß sie uns den Schädel einschlagen.«
Der Wind heulte laut auf; dann legte er sich; der Hund hörte zu bellen auf. Ein Eisenbahnzug schrie vor der Weiche und rollte polternd vorüber, hinter ihm Nacht, schweigender als zuvor. In einem Nachbarhaus rasselte ein Wecker.
»Da muß jemand zeitig zur Arbeit«, meinte Dick, »vielleicht ein Nachtwächter.«
Seine Stimme war viel zu laut für die Stille. Knarrend schloß sich langsam die Ladentür.
»Wieviel Uhr ist jetzt, Dick?«
»Viertel nach neun.«
»Erst? Ich dachte, es ist schon bald Morgen. Ich möchte weiß Gott, sie kämen, fertig, aus, Schluß! Du nicht auch? – Dick? Hör doch! Jetzt glaub' ich wirklich ... Stimmen ...«
Sie standen gespannt, lauschend, die Köpfe nach vorn.
»Hörst du die Stimmen, Dick?«
»Mir ist so ... als ob sie flüsterten ...«
Der Hund schlug wieder an, heftiger als zuvor. Ein kurzes Gemurmel war deutlich vernehmbar.
»Dick! Schau! Ich glaub', da hinten ist jemand am Fenster!«
Der alte Mann lachte beklommen.
»Damit wir nicht durchkönnen. Sie haben das Haus umstellt. Halt aus, mein Sohn! Sie kommen jetzt. Denk dran: sie sind es nicht; es ist das System!«

Trampelnde, schürfende, stampfende Schritte. Die Flügel der Ladentür springen auf; ein Haufen dringt ein; Männer in derben Kleidern, alle mit schwarzen Hüten; in den Händen Keulen und Stöcke. Dick und Root stehen aufrecht; ihr Kinn stößt nach vorn, die Augen sind halb geschlossen.
Im Laden werden die Angreifer unsicher, stehen im Halbkreis um die zwei Männer, glotzen finster; sie warten auf die erste Bewegung der beiden.
Jung-Root wirft aus halbgeschlossenen Augen einen flüchtigen Seitenblick auf seinen Genossen und sieht: der Alte beobachtet ihn kühl, kritisch – wie ein Schiedsrichter. Root stößt die zitternden Hände in seine Taschen. Zwingt sich vorzutreten.
»Kameraden«, ruft er, und seine Stimme ist schrill vor Furcht, »ihr seid Menschen wie wir: Arbeiter, wir sind Brüder . . .«
Es zischt durch die Luft, ein breiter dicker Lederriemen trifft seinen Kopf mit peitschendem Klatschen über Schläfe, Wange und Ohr. Root geht in die Knie, hält sich mit beiden Armen im Gleichgewicht. Unbewegt, schamlos stehen die Eindringlinge.
Mühsam rafft sich der Geschlagene auf, steht wieder auf beiden Beinen. Aus dem aufgesprungenen Ohr fließt es rot seinen Hals herunter. Die ganze linke Gesichtshälfte ist purpurn und breiig. Er aber steht aufrecht, atmet leidenschaftlich erregt; seine Hände sind sicher, kein Zittern mehr; heiß leuchten die Augen.
Er schreit: »Seht ihr denn nicht: es ist alles für euch! Für euch bluten wir. Ihr wißt nicht, was ihr tut!«
»Schlag sie tot, die roten Ratten!«
Einer lacht lüstern auf; dann schlägt die Flut über dem Jungen zusammen. Im Niederbrechen sieht er in dem Gesicht des Genossen eine harte, freudige Sicherheit.

IV

Mehrere Male kam Root dem Bewußtsein nah, aber nie ganz; gleich sank er wieder ins Unbewußte. Doch endlich tat er die Augen auf und erkannte die Welt. Sein Kopf war in dicke Binden gehüllt. Zwischen den geschwollenen Augenlidern sah er einen

Strich Licht. Eine Weile lag er und sann. Dann hörte er neben sich die Stimme Dicks: »Bist du wach, Kind?«
Er versuchte zu antworten; er konnte nur krächzen: »Ja, ich glaube schon.«
»Die haben dich zugerichtet, dein Kopf ... Ich dachte schon, du bist hin. Mit der Nase hast du es richtig vermutet; die ist kein schöner Anblick mehr.«
»Was ist mit dir geschehen, Dick?«
»Den Arm und ein paar Rippen haben sie mir gebrochen. Du mußt noch lernen, dein Gesicht zu schützen: immer nach unten halten, zum Boden! Wegen der Augen!«
Er hielt inne, atmete vorsichtig, langsam. Mit Rippenbrüchen atmen tut weh.
»Wir haben noch Glück gehabt. Die Cops haben uns gefunden und eingeliefert.«
»Sind wir eingelocht, Dick?«
»Ja! Gefängnisspital.«
»Wie lautet die Anklage?«
Dick verbiß sich ein Lachen; das tat gleich wieder weh.
»Aufreizung zum Aufstand. Wir kriegen, denk' ich, sechs Monate. Die Cops haben die Literatur eingesackt.«
Root, leise: »Du sagst ihnen nichts davon, daß ich minderjährig bin, Dick, gelt?«
»Nein. Red besser nicht mehr; deine Stimme ist noch sehr schwach! Mach dir nichts draus!«
Root lag in einen Mantel aus rasenden Schmerzen gehüllt. Er wollte schweigen, aber er mußte noch etwas sagen: »Es hat nicht weh getan, Dick! Komisch! Ich hab' mich gefühlt wie noch nie ... so gut!«
»Du hast deine Sache gut gemacht, Sohn, ich hab' noch keinen gesehn, der's besser gemacht hat. Großartig warst du.«
Root suchte in seinem Gedächtnis und fand: »Wie sie auf mich eingedroschen haben, wollte ich ihnen sagen: Es berührt mich nicht!«
»Siehst du, das hab' ich dir ja gesagt: Sie waren es nicht; es war das System. Du brauchst sie nicht zu hassen, sie wissen's nicht besser; du mußt nur dafür sorgen, daß sie verschwinden.«
Root sprach wie im Traum, während der Schmerz ihn umnachtete:

»Erinnerst du dich, in der Bibel, Dick, da steht doch so was: Vergib ihnen, denn sie wissen nicht, was sie tun . . .?«
Dicks Antwort war streng: »Komm bloß nicht mit Religion, Kind! Religion ist Opium fürs Volk.«
»Ich weiß«, kam es leise von Root, »aber das hat mit Religion nichts zu tun; es war mein Gefühl. Das Wort, Dick, sagte genau das, was ich gefühlt habe.«

An der Meeresküste etwa fünfzehn Meilen von Monterey lag die Farm der Familie Torres, ein paar armselige, abschüssige Äcker über einer Klippe, die steil zu den braunen Riffen und der schäumenden Brandung abfiel. Hinter dem Hof ragten Felsgebirge gen Himmel. Gleich Blattläusen klebten das kleine Haus und enge, von Meersalz graue Ställe am Bergessaum; kaum hoben sie sich von dem Berggranit ab. Zwei Pferde, eine Kuh und ein Kalb, beide rot, sechs Schweine, ein Hund und buntes mageres Federvieh bewohnten die Ställe; an dem rauhen Abhang wuchs etwas Mais, aber der Wind ließ die Kolben nicht groß werden; sie blieben kurz und dick, und Körner saßen nur an der dem Land zugekehrten Seite.
Mama Torres war schmal und dürr, ihre Augen blickten verschollen. Zehn Jahre lang führte sie nun den Hof allein, seit ihr Mann auf dem Feld über einen Stein gestolpert und der Länge nach auf eine Klapperschlange gefallen war. Wenn einer erst einmal in die Brust gebissen ist, ist ihm nicht mehr zu helfen . . .
Mama Torres hatte drei Kinder: Emilio, der zwölf-, und Rosy, die vierzehnjährige, waren schwärzlich und anormal klein. Wenn das Meer friedlich und der Distriktsbeamte in einem andern Teil des Bezirks war, schickte die Mutter die beiden zum Fischen hinab in die Felsen unter dem Hof. Das dritte Kind war Pepé, ein großer, herzlicher Junge von neunzehn Jahren, an dem außer seiner Faulheit sich nichts aussetzen ließ. Sein Kopf war lang und schmal wie eine Erdnuß, weshalb ihn die Mutter zuweilen so rief; von dem spitzen Scheitel fiel das kräftige Haar wie ein Dach nach allen Seiten schräg ab; über seinen schmalen lachenden Augen hatte es ihm die Mutter glatt weggeschnitten. Er hatte scharfe indianische Bakkenknochen und eine Adlernase, doch sein Mund war weich, süß wie der eines Mädchens, sein Kinn fein gemeißelt, fast wie zerbrechlich. Er war an Gliedern und Seele, in Gang und Wesen gelockert, doch er war faul. Mama hielt ihn für ein gutes, wohlgeratenes Kind, sagte es ihm aber nie, im Gegenteil: »In deines Vaters Familie muß einmal eine ganz faule Kuh hineingeheiratet haben, sonst hätte ich keinen solchen Jungen bekommen«, sagte sie oft.

Oder auch: »Wie ich mit dir in Hoffnung war, ist plötzlich ein fauler Kojote aus dem Busch gekrochen; an dem habe ich mich versehen, daher bist du so faul.« Wenn sie so schalt, lächelte Pepé ratlos einfältig und stieß mit seinem Messer in den Boden, um die Klinge scharf und rostfrei zu halten. Er hatte das Messer von seinem Vater geerbt. Die lange kräftige Schneide ließ sich in den schwarzen Griff klappen, aber am Griff befand sich ein Knopf; wenn man den drückte, sprang die Klinge aus und stand fest. Immer trug Pepé das Messer bei sich, denn es war seines Vaters Messer.

Eines Morgens, als die See blau in der Sonne glänzte, der Schaum der Brandung wie Rahm an den Riffen saß und selbst das Felsengebirge freundlich und gütig dreinschaute, rief Mama Torres zur Tür der Hütte heraus: »Pepé, Arbeit für dich!«

Es kam keine Antwort. Sie lauschte. Hinter dem Stall drang lautes Lachen hervor. Sie hob ihren langen Rock und ging dem Gelächter nach.

Pepé saß am Boden, an eine Kiste gelehnt; seine Zähne blitzten. Rechts und links von ihm standen, toll vor Erwartung, die beiden Geschwister. Fünfzehn Fuß von ihnen entfernt war ein Rotholzpfahl in die Erde gerammt. Pepés Rechte lag locker auf seinen Knieen, in der offenen Handfläche ruhte das schwarze Messer. Die Klinge war eingeklappt. Pepé sah lächelnd zum Himmel empor.

Plötzlich schrie Emilio: »Jetzt!«

Wie der Kopf einer Schlange fuhr Pepés Handgelenk auf, schon durchflog die Klinge die Luft; die Spitze grub sich mit leichtem Knall in das Rotholz, der schwarze Griff zitterte. Alle drei brachen in wild erregtes Gelächter aus. Rosy rannte zum Pfahl, zog das Messer heraus und brachte es Pepé zurück. Er klappte die Klinge zu und nahm es wieder wie vorher in die flache Hand. Selbstbewußt lachte er zum Himmel empor.

»Jetzt!«

Das schwere Messer fuhr los und senkte sich abermals in den Pfosten. Aber auch Mama Torres fuhr nun los, dem Spiel ein jähes Ende bereitend.

»Jeden Tag treibst du mit diesem Messer Unfug«, tobte sie, »das ist kein Spielzeug! Steh auf, stell dich auf deine langen Füße, die nichts können als Schuhe fressen!«

Sie packte ihn an der Schulter und zerrte ihn in die Höhe. Pepé grinste einfältig und raffte sich auf.
»Paß gefälligst auf, fauler Lümmel«, schrie ihn die Mutter an, »du mußt das Pferd einfangen und ihm Vaters Sattel auflegen. Du mußt nach Monterey reiten. Die Medizin ist zu Ende; Salz ist auch keines mehr da, also los! Fang das Pferd ein!«
In Pepés schlapper Gestalt schien sich eine förmliche Revolution zu vollziehen: »Nach Monterey, ich? Allein? Ja, Mama?«
»Denk bloß nicht, daß es da Zuckerzeug zu naschen gibt, alter Schafskopf; du bekommst keinen Cent mehr, als die Medizin und das Salz kosten.«
Pepé lächelte bezaubernd.
»Mama, gibst du mir das Band um den Hut?«
Die Mutter besänftigte sich.
»Ja, Pepé, du bekommst das Hutband.«
»Und das grüne Halstuch, Mama!« bat er noch dringlicher.
»Ja, wenn du dich jetzt eilst und mir versprichst, pünktlich wieder zu Hause zu sein, sollst du das Grüne haben. Aber beim Essen legst du es ab, damit es keine Flecken bekommt!«
»Ja, ich passe auf, Mama, ich bin ein Mann!«
»Du ein Mann? Ein Erdnüßchen bist du!«
Er ging in den baufälligen Stall, holte ein Seil und klomm ziemlich behend den Steilhang hinauf, um das Pferd einzufangen.
Bald stand er damit vor der Haustür und stieg in den Sattel, in Vaters Sattel, der schon so alt war, daß durch das durchgescheuerte Leder an mehreren Stellen der Eichenrahmen hervorsah. Die Mutter brachte den schwarzen Hut mit dem gepreßten Lederband, reichte ihn ihm und knotete ihm das grüne Seidentuch um den Hals. Pepés blauer dicker Rock war bedeutend dunkler als seine Baumwollhosen; er wurde noch seltener als diese gereinigt.
Mama übergab dem Sohn eine große Arzneiflasche und zählte Silbermünzen in seine Hand.
»Das ist für die Medizin«, erklärte sie, »das für das Salz, das für eine Kerze; die zündest du auf dem Altar für Papa an! Und für das da kaufst du, ›Dulces‹ für deine Geschwister. Unsere Freundin Mrs. Rodriguez wird dir zu essen geben und wohl auch ein Bett zum Schlafen. In der Kirche bete nur zehn Vaterunser und fünf-

undzwanzig Ave-Marias, mehr nicht – oh ich kenne dich, alter Kojote; das täte dir passen, den ganzen Tag in der Kirche hocken, die Aves herunterplappern und dabei die schönen Heiligenbilder und Lichter angaffen; das nenne ich keine Andacht!«
Der breitrandige Hut, der Pepés Spitzkopf und schwarzes Haardach bedeckte, verlieh ihm Reife und Würde. Stramm saß er auf dem kräftigen Bergpferd. Wie stattlich er ist, dachte die Mutter: so groß und dunkel und schlank!
Und sie sagte sanft: »Ich würde dich nicht allein weglassen, es ist nur wegen der Medizin – die braucht man im Haus. Wenn eines Zahnweh bekommt oder einen schlimmen Bauch, sitzt man sonst da!«
»Adios, Mama!« rief Pepé. »Ich bin bald zurück. Du kannst mich getrost öfters allein schicken; ich bin ein Mann!«
»Du bist ein verrücktes Huhn!«
Er straffte die Schultern, schlug mit den Zügeln gegen den Pferdehals und ritt los. Als er sich umwandte, sah er Rosy, Emilio und Mama ihm nachblicken. Er strahlte froh und stolz und setzte das zähe Gebirgspferd in Trab.
Als er hinter der nächsten Wegsenkung verschwand, sagte die Mutter kaum hörbar: »Wirklich schon fast ein Mann! Es ist gut, bald wieder einen Mann im Hause zu haben!«
Dann wandte sie sich an die Kinder: »Die Flut ist vorbei, geht jetzt in die Klippen, Krebse und Fische fangen!«
Sie gab ihnen ihr Gerät, und die zwei Schwarzköpfe klommen den Steilpfad hinab in die Felsenriffe. Die Mutter schleppte den Mahlstein in die Haustür und mahlte, immerzu drehend, ihr Maismehl, wobei sie von Zeit zu Zeit einen Blick auf die Straße warf, auf der ihr Pepé verschwunden war. Der Mittag nahte, der Abend kam; die Kinder kehrten mit ihrer Beute heim. Nun konnte die Mutter Fischkoteletten zubereiten; sie klopfte sie dünn und briet sie schmackhaft. Vor dem Haus nahmen sie das Abendbrot ein, sahen die Sonne rot in den Ozean versinken und den Mond weiß hinter den Berggipfeln emportauchen.
»Jetzt ist er bei unserer Freundin Rodriguez«, sagte Mama. »Sie wird ihm sicher gut zu essen und vielleicht auch noch ein Geschenk geben.«

»Ich will auch einmal nach Monterey reiten und Medizin holen«, sagte Emilio. »Ist Pepé heute ein Mann geworden?«
Und die Mutter antwortete weise: »Ein Knabe wird zum Mann, wenn ein Mann nötig ist. Merk dir das! Ich kannte welche, die mit vierzig noch Buben waren; denn da war keine Not am Mann.«
Dann zogen sie sich zurück ins Haus; die Mutter legte sich in ihr mächtiges Eichenbett an der einen Längswand, Emilio und Rosy in ihre mit Stroh gefüllten Klappen an der andern und deckten sich mit Schaffellen zu.
Der Mond wanderte über den Himmel, die Brandung schlug dröhnend gegen die Felsen, die Hähne krähten den ersten Schrei, die Brandung verebbte raunend, flüsternd zwischen den Riffen, der Mond näherte sich dem Meere. Die Hähne krähten zum zweiten Mal.
Der Rand des Vollmonds tauchte schon in die See, als Pepé auf seinem schnaubenden Pferd heransprengte. Der Hofhund sprang ihn bellend an und umtanzte das Roß mit freudigen Sprüngen. Pepé glitt aus dem Sattel. Die verwitterte Hütte lag silbern im Mondschein; ihr Schatten fiel kantig schwarz gen Nordosten. Im Osten lagen die hochgetürmten Gebirge in lichtem Dunst; ihre Gipfel gingen unmerklich in Himmel über.
Müde stieg Pepé die drei Stufen hinauf in die dunkle Hütte. An der Längswand regte es sich. Die Mutter rief aus dem Bett: »Wer kommt? Pepé, bist du's?«
»Ja, Mama.«
»Hast du die Medizin?«
»Ja, Mama.«
»Dann geh schlafen! Ich dachte, du übernachtest bei Mrs. Rodriguez.« Pepé stand schweigend im Finstern.
»Was stehst du herum, Pepé? Hast du Wein getrunken?«
»Ja, Mama.«
»Gut, dann leg dich aufs Ohr und schlaf dich aus!«
Seine Stimme klang müde, aber beharrlich und fest: »Zünde die Kerze an, Mama! Ich muß fort in die Berge.«
»Was heißt das, Pepé? Bist du verrückt?« Sie rieb ein Schwefelholz an, hielt es, bis das Holz Feuer fing, und entzündete damit den Leuchter, der neben ihr auf dem Boden stand.

»Heraus mit der Sprache, Pepé! Was ist?«
Angstvoll sah sie ihm ins Gesicht.
Er war verändert. Die Zartheit schien von seinem Kinn gewichen. Sein Mund war nicht mehr voll und weich wie zuvor; die Linien der Lippen straffer. Aber die größte Veränderung war mit seinen Augen geschehen. Alle Schüchternheit war aus ihnen verschwunden; kein Lachen war mehr darin. Sie waren scharf, blickten klar und zielbewußt.
Eintönig müde erzählt er der Mutter, was ihm widerfahren ist. Es waren Leute bei Mrs. Rodriguez in der Küche. Man trank Wein, er auch. Der kleine Streit, der sich dann erhob . . . der Mann, der gegen Pepé aufstand . . . das schwarze Messer . . . es war fast von selbst gekommen . . . es brach hervor, flog, eh Pepé wußte, was geschah . . .
Während er spricht, wird Mutters Gesicht immer ernster und hagerer.
»Ich bin jetzt ein Mann, Mama«, endet Pepé. »Ich konnte nicht dulden, daß mich der Mann so beschimpfte. Ich bin kein Nigger, Mama, bin ich ein Nigger?«
Die Mutter nickt.
»Du bist ein Mann, mein armer kleiner Pepé. Du bist ein Mann. Ich habe es dir schon angesehen, wie du das Messer in den Pfosten geschleudert hast – da wurde mir angst.«
Einen Moment hat ihr Blick sich besänftigt, nun wird er wieder hart.
»Du mußt dich fertigmachen. Weck Emilio und Rosy, rasch!«
Pepé ging auf die andere Seite, wo die Geschwister in ihren Schaffellen ruhten, beugte sich über sie und schüttelte sie sanft.
»Komm, Rosy, Emilio! Die Mama sagt, ihr sollt aufstehen!«
Die kleinen Schwarzen fuhren empor, rieben sich die Augen im Kerzenschein. Mama war schon auf. Ihren langen schwarzen Rock über dem Nachthemd, rief sie: »Emilio, steh auf und fang das andere Pferd für Pepé ein, schnell, schnell!«
Emilio fuhr mit beiden Beinen in seine Overalls und taumelte verschlafen zur Tür hinaus.
»Hast du unterwegs gemerkt, ob jemand hinter dir her ist?« fragte die Mutter.

»Nein, Mama. Ich habe genau aufgepaßt. Auf dem ganzen Weg niemand.«
Wie ein kleiner Vogel huschte die Mutter umher, nahm von einem Nagel an der Wand einen wasserdichten Leinwandsack; zog eine Decke aus ihrem Bett, rollte sie fest zusammen und schnürte die Enden mit Bindfaden. Aus einer Kiste neben dem Herd hob sie einen Mehlsack, der bis zur Hälfte mit gedörrtem, in Streifen geschnittenem Rindfleisch gefüllt war.
»Deines Vaters schwarzer Rock!« rief sie. »Hier, zieh ihn an, Pepé.«
Von der Mitte des Raumes aus verfolgte der Älteste aufmerksam ihre Tätigkeit.
Nun langte sie hinter die Tür und holte ein langes Gewehr hervor, eine 38/56er-Büchse mit schimmerndem Lauf. Pepé nahm sie, hielt sie im Ellenbogen. Mama brachte ein Ledersäckchen und zählte ihm die Patronen vor.
»Es sind nur zehn, sei sparsam damit«, warnte sie.
Emilio steckte den Kopf zur Tür herein: »Da ist das Caballo, Mama!«
»Leg ihm den Sattel vom andern Pferd auf! Binde die Decke hinten auf den Sattel! Und da das Rauchfleisch häng an den Sattelknauf!«

Pepé stand immer noch stumm, in Betrachtung des mütterlichen Mühens versunken. Sein Kinn war gestrafft, der süße Mund hart und dünn. Die schmalen Augen verfolgten fast argwöhnisch jede Bewegung der Mutter.
»Wohin will Pepé?« fragte Rosy sanft.
»Er verreist«, versetzte die Mutter heftig, »er ist jetzt ein Mann. Er hat Männergeschäfte.«
Pepé richtete sich hoch auf. Sein Mund, sein ganzes Gesicht glich dem seiner Mutter.
Die Vorbereitungen waren beendet. Das Pferd stand bepackt vor der Hütte. Vom Wassersack tröpfelte es feucht über den braunen Bug.
Das Mondlicht wich der Dämmerung. Die kleine Familie stand vor der Hütte. Die Mutter legte die Hände um Pepés Wangen.
»Paß auf, mein Sohn! Raste nicht, eh es nicht wieder dunkel ist! Auch wenn du müde bist, schlafe nicht ein! Gib auf das Pferd acht, sonst wird es vor Müdigkeit nicht weiterwollen; spar mit den Kugeln, es sind nur zehn! Füll dir den Bauch nicht mit Rauchfleisch, sonst wird dir schlecht! Iß nur wenig davon, iß lieber Gras! Und wenn du tief in dem Gebirge einen der dunklen Wachtposten siehst, halte dich fern von ihm, rede mit niemand! Und vergiß nicht zu beten!«
Ihre Hände fielen auf Pepés Schultern, sie stellte sich auf die Zehen, küßte ihn feierlich auf beide Wangen, und Pepé küßte sie ebenso. Hierauf ging er zu Rosy und Emilio und küßte auch sie auf beide Backen. Dann sah er wieder die Mutter an; er schien auf etwas zu warten, auf ein wenig Weichheit; doch ihr Gesicht war grimmig und wild.
»Geh jetzt«, befahl sie, »warte nicht, bis man dich fängt wie ein Huhn!«
Pepé schwang sich aufs Pferd. »Ich bin ein Mann«, sagte er und ritt in dem dämmernden Morgen den Hügel hinan in die Schlucht, durch die der Weg zum Gebirge führt. Im Zwielicht war kaum noch etwas zu sehen. Er war keine hundert Schritte vom Hause entfernt, als seine Umrisse schon im Nebel undeutlich wurden. Ehe er noch den Canyon erreichte, war er für die Zurückgebliebenen nur noch ein unklarer Schatten.

Mama stand steif vor der Hütte, rechts und links von ihr Emilio und Rosy, die von Zeit zu Zeit verstohlene Blicke auf die Mutter warfen.
Als der graue Schatten des Sohnes in Bäumen und Nebeln verschwunden war, sank die Mutter in sich zusammen. Und stimmte in hohen, jammernden Tönen den Klagegesang für die Toten an.
»Unser sehr Schöner, unser sehr Tapferer«, schrie sie, »er ist dahin, unser Sohn, unser Beschützer.«
Und neben ihr jammerten Rosy und Emilio: »Unser Schöner, unser Tapferer ist dahin!«
Es war die überlieferte Totenklage; sie erhob sich zu hohem durchdringendem Jammerton und versank dann in ächzendes Stöhnen. Dreimal stimmte Mama ihre Klage an, dann wandte sie sich, ging in die Hütte und schloß die Tür.
Emilio und Rosy standen ratlos im Dämmerlicht. Von drinnen hörten sie das Wimmern der Mutter. Leise kletterten sie hinab zu den Klippen, saßen Schulter an Schulter über dem Meer.
»Wann ist Pepé ein Mann geworden?« fragte Emilio.
»Heute nacht«, antwortete Rosy, »in Monterey.«
Die Wolken über dem Ozean färbten sich rot von der Sonne, die hinter den Bergen stand.
»Heute gibt es nichts zum Morgenessen«, sagte Emilio. Mama wird nicht kochen.«
Rosy gab keine Antwort.
»Wohin ist Pepé« fragte er.
Rosy sah ihn an. Kam ihr das Wissen aus der Stille des Morgens?
»Er ist fort. Er kommt nie zurück.«
»Ist er tot? Glaubst du, er ist tot?«
Rosys Blick ging wieder ins Weite über das Meer. Fern am Horizont zog die Rauchwolke eines kleinen Steamers dahin.
»Er ist nicht tot«, flüsterte sie, »noch nicht.«

Pepés Gewehr ruhte vor ihm quer über dem Sattel. Er lenkte das Pferd den Hügel hinauf; er sah nicht zurück. Der Steinhang überzog sich mit niederem Gebüsch und zeigte dem Jungen den Weg. Erst beim Eingang der Schlucht warf er sich im Sattel herum, blickte zurück – der Nebel hatte die Hütte verschluckt. Pepé wandte sich wieder nach vorn. Der Canyon umschloß ihn mit hohen Wänden. Das Roß schnaubte und folgte dem Pfad, einem gebahnten Weg über weiche, dunkle, von vielen verfaulten Blättern gedüngte Erde. Da und dort mit Sandsteinbrocken bedeckt, wand er sich um Felsen und senkte sich dann zu einem seichten Flußbett hinab, dessen Wasser friedlich dahinfloß, glitzernd von Morgensonne, über rundgeschliffene Steine und sonnengebräuntes, rostfarbenes Moos. Im Ufersand wucherte wilde Minze; im Wasser war viel Kresse in Samen geschossen.

Der Pfad mündete in den Fluß; am andern Ufer führte er weiter. Das Roß tappte ins Wasser, blieb stehn. Pepé ließ die Zügel los, und es trank aus dem Fluß.

Höher wuchsen zu beiden Seiten die Felsen. Gleich riesigen Schildwachen schützten hochragende immergrüne Sequoien den Pfad. Das Laubwerk der runden roten Stämme war grün und gezackt wie Farn. Kein Sonnenlicht drang in die Tiefe der Schlucht. Scharfer Geruch und rötliches Licht durchdrangen das fahle Unterholz, Heidelbeerbüsche und Farn und Brombeersträucher. Hoch über dem Fluß vereinigte sich das Gezweig der Sequoien und entzog dem Reiter den Anblick des Himmels.

Er trank aus dem Wassersack, griff in den Mehlsack, nahm einen Streifen Trockenfleisch und nagte daran, bis die zähe Speise sich teilte. Er kaute langsam und nahm dazwischen kleine Schlucke aus seinem Wasservorrat. Seine schmalen Augen blickten matt, doch die Gesichtsmuskeln blieben gespannt.

Der Boden zu seinen Füßen war schwarz und tönte hohl unter den Hufen des Pferdes.

Das Flußgefälle nahm zu; das Wasser fiel in Stürzen über die Steine. Fünffingerfarn hing über die Flut, Sprühtropfen spritzten von ihren Fingerspitzen. Pepé hing im Sattel nach vorn, die Beine baumelten locker. Im Reiten riß er Blätter von einem Ast, das Trockenfleisch schmackhaft zu machen. Sein Gewehr lag lose quer über den Sattelknopf.

Plötzlich richtete er sich kerzengerade auf, riß das Roß zur Seite, hinter eine hohe Sequoie, zog die Kandare an, daß es nicht wiehere; sein Gesicht war gespannt, die Nasenflügel bebten ein wenig.

Ein hohles Stampfen kam ihm entgegen. Ein Reiter erschien, ein

Dicker mit roten Backen und weißem Stoppelbart. Als sein Pferd an die Stelle kam, wo Pepé vom Weg abgebogen war, senkte es den Kopf und schnupperte.
»Kopf hoch!« rief der Dicke und riß die Zügel hoch.
Als der letzte Hufschlag verklungen war, setzte Pepé seinen Weg fort. Doch ließ er sich nicht mehr gehen. Er hob sein Gewehr, lud es und spannte den Hahn.
Der Pfad wurde abschüssig, die Sequoien dürftiger, niedriger. Dort wo der Wind sie erreichte, waren die Wipfel abgestorben. Das Pferd trottete seinen Gang; die Sonne näherte sich dem Zenit. Dann senkte sie sich.
Der Pfad bog vom Flußlauf ab, der sich in einem Seitencanyon verlor. Pepé stieg vom Pferd, tränkte es noch einmal und füllte den Wassersack. Sobald der Pfad den Fluß verlassen, verschwanden die Bäume; nur dicker, spröder Sago, wilde Zwergäpfel und Stecheichendickicht säumten den Weg. Auch die weiche schwarze Erde verschwand; nur gelbbraunes Felsgestein blieb. Vor dem lauten Hufschlag flohen Eidechsen über die Steine und in die Büsche. Pepé warf sich im Sattel herum und schaute zurück. Er war in offener Gegend und schon von weitem zu sehen. Der Weg stieg an; das Land wurde rauher, steiniger, trocken und furchtbar.
Der Pfad wand sich um mächtige Felsblöcke. Wilde zwerghafte Kaninchen sprangen scheu in die Büsche; ein unbekannter Vogel knirschte eintönig scharf. Im Osten lagen die nackten Berggipfel staubtrocken unter der sinkenden Sonne. Das Roß trottete weiter und weiter auf einen V-förmigen Einschnitt zu; das war der Paß.
Fast jede Minute sah Pepé sich argwöhnisch um; dazwischen behielt er den Gebirgskamm im Auge. Einmal gewahrte er auf einem kahlen weißen Vorsprung eine dunkle Gestalt; er schaute schnell weg. Es war einer der dunklen Wächter. Niemand wußte, wer diese Wächter waren, noch wo sie sich aufhielten; es war am besten, man achtete nicht auf sie. Wenn einer ruhig seines Weges zog, kümmerten sie sich nicht um ihn, hieß es.
Die Luft war trocken, angefüllt mit dem hellen Staub, den der Wind von dem mürben, zerfressenen Felsgestein herwehte. Pepé trank sparsam aus seinem Sack, verschloß ihn jedesmal fest und hing ihn wieder an den Sattelknopf. Der Weg zog sich um Felsen,

durch Klippen und über eine Schieferhalde durch ausgetrocknete Bäche zum Paß. Hier machte Pepé halt und hielt Umschau. Kein dunkler Wächter war mehr zu sehen; vor und hinter ihm war der Weg leer und öde. Unter ihm zeigten die hohen Sequoien den fernen Flußlauf.

Er ritt über den Paß. Die schmalen Augen waren vor Müdigkeit fast geschlossen, doch das Gesicht blieb streng, unnachgiebig und männlich. Fauchend strich der Hochgebirgswind durch den Paß, pfiff um die Ecken gewaltiger Granitblöcke, ein Rotschwanzfalke flog mit zornigem Schrei dicht über den Kamm. Langsam ritt Pepé durch die zersplitterte Paßkerbe hindurch und blickte hinab.

Der Weg senkte sich zwischen Felsbrocken in die Tiefe. Unten lag ein dunkles Gehölz, wildes dichtes Buschwerk, jenseits davon ein kleines, mit Eichen bewachsenes, von einem grünen Grasstreifen durchschnittenes Plateau, dahinter abermals eine Gebirgskette, trostlos mit starren Felsen und verkrüppeltem welkem Gebüsch. Pepé nahm wieder einen Schluck; die Luft war trocken, daß ihm die Lippen brannten und sich die Nase verstopfte. Er lenkte das Pferd bergab. Auf dem steilen Hang rutschten und glitten die Hufe und brachten die kleinen Steine ins Rollen; sie kullerten in die Tiefe. Die Sonne war hinter den westlichen Bergen versunken, aber noch glühte ihr Schein in den Gipfeln der Eichen und auf dem grasigen Teil des Plateaus; die Felsen und Wände strahlten die Hitze des Tages aus.

Pepé sah nach dem nächsten Höhenzug, der ausgedörrt, wie verstorben vor ihm lag. Und er sah vor dem hellen Himmel auf einem Felsen die dunkle Gestalt eines Mannes. Rasch wendete er den Blick, um nicht neugierig zu erscheinen. Als er nach kurzer Zeit wieder hinsah, war die Gestalt verschwunden.

Weiter abwärts war kaum noch ein Weg zu sehen. Das Roß tappte nach einem Halt, mitunter glitt es ein Stück bergab. Endlich langten sie auf der Talsohle an. Das dunkle Dorngestrüpp reichte Pepé bis über den Kopf; links stieß er es mit der Flinte beiseite, rechts schützte er sein Gesicht mit dem Arm vor den stechenden Dornzweigen.

Er ritt durch das Gehölz und entkam ihm. Nur noch ein kleiner Felshang – dann war er bei dem grasigen Fleck und dem tröstlichen Kranze der Eichen. Er überblickte den Weg, den er herabgeritten – nichts regte sich, kein Laut war zu hören. Am oberen Ende der kleinen Oase entdeckte er einen Quell, dessen Wasser sich in ein flaches Becken ergoß, von wo es sich über das halbe Plateau verbreitete.

Er füllte seinen Sack mit Wasser, ließ das durstige Roß aus dem Becken saufen, führte es dann unter die Eichen, und da man hier rings gegen Sicht geschützt war, nahm er ihm Sattel und Saumzeug ab. Das Pferd reckte die Kinnbacken und gähnte. Pepé knotete ihm das Leitseil um den Hals und schlang das andere Ende um einen jungen Eichbaum; so konnte es grasen.

Während es hungrig am trockenen Grase knabberte, holte er sich einen Streifen gedörrtes Fleisch und begab sich zu einem Baum am Rande des Wäldchens, von wo er den Weg übersah, setzte sich in einen Haufen trockener Eichenblätter und fühlte nach seinem Messer, um sein Dörrfleisch zu schneiden. Er fand es nicht mehr; des Vaters Messer war fort. Er stützte sich sitzend zurückgelehnt auf seine Ellenbogen und kaute das zähe, scharfe Fleisch. Sein Gesicht war glatt und faltenlos, doch es war eines Mannes Gesicht. Volles Abendlicht überflutete den östlichen Höhenkamm; das Tal aber lag schon im Dunkel. Wildtauben flogen zur Quelle; ein Wachtelschwarm trippelte aus dem Gebüsch und gesellte sich zu ihnen; ihr Lockruf ertönte.

Ein Schatten wuchs aus dem Unterholz; mit einem Seitenblick wurde ihn Pepé gewahr. Langsam wandte er den Kopf und sah eine gefleckte Wildkatze, die sich rasch zur Quelle bewegte; ihr Bauch streifte den Grund. Pepé spannte den Hahn seiner Flinte und drehte die Mündung zielend im Kreis, doch da schien niemand zu sein, der Jagd auf ihn machte. Er senkte die Flinte, ergriff einen Eichenast und warf ihn in Richtung der Quelle. Die Wachteln flohen unter Geschrei; die Tauben rauschten davon. Die Wildkatze erhob sich, sah Pepé aus ihren gelben kalten Augen an und schritt furchtlos zurück in ihre Höhle.

Rasch zog sich die Dunkelheit im Tale zusammen. Pepé stammelte sein Gebet, legte den Kopf auf den Arm und war im Augenblick eingeschlafen.

Der Mond zog herauf und erfüllte das weite Tal mit kaltem blauem

Licht; von den Berggipfeln wehte es kühl. Nachteulen flatterten über die Hänge; sie machten Jagd auf Kaninchen. Tief im Gebüsch schnatterte ein Kojote. Die Eichbäume rauschten im nächtlichen Wind.

Pepé fuhr auf. Sein Roß hatte gewiehert. Der Mond schlüpfte hinter die westlichen Höhen und senkte das Tal in Finsternis. Das Gewehr umklammernd, saß Pepé gespannt. Vom Weg her hörte er fern antwortendes Gewieher und den Schall fester Hufe auf dem bröckeligen Fels. Er sprang auf, rannte zu seinem Pferd, führte es tiefer ins Wäldchen, warf ihm den Sattel über, schnallte ihn fest, packte den sich sträubenden Pferdekopf, zwang ihm Kandare und Trense ins Maul, tastete den Sattel ab – Wasser- und Fleischsack waren am rechten Ort –, stieg auf und ritt hügelan.

Es war stockfinster, aber das Roß fand den Weg, wo er das Wäldchen und das Plateau verließ, und klomm stolpernd und gleitend den Felshang empor. Pepé griff in die Höhe nach seinem Hut – er hatte ihn unter den Eichen vergessen.

Als die erste Spur der Frühdämmerung auftauchte, hatte das Roß sich fast bis zur Höhe emporgekämpft. Fahles Grau mischte sich in die Schwärze der Nacht. Eine scharfe knorrige Felskante, zerklüfteter Granit, seit Urzeiten von Wind und Wetter verwittert, zeichnete sich vor ihnen ab. Pepé ließ die Zügel auf den Sattelknauf fallen; er überließ seinem Pferde die Führung. Das Gebüsch griff mit gierigen Stacheln nach seinen Beinen; schon war ihm das eine Hosenbein bis übers Knie aufgerissen.

Langsam flutete Licht über die Bergkette. Seltsam öde erschienen im Zwielicht Felsen und Büsche, kalt, hoch und streng. Dann aber kam eine Wärme ins frühe Leuchten; Pepé richtete sich hoch auf, blickte zurück, doch er konnte dort unten im dunklen Tal nichts erkennen. Der Himmel über der nahenden Sonne färbte sich blau.

Um ihn her in der Bergwüstenei standen nur armselig verkrüppelte, niedere, ausgetrocknete Büsche, und da und dort gleich verwitterten Häusern ragten klobige, rauhe Granitblöcke. Pepé ruhte ein wenig im Reiten, trank aus dem Wassersack und kaute einen Fleischstriemen. Ein einsamer Adler flog hoch oben im Licht.

Ohne auch nur das geringste Anzeichen schrie Pepés Pferd plötzlich auf und stürzte. Es lag schon fast am Boden, als der Schall des Abschusses vom Tal heraufdrang; vielfach hallte das Echo nach. Aus einem Loch in dem sich bäumenden Pferdehals quoll ein Blutstrom, stockte und strömte und stockte und strömte. Die Hufe scharrten und schlugen den Grund. Pepé lag halb betäubt neben dem Tier. Langsam, mühsam spähte er hinab. Ein Salbeizweig fetzte dicht neben seinem Kopf – wieder hallte ein Schuß im Echo der Felswände. Wild warf Pepé sich in ein Gebüsch.

Auf den Knien, auf eine Hand nur gestützt – mit der Rechten schob er das Gewehr vor sich her –, kroch er zur Höhe empor; er wußte nicht, was er tat; es geschah mit dem Instinkt eines Tieres. Wie ein Wurm kroch er auf einen der mächtigen Blöcke zu. Wo das Gebüsch etwas höher stand, richtete er sich halb auf und rannte, doch wie sich ihm die Deckung versagte, schob er sich auf dem Bauche weiter und stieß das Gewehr vor sich her. Das letzte Stück Wegs bot nicht den mindesten Schutz mehr. Er setzte an, schnellte dann quer über den freien Raum und hinter den Felsblock.

Keuchend lehnte er gegen den Stein. Sobald er ein wenig zu Atem gekommen war, schlich er hinter dem Felsen herum und gelangte zu einer Spalte, die einen Ausblick talabwärts gewährte. Hier legte er sich auf den Boden, stieß den Gewehrlauf durch den Spalt und harrte der kommenden Dinge.

Rot lag die Sonne über den westlichen Klüften. Schon senkten Bussarde sich zu der Stelle hinab, an der das Pferd verendete. Ein braunes Vöglein scharrte in abgestorbenen Salbeiblättern, dicht vor Pepés Gewehrmündung. Der strahlende Adler schwebte der aufgehenden Sonne zu.

Im Buschwerk weit unten gewahrte Pepé eine Bewegung. Fester umschloß seine Hand das Gewehr. Ein zierliches braunes Reh kreuzte auf Suche nach Nahrung sein schmales Blickfeld und verschwand im Gebüsch. Lange Zeit wartete er. Tief unten sah er das kleine Plateau, die Eichbäume und den Streifen Gras. Plötzlich flackerten seine Augen zurück und auf den Weg, den er gekommen. Eine Viertelmeile bergab im Dornengestrüpp regte es sich. Sein Gewehr schwang herüber. Er drückte ab; der Schuß hallte den Bergen zu und schallte zurück. Im Dornengestrüpp wurde es still; nichts regte sich mehr. Dann aber schlug es weiß in den Granit der

Felsenspalte, die ihm den Auslug gewährte; die Kugel prallte ab, ihm an den Ohren vorbei; von unten schallte der scharfe Knall, und zugleich spürte Pepé in seiner Rechten einen heftigen Schmerz. Ein Granitsplitter stak zwischen den Knöcheln von Zeige- und Mittelfinger; die Spitze sah aus der Handfläche hervor. Behutsam zog er den Splitter mit der Linken heraus.
Die Wunde blutete, aber nicht übermäßig; keine Vene oder Arterie war verletzt.
Er wühlte in einem verstaubten Felsloch, zog eine Handvoll Spinnweben hervor und drückte sie in die Wunde. Fast augenblicklich stockte das Blut.
Er hob das Gewehr, das ihm entfallen war, und lud es von neuem. Dann glitt er auf dem Bauche nach rechts; er kroch langsam, vorsichtig, immer in Deckung bergauf, rastete dann und wann und kroch weiter.
Im Gebirge dauert es lang, bis die Sonne in die Bergschluchten dringt. Nun aber sah ihr Glutgesicht über den Kamm. Weißglühende Hitze schlug gegen die Felsen, prallte flimmernd von ihnen ab; hinter dem kochenden Schleier schienen Felsen und Büsche zu beben.
Pepé kroch in Richtung auf den Gebirgsrücken, doch immer im Zickzack, von Deckung zu Deckung. Seine Handwunde begann zu klopfen. Kriechend stieß er auf eine Klapperschlange; er sah sie erst, als sie zischend ihr trockenes Haupt erhob. Er fuhr zusammen, zurück und nahm einen anderen Weg. Rasche graue Lazerten flohen vor ihm; ein feiner Staub entstieg ihrer Spur. Wieder preßte er frisch gesammelte Spinnweben in die pochende Hand. Das Gewehr stieß er mit der linken Hand vor sich her.
Aus seinen dichten dicken Haaren brechen die Schweißtropfen und rinnen ihm übers Gesicht. Lippen und Zunge sind dick und schwer. Er sucht Speichel im Mund zu sammeln. Die schmalen Augen sind unstet, fahrig und fiebrig. Eine graue Eidechse sitzt vor ihm auf dem ausgeglühten Boden, das Köpfchen zur Seite gedreht. Er packt einen Stein und zermalmt sie.
Bis Mittag ist er um keine Meile weitergekommen. Erschöpft kriecht er noch hundert Schritt zu einigen hohen spitzigen Wildapfelbäumen. Er windet sich unter den knorrigen zähen Stämmen;

sein Kopf sinkt auf seinen linken Arm. Auch hier ist kaum Schatten, nur ein klein wenig Schutz. Schon ist Pepé, so wie er liegt, in Schlaf gesunken! Die Sonne sticht ihm in den Rücken. Vöglein kommen dicht an ihn heran, lugen und hüpfen wieder davon. Er krümmt sich im Schlaf, hebt die verwundete Hand, läßt sie fallen, immer wieder.

Die Sonne versinkt hinter den zackigen Gipfeln, kühl naht der Abend; dann wird es finster. Ein Kojote heult gellend, Pepé fährt auf, blickt mit verschleierten Augen im Kreise. Die Hand ist geschwollen und schwer; ein fadendünner Schmerz läuft über den Puls die Innenseite des Armes entlang bis zur Achselhöhle. Des Vaters Rock drückt und preßt. Pepé späht, erhebt sich. Rings Nacht und noch kein Mond. Schwarz liegen die Berge. Die geschwollene Zunge füllt die Mundhöhle fast ganz. Er windet sich aus dem Rock, wirft ihn in den Busch, kämpft sich bergan durch Buschwerk, das an ihm zerrt. Er stolpert, stürzt über Gestein. Im Vorwärtsdringen schlägt sein Gewehr gegen Felsen. Trockene Lawinen aus Kies und Steinbrocken lösen sich unter seinem Fuß, rieseln und rollen bergab.

Abnehmender Mond taucht auf und zeigt ihm zerrissenes Berggeklüft. Im Mondlicht kommt Pepé leichter voran. Er neigt sich nach vorne, so daß sein Arm etwas vom Leib weghängt. Sein Anstieg vollzieht sich in Sprüngen und Rast; immer einige Schritte im Sprung voran und dann Halt. Wind pfeift ihm von oben entgegen, raschelt in dürren Blättern und Halmen.

Als Pepé die scharfe Nase des Berggrats erreicht, steht der Mond hoch. Das letzte Stück, das er zurückgelegt hat, war völlig kahl, jede Spur Sand oder Erde vom Winde verjagt. Harter Fels liegt unter seinen Füßen. Er klettert zur Spitze und schaut nach der andern Seite hinunter. Wieder dehnt sich in Mondlicht und Dunst, endlos schier, ein Zug Berge, Dorngestrüpp, magere Sträucher, niedere Büsche. Dahinter steigt es steil an, die zackigen, faulen Zähne des nächsten Grats blecken gen Himmel. Tief unten dickes Gebüsch in Nebel und Nacht.

Pepé taumelt bergab. Seine Kehle ist vom Durst abgeschnürt. Erst will er rennen, aber er fällt, kommt ins Rollen, fängt sich wieder und paßt nun auf. Vorsicht! Als er auf der Sohle des Einschnitts anlangt, ist der Mond hinter einem Berghaupt verschwunden. Er kriecht in ein dichtes Gebüsch; seine Linke tastet nach Feuchtigkeit. Es ist das Bett eines Gebirgsbaches, in dem er liegt, doch es ist ausgetrocknet; er findet nichts als feuchten, modrigen Boden. Er legt sein Gewehr beiseite, wühlt sich eine Handvoll stickiger Erde, stopft sie sich in den Mund und spuckt wieder aus, schabt mit den Fingern den Schmutz von der Zunge; der Erdbrei zieht ihm den Mund wie Lauge zusammen. Mit den Nägeln gräbt er, so tief es nur geht, in die Erde; vielleicht wird er auf Wasser stoßen, doch ehe er noch tiefer als eine Handbreit gegraben, fällt er vornüber und schläft.

Der Morgen kam. Tageshitze fiel über das Land, und noch immer schlief Pepé. Erst spät nach Mittag fuhr er in die Höhe; doch er brachte die Augen kaum auf, so müd war er. Langsam sah er sich um. In einiger Entfernung sah er einen lohfarbenen Berglöwen im Dickicht. Das mächtige Tier sah nach ihm hin; seine Ohren standen aufrecht empor, lagen nicht gefahrdrohend nach hinten. Nun legte es sich nieder, ließ Pepé jedoch nicht aus den Augen.

Er sah nach dem Loch, das er in der Nacht gegraben. Ein halber Zoll Schmutzwasser hatte sich angesammelt. Er riß den Ärmel von dem verwundeten Arm, tauchte ihn in das Wasser und sog daran. Immer wieder tauchte er ein und sog. Der Löwe schaute herüber. Der Abend kam, nichts regte sich in der Weite. Kein Vogel kam zu dem trockenen Bachbett. Zuweilen warf Pepé einen Blick nach seinem gelben Gefährten. Das durstige Tier hatte die Augen geschlossen; es schien einzuschlafen. Es gähnte. Die lange, dünne rote Zunge bog und wendete sich. Mit einemmal fuhr das Haupt herum, die Nasenlöcher bebten, der Schweif schlug. Der Löwe stand auf, schlich wie ein gelber Schatten davon und verschwand im Dickicht.

Gleich darauf vernahm Pepé von fernher Hufgetrappel; die Hufe schlugen auf Kies. Und er hörte noch etwas anderes – ein langgezogenes Hundegebell.

Er nahm sein Gewehr in die Linke und glitt in das Dickicht, fast so ruhig, wie es der Löwe getan. Im dunkelnden Abend kroch er der nächsten Bergkette entgegen. Erst als es völlig finster war, stand er auf. Seine Kraft wollte versagen.

Fallend stieß er an spitze Steine, die ihm die Haut aufschürften, aber er kroch weiter und weiter, immer höher durch das zerklüftete Reich. Ein Stück weiter oben legte er sich nieder und schlief. Der abnehmende Mond, der ihm ins Gesicht schien, weckte ihn auf.
Er erhob sich, taumelte schlaftrunken weiter, ungefähr fünfzig Schritte, da stand er still, kehrte verzweifelt um, wankte trostlos zurück, wühlte in dem Gebüsch, wo er glaubte geschlafen zu haben, aber er fand sein Gewehr nicht mehr; er hatte es liegengelassen, schlaftrunken vergessen.
Der stechende, pochende Schmerz in der Achselhöhle nahm zu; es war, als gehe die Schwellung des Armes mit jedem Pulsschlag auf, ab, auf, ab . . . Er mochte ihn halten und legen, wie er auch wollte, immer preßte er gegen die Achselhöhle.
Wie ein waidwundes Wild raffte Pepé sich auf und bewegte sich wieder der Höhe zu. Mit der Linken hielt er den geschwollenen Arm vom Leibe. So schleppte er sich in Etappen hinauf; jedesmal nach ein paar Schritten hielt er inne, um Kraft und Atem zu sammeln. Endlich sah er den Gipfel nah. Die Silhouette des zackigen Grates stand im Mondlicht scharf gegen den Himmel.
In weiten Spiralen drehte sich alles vor ihm im Kreise; er sank zu Boden. Einhundert Schritte vor ihm, über ihm lag der Gipfel.
Der Mond zog seine himmlische Bahn. Pepé wälzte sich auf den Rücken. Er versuchte, laut ein Gebet zu sprechen; aus seinen Lippen, von der geschwollenen Zunge drang nur ein dumpfes schnaubendes Pfeifen.
Als der Morgen dämmerte, riß er sich zusammen. Seine Augen waren besser geworden. Er zog den aufgedunsenen Arm vor sein Gesicht und besah die Wunde. Ein schwarzer Strich zog sich vom Handgelenk bis in die Achsel. Unwillkürlich griff er in die Tasche nach Vaters Messer. Es war verloren, er war verloren . . . Suchend sah er sich um, hob einen flachen gespitzten Stein auf, kratzte die Wunde aus, schnitt in das rohe Fleisch und drückte, bis grünlicher Saft in dicken Tropfen hervorquoll. Den Kopf zurückgeworfen, winselte er wie ein Hund; die ganze rechte Körperhälfte flog schlotternd vor Schmerz. Aber der Schmerz klärte sein Denken.
Im grauen Dämmer kroch er das letzte Stück bis zum Grat und drüberhin. Da lag er in Felsen gebettet und schaute hinab. Unter

ihm eine tiefe Schlucht, trostlos verlassen und wasserarm wie die, durch die er sich durchgekämpft. Kein Fleckchen Gras, kein Baum, nicht einmal Büsche waren in ihrer Tiefe zu sehen. Und jenseits erhob sich ein steiler Kamm, dünn überbuscht von verwelktem Salbei und übersät mit granitenem Bruch. Über den Berg verstreut mächtige Blöcke. Das granitene Gebiß des Gipfels fletschte zum Himmel empor.

Der neue Tag ist gekommen. Die Sonne flammt über die Höhe und wirft sich auf den am Boden Gekrümmten. Sein struppiges Haar ist mit Spinnweb und Dornen verfilzt. Die schmalen Augen haben sich tief, tief in die Höhlen zurückgezogen. Zwischen den offenen Lippen lappt schwarz die Zunge. Er setzt sich und nimmt den Arm, der immer größer zu werden scheint, in den Schoß. Er schaukelt ihn leise, mit wiegendem Leib; Klagelaute dringen aus seiner Kehle. Sein Kopf legt sich zurück; er sieht ins wolkenlos Helle. Kaum noch erkennbar, hoch in den Lüften kreist ein schwarzer Raubvogel. Nun kommt, weit von der anderen Seite ein zweiter geflogen, schwebt näher . . .
Pepés Kopf richtet sich auf. Aus dem Tal, von wo er gekommen, schlägt ein bekannter Laut an sein Ohr, das aufgeregte, fieberhafte Gekläffe von Hunden auf Menschenfährte. Pepés Kopf senkt sich tief. Er versucht ein Stoßgebet. Nur ein Röcheln dringt zwischen den Lippen hervor. Mit der Linken zieht er ein brüchiges Kreuz aus der Brust. Mühsam kriechend, klettert er langsam zur nächsten Felsspitze. Oben richtet er sich schwankend, mühselig auf. Nun steht er aufrecht. Tief unten sieht er den dunklen Busch, in dem er geschlafen. Er strafft die Beine und steht, ragt schwarz gegen den Morgenhimmel.
Ein Stein splittert zu seinen Füßen, eine Kugel summt; von unten her kommen Schall und Echo. Pepé blickt kurz hinab, dann wieder geradeaus. Sein Leib zuckt erschüttert; hilflos flattert die Linke zur Brust. Von unten schallt wieder ein Schuß. Pepé schwankt und stürzt kopfüber vom Felsen. Sein Körper kollert und rollt und schlägt an, reißt einen Hagel von Steinen mit in die Tiefe. Ein Strauch fängt den Stürzenden auf. Die Steinlawine geht über ihn weg und bedeckt seinen Kopf.

Die Flut der Erregung verebbt. Das Gebrüll des Pöbels verstummt. Ein Haufen Menschen drängt sich noch unter den Ulmen im Stadtpark, von dessen Rand eine bläuliche Bogenlampe undeutlich herüberleuchtet. Müdigkeit überkam den Mob, aus dessen Mitte einige seiner Führer sich ins Dunkel verdrückten. Der Rasen rings ist zertrampelt, zerfetzt.

Für Mike war die Sache erledigt. Er fühlte, er hatte sich ausgegeben, und war so müde, als habe er nächtelang nicht geschlafen; es war eine traumhafte Müdigkeit, die ihn angenehm erfüllte. Er rückte die Mütze über die Augen, schob ab; kurz vor dem Parkausgang wandte er sich noch einmal um: noch ein letzter Blick!

Inmitten des Mobs hatte einer eine zur Fackel gedrehte Zeitung entzündet und hielt sie empor. Mike sah die Flamme zu den Fußsohlen des nackten grauen Leichnams emporzüngeln, der da in der Ulme hing. Merkwürdig, daß Neger im Tode blaugrau werden, dachte er.

Die brennende Zeitung warf ihr Licht auf die aufwärts gereckten Gesichter der schweigenden Menge, die unverwandt zu dem Gehenkten emporstarrte. Mike fühlte sich leicht verstimmt, daß da jemand die Leiche anbrennen wollte, und bemerkte zu einem zufällig neben ihm Stehenden: »Das gefällt mir weniger.«

Der Angeredete ging weiter, ohne zu antworten.

Die Zeitungsfackel erlosch. Der Park wirkte noch finsterer. Aber schon flammte ein neues, rasch zusammengedrehtes Papier auf, wurde emporgehoben, und Mike wandte sich an einen andern Zuschauer: »Das mag ich nicht; er ist doch jetzt tot, es tut ihm doch nicht mehr weh.«

Der zweite Mann grunzte etwas, ohne auch nur einen Blick von dem Feuerschein zu verwenden.

»Nicht schlecht«, meinte er schließlich, »es spart dem Bezirk einen Haufen Geld; diese schmierigen Advokaten können dann nicht ihre Nasen hineinstecken.«

»Ganz meine Ansicht«, gab Mike zu, »nur finde ich es nicht gut, ihn zu verbrennen.«

»Na, was schadet denn das?« bemerkte der Mann.
Er ließ die Flamme noch immer nicht aus den Augen.

Mike versuchte, sich das Erlebte genau einzuprägen, fühlte sich aber dazu nicht imstande. Er glaubte, noch nicht genug gesehen zu haben. Es war doch ein unvergeßlicher Anblick, fand er, davon konnte er noch nach Jahren erzählen! Jetzt könnte er gar nichts erzählen; dumpfe Mattigkeit trübte die Schärfe des Eindrucks. Er sagte sich: es war eine schreckliche, eine hochbedeutsame Sache. Aber weder seine Augen noch sein Gefühl stimmten seiner verstandesmäßigen Feststellung zu. Für die war das jetzt etwas Gewöhnliches. Wie er vor einer halben Stunde mitten im johlenden Mob sich dazu gedrängt hatte, den Strick aufzuziehen, war ihm die Brust so voll gewesen, daß er hätte losheulen können. Jetzt aber war alles wie abgestorben, nicht wirklich; der dunkle Mob machte den Eindruck stummer Schaufensterpuppen. Im Fackelschein starrten diese Gesichter ausdruckslos wie aus Holz. Auch in sich selbst spürte Mike die Erstarrung. Er wandte sich wieder um und verließ den Park.

Sobald der Mob seinem Gesichtskreis entschwunden war, überfiel ihn kalte Herzeinsamkeit. Er schritt eilends weiter und wünschte, irgendein Mensch möchte neben ihm gehen. Aber die Straße war trostlos leer, unwirklich, wie es der Park gewesen. Die Doppelgeleise der Trambahn blitzten unter elektrischem Licht; in dunklen Schaufenstern spiegelten sich die Nachtlaternen.

In Mikes Brust machte ein leichter Druck sich bemerkbar; er fühlte danach – richtig, die Muskeln taten ordentlich weh. Er konnte sich denken, woher das kam. Wie der Mob das Gefängnistor stürmte, war er vorne gewesen. Und von hinten hatten ihn vierzig Kerle wie eine Ramme gegen das Tor gedrückt, daß es nur so krachte. Im Augenblick hatte er nichts gespürt. Auch jetzt empfand er den Schmerz mehr wie den Druck und Ausdruck der Einsamkeit.

Hinter der nächsten Straßenecke strahlte das Neonleuchtwort ›Bier‹ über dem Trottoir. Mike eilte drauf zu. Hoffentlich würde er dort Gesellschaft antreffen, mit der man reden konnte, die schreckliche Stille verscheuchen; hoffentlich waren alle beim Lynchen gewesen!

Aber in der kleinen Bar stand der Barmann allein, ein kleiner Herr

in mittleren Jahren mit einem melancholischen Schnurrbart und einem Gesicht wie eine alte Maus: schlau, furchtsam, neugierig und zerrupft. Er nickte eifrig, als Mike eintrat.
»Sie sehen ja aus wie ein Nachtwandler.«
Mike sah ihn ohne zu staunen an.
»So ist es. Ich schlafe und gehe im Schlaf . . .«
»Ein Schuß Whisky gefällig?«
Mike überlegte. »Nein, ich habe Durst auf Bier. Waren Sie dort?«
Wieder nickte das eifrige Mäusegesicht.
»Erst ganz zuletzt, wie er schon oben hing; da war schon alles vorbei. Ich dachte, jetzt werden die Hauptkerle mächtig Durst haben; da bin ich zurück und hab' aufgemacht. Bis jetzt sind Sie der einzige. Nun – irren ist menschlich.«
»Die werden noch kommen«, meinte Mike, »später; jetzt ist noch fast alles im Stadtpark. Einer will ihn mit Zeitungspapier verbrennen; das halte ich aber nicht für gut.«
»Ich auch nicht«, sagte der kleine Barmann und drehte sich sein Bärtchen.
Mike warf ein paar Körner Selleriesalz in sein Bier und nahm einen langen Schluck.
»A-ah«, machte er, »das tut gut. Ich bin richtig wie durchgedreht.«
Der Barmann, mit lüsternen Augen, beugte sich über den Schanktisch: »Haben Sie alles mitgemacht? Vom Polizeigefängnis bis zum Schluß, alles?«
Mike trank, schaute durch sein Glas, sah aus den Salzkörnern am Boden die Bläschen aufsteigen und sagte: »Alles. Ich war einer der ersten beim Polizeigefängnis und habe den Strick aufziehen helfen. Es gibt eben Zeiten, da muß der gute Bürgersmann selber das Recht in die Hand nehmen; sonst kommen die schmierigen Advokaten und entziehen den Feind der gerechten Sache seiner verdienten Strafe.«
Der Mäusekopf nickte eifrig: »Da haben Sie aber verdammt recht, mein Herr. Die Advokaten holen sie überall raus. Ich glaube sogar, der Nigger war wirklich schuldig.«
»Und ob«, versicherte Mike, »es hat doch sogar jemand erzählt, er hätte gestanden!«
Der Mäusekopf rückte noch näher.

»Erzählen Sie doch, wie ist es eigentlich losgegangen? Ich kam doch erst hin, wie alles vorbei war; kaum zehn Minuten drauf mußte ich wieder zurück; ich wollte doch offen haben, falls einer noch Lust auf ein Glas Bier bekäme.«
Mike leerte sein Glas und ließ es gleich wieder füllen.
»Na . . . es war doch allgemein bekannt, daß es etwas absetzen würde. Ich saß in der Bar dem Polizeigefängnis gegenüber; da bin ich nachmittags immer. Da ist ein Bursche hereingekommen und hat gesagt: ›Worauf warten wir eigentlich?‹ Da sind wir denn über die Straße hinüber. Soundso viel tüchtige Burschen standen schon da, und dann kam noch eine ganze Masse. Oh, haben wir gejohlt! Dann ist der Sheriff herausgekommen und hat eine Rede gehalten, aber wir haben ihn niedergebrüllt. Einer mit einem 22er-Gewehr ist dann die Straße auf und ab und hat die Straßenbeleuchtung er-

schossen. Ja, und dann sind wir auf das Tor los und haben es eingeschlagen. Der Sheriff hat sich passiv verhalten; das wollte ich ihm auch schönstens geraten haben. Auf anständige Leute schießen, um einen Niggerunhold zu retten!«

»Außerdem stehen die Wahlen bevor«, bemerkte der Barmann.

»Aber nachher: schade, daß Sie das nicht gehört haben, wie der Sheriff da losschrie: ›Faßt nicht den Falschen, Kinder, um Himmels willen! Greift euch den Richtigen; er ist unten in Zelle vier!‹ Wir im Nu die Stiegen hinunter! Ich habe direkt Mitleid bekommen, was die andern Gefangenen für eine Angst ausgestanden haben. Ich habe sie doch durch die Gitter beobachten können. Also Gesichter – eine Angst –, das hat der Mensch noch nicht gesehen! Solche Gesichter!«

Vor lauter Erregung goß sich der Barmann ein Gläschen Whisky ein und kippte es.

»Ich kann ihnen das nicht übelnehmen. Denken Sie sich, Sie haben ein paar Tage abzusitzen – und auf einmal kommt eine Lynchrotte! Da hätte wohl jeder Angst, daß die den Falschen erwischt.«

»Das sag' ich ja eben. Ich hatte Mitleid und bin mit der ganzen Rotte in Zelle vier. Da stand der Nigger, die Augen halb zu, als wär' er besoffen. Einer von den Hauptkerlen schlug ihn nieder; er stand wieder auf; da hat ihm ein anderer einen Schlag versetzt, da ist er vornüber gestürzt, mit der Stirn grad auf den Zementboden. Und wissen Sie, was ich mir denke?« – Mike lehnte sich über die Bar und klopfte mit dem Zeigefinger bedeutsam auf das polierte Holz – »Der Hieb hat ihn getötet; das ist meine Idee. Ich habe doch geholfen, ihm die Kleider abziehen – da hat er schon keinen Mucks mehr getan! Und wie wir ihn in die Höhe gezogen haben, hat er auch gar nicht gezappelt; das hätte er doch gemußt. Nein, Herr – ich bin wirklich überzeugt, er war während der ganzen Prozedur schon tot.«

»Am Ende kommt es ja doch auf das gleiche heraus.«

»Nein, eben nicht. Was man tut, soll man richtig machen – er hätte es bis zum Abschluß erleben müssen.«

Mike griff in die Tasche und brachte einen blauen Tuchfetzen zum Vorschein.

»Das ist ein Stück von der Hose, die er angehabt hat.«

Der Barmann beugte sich dicht über den Stoff, hob dann den Kopf mit einem Ruck: »Ich zahl' Ihnen einen Dollar!«
»Das werden Sie nicht.«
»Schön. Ich zahl' Ihnen zwei – für die Hälfte davon.«
Mike sah ihn argwöhnisch an. »Wozu wollen Sie denn das?«
»Geben Sie mir mal Ihr Glas, trinken Sie eins auf meine Rechnung! Das hänge ich hier an die Wand, darunter ein Kärtchen, damit die Gäste wissen, worum es sich handelt. So etwas sehen sie gern.«
Mike sägte mit seinem Taschenmesser das Stück Tuch in zwei gleiche Teile und nahm von dem Barmann zwei Silberdollar.
»Ich habe einen Bekannten«, sagte der kleine Herr, »der hat einen Druckapparat; der druckt mir ein Kärtchen dazu, macht sich gut, meinen Sie nicht? Ob der Sheriff jemanden verhaften wird?«
»Noch schöner! Wird sich doch keine Unannehmlichkeiten zuziehen wollen. Unter dem Publikum und der Rotte heut nacht waren fast lauter Wähler. Sobald die alle verschwunden sind, wird der Sheriff erscheinen, den Nigger herunterschneiden und Ordnung machen.«
Das Barmännchen sah nach der Tür.
»Ich habe mich ganz entschieden verrechnet; niemand hat anscheinend Durst. Es ist spät.«
»Ja, ich gehe jetzt auch, ich bin müde.«
»Wohnen Sie im Süden? Dann kann ich ein Stück mit Ihnen gehen. Ich wohne S 8«, gab er den Häuserblock an.
»Und ich S 6 – grade zwei Blocks vorher! Daß wir uns noch nie begegnet sind! Sie kommen auf Ihrem Weg hierher doch direkt bei mir vorbei!«
Der Barmann spülte Mikes Glas aus, band seine Schürze ab, nahm Mantel und Hut und knipste bei der Tür das rote Neonlicht und die Beleuchtung aus. Einen Augenblick standen sie vor dem Haus und sahen zurück nach dem Park. Kein Laut drang mehr herüber. Die Stadt lag wie ausgestorben. Nur in der Ferne leuchtete noch ein Wachmann mit der Taschenlampe die geschlossenen Schaufenster ab.
»Sehen Sie«, sagte Mike: »Als ob überhaupt nichts passiert wäre!«
»Wenn die Hauptkerle noch trinken gegangen sind, sind sie sicher in ein anderes Lokal.«

»Das habe ich mir gleich gedacht«, sagte Mike.
Sie gingen die Straße gradeaus und bogen dann nach Süden.
»Mein Name ist Welch«, stellte der Barmann sich vor, ich wohne erst seit etwa zwei Jahren hier.«
»Komisch . . .« sagte Mike, »es ist doch komisch . . .«, und wieder befiel ihn das Gefühl der Verlassenheit. »Ich bin in dem Haus geboren, wo ich jetzt noch wohne, genau in demselben Haus. Ich bin verheiratet, Kinder habe ich keine. Meine Frau ist auch von hier. Hier kennt uns jeder.«
Sie gingen weiter. Die Geschäftshäuser des Zentrums ließen sie hinter sich. Hübsche Häuser mit Gärten und Rasen davor säumten nun eine Allee. Schwarz lagen die Schatten der hohen Bäume unter der Straßenbeleuchtung. Zwei nächtliche Hunde, einander beschnuppernd, liefen vorüber.
Welch sagte sanftmütig: »Ich möchte bloß wissen, was für ein Mensch das war – ich meine, der Nigger.«
Mike, aus einsamem Brüten: »In den Zeitungen hat gestanden, er wäre ein Unhold; ich habe die ganze Presse gelesen. Ein Unhold, das haben alle gesagt.«
»Ich habe es auch gelesen. Es wundert mich eigentlich. Ich habe ganz nette Nigger gekannt.«
»Ich habe selber die nettesten Nigger gekannt«, erregte sich Mike, »ich habe mit Niggern im selben Betrieb gearbeitet; die waren so anständig wie nur irgendein Weißer. Da war aber auch ein Unhold dabei.«
Seine Heftigkeit schüchterte Welch etwas ein, aber dann fing er wieder an: ». . . was für ein Mensch das war – wissen Sie aber wohl nicht?«
»Nein. Er stand da, das Maul geschlossen, die Augen fest zu, und die Hände, die hingen halt an der Seite herunter. Dann hat er den Hieb bekommen; ich hab' die Idee, er war schon tot, wie wir ihn hinausgeschleppt haben.«
Welch hielt sich dicht an den Vorgärten.
»Hübsche Anlagen hier«, meinte er, »muß eine Menge Geld kosten, sie so instand zu halten.«
Seine Schulter rührte an Mikes Arm; es war, als dränge er sich an ihn.

»Ich habe noch nie bei so einem Lynchen zugesehen. Was fühlt man denn da – hinterher?«
Mike wich vor der Berührung zur Seite.
»Hinterher? Gar nichts.«
Er senkte den Kopf und beschleunigte seinen Schritt; der kleine Barmann kam ihm kaum nach. Es wurde dunkler, die Straßenbeleuchtung spärlicher, und Mike traute sich mit der Sprache heraus.
»Man kommt sich vor wie aufgefressen, so ganz erschlafft. Aber doch befriedigt, wie wenn man etwas Gutes verrichtet hätte. Und müde; man möchte am liebsten gleich einschlafen.«
Seine Schritte verlangsamten sich.
»Sehen Sie, da ist noch Licht bei uns, in der Küche! Meine Alte wartet auf mich.«
Er blieb vor dem kleinen Haus stehen.
Welch stand nervös neben ihm.
»Beehren Sie mich, bitte, bald wieder mit Ihrem Besuch; das Bier hat Ihnen doch geschmeckt? Wir haben bis Mitternacht offen. Freunde werden besonders zuvorkommend bedient.«
Damit verschwand er im Dunkel wie eine alte Maus.
»Gute Nacht!« rief Mike hinter ihm her und ging ums Haus zum rückwärtigen Eingang.
Seine Frau saß dünn und verärgert vor dem angezündeten Gasofen. Als Mike eintrat, sah sie ihn erst nur vorwurfsvoll an. Dann aber fuhr sie auf, faßte ihn scharf ins Auge.
»Du warst bei einer Frau!« stieß sie heiser hervor. »Mit welchem Frauenzimmer hast du dich herumgetrieben?«
Mike lachte.
»Du bist mir ja eine Schlaue! Eine ganz Geriebene bist du! Wie kommst du bloß auf die Idee, ich wäre bei einem Mädchen gewesen?«
»Meinst du, das merke ich nicht?« fuhr sie wütend los. »Ich seh' dir das an der Nase an, an den Augen – und überhaupt! Du warst mit einem Weibsbild zusammen!«
»Also schön«, sagte Mike, »wenn du so schlau bist und alles besser weißt, dann erzähl' ich dir überhaupt nichts. Dann kannst du es in der Früh im Morgenblatt lesen.«

Ein Zweifel stieg in ihr auf.
»Der Nigger?« fragte sie. »Haben sie ihn geholt? Es hieß allgemein, sie würden ihn holen.«
»Du bist ja so gescheit; gib dir nur selber die Antwort! Von mir hörst du nichts.«
Er ging durch die Küche ins Bad.
An der Wand hing ein kleiner Spiegel. Mike nahm seine Mütze ab und betrachtete sein Gesicht.
»Weiß Gott, sie hat recht«, dachte er dann. »Genau so ist mir's zumute.«

Folgendes begab sich vor einer Reihe von Jahren in Zentralkalifornien in der Gegend von Monterey. Der Canyon del Castillo ist eine der vielen Schluchten der Santa-Lucia-Kette, von dem aus mehrere kleinere buschreiche, eichenbewachsene ›Arroyos‹ tief in das Bergmassiv einschneiden. An der Mündung des Canyons erhebt sich ein mächtiges Kastell mit Strebepfeilern und Türmen wie eine Ritterburg. Bei genauer Betrachtung erkennt man, daß Tore, Türme, Gesimse und Schießscharten unter dem Einfluß der Witterung und der Zeit mächtig gelitten haben, wie ihr Sandstein zernagt und zerfressen ist. Aus der Ferne merkt man davon nichts.
Unterhalb des Kastells, fast auf der Sohle des Canyons, steht ein altes Ranchhaus mit moosüberwachsenem Stall und windschiefer Scheuer, und wenn der Wind nachts vom Kastell herabbraust, schlagen Fensterläden und Türen und kreischen in ihren verrosteten Angeln. Selten betritt jemand das Haus. Nur hie und da trampelt eine Schar Buben durch die kahlen Räume, späht in die leeren Verschläge und Kammern und fordert mit lautem Geschrei die Gespenster heraus, an die sie nicht glaubt.
Jim Moore, der Besitzer, sieht es nicht gern, wenn sich Kinder ums Haus herumtreiben. Dann sprengt er von seiner neuen Besitzung ein Stück weiter unterhalb eilig heran und vertreibt die Vorwitzigen. Überall an der Umfassung sind Tafeln ›Eintritt verboten‹ befestigt. Manchmal hat Mr. Moore schon daran gedacht, das alte Haus abzureißen, allein eine starke Verbundenheit mit jedem der schlagenden Türflügel, den öden, blinden, verlassenen Fenstern hinderte ihn, sein Vorhaben auszuführen. Er würde damit ein Stück seines Lebens zerstören. Wenn er mit seiner stattlichen und immer noch schönen Frau in die Stadt kommt, dreht sich alles nach ihnen um. Das weiß er, und er ist stolz darauf.

Jim Moore ist in dem alten Hause geboren und aufgewachsen. Er kennt die Maserung jedes einzelnen Bretts in der Stallwand und jede blanke Stelle der Raufen und Futterkrippen. Mit dreißig Jahren hatte er seine Eltern verloren und die errungene Selbständig-

keit dadurch bekräftigt, daß er sich einen Bart stehen ließ, alle Schweine verkaufte und sich entschloß, nie wieder welche zu halten. Statt dessen erstand er einen prächtigen Guernsey-Bullen, um damit seinen Viehbestand zu verbessern. Gleichzeitig fing er an, an Samstagabenden nach Monterey zu reiten, wo er in den ›Drei Sternen‹ mit munteren Dirnen trank und sich unterhielt.
Kaum ein Jahr war seit dem Tode der Eltern verflossen, als Jim sich mit Jelka Sepic vermählte. Sie war die Tochter eines arbeitsamen, etwas schwerfälligen Farmers aus dem Pine Canyon. Die neue Verwandtschaft, die vielen Schwägerinnen, Vettern und Cousinen gefielen Jim zwar recht wenig, doch Jelkas Schönheit begeisterte ihn. Ihre Augen waren groß und staunend wie die einer Wildkatze, ihre Nase schmal, gerade und zart, die Lippen weich und voll, aber was Jim am meisten berückte, war ihre Haut; jede Nacht überwältigte sie ihn wie beim ersten Mal.
Jelka war sanft, freundlich und still, eine gute Hausfrau, und oft dachte Jim Moore empört an den Rat, den ihm sein Schwiegervater am Hochzeitsabend gegeben hatte. Da hatte der Alte, angesäuselt vom Hochzeitsbier, ihm einen vertraulichen Stoß in die Rippen versetzt, und die schwarzen Äuglein unter den gedunsenen, runzligen Lidern hatten ihm zugezwinkert: »Laß dich bloß nicht zum Narren halten, mein Söhnchen, Jelka ist kein amerikanisches Girl, sie ist ein serbisches! Wenn sie schlimm ist, verdresche sie! Und wenn sie zu lang brav ist, drisch sie wieder! Ich habe ihre Mutter verdroschen, mein Vater hat meine Mutter verdroschen. Das ist kein Mann, der nicht diesen Weibern den Teufel herausprügelt.«
»Ich schlage Jelke nicht«, hatte Jim geantwortet.
Der Alte hatte gekichert, ihm noch einen Rippenstoß versetzt.
»Wirst schon sehen; sei kein Schaf!« hatte er gewarnt und sich wieder zum Bierfaß getrollt.
Bald hatte Jim heraus, daß Jelka wirklich kein amerikanisches Mädchen war. Sie war sehr ruhig, sprach nie von sich aus; auf seine Fragen antwortete sie sanft und kurz. Sie ›lernte‹ ihren Eheherrn, so wie man Bibelsprüche lernt. Kaum waren sie verheiratet, als Jim schon keinen seiner gewohnten Wünsche zu äußern vermochte, den sie nicht bereits erfüllt hatte. Sie war ein gutes Eheweib,

aber keine Gesellschaft. Sie plauderte nie. Lächelte er, so lächelte sie zurück, ein verhaltenes, entrücktes Lächeln.
Stricken, Stopfen und Nähen gingen bei ihr ununterbrochen. Sie saß und schaute voll Stolz und Bewunderung auf ihre kleinen weißen Hände, die sich auf solch schöne und nützliche Dinge verstanden. In all ihrem Tun war sie so animalisch, daß ihr Jim mitunter den Hals und den Kopf strich und tätschelte – nicht anders als einem Roß.
In der Hauswirtschaft bewährte sich Jelka vorzüglich. Ganz gleich, um welche Zeit Jim von der heißen, trockenen Ranch oder unteren Farm nach Hause kam, stets war das Essen, pünktlich und dampfend, für ihn bereit, und wenn er es dann verzehrte, sah sie ihm zu, schob ihm die Platten hin und füllte sein Glas, sobald es geleert war.
In der ersten Zeit hatte er ihr erzählt, was sich auf der Farm ereignete; sie aber hatte dazu nur gelächelt, nicht anders, als sei sie ein Fremder, den all dies nichts anging und der nur nicht unhöflich scheinen wollte.
»Der Bulle hat sich am Stacheldraht gerissen«, berichtete er.
Darauf sagte sie: »Ja.«
Dabei senkte sie ihre Stimme und setzte so seiner Mitteilsamkeit eine Grenze, über die er niemals hinüberkam. Es führte kein Weg zu ihr, merkte er bald. Hatte sie ein eigenes Leben? Und würde er je daran teilhaben? Es schien unmöglich; denn in ihrem Verhalten war keine Absicht zu spüren und kein Bewußtsein, und ihre Blicke waren nicht feindselig. Nachts streichelte er ihre Haare und die süßen goldbraunen Schultern; sie gab dabei leise, langgezogene Lusttöne von sich. Doch auf dem Höhepunkt der Umarmung schien sie ihr eigenes Leben zu führen, ein hitziges, wildes und leidenschaftliches. Unvermittelt glitt sie danach wieder in ihre Rolle der emsigen, pflichttreuen Hausfrau.
»Warum redest du nie mit mir?« fragte er. »Willst du nicht?«
Sie sagte: »O ja. Was willst du, daß ich reden soll?«
Sie sprach die Sprache seines Landes, aber in einem fremden Geist.
Nach einem Jahr sehnte sich Jim nach seiner früheren Damengesellschaft, ihrem munteren Geschwätz, den lustigen schrillen Schimpfereien, dem angenehm ordinären Tratsch. Er fing wieder

an, in die Stadt zu gehen, zu trinken und mit den munteren Dirnen in den ›Drei Sternen‹ herumzuscherzen. Sie mochten ihn, weil er so sicher dreinschaute und so gern lachte.
»Wo ist deine Frau?« pflegten sie ihn zu fragen.
»Daheim im Stall.«
Der Witz schlug jedesmal ein.
Samstags nach Tisch sattelte er ein Pferd, steckte eine Flinte in die Tülle für den Fall, daß ihm ein Reh vor den Lauf käme, und fragte sie wie gewöhnlich: »Es macht dir nichts aus, allein zu bleiben?«
»Nein, es macht mir nichts aus.«
Einmal fragte er: »Und wenn jemand kommt?«
Darauf ein flüchtiger Blick, scharf, forschend, kurz – dann ein Lächeln: »Ich schicke sie weg.«
»Morgen gegen Mittag bin ich zurück. Um nachts zurückzureiten, ist es zu weit.«
Er spürte, daß sie es wußte, wohin er ging. Aber sie hatte nie eine Widerrede, zeigte nie die geringste Verstimmung.
»Du solltest ein Kind haben«, sagte er.
Sie leuchtete auf.
»Gott wird einmal gnädig sein«, versicherte sie.
Ihre Einsamkeit machte ihm Sorgen. Wenn sie nur mit den andern Frauen im Tal auf Besuchsfuß stünde! Aber sie war nicht für Besuche zu haben. Einmal im Monat schirrte sie Pferde an den Wagen und fuhr zu den Eltern, wo sie den Nachmittag mit der ganzen Geschwister- und Vetternschar zubrachte.
»Reizende Unterhaltung!« spottete Jim: »Dieses Gegacker in eurer verrückten Sprache den ganzen Tag! Dieses Gekicher mit deinem langen Vetter, dem mit dem schüchternen Gesicht – viel Vergnügen! Wenn du nicht so eine musterhafte Frau wärst, ich würde dich weiß Gott eine ganz verdammte Ausländerin nennen!«
Und er dachte daran, wie sie über dem Brot, eh sie es anschnitt, das Kreuzzeichen machte; wie sie jeden Abend neben dem Bett niederkniete. Er dachte an das Heiligenbild, das sie im Schrank angenagelt hatte.
An einem stauberfüllten Samstag im Juni fällte Jim Eichen im Farmwald. Der Tag war heiß und wollte kein Ende nehmen. Es wurde nach sechs, bis endlich der Traktor die letzte Tracht Eichen

abschleppte. Jim fuhr die Rattermaschine in den Stallhof, versorgte sie in dem Geräteschuppen und ließ die Pferde hinauf auf die Wiese, damit sie dort über Sonntag grasen konnten. Als er die Küche betrat, stellte Jelka das Abendessen für ihn auf den Tisch. Er wusch sich Gesicht und Hände, nahm Platz.

»Müde«, stöhnte er voll Behagen, »aber ich denke, ich werde doch noch ein bißchen nach Monterey gehn. Es ist heut Vollmond.«

Sie lächelte sanft.

»Weißt du was?« schlug er ihr vor: »Wenn es dir recht ist, schirre ich an und nehme dich mit!«

Sie schüttelte den Kopf und lächelte wieder.

»Nein. Jetzt sind die Läden zu; ich bleibe lieber daheim.«

»Wie du willst; dann sattle ich also das Pferd. Ich hatte erst gar nicht die Absicht und habe die ganze Koppel auf die Weide gelassen. Aber ich werde mir schon eines einfangen. Willst du wirklich nicht mit?«

»Wenn es nicht schon so spät wäre, könnte man Kommissionen machen, aber bis du dort bist, ist es ja zehn!«

»O nein! Zu Pferd bin ich sicher schon kurz nach neun dort!«

Sie lächelte vor sich hin. Ihre Augen suchten in den seinen, ob sich nicht irgendein Wunsch rege, den sie erfüllen könne.

Vielleicht nur aus Müdigkeit fragte er: »Woran denkst du jetzt?«

»Woran ich denke? Wie wir jung verheiratet waren, hast du mich das fast jeden Tag gefragt.«

»Ja, aber woran denkst du jetzt wirklich?« fragte er gereizt.

»An die Eier unter der schwarzen Henne.« Sie ging zur Wand, an der ein großer Kalender hing, und sah nach.

»Morgen, spätestens Montag müssen sie ausschlüpfen.«

Es begann schon zu dunkeln, als er sich endlich rasiert, den blauen Cheviotanzug und die neuen Stiefel angelegt hatte. Jelka hatte inzwischen das Geschirr gespült und versorgt. Als Jim durch die Küche kam, fiel ihm auf, daß Jelka beim Fenster saß, wo sie an einem braunen Wollsocken strickte; die Lampe hatte sie von dem gewohnten Ort auf ein Tischchen beim Fenster gestellt.

»Warum sitzest du hier? Du strickst doch sonst immer drüben. Komisches Zeug treibst du manchmal!«

Langsam hob sie die Augen von ihren Händen.

»Der Mond«, sagte sie ruhig. »Es ist heute Vollmond, hast du gesagt. Ich will ihn aufgehen sehen.«
»Du bist ja kindisch! Das Fenster geht doch nach Westen. Kennst du dich nicht in den Himmelsrichtungen aus?«
Sie lächelte wie entrückt.
»Ich werde zum Schlafzimmerfenster hinaussehen.«
Er setzte den schwarzen Hut auf und ging. Im dunklen leeren Stall nahm er einen Halfter vom Haken. Beim grasigen Hang machte er halt und pfiff. Die Pferde hörten zu grasen auf und näherten sich langsam. In einer Entfernung von etwa zwanzig Schritt blieben sie stehen. Vorsichtig ging er auf eine braune Stute zu und strich ihr über die Mähne und klopfte ihr leise Flanken und Hals. Der Halfterverschluß schnappte. Jim führte das Pferd zum Stall, wo er ihm Sattel und Saumzeug auflegte. Als er damit fertig war, nahm er den Halfter ab und führte das Pferd vor das Haus.
Auf den Hügeln im Osten lag eine rötliche Strahlenkrone. Eh noch der Tag aus dem Tale entschwunden war, mußte der Mond über dem Berge sein.
Jelka strickte noch in der Küche beim Fenster. Jim nahm seinen 30/30er-Karabiner aus der Zimmerecke, stieß die Patronen ins Magazin.
»Der Mond färbt schon die Höhen«, rief er. »Wenn du sehen willst, wie er aufgeht, gehst du jetzt am besten hinaus, Jelka; er wird prächtig rot!«
»Gleich«, sagte sie, »ich will das nur noch zu Ende bringen.«
Er ging zu ihr und strich das schmale Köpfchen.
»Gute Nacht. Morgen mittag bin ich wieder zurück.«
Ihre umschatteten Augen folgten ihm bis zur Tür.
Er gab sein Gewehr in die Satteltülle, schwang sich in den Sattel und ritt das Tal hinauf. Zu seiner Rechten hinter den schattenden Hügeln kam der Mond schnell empor. Das zwiefache Licht des scheidenden Tages und des aufgehenden Mondes verschärfte alle Konturen und ließ die Flächen geheimnisvoll glühen. Die Eichenwipfel schimmerten; tief schwarz wie Sammet breiteten sich die Schatten am Boden. Halb links vor Jim bewegte sich der riesige Schatten eines langbeinigen Pferdes, übergroß saß ein Reiter darauf. Aus nahen und fernen Höfen drang das Abendgebell von

Hunden, junge Hähne krähten einem verfrühten, vermeintlichen Sonnenaufgang entgegen. Jim setzte die Stute in Trab.
Widerhall des munteren Hufschlags tönte vom Kastell hinter ihm her. Er dachte an die blonde May aus den ›Drei Sternen‹ in Monterey.
»Ich komme zu spät«, dachte er, »sicher hat sie jetzt schon jemand anders.«
Der Vollmond stand über der Höhe.
Als Jim eine Meile geritten war, vernahm er Hufschläge, die im Galopp ihm entgegenkamen.
Dicht vor ihm hielt der Reitersmann an.
»Bist du es, Jim?«
»Hello, George!«
»Grad wollte ich zu dir, um dir zu sagen – du kennst doch die Quelle oben an meinem Grundstück?«
»Natürlich. Und?«
»Ich war heut nachmittag oben. Da war ein erloschenes Lagerfeuer und drin der Kopf und die Füße von einem Kalb. Die Haut war halb verbrannt. Ich zog sie heraus. Sie hat euer Zeichen.«
»Verflucht! Mein Zeichen? Wie alt mag das Feuer sein?«
»Der Boden unter der Asche war noch nicht ganz kalt, also wohl von vergangener Nacht! Entschuldige Jim, daß ich nicht mit dir kann; ich hab' in der Stadt zu tun. Ich wollte es dir nur mitteilen; da kannst du dich ja einstweilen umsehen!«
»Hast du eine Ahnung, um wieviel Leute es sich wohl handelt?«
»Ich habe nicht genau nachgesehen.«
»Das werde ich selber. Wollte eigentlich auch in die Stadt, aber wenn Diebe am Werk sind – ich will nicht noch mehr von meiner Herde verlieren. Darf ich über dein Land? Ich kann auf diese Weise ein ganzes Stück abschneiden.«
»Ich käme gern mit, aber ich muß wie gesagt in die Stadt. Hast du ein Gewehr mit?«
»Gewiß, hier unter meinem Bein! Danke für deine Mitteilung!«
»Schon gut. Du kannst über mein Land reiten, soviel du willst, gute Nacht!«
Der Nachbar wandte sein Roß und galoppierte den Weg, auf dem er gekommen, zurück.

Jim hielt im Mondlicht, sah nachdenklich einen Augenblick auf seinen hochbeinigen Schatten, zog dann den Karabiner aus dem Halterohr, lud und entsicherte ihn und hielt ihn quer über dem Sattelknauf in Bereitschaft. Dann bog er links von dem Weg ab, durch einen Eichenschlag, ritt über einen grasigen Buckel hinüber und jenseits in das nächste Tal.
Eine halbe Stunde später hatte er das verlassene Lager gefunden. Er drehte den schweren Kopf des geschlachteten Kalbes herum, fühlte die Zunge, um an dem Grade der Trockenheit festzustellen, wie lang das Tier schon tot sei, steckte ein Streichholz an und sah nach dem Zeichen auf der halbverbrannten Haut, bestieg dann wieder sein Pferd und ritt über den kahlen Grasbuckel hinüber nach seiner Farm.
Warmer Sommerwind wehte über die Höhen. Der Mond hatte von seiner Röte verloren; er hatte die Farbe von starkem Tee und schon das erste Viertel seiner Bahn hinter sich. Kojoten schrien; die Hofhunde der Ranchhäuser beteiligten sich mit herzzerreißendem Heulen an ihrem Konzert.
Im Mondlicht ließ sich das dunkle Grün der Eichen und das Gelb der Sommergräser deutlich erkennen.
Jim folgte dem Geläute der Kuhglocken seiner Herde, fand sein Vieh friedlich beim Grasen und mitten unter ihm äsendes Rotwild. Gespannt horchte er, ob ihm der Wind den Schall von Hufen oder Stimmen von Männern herübertrüge. Er hörte nichts.
Kurz nach elf wandte er sein Pferd und ritt um den Westturm des Sandsteinkastells zum heimischen Stall. Bald sah er das Dach und dahinter sein Haus. In den Scheiben des Schlafzimmers spiegelte sich der Vollmond.
Als er zur Weide kam, hoben die ruhenden Pferde die Köpfe; ihre Augen schimmerten rötlich.
Kurz vor der Umzäunung des Pferchs hörte Jim im Stall Pferdegestampf. Seine Hand riß die Stute zurück. Er lauschte. Da, schon wieder! Ganz deutlich. Ja – es kam aus dem Stall. Er hob seinen Karabiner und stieg leise ab; seinem Roß ließ er freien Lauf und schlich in den Stall.
In der Dunkelheit hörte er nur das Malmen von Pferdezähnen beim Käuen. Langsam ging er durch den Mittelgang nach dem be-

setzten Stand, horchte einen Moment, dann rieb er ein Zündholz am Karabinerschaft an. In der Box stand, gezäumt und gesattelt, ein Pferd. Kandare und Trense waren ihm aus dem Maul genommen und hingen herunter. Nun hielt es mit Fressen inne und wandte den Kopf zum Licht. Jim blies das Streichholz aus und verließ rasch den Stall.

Er sitzt auf dem Rand der Tränke, er sieht in das Wasser. Seine Gedanken jagen; er kann sie nicht fassen, wenn er sie nicht in Worte kleidet, sie vor sich hinspricht: »Soll ich durchs Fenster sehen? Nein. Mein Kopf würde seinen Schatten ins Zimmer werfen . . .« Er musterte den Karabiner, den vielbenutzten, den blanken Lauf, der wie Silber glänzt.

Endlich steht er entschlossen auf und geht rasch auf das Haus zu. Seine drei Hunde kommen hinter dem Hause hervor, schütteln und dehnen sich, schnuppern, wedeln und wenden sich wieder zu ihrem Lager. An den Holzstufen angelangt, probiert er mit ausgestrecktem Fuß jedes Brett, bevor er ihm sein Gewicht anvertraut. Nichts knarrt, nichts verrät sein Kommen.

Die Küche ist finster, aber Jim kennt jedes Stück und weiß, wo es steht. Er fühlt die Tischkante, eine Stuhllehne . . . den Handtuchständer . . . So leise durchquert er den Raum, daß er seinen eigenen Atem hört, das Ticken der Taschenuhr in seinem Rock . . . Die Schlafzimmertür steht offen und läßt einen Zipfel Mondschein auf den Küchenboden. Jim späht durch die Tür.

Mondlicht liegt auf dem weißen Bett. Jelka liegt auf dem Rücken, den weichen nackten Arm über Augen und Stirn. Wer der Mann ist, kann Jim nicht sehen; der Kopf ist nach der andern Seite gewandt.

Nun zuckt Jelka im Schlaf. Der Mann wirft den Kopf herum, stöhnt leise – es ist Jelkas Vetter, der lange schüchterne Vetter.

Jim wendet sich, geht auf den Fußspitzen aus dem Zimmer und durch die Küche, die Stufen hinab in den Hof und wieder zur Tränke.

Wieder sitzt er am Brunnenrand. Der Mond ist weiß wie Kalk; er schwimmt im Wasser, beleuchtet Halme und Körner, die den Pferden beim Saufen aus den Mäulern gefallen sind. Jim sieht die Moskitos tanzen, auf und ab, hin und her, über dem Brunnen, im

Spiegel des Wassers, und sieht auf dem Grunde des Trogs junges, frischgewachsenes Moos.
Er schluchzt. Harte, trockene, kleine weinende Töne ... er wundert sich selber, warum ...? Mit seinen Gedanken war er doch eben noch auf den grasigen Höhen, bei weltabgeschiedenen Gipfeln, über die der Sommerwind frei dahinfegt ...
Er sieht in Gedanken seine Mutter, wie sie den Eimer hielt, um das Blut aufzufangen, wenn der Vater ein Schwein schlachtete ... das hatte ihn als Kind sehr beschäftigt. Sie stand so weit weg wie nur möglich, hielt den Eimer mit weit ausgestreckten Armen von sich ab, damit ihr Kleid keine Blutspritzer bekam.
Er taucht die Hand in den Brunnen, zerbricht den Mond und quirlt ihn zu wirbelnden Lichtströmen. Er kühlt sich die Stirn mit den nassen Händen, steht auf ...
Er geht jetzt nicht mehr vorsichtig auf Zehen über die Dielen und durch die Küche. Er steht mitten im Schlafzimmer. Jelkas Arm regt sich. Sie öffnet die Augen ein wenig – und reißt sie weit auf. Sie glitzern feucht. Jim sieht sie an, doch sein Gesicht ist leer, ohne Ausdruck. Aus Jelkas Nase rinnt ein Tröpfchen und bleibt in ihrem Mundwinkel hängen. Sie starrt Jim an.
Er spannt den Hahn seines Gewehrs. Es ist, als töne der Anschlag durchs ganze Haus. Der Mann auf dem Bett bewegt sich im Schlaf. Jims Hände beben. Er hebt das Gewehr zur Schulter, zieht es fest an, um sicher zu zielen. Über Kimme und Korn sieht er den schmalen hellen Fleck zwischen den Brauen und dem Haaransatz des Mannes. Einen Moment schwankt der Lauf, dann steht er unverrückt. Der Schuß kracht.
Jim scheint noch immer zu zielen. Er sieht vor dem Karabinerlauf das Bett wanken und in der Stirne des Mannes ein kleines schwarzes blutloses Loch und dahinter das Kissen, rings um die Ausschußstelle, von Blut, Hirn, Knochen bespritzt. Jelkas Vetter verröchelt. Es gurgelt aus seiner Kehle. Gleich großen Spinnen kommen seine Hände unter den Decken hervorgekrochen, wandern einen Moment herum, zucken und fallen zusammen.
Jim richtet langsam die Augen auf Jelka. Ihre Nase läuft. Ihre Augen irren von Jim auf die Gewehrmündung. Sie wimmert; es ist eher ein kaltes, gefühlloses Winseln wie von einem gerade geworfe-

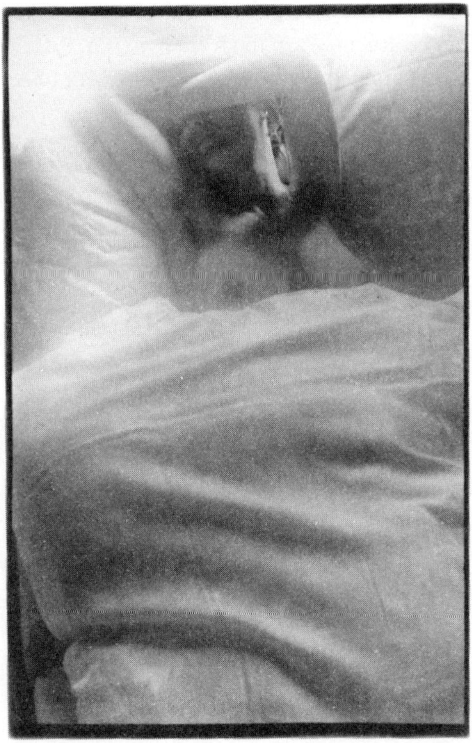

nen jungen Hund. Verstört wendet Jim sich ab; er rennt. Seine Absätze knallen auf dem Küchenboden. Dem Hause entronnen, verlangsamt er seinen Schritt. Ein Geschmack wie von Salz steigt ihm aus der Kehle. Sein Herz krampft sich zusammen. Er steht wieder beim Brunnentrog, beugt sich nieder, taucht den Kopf ins Wasser. Wie er sich aufrichten will, reißt es ihn nach der andern Seite, und er erbricht sich.

Im Haus hört er Jelka herumgehen, hört noch immer ihr kaltes Hundegewinsel.

Schwindlig und schwach richtet er sich empor, geht müde, abgespannt durch den Pferch zur Weide. Sein gesatteltes Roß kommt auf den Pfiff. Wie im Schlaf zieht er den Gurt fest, steigt auf und reitet das Tal hinan. Unter ihm, schwarz und gedrungen, rennt der Schatten mit.

Im Morgengrauen ratterte ein zweispänniger Rollwagen in den Ranchhof. Die Hühner stoben nach allen Seiten. Auf dem Bock saß der Sheriff mit dem Leichenbeschauer. Jim Moore im Wagenkasten an seinen Sattel gelehnt; die Stute lief müd hinterher. Der Sheriff zog die Bremse an, schlang die Zügel um den Bremsgriff; die drei stiegen ab.
»Muß ich mit hinein?« fragte Jim, »ich bin so kaputt, ich kann das jetzt nicht ansehen.«
Der Leichenbeschauer zupfte an seiner Unterlippe.
»Nicht nötig«, meinte er nachdenklich, »wir besorgen das schon allein.«
Jim wankte zum Brunnentrog.
»Nur zur Abkühlung . . .« lallte er, »Sie erlauben doch . . .?«
Die beiden Beamten gingen ins Haus, kamen nach wenigen Minuten mit der erstarrten Leiche zurück und hoben sie in den Wagenkasten. Sie war in eine Decke gewickelt. Jim hatte sich wieder erhoben und näherte sich.
»Muß ich jetzt mit Ihnen?«
»Wo ist Ihre Frau?« fragte der Sheriff.
»Ich weiß nicht«, gab Jim matt zur Antwort, »sie muß hier irgendwo stecken.«
»Haben Sie sie ganz bestimmt nicht auch umgebracht?«
»Ich habe sie nicht angerührt. Ich suche sie und bringe sie heute nachmittag zu Ihnen – das heißt, wenn Sie mich nicht gleich mitnehmen.«
»Wir haben Ihre Aussage«, bemerkte der Leichenbeschauer. »Und man hat doch auch schließlich seine Augen im Kopf, nicht wahr, Will?« wandte er sich an den Sheriff. »Natürlich wird die Untersuchung wegen Mord anhängig gemacht, aber man wird sie wohl niederschlagen . . . wie das bei uns in der Gegend in ähnlichen Fällen üblich ist. Nur packen Sie Ihre Frau jetzt nicht allzu hart an, Mr. Moore!«
»Sie wird nicht zu Schaden kommen«, erklärte Jim.
Er sah dem davonfahrenden Rollwagen nach. Dann wandte er sich. Sein Blick fiel auf das Schlafzimmerfenster, in dem die glühende Junisonne sich höhnisch spiegelte. Unwillig stampfte er den Boden und ging langsam ins Haus.

Das Dörfchen Loma liegt auf einem niedrigen kugeligen Hügel, am Ausgang des Salinas Valley, inmitten der mittelkalifornischen Ebene. Im Norden und Osten des Ortes erstrecken sich meilenweit dunkle binsenbewachsene Sümpfe, aber im Süden ist das Land trockengelegt; üppige Gemüsefelder, fette schwarze Erde, Prachtexemplare von Lattich, Blumenkohl und Salat sind der Lohn langwieriger Arbeit. Infolgedessen bildeten die Anrainer und Eigentümer der nördlich des Dorfes gelegenen Sumpfgebiete, denen das wertvoll gewordene Land in die Augen stach, einen lokalen Meliorationsverein. Ich stand damals in Diensten der Firma, die den Auftrag für einen Entwässerungskanal übernommen hatte.

Die schwimmende Baggermaschine war bereits angekommen, montiert und grub sich fressend, bohrend, schöpfend, schüttend und schnaubend quer durch den Sumpf.
Eine Zeitlang wohnte ich in dem schwimmenden Unterkunftshaus bei unsern Arbeitern; dann aber hielt ich es nicht mehr aus. Moskitos hingen in dichten Schwaden über Wohnschiff und Bagger, und nachts verbreitete sich ein pestilenzialischer Gestank vom Sumpf

bis zum Festland. Ich zog ins Dorf in ein möbliertes Zimmer. Von allen möblierten Zimmern, die ich jemals bewohnte, war dieses das trostloseste. Die Vermieterin hieß Mrs. Ratz. Ich hätte mich noch anderweitig umsehen können, aber es schien mir am sichersten, meine Post an die Adresse von Mrs. Ratz schicken zu lassen; sie war zuverlässig. Schließlich kam ich ja nur zum Schlafen in den trostlosen Raum; die Mahlzeiten nahm ich in der Kantine des Wohnschiffs.

Ganz Loma hat kaum zweihundert Einwohner. An der höchsten Stelle des Ortes erhebt sich die Methodistenkirche; meilenweit ist der Kirchturm zu sehen. Die übrigen Gebäude, die öffentliches Interesse beanspruchen, sind zwei Lebensmittelgeschäfte, das alte Haus der Freimaurerloge und vor allem die Buffalo-Bar. Im Norden hausen die Eingeborenen in ihren kleinen Holzhäusern; in der südlichen Ebene wohnen die Grundbesitzer in ihren Villen, deren Areal zum Schutz gegen den heißen Nachmittagswind von hohen Mauern und dichten Zypressenhecken umgeben ist.

An den Abenden kann man in Loma unmöglich etwas anderes anfangen, als in die Buffalo-Bar zu gehen, eine alte Bretterbude mit Schwingtüren und einer markisengedeckten Holzveranda. Weder die Prohibition noch deren Aufhebung konnte an ihrem Geschäftsgang, ihrem Kundenkreis oder der Qualität ihres Whiskys auch nur das mindeste ändern. Jeder männliche Einwohner von fünfzehn Jahren an aufwärts kam im Verlauf jedes Abends mindestens einmal in dieses Lokal, nahm einen Drink, schwätzte ein wenig und ging wieder heim.

Der Eigentümer und Barmann, Fettcarl genannt, begrüßte jeden Gast mit einer phlegmatischen Brummigkeit, die trotz allem etwas Anheimelndes und Gemütliches an sich hatte. Seine Miene war sauer, sein Ton ausgesprochen unliebenswürdig, und doch – ich weiß nicht, wie es kam, ich fühlte mich jedesmal angenehm dankbar davon berührt, wenn er mir seinen Schweinskopf zuwandte und mit einer gewissen Ungeduld grunzte: »Was soll's denn sein?« Dabei gab es bei ihm ausschließlich Whisky und auch davon nur eine einzige Sorte. Ich habe gesehen, wie er sich einmal entschieden weigerte, einem fremden Gast eine Zitrone zur Limonade zu pressen. Solche ›Finessen‹ lagen ihm nicht. Um den Bauch hatte er

ein großes Handtuch gebunden; daran wischte er im Umhergehen immerzu Gläser ab. Sein ›Saloon‹, wie er die Bar nannte, hatte nur einen Bretterboden, der mit Sägemehl bestreut war. Die Bar war ein alter Ladentisch. Die Stühle waren ungepolstert und steif. Den einzigen Wandschmuck bildeten allerhand uralte Plakate von Versteigerungen und Wahlen. Auf einem derselben beschwor ein Sheriff namens Rittal die Wähler noch immer, ihn wiederzuwählen, obwohl er seit sieben Jahren unter der Erde lag.
Die Buffalo-Bar war an sich scheußlich, aber wenn man des Nachts durch die Straßen ging und einem die Sumpfnebel in langen Streifen wie nasse Handtücher ins Gesicht klatschten, war man heilfroh, Fettcarls Schwingtür aufstoßen zu können, Menschen zu sehen, mit ihnen herumzusitzen, zu plaudern und Whisky zu trinken. Man kam von der Buffalo-Bar einfach nicht los.
Gespielt wurde auch, aber nur ein bescheidenes Poker. Und Timothy Ratz, der Mann meiner Wirtin, spielte Solitaire, ein Patiencespiel für eine Person, bei dem er sich selber ständig bemogelte; denn wenn es ›aufging‹, genehmigte er sich einen Drink. Aus diesem Grund mußte das Spiel unbedingt aufgehen, und Fettcarl stand jedesmal mit dem halbgefüllten Glase bereit und fragte nur noch, wenn Timothy ankam: »Was soll's denn sein?«
»Whisky«, sprach Timothy.
In dem langen rechteckigen Raum saßen Farmer und Leute vom Ort bunt durcheinander auf den steifen Stühlen oder standen beim Schanktisch. Im allgemeinen plätscherte die Unterhaltung friedlich und sanft. Nur bei Sportwettkämpfen oder den Wahlen gingen die Wellen höher. Mir grauste davor, das Lokal zu verlassen, hinauszugehen in die stickige nächtliche Nässe, das Schüttern des Dieselmotors der Baggermaschine und das Schürfen der Eimer zu hören und mich in mein Unglückszimmer zurückzuziehen.
Kurz nach meiner Ankunft in Loma hatte ich mich mit einem bildhübschen mexikanischen Halbblut angefreundet. Sie hieß Mae Romero, und oft ging ich abends mit ihr in den Südanlagen spazieren, bis uns der garstige Nebel zurück in den Ort trieb. Wenn ich sie dann nach Hause begleitet hatte, ging ich immer noch auf einen Sprung in die Bar.
So kam ich auch eines Nachts dorthin und unterhielt mich gerade

mit Alex Hartnell, dem Eigentümer einer hübschen kleinen Liegenschaft, über das Fischen von Barschen, als plötzlich die Flügel der Eingangstür flogen; alle Gespräche verstummten.

»Der Bär Johnny!« Alex Hartnell stieß mich an: »Johnny Bear!«

Ich blickte zum Eingang und sah Johnny Bear.

Das war der richtige Name für ihn: der Bär – er sah richtig aus wie ein großer tölpischer, lächelnder Bär. Wenn man seinen dicken Kopf und die hängenden Arme sah, hatte man den Eindruck, daß das Aufrechtstehen bei ihm nur ein Kunststück war, nicht das Normale. Sein Anzug war dunkelblau, seine Beine kurz und krumm, die Füße nackt; im ganzen Salinas Valley hätten sich für sie keine Schuhe gefunden. Sie waren ebenso breit wie lang. Auf seinem Gesicht stand ein freundlich irres Lächeln, und wie man es bei vielen Irren beobachtet, bewegten sich seine Arme ruckweise, stoßweise . . .

So rückte die plumpe Masse in den Saloon, nicht wie ein Mensch, eher wie irgendein lauerndes Nachttier. Beim Bartisch machte er halt. Die kleinen funkelnden Augen gingen von Gast zu Gast.

»Whisky?« fragte er: »Whisky?«

Loma ist kein gastfreier Ort. Da zahlt jemand nur dann für einen andern, wenn er genau weiß, daß der ihm den nächsten Drink zahlt. Ich war aufs höchste erstaunt, als einer der Männer mit größter Selbstverständlichkeit Geld auf den Schanktisch legte. Fettcarl füllte ein Glas, und das Ungetüm leerte es.

»Ja, zum Donnerwetter –«, wollte ich loslegen, da stieß Alex mich an: »Sch-scht!«

Und schon begann das merkwürdigste Schauspiel.

Johnny Bear tappte zur Tür und kam auf allen vieren zurück. Das irre Lächeln stand unverändert in seinem Gesicht. In der Mitte der Bar legte er sich auf den Bauch. Aus seiner Kehle kam eine Stimme – oh, sie war mir nur allzu bekannt, diese Stimme!

Sie sagte: »Aber du bist doch zu schön, um in so einem Drecknest zu leben . . .«

Und nun, in plötzlichem Umschlag, hoch, weich und kehlig, mit leicht mexikanischem Anklang: »Ach, nein, das sagst du bloß so!«

Ich war einer Ohnmacht nah. Das Blut stieg mir in den Kopf. Ich wurde bis über die Ohren rot. Was der Bär da von sich gab, waren meine Worte, die ich am gleichen Abend, vor noch nicht zwei Stunden, gesprochen hatte, und zwar in dem gleichen Tonfall, mit genau derselben Betonung. Und die zweite, die veränderte Stimme war die von Mae; bis ins letzte die Stimme Mae Romeros! Hätte ich nicht das Ungetüm am Boden liegen gesehen, ich hätte Mae Antwort gegeben. So aber fuhr Johnny Bear fort – oder sage ich besser: ich fuhr fort? – O unsere verliebten Albernheiten, wie fürchterlich klingen sie, wenn sie uns aus anderem Munde entgegenströmen! Er – ich – sagte Dinge, unvorstellbar! Langsam wandten sich die Gesichter der Anwesenden von Johnny auf mich. Wie sie grinsten! Und ich konnte unmöglich etwas dagegen tun, konnte es nicht auf einen Faust- oder Ringkampf mit diesem Bären ankommen lassen. Und so ging das Zwiegespräch weiter und weiter bis zu – dem Schluß. Ich dankte meinem Schöpfer, daß Mae keine Angehörigen, keine Brüder hatte! Welch eindeutige, notwendigerweise blamable Worte waren aus Johnny Bears Maul in die Öffentlichkeit von Loma gedrungen!

Endlich erhob er sich, stand mit unverändertem irrem Lächeln aufrecht im Saal und fragte: »Whisky . . . Whisky?«

Ich hatte den Eindruck, die Gäste hatten Mitleid mit mir. Sie sahen diskret beiseite und machten vorsätzlich harmlose Konversation. Der Bär bewegte sich nach hinten, kroch unter einen Spieltisch, rollte sich zusammen und schlief ein.

Alex Hartnell sah mich teilnehmend an.

»Haben Sie ihn noch nie gehört?« fragte er.

»Das ist ja geradezu teuflisch! Was ist denn das überhaupt?«

Er ging nicht gleich auf meine Frage ein.

»Wegen Maes Ruf brauchen Sie sich keine Sorgen zu machen. Es ist nicht das erste Mal, daß Johnny Bear ihr auf diese Art nachgeschlichen ist . . .«

»Aber wieso konnte er uns denn hören? Ich habe doch gar nichts von ihm gesehen!«

»Wenn Johnny auf Streifzügen ist, sieht ihn kein Mensch. Wissen Sie, was unsere Pärchen tun, wenn sie nicht von ihm belauscht werden wollen? Einen Hund nehmen sie mit! Die Hunde wittern seine Nähe und schlagen an.«

»Aber mein Gott, diese Stimmen . . .!«

Alex nickte: »Er ist ein ganz besonderer Fall, allerdings! Wir haben deshalb sogar an einen Universitätsprofessor geschrieben. Der schickte uns einen Assistenten, der sich Johnny Bear ansah. Und dann erzählte er uns von dem ›blinden Tom‹. Haben Sie je von dem blinden Tom gehört?«
Ich erinnerte mich: »Der schwarze Klavierspieler . . .?«
»Ja, ein Psychopath, war kaum imstande, zusammenhängende Sätze zu reden, aber alles, was er nur ein einziges Mal gehört hatte, die längsten Sonaten, ganze Opern, konnte er auf dem Klavier nachspielen. Bedeutende Musiker haben ihm vorgespielt; er spielte es ohne weiteres nach, und zwar bis in die letzte feinste Nuance genau. Um ihn auf die Probe zu stellen, machte ein Musiker absichtlich kleine Fehler – auch diese Fehler hat Tom haargenau nachgespielt, hat sozusagen das ganze Spiel bis in die subtilsten Einzelheiten photographiert. Johnny Bear, erklärte uns der Assistent, ist ein Parallelfall, nur daß er keine Klavierstücke, sondern menschliche Stimmen ›photographiert‹. Der junge Doktor machte mit Johnny noch einen Test, indem er ihm ein großes Stück griechischer Prosa vorsagte. Johnny gab es genau so wieder und versteht natürlich kein Wort Griechisch. Ohne den Inhalt zu fassen, hat er alles richtig wiederholt. Auch von alldem, was er hier vorbringt, versteht er sozusagen nichts; dazu reicht sein Verstand nicht.«
»Warum tut er es denn, das verstehe ich nicht! Weshalb belauscht er die Menschen, wenn er nicht versteht, was sie sagen?«
Alex drehte sich eine Zigarette.
»Whisky – das ist die Lösung des Rätsels. Er weiß, wenn er hierherkommt und wiederholt, was er irgendwo aufgeschnappt hat, findet sich irgendwer, der ihm Whisky zahlt. Er weiß auch, daß er nicht für alles, was er so wiedergibt, Whisky bekommt, zum Beispiel mit dem, was Mrs. Ratz mit ihrer Kundschaft oder Jerry Noland mit seiner Mutter spricht, verdient er sich nichts; das hat er ausprobiert, also schleicht er unter Fenster, hinter Türen und Bäume.«
»Daß ihn noch niemand abgeknallt hat, wenn er so spioniert!« wunderte ich mich.
Alex zog an seiner Zigarette.

»Das haben schon viele versucht, aber man sieht ihn nicht, und ihn fangen, ist ausgeschlossen. Man hält die Fenster verschlossen, aber selbst dann ist man genötigt zu flüstern; er hat ein unerhört feines Gehör. Sie hatten noch Glück, lieber Freund, daß es heut finster war. Wenn er Sie hätte sehen können, hätten Sie noch ein ganz anderes Theater erlebt. Wenn dieser Bär sein Gesicht verzieht und auf einmal wie ein junges Mädchen aussieht – grausig, kann ich Ihnen sagen!«

Ich warf einen Blick unter den Spieltisch. Der Bär lag mit dem Rücken zur Bar. Das Licht fiel auf seine strähnigen Haare. Eine Fliege ließ sich auf seinem dicken Kopf nieder, und – ich schwör's – seine ganze Kopfhaut geriet in das nämliche schauernde Zucken wie das von Pferden, wenn sie von Fliegen belästigt werden! Die verscheuchte Fliege ließ sich ein zweites Mal auf Johnnys Skalp nieder – wieder das gleiche Erschauern!

Auch ich erschauerte, eine Gänsehaut lief mir über den Rücken.

Die Unterhaltung der Gäste plätscherte wieder im gleichen Fahrwasser wie zuvor. Am Tisch neben uns kam man von Windhundrennen und Hahnenkämpfen auf Stierkämpfe zu sprechen.

»Kommen Sie, trinken wir eins!« lud Alex mich ein.

Wir traten zum Schanktisch. Fettcarl, der während der letzten zehn Minuten mit seiner Schürze ein Glas ausgewischt hatte, stellte es vor uns, ein zweites daneben und fragte: »Was soll's denn sein?«

Als keiner von uns beiden antwortete, goß er seinen braunen Whisky ein. Dabei sah er mich grämlich an; seine eine fleischige Augenbraue zwinkerte mir vertraulich zu. Ich weiß nicht warum – ich empfand es als Auszeichnung. Er wies mit dem Kopf nach dem Spieltisch: »Hat Ihnen gegolten, nicht?«

Ich zwinkerte vertraulich zurück: »Nächstes Mal nur mit Hund«, kopierte ich seine abgerissene Ausdrucksweise.

Wir tranken aus und kehrten wieder zu unserem Platz zurück. Timothy Ratz gewann seine Partie, legte die Karten zusammen und ging zum Bartisch.

Johnny hatte sich auf den Bauch gewälzt und spähte mit irrem Lächeln durch den Raum. Sein Kopf bewegte sich wie der eines Höhlenbärs, der eben seinen Schlupfwinkel verläßt. Gleich darauf glitt er hervor und stand mühelos auf. Plump, unförmig und dabei mit unbegreiflicher Leichtigkeit schob er sich unter beständigem Lächeln zum Bartisch.

»Whisky . . .? Whisky . . .?«

Es klang wie der Ruf eines Vogels – ich weiß nicht genau welches Vogels, aber den nämlichen Tonfall – das Intervall zweier aufsteigender Zwitschertöne – muß ich schon einmal im Walde gehört haben: »Whisky . . . Whisky . . .?«

Die Gespräche verstummten, doch niemand trat vor, um Geld auf die Theke zu legen. Der Bär lächelte kläglich.

»Whisky . . .?«

Aus seiner Kehle drang eine keifende Weiberstimme: »Nichts als Knochen, sag ich Ihnen! Zwanzig Cents das Pfund und die Hälfte Knochen!« Hierauf ein Mann: »Gewiß, Ma'am, es ist ein Versehen. Sie sollen noch ein Paar Würstchen dazubekommen.«

Der Bär sah sich erwartungsvoll um.

»Whisky . . .?«

Niemand machte Anstalten zu zahlen. Er wälzte sich bis dicht an eines der Fenster, kauerte nieder.

»Was will er?« wollte ich fragen.

»Psst!« machte Alex. »Er hat in ein Fenster gesehen!«

Eine eisige Frauenstimme ging durch den Raum, knapp, schneidend: »Ich verstehe dich nicht. Bist du ein Scheusal? Nie hätte ich das gedacht. Nie. Bis ich es selber sah.«

Eine zweite weibliche Stimme gab leise, gedeckt, elend, verzweifelt die Antwort: »Vielleicht bin ich ein Scheusal, ich kann mir nicht helfen, ich kann es nicht ändern, ich –«

»Du mußt«, unterbrach kalt die erste, «lieber sähe ich dich tot.«

Ein weiches, rührendes weibliches Weinen drang von den dicken lächelnden Lippen Johnnys, ein Schluchzen hoffnungsloser Verzweiflung. Ich sah auf Alex. Er saß steif, die Augen weit offen und glanzlos. Ich wollte ihn fragen – er winkte ab. Ich sah nach den übrigen Gästen. Sie saßen reglos mit verhaltenem Atem. Das Schluchzen versiegte.

»Hast du nie etwas dergleichen gefühlt, Emalin . . .?«

Bei der Nennung des Namens zuckte Alex zusammen.

»Nie. Nie«, schlug die kalte Stimme zurück.

»Nie in der Nacht? Niemals in deinem Leben?«
»Und wenn«, tönte es in unbarmherziger Kälte, »hätte ich es mir herausgerissen, das Ding, abgeschnitten. Hör auf zu winseln, Amy! Das rührt mich nicht. Wenn du deine Nerven nicht in der Gewalt hast, gehörst du in ärztliche Behandlung. Geh! Bete!«
»Whisky . . .?« lächelte Johnny Bear.
Wortlos gingen zwei Männer nach vorn und legten Geld hin. Fettcarl füllte zwei Gläser. Der Bär kippte eins nach dem andern. Carl füllte ein drittes, ein Zeichen, daß es auch ihn gepackt hatte, ein Freitrunk war in der Buffalo-Bar sonst nicht üblich. Der Bär sah sich mit idiotischem Grinsen um und watschelte, wie er gekommen, hinaus. Die Schwingtüren schlugen hinter ihm lautlos zusammen.
Es kam kein Gespräch mehr auf. Alle schienen mit ihren Gedanken beschäftigt. Einer nach dem andern stand auf und ging allein hinaus. Die Schwingtür kam nicht zur Ruhe. Es zog, Sumpfnebel drang in die Bar. Auch Alex eilte davon. Ich folgte ihm.
Die Nacht war von stickig stinkigen Nebeln erfüllt. Sie klebten am Boden, an Häuserwänden und griffen mit dünnen faserigen Armen ins Leere. Alex Hartnell war so schnell gegangen, daß ich Mühe hatte, ihn einzuholen.
»Ja, was war denn das . . . Was hatte es nur zu bedeuten?«
Ich hatte zuerst den Eindruck, er wolle mir überhaupt keine Antwort geben. Er lief weiter.
Plötzlich machte er halt.
»Wissen Sie«, wandte er sich an mich –, »auch der bescheidenste Ort hat seine – wie soll ich es nennen? –, seine Aristokratie, seine geistige Elite: Leute, die über jeden Tadel erhaben sind. Das sind bei uns Emalin und Amy Hawkins, zwei gütige ältere unverheiratete Damen. Ihr Vater war Deputierter. Oh, es ist schändlich! Daß Johnny Bear das getan hat! Sie sorgen für seinen Unterhalt. Die zwei Männer hätten ihm auf keinen Fall Whisky dafür zahlen dürfen. Jetzt, wo er weiß, daß es sich lohnt, wird er das Haus nicht mehr in Ruhe lassen.»
»Sind Sie mit den Damen befreundet?« fragte ich.
»Eigentlich nicht . . . Sie bilden hier eine Klasse für sich, sozusagen. Wir sind gewissermaßen Nachbarn, das heißt, irgendeine

Chinesenfarm schneidet dazwischen. Wie soll ich Ihnen unsere Beziehungen erklären . . .? Die Schwestern Hawkins sind für uns – Symbole. Wenn man bei uns den Kindern ein Muster vor Augen führt, spricht man von Amy und Emalin Hawkins.«
»Aber was dieser Bär von sich gegeben hat, kann ihnen doch nichts anhaben.«
»Ich weiß nicht, ich verstehe nicht, was dahintersteckt. Aber ich will jetzt nach Hause. Meinen Ford habe ich leider nicht mit, sonst hätte ich Sie gern in Ihr Logis gefahren. Gute Nacht!«
Er verschwand in dem wogenden Dunst, und ich wandte mich meiner Behausung zu.
Vom Sumpf her drang das Geschütter der Dieselmaschine; das aufgeklappte eiserne Baggermaul fraß sich knirschend zum Grund. Es war Samstagabend. Der Bagger lief noch bis Sonntag früh um sieben, dann ruhte er bis Mitternacht. Das Maschinengeräusch war normal; ich konnte beruhigt sein.
Ich klomm die enge Stiege zu meinem Zimmer empor. Im Bett ließ ich das Licht noch eine Weile brennen, starrte auf die verblichenen Tapetenblumen; die beiden Stimmen aus Johnnys Bärenmaul wollten mir nicht aus dem Kopf. Ich sah die Sprecherinnen vor Augen, die kaltschnäuzige Emalin und das jammererfüllte Gesicht Amys. Was mochte die Ursache ihres Elends sein? Das bekannte Leid eines alternden einsamen Mädchens? Dazu lag im Klang ihrer Worte zuviel unmittelbare Angst. Ich hörte sie immer noch. Nein, das waren keine ›Kopien‹, das waren die wirklichen Stimmen gewesen . . .! Ohne das Licht zu löschen, sank ich in Schlaf.
Am Morgen um acht ging ich zum Bagger, dessen Bedienungsmannschaft an Stelle eines zerrissenen Kabels ein neues um die Trommel zu winden hatte. Ich führte die Aufsicht bis gegen elf Uhr und ging dann nach Loma. Vor meiner Wohnung saß Alex Hartnell im Ford, Modell T, Touring Car.
»Ich wollte Sie schon an Ihrer Arbeitsstätte aufsuchen«, rief er munter. »Ich habe heut früh zwei Hühnchen geschlachtet und möchte Sie höflichst bitten, meiner Schwester und mir beim Aufessen behilflich zu sein!«
Ich nahm mit Vergnügen an. Unser Kantinenkoch kochte an sich nicht schlecht, aber der schwammige Kerl flößte mir Widerwillen

ein. Er rauchte Cubazigaretten aus einem Bambusrohr. Die Art, wie seine Finger am Morgen zuckten, mißfiel mir. Seine Hände schienen sauber – mehlig wie die eines Müllers. Ich wußte damals noch nicht, daß man in Kalifornien die kleinen fliegenden Wanzen ›Müllermotten‹ nennt.

Ich stieg in den Ford, setzte mich neben Alex, und wir fuhren den Hügel hinab in das fruchtbare südwestliche Ackerland, dessen schwarze Erde von der Sonntagssonne beglänzt war. »Sonntags scheint immer, wenn auch nur ganz wenig, die Sonne«, hatte mir einst in meiner Kindheit ein kleiner katholischer Junge gesagt: »Es ist ja der Tag des Herrn!«

Wir ratterten durch die Ebene, und Alex rief: »Erinnern Sie sich an unser gestriges Gespräch?«

»Gewiß.«

Er zeigte gradaus. »Dort wohnen Hawkins!«

Von dem Haus war nur wenig zu sehen; eine dicke Zypressenhecke umgab es. Nur das Dach und die oberste Kante der Fenster im Oberstock sah drüber hinaus. Zwischen Hecke und Haus lag wohl ein kleiner Garten. Das Gebäude war gelbbraun gestrichen, die Einfassung dunkelbraun – wie in Kalifornien Bahnhof- und Schulgebäude. Vorn und an der Seite der Zypressenhecke befanden sich zwei Pförtchen. Die Stallung lag hinter dem Haus, außerhalb der Umwallung. Die Hecke war rechteckig zugestutzt und wirkte unglaublich stark und dicht.

»Hält gut den Wind ab!« rief Alex mir zu.

»Aber nicht Johnny Bear«, entfuhr es mir.

Ein Schatten fiel über Hartnells Gesicht.

Im Weiterfahren deutete er auf ein Haus draußen im Feld, einen weißgetünchten Kasten: »Da wohnen die chinesischen Landarbeiter, tüchtige Burschen. Ich wollte, ich hätte ein paar von ihnen!«

Vom Stall hinter der Hecke kam ein Einspänner angefahren und bog in die Straße ein. Das graue Pferd war nicht mehr jung, aber gut gehalten, der Wagen blank, und das Geschirr blitzte. Auf den Scheuklappen prangte ein großes silbernes H. Der Außenzügel schien mir, namentlich für ein so altes Pferd, viel zu kurz.

»Das sind sie«, erklärte Alex. »Sie fahren zur Kirche.«

Wir zogen grüßend die Hüte; sie dankten gemessen.

Der Anblick der beiden Damen hatte mir einen Schock versetzt. Sie sahen genauso aus, wie ich sie mir vorgesellt hatte. Dieser Bär war ein noch ungeheuerlicheres Phänomen, als ich anfänglich angenommen: seine Töne gaben zugleich ein Bild! Ich brauchte nicht erst zu fragen, welche der beiden Emalin, welche Amy war. Das hartgemeißelte Kinn, der mit Diamantenschärfe geschnittene Mund, die eisklaren Augen und die Gestalt, flach wie ein Brett – war Emalin. Amy sah ihr sehr ähnlich und war doch vollkommen anders. Ihre Gestalt war sanft, ihre Brust hob sich; warm blickten die Augen; ihr Mund war voll, und doch glich sie Emalin. Diese mochte wohl fünfzig Jahre alt sein, Amy etwa zehn Jahre jünger. Ich habe beide nur einen Moment gesehen und niemals wieder. Und doch gibt es nicht viele Menschen auf dieser Welt, die ich genauer kenne als sie.

»Verstehen Sie jetzt, was ich damit meinte, als ich von Aristokraten sprach?« fragte Alex.

Ich verstand. Jedes Gemeinwesen konnte auf solche Mitglieder stolz sein. Für einen Ort wie Loma mit seinen höllischen Sümpfen und Dünsten mochten sie geradezu eine Notwendigkeit bedeuten. Ohne solche Frauen, schien mir, konnten einem Mann nach ein paar Jahren Aufenthalt hier die furchtbarsten Dinge in den Sinn kommen.

Das Essen war ausgezeichnet. Die Schwester meines Freundes hatte die Hühner in frischer Butter gebacken und alles wundervoll hergerichtet. Ich dachte mit immer größerer Verachtung an unsern Kantinenkoch. Als wir nach dem Lunch bei einem hervorragenden alten Brandy saßen, bemerkte ich: »Ich verstehe nicht, daß Sie in die Buffalo-Bar gehen! Wo Sie es hier soviel gemütlicher haben!«

»Gewiß«, meinte Alex, »aber die Buffalo ist das Gehirn von Loma: unsere Zeitung, unser Theater und unser Klub.«

So war es. Als er gegen Abend den Wagen anließ, um mich zurück in den Ort zu fahren, wußte er wie ich, wir würden jetzt noch auf ein paar Stunden in den Saloon gehen.

Kurz vor der Stadt kam uns ein älteres Auto entgegengerattert. Im vagen Licht unserer Scheinwerfer sahen wir es schon von weitem. Alex lenkte sein Auto quer über die Straßenbreite und hielt.

»Das ist unser Arzt«, erklärte er mir. Der Doktorswagen stoppte.
»Entschuldige, Doktor; ich wollte dich nur bitten, nach meiner Schwester zu sehen! Ihr Hals scheint etwas geschwollen.«
»Ist recht, Alex«, sagte der Arzt. »Ich komme. Willst du so gut sein und mir jetzt Platz machen? Ich habe es eilig.«
Alex machte noch keine Anstalten, die Straße freizugeben. Er hatte seine bestimmte Absicht.
»Wer ist denn krank?« wollte er wissen.
»Miss Amy hat einen kleinen Anfall gehabt. Miss Emalin rief mich an, es sei dringend. Wirst du mich jetzt gefälligst durchlassen?«
Alex manövrierte den Wagen zurück, gab die Passage frei, und wir fuhren weiter. Ich wollte eben meiner Freude über die sternhelle Nacht Ausdruck geben, als von den Sümpfen her Nebelstreifen den Hügel empor und gleich riesigen Schlangen über uns und das Dorf hin krochen. Mit einem Ruck hielt der Ford bald darauf vor der Buffalo-Bar. Wir traten ein.
Fettcarl wischte ein Glas an der Schürze, langte unter dem Schanktisch die nächste Flasche hervor, glotzte uns an und fragte: »Was soll's denn sein?«
»Whisky!«
Ein schwaches Lächeln schien über das Fettgesicht zu huschen. Der Bar-Room war voll. Auch meine Baggermannschaft, mit Ausnahme des Kochs, war anwesend. Der Kerl lag gewiß wieder im Fährboot und rauchte Cubazigaretten aus seinem Bambusrohr. Daß er nie trinken ging, bestärkte mich in einem Verdacht. Meine beiden Matrosen, der Ingenieur und drei Mechaniker fachsimpelten und scherzten gemächlich.
Die Buffalo-Bar war wohl die ruhigste Bar in den Südstaaten. Es gab keinen Streit, kein Lied und keine Darbietungen. Trinken war hier ein ruhiges Geschäft, dem man gewissenhaft oblag, kein lärmendes Vergnügen. Vielleicht waren Fettcarls klägliche Augen daran schuld. An einem der runden Tische spielte Timothy Ratz Solitaire.
Alex und ich tranken unsern Whisky im Stehen beim Schanktisch; die Stühle waren besetzt. Wir plauderten über Sport, Geschäft und Abenteuer, die wir erlebt oder uns ausgedacht hatten – es war die typische Bar-Room-Konversation. Das ging wohl so etliche Stun-

den. Alex hatte bereits die Absicht geäußert, nach Hause zu gehen; ich trug mich mit dem gleichen Gedanken. Die Baggermannschaft brach auf; um Mitternacht begann ihre Schicht.

Da öffneten sich die Schwingtüren lautlos, und herein kam wie auf Katzenpfoten und mit baumelnden Armen, nickendem haarigem Kopf und halbidiotischem Lächeln Johnny, der Bär.

»Whisky . . .?« zwitscherte er.

Niemand ermunterte ihn, und er begann seinen üblichen Handel. Er legte sich auf den Bauch. Aus seinem Maul kamen unverständliche Worte, ein nasaler Singsang, der wie chinesisch klang. Und dann kamen – so schien es mir wenigstens – die gleichen Worte von einer andern Stimme, langsamer und ohne nasalen Beiklang.

»Whisky . . .?«

Mühelos stand er auf seinen nackten Quadratfüßen.

Ich war gespannt, wie das fremdartige Hörspiel weitergehen würde, und warf dann einen Vierteldollar auf den Bartisch. Johnny schluckte den Drink, und augenblicklich bereute ich, was ich getan! Ein Blick auf Alex zeigte mir, daß Schlimmes im Anzug war.

Der Bär kroch wieder zum Fenster und nahm seine Horchpose ein.

»Sie ist da drin«, sagte Emalins kalte Stimme.

Ich schloß die Augen und – sah den Arzt, den wir unterwegs gesprochen, und hörte seine Stimme: »Du sagtest doch etwas von einer Ohnmacht . . .?«

»Ja, Doktor«, hörte und sah ich mit geschlossenen Augen Emalin Hawkins.

Eine Pause entstand. Dann kam des Arztes Stimme lind: »Emalin! Warum hat sie das getan?«

»Wieso: getan? Was denn?«

Die Frage klang drohend spitz.

»Ich bin euer Arzt, Emalin. Ich war schon Hausarzt bei euern Eltern. Mir kannst du die Wahrheit sagen. Meinst du, ich hätte an ihrem Hals nicht die Spuren gesehen? Wie lang hat sie gehangen, bis du sie heruntergenommen hast?«

Pause. Dann ein schwaches Flüstern: »Ein paar Minuten, Doktor . . . Wird sie wieder gesund?«

»O ja, sie kommt wieder in Ordnung; es ist keine schwere Verletzung. Warum hat sie das getan?«

Von neuem vereiste die Stimme.

»Ich weiß nicht, Herr Doktor!«

»Was heißt das? Du willst es mir nur nicht sagen.«

»Es heißt genau das, was ich gesagt habe.«

Die Stimme des Arztes gab einige Verhaltungsmaßregeln:

»Ruhe . . . Milch . . . etwas Whisky . . . Und vor allem: sei lieb mit ihr! Das ist die Hauptsache: Güte und Zärtlichkeit!«

Emalins Stimme zitterte ein wenig.

»Doktor . . . Sie werden es nicht erzählen . . .?«

»Ich bin Arzt«, sagte er mild. »Von mir erfährt niemand etwas. Ich schicke noch ein Beruhigungsmittel, für die Nacht.«

»Whisky . . .?«

Ich tat die Augen auf. Da stand der entsetzliche Bear und lächelte blöd. Die Männer saßen und standen verlegen, als schämten sie sich. Fettcarl hatte den Kopf gesenkt.

Schuldbewußt wandte ich mich an Alex: »Verzeihen Sie! Ich hatte keine Ahnung, daß er wieder davon anfangen würde.«

Damit ging ich hinaus und begab mich auf meine triste Bude bei Mrs. Ratz.

Ich riß das Fenster auf und starrte in die wallenden Nebel. Weit hinten im Sumpfgebiet hörte ich den Dieselmotor langsam anlaufen und bald darauf die schwappenden, knirschenden, rasselnden Geräusche des eisernen Baggermauls. Die Arbeit am Kanal ging weiter.

Am folgenden Morgen setzte eine Serie von Unfällen ein, wie sie bei solchen Aushebungsarbeiten leider so häufig sind. Eines der neuen Kabel riß während des Einschwungs – das Baggermaul krachte auf einen der Brückenkähne und drückte ihn mit dem ganzen Getriebe acht Fuß tief ins Moor. Bei den Bergungsarbeiten sprang ein Drahtseil aus und schnitt einem Matrosen beide Beine ab. Mit verbundenen Stümpfen schafften wir ihn nach Salinas.

Kleinere Zwischenfälle folgten. Der Koch rechtfertigte meinen Verdacht. Er wurde bei einem Rauschgifthandel betroffen. Jeden Tag etwas anderes!

Es vergingen zwei Wochen, bis ein neuer Matrose, ein neuer Brückenkahn und ein neuer Koch zur Stelle waren. Der neue Koch war schlau, dunkel, langnasig und kriecherisch.

Meine gesellschaftlichen Beziehungen im Ort waren inzwischen eingeschlafen. Erst als wieder der alte Diesel sumpfwärts ratterte und das eiserne Baggermaul von neuem seinen Moorbrei verschlang, begab ich mich zu einer Abendvisite zu Hartnells.

Als ich bei Hawkins vorüberkam, spähte ich durch das Seitenpförtchen in der Zypressenhecke. Das Haus lag in Dunkelheit. Ein abgeblendetes Licht hinter einem der Fenster ließ es noch düstrer erscheinen. Ein leichter Wind jagte die Nebelballen wie Pusteblumen. Einmal war ich in Dunst eingehüllt – im nächsten Augenblick hatte ich über mir Sterne, in deren Licht ich fliehende Nebelfetzen geisterhaft über die Felder davoneilen sah. Gleich darauf war ich wieder vom Nebel verschlungen.

Mir war, als hörte ich hinter der Hecke in Hawkins Hof leises Weinen. Der Nebel verflog. Ich sah eine dunkle Gestalt querfeldein rennen. Dem schleifenden Gang nach schien es einer der chinesischen Feldarbeiter zu sein, der da in Sandalen einherlief. Chinesen essen ja allerhand Dinge, deren man nur bei Nacht habhaft wird.

Alex öffnete mir und schien über meinen Besuch erfreut. Seine Schwester war abwesend. Ich nahm beim Ofen Platz. Er brachte von seinem trefflichen Brandy.

»Ich hörte, Sie hatten allerhand Unannehmlichkeiten?« erkundigte er sich teilnehmend.

Ich gab Bericht.

»Eine ausgesprochene Pechsträhne! Meine Leute haben herausgefunden, daß sich Unglücksfälle in Serien von drei, sechs, fünf, sieben und neun ereignen.«

Er nickte: »Es kommt mir selber so vor!«

»Wie geht es den Schwestern Hawkins? Als ich eben vorüberkam, war mir, als hörte ich jemanden weinen.«

Alex zögerte. Das Thema war ihm sichtlich unangenehm, und doch schien er nach einer Aussprache zu verlangen.

»Vor einer Woche sprach ich dort vor«, erzählte er. »Ich bekam Miss Amy nicht zu Gesicht. Sie fühle sich nicht wohl, sagte mir Miss Emalin.« Er konnte nicht länger an sich halten: »Es gibt ein Unglück«, stieß er hervor; »ein neues Unglück liegt in der Luft; ich fühle es deutlich, ich sehe, wie es sich um das Haus zusammenzieht.«

»Sie müssen Ihnen sehr nahestehen«, sagte ich, »weil Ihnen ihr Schicksal so sehr am Herzen liegt!«
»Schon unsere Eltern waren befreundet. Als Kind habe ich Tante zu ihnen gesagt. Sie können nichts Unrechtes tun, und es wäre für alle hier furchtbar, wenn die Schwestern Hawkins nicht mehr – die Schwestern Hawkins wären.«
»Sie sind so etwas wie das gute Gewissen von Loma . . .?« vermutete ich.
»Unsere Zuversicht«, rief er, »der Ort, wo ein Kind ein liebes süßes Geschenk bekommt; wo ein junges Ding Hilfe findet! Sie sind stolz, gewiß, aber sie glauben an Dinge, von denen wir Arme nur hoffen, sie möchten wahr sein. Ihr ganzes Leben ist so, als ob – ja, als ob Anstand, Ehrlichkeit wirklich die beste Politik seien und Güte und Hilfsbereitschaft sich selber belohnten. Wir brauchen sie!«
»Das kann ich verstehen.«
»Aber Miss Emalin kämpft gegen etwas Furchtbares an, und ich fürchte, sie wird dabei unterliegen.«
»Wie meinen Sie das?«
»Ich weiß es selbst nicht. Wissen Sie, woran ich denke? Ich denke daran, ich müßte Johnny Bear erschießen und seine Leiche in den Sumpf werfen. Das müßte ich.«
»Er kann nichts dazu«, verteidigte ich den Bären. »Er ist nichts als ein seltsamer Gedächtnis- und Reproduktionsautomat, nur daß man statt eines Nickels ein Glas Whisky hineinwirft.«
Ich blieb nur noch kurz; wir sprachen von anderen Dingen; dann machte ich mich auf den Heimweg.

Im Hause Hawkins brannte kein Licht mehr. Mir war, als stauten sich Nebelschwaden an der Zypressenhecke, als drängte es sich immer dichter um Dach und Fenster.
»Wie es sich um das Haus zusammenzieht!« – Hatte nicht Alex vorhin so etwas gesagt? Ich mußte lächeln. Als ob unsere Gedanken den Gang der Nebel beeinflussen könnten! Sind sie nicht selber nur Nebelgewölk?
Die Kanalarbeiten gingen flott vonstatten. Der Bagger fraß sich stetig und sicher durch Sumpf und Moor. Die Mannschaft fühlte, es ging vorwärts, die Pechserie war zu Ende! Das wirkte allgemein

fördernd. Dazu schmeichelte der neue Koch den Leuten mit solchem Erfolg, daß sie weiß Gott gebacknen Zement gefressen hätten, wenn er es ihnen entsprechend serviert und empfohlen hätte. Die Persönlichkeit eines Kochs kann unter Umständen mehr zum Wohlbehagen einer Baggermannschaft beitragen als seine Menus.
Zwei Tage nach meinem Besuch bei Alex ging ich wieder einmal über das Holztrottoir in die Buffalo-Bar, und als sich Fettcarl, sein ewiges Glas an der ewigen Schürze reibend, mir zukehrte, schrie ich – noch eh er zu seinem ewigen »Was soll's denn sein?« ansetzen konnte – ihm ein lautes »Whisky!« entgegen und begab mich mit meinem Glas zu einem der steifen Stühle.
Alex war nicht da. Timothy Ratz hatte eine phänomenale Glückssträhne. Viermal ging sein Solitaire auf, und jedesmal gewann er sich einen Drink ab. Die Bar füllte sich mehr und mehr. Ich weiß wirklich nicht, wie Loma ohne Buffalo-Bar hätte leben können.
Gegen zehn Uhr wurde die Nachricht bekannt. Als ich später darüber nachdachte, fand ich nicht mehr heraus, wie sie eigentlich aufkam. Irgendwer kam herein . . . ein Flüstern begann, und mit einem Mal wußten alle, was geschehen war.
Miss Amy hatte Selbstmord begangen.
Wer brachte die Kunde? Ich weiß es nicht. Sie hatte sich erhängt.
Man hat nicht viel in dem Bar-Room darüber gesprochen. Die Leute konnten es gar nicht fassen. Sie versuchten es. Aber es wollte ihnen nicht in den Kopf. Es widersprach ihren Vorstellungen. Sie standen in murmelnden Gruppen herum.
Langsam öffnete sich die Schwingtür: Johnny, der Bär, mit schaukelndem haarigem Kopf und idiotischem Lächeln, glitt auf nackten Tatzen herein, sah sich um und zwitscherte: »Whisky . . .? Whisky für Johnny . . .?«
Alle Männer, wie sie da waren, brannten darauf, etwas zu hören. Sie schämten sich ihrer Neugier, und doch war ihre ganze Geistesverfassung so, daß sie nicht dagegen ankonnten. Sie wollten, sie mußten Genaues erfahren. Fettcarl goß einen Whisky ein. Timothy Ratz legte die Karten beiseite und stand auf. Johnny schluckte den Whisky.
Ich schloß die Augen.
Die Stimme des Arztes klang rauh: »Wo ist sie, Emalin?«

Nie hörte ich eine Stimme wie diese. Da schien nichts als kalte Beherrschung. Aber durch alle Schutzschichten der Selbstbeherrschung drang es: das Leid. Die Antworten waren kurz, tonlos, gefühllos, aber das Leid zitterte durch, und ein Herz schlug.
»Sie ist hier drin, Doktor.«
»Hm-m . . .« Lange Pause. »Sie hat lange gehangen.«
»Ich weiß nicht wie lange, Doktor.«
»Warum hat sie es getan, Emalin?«
»Ich – weiß – es nicht, Doktor.«
»Hm-m-m . . .« Noch längere Pause. »Emalin, hast du gewußt, daß sie ein Kind unterm Herzen trägt?«
Die kalte Stimme bricht. Ein Seufzer steigt auf. Sehr sanft: »Ja, Doktor.«
»War das der Grund, daß es so lange dauerte, bis du sie fandest – nein, nein, ich behaupte es nicht, ich glaube es nicht – du Arme!«
Emalins Stimme klang wieder beherrscht.
»Doktor, kannst du den Totenschein ausstellen, ohne darin zu erwähnen –«
»Das geht; das kann ich natürlich. Ich werde auch den Leichenbestatter anweisen – mach dir darüber keine Sorgen!«
»Ich danke dir, Doktor.«
»Ich werde sogleich telephonieren. Aber du sollst nicht allein bleiben. Komm mit ins andere Zimmer, Emalin! Ich gebe dir ein Beruhigungsmittel . . .«
»Whisky . . .? Whisky für Johnny . . .?«
Ich sah wieder das Lächeln, das schaukelnde haarige Haupt. Fettcarl goß ein. Johnny trank, schob durch den Raum, kroch unter den Spieltisch und schlief.
Niemand sprach. Die Männer gingen nach vorn und legten schweigend, bestürzt, verwirrt ihr Geld auf den Tisch. Etwas war in ihnen zusammengebrochen. Wenige Minuten darauf kam Alex. Er ging rasch auf mich zu.
»Wissen Sie schon . . .?« fragte er leise.
»Ja.«
»Ich habe es geahnt, gefürchtet, ich sagte es Ihnen vor wenigen Tagen . . .«
»Wußten Sie, daß sie in Hoffnung war?«

Er stand steif, hart ging sein Blick durch die Bar und wieder zurück zu mir.
»Johnny Bear?« fragte er streng. –
Ich nickte.
Er schlug die Hand vor die Augen.
»Ich kann es nicht fassen.«
Ich wollte ihm antworten, als ich ein leichtes Schlurfen vernahm. Wie ein Dachs aus seinem Bau kroch Johnny unter dem Tisch hervor, schwang sich auf und ging zum Bartisch.
»Whisky . . .?«
Erwartungsvoll lächelte er Fettcarl an.
Alex trat vor.
»Meine Herren«, wandte er sich an den Saal, »ich bitte, mich anzuhören! Das geht jetzt lang genug. Ich habe es satt, für immer!«
Er war auf Widerspruch gefaßt, allein die Anwesenden nickten einander zu.
»Whisky für Johnny . . .?«
Alex wandte sich an den Idioten.
»Du solltest dich schämen! Miss Amy gab dir zu essen. All deine Kleider hast du von ihr!«
Johnny lächelte ihn an.
»Whisky . . .?«
Er begann seine Tricks, gab wieder jenen nasalen Singsang zum besten, der wie chinesisch klang.
Und dann kam die andere Stimme; langsam, zögernd wiederholte sie die Worte ohne nasalen Beiklang.
So schnell sprang Alex zu, daß ich ihn erst sah, als seine Faust in Johnnys lächelnden Mund schlug.
»Genug, habe ich gesagt, genug!« schrie er.
Johnny Bear hat wieder sein Gleichgewicht. Seine Lippen bluten und lächeln zugleich. Er bewegt sich langsam und ohne Anstrengung. Wie die Fühlfäden einer Anemone den Käfer, umschließen die Bärenarme den Angreifer und biegen Alex zurück.
Ich sprang zu, packte einen der Arme, zerrte daran, riß, ohne ihn loszubringen. Fettcarl, mit einem Pfropfenzieher bewaffnet, wälzte sich über die Theke und hämmerte auf das struppige Haupt, bis sich die Arme lockerten und Johnny sich krümmte.

Ich fing Alex auf, half ihm in einen Stuhl.
»Sind Sie verletzt?«
Er rang nach Atem.
»Mir scheint, eine Rückgratverrenkung . . . ist nicht so schlimm.«
»Ich fahre Sie nach Hause; Sie haben doch Ihren Ford draußen?«
Weder er noch ich warfen im Vorbeifahren einen Blick auf das Haus der Schwestern. Ich paßte nur auf die Straße auf, fuhr Alex zu seinem dunklen Haus, brachte ihn zu Bett, bereitete ihm einen heißen Brandy.
Auf der ganzen Fahrt hatte er keine Silbe gesprochen.
Erst im Bett fragte er: »Glauben Sie, daß es jemand gemerkt hat? Ich denke, ich hab' ihn rechtzeitig zum Schweigen gebracht.«
»Wovon reden Sie? Ich weiß überhaupt nicht, warum Sie plötzlich mit der bloßen Hand auf das Ungetüm losgestürzt sind.«
»Ich habe eine Bitte an Sie«, sagte er. »Mit meiner Verzerrung muß ich wohl eine Weile liegen. Wenn in der Zeit jemand etwas derartiges behaupten sollte, treten Sie ihm entgegen, bitte! Mit aller Entschiedenheit!«
»Ja, ich weiß wirklich nicht, wovon Sie reden.«
Prüfend sah er mir in die Augen.
»Ich weiß, ich darf Ihnen vertrauen«, sagte er dann. »Die zweite Stimme – war Miss Amy.«

Peter Randall war einer der geachtetsten Farmer im Bezirk Monterey, und als er einmal bei einer Freimaurertagung einen kleinen Vortrag hielt, stellte ihn der Präsident den jungen Brüdern Kaliforniens als nachahmenswertes Beispiel hin. Er war nahe an fünfzig. Sein Auftreten war ernst und gemessen, sein Bart sorgsam gepflegt, und überall erfreute er sich des Ansehens, das bärtige Männer zu genießen pflegen. Seine Augen waren blau, ernst und fast schwermütig. Die Leute sagten oft, in dem Mann steckt eine unbändige, aber beherrschte Kraft. Manchmal, aus unerfindlichen Gründen wurden seine Augen giftig, ein gemeiner Zug wie bei einem bissigen Hund trat hervor, schwand aber sogleich, und die alte Biederkeit kam wieder zum Vorschein. Er war groß, breitschultrig; die Schultern hielt er stramm, die Brust vorgewölbt und den Bauch eingezogen wie ein Soldat. Bauern lassen sich sonst in ihrer Haltung gern gehen. Die aufrechte stramme Haltung erhöhte Peters Ansehen bedeutend.

Was nun seine Frau Emma anging, so konnten die Leute sich gar nicht genug darüber wundern, daß so ein Gestell aus Haut und Knochen überhaupt zu leben imstande war, zumal sie obendrein fast immer kränkelte. Sie war klein, wog nicht mehr als siebenundachtzig Pfund, und mit fünfundvierzig war ihr Gesicht verhutzelt und braun wie das eines uralten Weibleins. Aber aus ihren schwarzen Augen sprühte ein unglaublicher Lebenswille. Sie war stolz; sie klagte nie. Ihr Vater war Meister der Großloge von Kalifornien gewesen und hatte sich bis zu seinem Ableben die freimaurerische Karriere seines Schwiegersohnes sehr angelegen sein lassen.

Einmal im Jahr pflegte Peter Randall sein Weib auf der Farm allein zu lassen und zu verreisen. Den Nachbarn, die sie besuchen kamen, erklärte Mrs. Randall, er sei auf einer Geschäftsreise.

Kam Peter von so einer Geschäftsreise zurück, so war Emma regelmäßig ein bis zwei Monate bettlägerig. Das war für ihn keine geringe Last; denn Emma beschäftigte keinen Dienstboten, sie war gewohnt, alle Arbeit allein zu besorgen. Nun mußte er es tun.

Randalls Ranch lag am Salinas River und erstreckte sich von der

Flußniederung bis über die Höhe ins Oberland. Zwanzig Hektar des fruchtbarsten Bodens lagen in der Ebene. Vor Zeiten hatte der Fluß den besten Grund des Landes hier angeschwemmt und glatt wie ein Brett in die Breite gewalzt. Dahinter stiegen an die vierzig Hektar Weide- und Obstland bergan. Es war die beste Zusammenstellung, die man sich denken konnte.

Das weiße Farmhaus war so stattlich und sauber wie seine Besitzer, der Hof eingezäunt, und im Garten züchtete Peter nach Emmas Angaben rote und fleischfarbene Dahlien und Immortellen

Von der Vorderveranda blickte man über das Flachland zum Fluß, seine Pappeln und Weiden, und jenseits des Ufers auf Rübenfelder, hinter denen die runden Kuppeln des Stadthauses von Salinas aufragten.

Oft saß Emma hier ganze Nachmittage in ihrem Schaukelstuhl, strickte ununterbrochen, warf dann und wann einen Blick auf den emsigen Peter, der in der Niederung oder am Hang in der Obstplantage arbeitete. Erst wenn der Abend kam und ihr zu kühl wurde, verfügte sie sich ins Haus.

Randalls Ranch war nicht schwerer mit Hypotheken belastet als jede andere in der Gegend. Für jede Aussaat traf Peter gewissenhaft seine Wahl, bestellte und pflegte die Äcker mit größter Sorgfalt, und so gelang es ihm, nicht nur die Hypothekenzinsen pünktlich zu zahlen und ein standesgemäßes Leben zu führen, sondern auch jährlich einige hundert Dollar von seiner Schuld abzutragen. Kein Wunder, daß er bei seinen Nachbarn ein solches Ansehen besaß! Er sprach nicht viel, aber was er sagte, fand die gebührende Beachtung, mochte es sich um das Wetter oder alltägliche Vorkommnisse handeln. Sagte er: »Ich schlachte Samstag ein Schwein«, so konnte man gewiß sein, daß seine Zuhörer nach Hause gingen und am Samstag ein Schwein schlachteten. Sie wußten zwar nicht recht, wozu, aber wenn Randall schlachtete, war es gut, war es gediegen und staatserhaltend, jetzt ein Schwein zu schlachten.

Peter und Emma waren seit einundzwanzig Jahren verheiratet. Sie hatten ein Haus voll der besten Möbel, eine Anzahl goldgerahmter Ölbilder, eine Reihe festgebundener Bücher, aber keine Kinder. Die Hausfassade war schmucklos und unverputzt, aber vor jeder

Tür waren Fußkratzer und Kokosmatten, damit ja kein Schmutz in das Innere kam.
Solang sie nicht bettlägerig war, hielt Emma das Haus in Stand. Die Angeln der Zimmer- und Schranktüren wurden geölt; kein Riß, kein Kratzer entging ihrem Blick. Einmal im Jahr wurden Möbel und Holzverkleidungen frisch gefirnißt. Reparaturen erfolgten im allgemeinen nach Peters Rückkehr von seiner Geschäftsreise.
Jedesmal wenn es hieß, Emma sei wieder krank, hielten die Nachbarn den Arzt, der die Uferstraße gefahren kam, an.
»Oh, ich denke, es ist wieder besser«, antwortete er auf ihre Fragen. »Sie muß ein paar Wochen das Bett hüten.«
Dann buken die guten Nachbarinnen Kuchen, brachten sie auf Randalls Hof, betraten auf Zehenspitzen das Krankenzimmer, wo ihnen aus einem Gebirge von Kissen und Deckbetten Emmas kleines Vogelgesicht mit schwarzen Äuglein entgegenfunkelte.
»Dürfen wir ein bißchen die Vorhänge aufziehen?« fragten sie.
»Nein, danke. Das Licht tut meinen Augen nicht gut.«
»Können wir Ihnen in etwas behilflich sein?«
»Nein, danke. Peter sorgt für alles.«
»Also wenn irgend etwas sein sollte, denken Sie dran: wir stehen gern zur Ihrer Verfügung.«
Eine tapfere Frau, meinten die Leute und konnten nichts anderes tun, als Pasteten und Kuchen backen und Peter einhändigen, der in einer sauberen weißen Schürze in seiner Küche die Milch abrahmte oder eine Wärmflasche füllte.
So kam wieder einmal ein Herbst und mit ihm die Kunde, Emma sei krank. Wieder backten die Farmerinnen für Peter und schickten sich zum Krankenbesuch an.
Mrs. Chappell, die Randalls am nächsten wohnte, war eben am Fluß, als Dr. Marin angefahren kam.
»Wie steht es mit Emma Randall, Doktor?«
»Ich halte ihren Zustand für nicht sehr günstig«, versetzte der Arzt. Und da er sonst, solange seine Patienten noch nicht unter der Erde waren, zu sagen pflegte, es ginge schon besser, verbreitete es sich wie ein Lauffeuer über die Farmen, Emma Randall liege im Sterben.

Es war eine langwierige Krankheit. Peter gab Emma Klistiere und trug die Bettpfannen, denn der Rat des Arztes, eine Krankenpflegerin zuzuziehen, stieß bei der Patientin auf heftigen Widerspruch, und da sie so krank war, gab man ihr nach. Peter fütterte, badete und bettete sie. Die Fenster blieben verhängt. Aber es dauerte noch zwei Monate, bis sich die schwarzen scharfen Vogelaugen umnachteten und der scharfe Verstand in Bewußtlosigkeit sank. Nun durfte man auch eine Pflegerin nehmen. Peter selbst war so herunter, daß der Arzt jeden Augenblick einen Zusammenbruch befürchtete. Die Nachbarn brachten ihm Pasteten und Kuchen, aber beim nächsten Besuch fanden sie ihre Gaben noch unberührt in der Küche.

An dem Nachmittag, da Emma für immer die Augen schloß, war gerade Mrs. Chappell bei Peter. Er bekam einen hysterischen Anfall. Sie telephonierte dem Arzt und holte ihren Mann zu Hilfe. Peter jammerte wie ein Verrückter, schlug sich die bärtigen Wangen, rannte mit tränenfeuchtem Gesicht schluchzend durchs Haus, vergrub den Kopf in die Kissen des Sterbebetts und brüllte von Zeit zu Zeit wie ein Kalb auf der Schlachtbank. Als Ed ihm beruhigend die Hand auf die Schultern legte und »aber geh, Peter . . .« sagte, schüttelte dieser die Freundeshand ab. Der Arzt kam und stellte den Totenschein aus.

Als der Leichenbestatter erschien, gebärdete sich Peter wie ein Irrsinniger. Erst den vereinten Kräften Ed Chappells und des Leichenbestatters gelang es, ihn festzuhalten; der Arzt gab ihm eine Spritze; erst dann war es möglich, die Leiche aus dem Hause zu bringen. Aber selbst auf das Morphium schlief Peter nicht ein. Schwer atmend saß er in einem Winkel und starrte zu Boden.

Jemand muß bei ihm wachen«, sagte der Arzt, »was meinen Sie?« fragte er die Pflegerin.

»Allein werde ich nicht mit ihm fertig, Herr Doktor.«

»Würden Sie bei ihm bleiben, Chappell?«

»Gern.«

»Gut. Hier eine extrastarke Bromlösung! Wenn er wieder anfängt, geben Sie ihm davon! Sollte sie noch nicht wirken, so nehmen Sie hier eine Kapsel Sodium-Ametyl; das hilft unfehlbar.«

Sie brachten Peter ins Wohnzimmer und legten ihn auf das Sofa.

Hierauf entfernten sich Arzt und Schwester. Ed Chappell setzte sich in einen Lehnstuhl und beobachtete den Untröstlichen. Das Bromid und ein Glas Wasser standen auf dem Tisch.
Das kleine Zimmer war peinlich saubergehalten. Noch am Vormittag hatte Peter den Fußboden mit feuchtem Zeitungspapier gewischt. Ed zündete im Kamin ein Feuerchen an; als es gut brannte, legte er einige Scheite Eichenholz obenauf.
Es wurde dunkel. Leichter Regen, vom Winde getrieben, schlug gegen die Scheiben. Ed putzte die Dochte der Petroleumlampen und schraubte die Flammen niedriger. Es prasselte im Kamin; das Feuer wehte wie Haare im Wind. Ed ließ den reglos Daliegenden nicht aus den Augen, bis ihm dieselben zufielen und er einschlief.
Gegen zehn wachte er auf. Peter hatte sich aufgerichtet und sah ihn an. Er griff nach dem Bromid, aber Peter schüttelte den Kopf.
»Nicht nötig, Ed, danke! Was mir der Doktor eingespritzt hat, hat mir vollkommen gereicht. Ich fühle mich wieder wohl, nur noch etwas beduselt.«
»Nimm eine Kapsel, dann kannst du weiterschlafen!«
»Ich will aber nicht.«
Er befühlte seinen zerzausten Bart.
»Ich werde mich waschen; das ist das beste.«
Ed hörte ihn in der Küche plätschern. Gleich darauf kam er, das Gesicht mit dem Handtuch abtrocknend, wieder herein. Er lächelte ... ein ganz merkwürdiges, verschmitztes Lächeln, wie es Ed noch niemals an ihm gesehen hatte.
»Ich habe mich anscheinend etwas gehenlassen, wie sie gestorben ist?« fragte Peter.
»Das kann man wohl sagen.«
»Mir war, als ob irgend etwas gerissen wäre ... geplatzt wie ein Hosenträger ... durchgeschnitten, und ich war auf einmal abgetrennt, für mich allein. Aber jetzt fühle ich mich all right!«
Ed sah zu Boden. Da kroch eine kleine braune Spinne herum. Er zertrat sie.
»Glaubst du an ein Leben nach dem Tod?« fragte Peter plötzlich.
Ed Chappell wand sich: über solche Sachen spreche man nicht ... weil man damit vielleicht die Gespenster gerade herbeirufe – in seinem eigenen Gehirn natürlich nur, in der Phantasie, denn ...

wenn er der Sache auf den Grund gehe, ja – etwas sei schon daran!
»Du glaubst, jemand, der – dahingeschieden ist, sieht von oben herunter, was sie hier tun?«
»So schroff will ich das gerade nicht behaupten; ich weiß überhaupt nicht . . .«
Peter redete weiter; es war wie ein Selbstgespräch.
»Und wenn sie mich sieht . . . und sieht, ich tu nicht, was sie gewollt hat – dann kann sie doch froh sein, daß ich es tat, solange sie da war. Das muß ihr Freude machen, daß sie es war, die aus mir einen guten Menschen gemacht hat. Wenn ich nach ihrem Tod ein schlechter Kerl werde, dann beweist das doch, daß alles vorher ihr Werk war? . . . Bin ich kein guter Mensch gewesen?«
»Was verstehst du darunter?«
»– außer einmal im Jahr acht Tage bin ich ein guter Mensch gewesen. Was ich jetzt tun werde, weiß ich nicht –.« Er blickte wütend: »Nur eines, das weiß ich genau!«
Er fuhr auf, zog Rock und Hemd aus. Über seiner Unterjacke lag ein stählernes Netz, das seine Schultern nach hinten preßte. Er schnallte den Panzer auf, warf ihn ab und ließ die Beinkleider herunter. Um seinen Bauch lag ein breiter Gummigurt. Er streifte ihn über die Beine, kratzte sich behaglich den Bauch und zog sich dann wieder an. Und wieder das merkwürdig verschlagene Gesicht!
»Ich weiß nicht, wie sie das mit mir fertiggebracht hat, aber sie hat es gekonnt. Sie hat dafür gesorgt, daß ich Dinge tat, die ich sonst nie getan hätte. Weißt du, Ed, ich glaube ja nicht an das Fortleben nach dem Tod. Ja, wie sie noch lebte, selbst während sie krank war, mußte ich tun, was sie wollte. Aber im Augenblick, wo sie starb, da war es wie jetzt. Sie war der Panzer, der eben herunterflog. Alles aus! Aber ich kann noch nicht stehen. Ich muß mich erst dran gewöhnen, ohne Gradhalter zu gehen.«
Er stieß mit dem Finger in Richtung auf Ed.
»Ich lege mir jetzt einen Bauch zu«, rief er eigensinnig. »Ich will einen Bauch haben. Ich bin jetzt fünfzig!«
Ed fühlte sich unbehaglich. Er fand das nicht anständig. Er wollte gehen.
»Nimm eine Pille; du wirst sehen, wie gut du dann schläfst!«
Peter saß mit offenem Rock und Hemd auf dem Sofa.

»Ich will nicht schlafen. Ich will sprechen. Beim Begräbnis muß ich ja wohl den Bauchquetscher und den Panzer noch einmal anziehen, aber dann – ins Feuer damit! Weißt du was? Im Stall habe ich eine Flasche Whisky; die hole ich jetzt!«
»Nein, nein«, wehrte Ed, »das ist kein Anlaß zum Trinken! Ich könnte jetzt unmöglich trinken.«
»Aber ich!« Peter stand auf. »Wenn du nicht willst, läßt du es bleiben. Ich sag's dir: es ist alles vorbei.«
Damit ließ er den Unglücklichen sitzen, ging hinaus und war im Augenblick mit dem Whisky zurück.
»Ich hatte von meinem Leben nichts«, redete er schon im Hereinkommen, »nichts als acht Tage im Jahr. Emma war ja nicht dumm; sie wußte genau, wenn ich nicht einmal im Jahr herauskomme, werde ich wahnsinnig. Gott, hat die mein Gewissen bearbeitet, wenn ich heimkam!« Er dämpfte die Stimme vertraulich. »Weißt du, was ich auf diesen Reisen getan habe?«
Ed sperrte Mund, Augen und Ohren auf. Das war ja ein anderer Mensch, ein Peter Randall, den er nicht kannte! Unwillkürlich nahm er den dargebotenen Whisky.
»Nein. Was denn?« fragte er.
Peter stürzte sein Glas hinunter, hustete, wischte sich über den Mund.
»Gesoffen habe ich. In den Freudenhäusern von Frisco war ich. Eine Woche lang hab' ich gesoffen, und jede Nacht war ich in einem Hurenhaus.« Er schenkte sich wiederum ein. »Ich vermute, Emma wußte alles, aber sie sagte nichts. Ich wäre kaputtgegangen, wenn ich das nicht gehabt hätte!«
Ed nippte an seinem Glas.
»Sie hat immer gesagt, du wärest auf einer Geschäftsreise.«
Peter betrachtete sein Glas, leerte es und goß es voll. Seine Augen begannen zu glänzen.
»Trink, Ed, trink! Du hältst es für unrecht, so bald nach dem Tod . . . Aber außer dir und mir weiß es ja niemand. Ich bin nicht traurig. Schau doch mal nach dem Feuer!«
Ed schürte die glühenden Scheite, daß die Funken wie schimmernde Käfer emporflatterten. Inzwischen goß Peter die Gläser voll und setzte sich wieder aufs Sofa. Als Ed sich wieder auf seinen

Platz begab, trank er sein Glas aus und tat, als merke er nicht, daß es wieder gefüllt war. Seine Wangen röteten sich. Es schien ihm nicht mehr sündhaft, an so einem Tag zu trinken. Der Todesfall lag in ferner Vergangenheit.

»Etwas Kuchen gefällig?« fragte Peter. »In der Speisekammer sind noch ein halbes Dutzend.«

»Danke. Ich habe keinen Appetit.«

»Also ich kann dir sagen, nie wieder rühre ich ein Stück Kuchen an. Immer wenn Emma krank war, seit nunmehr zehn Jahren, hat man mir Kuchen gebracht. Es war nett von den Leuten, sehr nett, aber ich hab' jetzt die Kuchenkrankheit. Sauf!«

Irgend etwas war im Zimmer geschehen. Was mochte es sein? Die beiden sahen sich um. Mit einem Mal war etwas anders geworden. Peter lachte sinnlos heraus.

»Die Uhr auf dem Kamin ist stehengeblieben. Die zieh' ich nie wieder auf. Ich kaufe jetzt eine kleine Weckuhr, die munter tickt. Das langweilige Klack-klack ist ja trostlos!«

Er kippte sein Glas: »Jetzt wirst du wohl überall herumerzählen, ich sei übergeschnappt?«

Ed schaute auf und lächelte: »Was denkst du! Ich versteh' dich so gut, Peter! Ich hatte keine Ahnung, daß du einen Gradhalter trägst.«

»Ein Mann muß aufrecht stehen«, betonte Peter. »Ich bin von Natur aus zu schlapp.« Er brach los: »Ich bin von Natur aus ein Schaf, und seit zwanzig Jahren hab' ich getan, als sei ich ein weiser, ein edler Mensch – außer die eine Woche im Jahr!«

Er schrie auf: »Man hat mir mein Leben nur tropfenweise gegeben – mit einem Tropfenzähler! Mach keine Geschichten, Ed, gib dein Glas her! Im Stall hab' ich noch eine Flasche unter alten Säcken versteckt!«

Ed ließ sich sein Glas wieder füllen.

»Ich hab' mir ausgedacht«, fuhr Peter fort, »wie schön das jetzt wäre, wenn ich auf meiner Flußniederung spanische Wicken pflanzte! Wunderbar, so auf der Veranda zu sitzen, vor sich, unter sich alles rosa und blau, eine gute, gediegene Sache. Wenn dann der Wind darüber weht, wie das riecht! Ein wundervoll betäubender Duft!«

»Sweet peas?« meinte Ed zweifelnd. »Daran ist schon so mancher zugrunde gegangen. Natürlich erzielt man damit einen schönen Preis, aber bis es soweit ist, kann so manches passieren.«
»Ist mir egal!« brüllte Peter. »Ich will von allem jetzt massenhaft! Zwanzig Hektar Farbe und Duft! Fette Weiber mit Brüsten wie Kissen; ich bin ja so ausgehungert nach allem. Alles in Massen!«

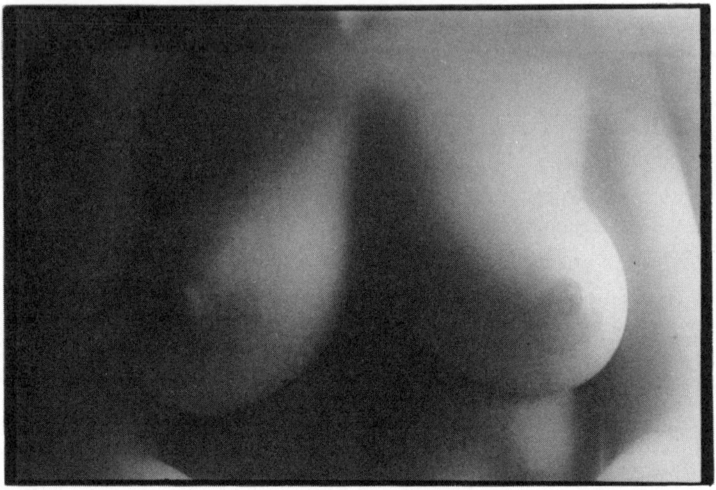

Eds Gesicht zog sich vor dem Geschrei schmerzhaft zusammen.
»Nimm eine Pille, dann schläfst du so gut wie noch nie!« sagte er beruhigend.
»Ich denke das heute nicht zum erstenmal. Seit Jahren sehne ich mich danach wie ein Kind nach den Ferien. Immer hatte ich Angst, ich würde zu alt, um es noch genießen zu können, oder vor ihr sterben. Aber jetzt bin ich noch in Form! Erst fünfzig! Noch voll im Saft, Ed! Wie ich Emma von spanischen Wicken gesprochen habe, wollte sie nicht. Wie sie mich nur dazu gebracht hat, alles zu tun, was sie will?! Keine Ahnung! Sie hat es halt fertiggebracht. Aber sie ist nicht mehr. Ich kann mich gehnlassen, herumschlampen, brauch' mir die Schuhe nicht abzuputzen, kann mir einen Bauch zulegen, und auf den Nachttisch stell' ich mir eine Flasche Brandy – jeden Abend! Sauf, Ed!«
Ed Chappell hob die Hände hoch.

»Ich denke, ich geh' jetzt. Ich bin müde, und du fühlst dich ja wieder wohl. Zieh die Uhr auf, Peter! Es tut einer Uhr nicht gut, wenn sie stillsteht . . .«

Am Tag nach der Beisetzung machte sich Randall an die Feldarbeit. Von ihrem Nachbarhof sahen Chappells in seiner Küche die Lampe schon lange vor Tage brennen. Eine halbe Stunde, ehe sie selbst sich erhoben, sahen sie Peter schon mit der Laterne über den Hof in den Stall gehen.

Binnen drei Tagen stutzte er seine sämtlichen Obstbäume. Vom ersten Frühlicht an, bis es dunkel war, daß man kein Zweiglein mehr gegen den Himmel sah, arbeitete er unverdrossen. Gleich danach wandte er sich seinen ebenen Feldern zu, pflügte, eggte, walzte, und eines Tages erschienen zwei Fremde in hohen Stiefeln und Reithosen, besahen das Land, rieben die Erde in ihren Fingern, stachen mit einer Sonde tief in den Boden, und als sie gingen, nahmen sie einige Papiersäckchen voll Erde mit.

Im allgemeinen kamen die Farmer, wenn die Zeit zur Aussaat herannahte, gern zueinander auf Besuch, setzten sich mit dem Hintern auf den Acker, griffen mit den Händen in die Erde, zerbröckelten einzelne Schollen zwischen den Fingern, erörterten die Marktlage, erinnerten einander an frühere Jahre, in denen man es mit Bohnen gut getroffen, an andere, wo man aus Kichererbsen so wenig erzielt hatte, daß man kaum die Kosten für das Saatgut herausbekam, und aus all den Besprechungen ergab sich dann meistens, daß fast alle Farmer dasselbe anbauten. Da waren bestimmte Leute, deren Ansicht den Ausschlag gab. Wenn Peter Randall oder Clark De Witt sich für Feuerbohnen und Gerste entschieden, konnte man sicher sein, daß heuer Feuerbohnen und Gerste Trumpf waren. Denn da die beiden als Glückspilze galten, war doch wohl anzunehmen, daß hinter ihren Entscheidungen mehr als bloßer Zufall steckte; tiefere Einsicht, wenn nicht am Ende gar eine prophetische Gabe!

Als nun in diesem Jahr die gewohnten Besuche begannen, merkte man bald, daß mit Peter eine Veränderung vor sich gegangen war. Er hockte auf seinem Pflug und erklärte in aller Liebenswürdigkeit, er habe sich noch nicht entschlossen. Eine gewisse Befangenheit war dabei allerdings unverkennbar.

Es war klar: er wollte nicht mit der Sprache heraus.
Nachdem er auf diese Weise ein paar Besucher hatte abblitzen lassen, stellte man seine Visiten ein und ging in corpore zu Clark De Witt, der diesmal Graupen pflanzte. Sein Entschluß entschied die diesjährige Anpflanzung in weitestem Umkreis.
Aber obwohl die Besuche bei Peter aufhörten, so erlahmte die Neugier doch nicht. Im Gegenteil. Man fuhr oder ritt an seinen zwanzig Hektaren vorbei und suchte aus der Art der Bestellung zu erraten, was hier gepflanzt werde. Erst als Peter mit seiner Sämaschine auf seinem Feld hin- und herfuhr, ließ sich niemand mehr blicken, denn er hatte bekanntgegeben, seine Ernte solle eine Überraschung werden.
Ed Chappell schwieg und stellte auch keine Fragen. Er schämte sich etwas für Peter, daß er in jener Nacht so zusammengeklappt war, und für sich selbst, daß er all das wüste Zeug mitangehört hatte. Dabei beobachtete er Peter genau, ob er seine unanständigen Absichten ausführen werde oder ob alles nur die Folge von Hysterie und Schmerz über den erlittenen Verlust gewesen war. Er stellte fest, daß Peters Schulter nicht mehr zurück, dafür aber seine Wampe um so weiter hervortrat. Er schlich sich in Peters Haus und stellte erleichtert fest, daß im Gang kein Schmutz lag und die Kaminuhr wie ehedem tickte.
Mrs. Chappell sprach oft von jenem Nachmittag: »Als ob er den Verstand verloren hätte, hat er sich aufgeführt. Geheult hat er wie ein Hund. Mein Mann, der die halbe Nacht bei ihm blieb, hat ihm etwas Whisky eingeflößt, damit er sich beruhigt, und da ist er dann endlich eingeschlafen. Aber«, fügte sie weise hinzu, »Sorgen lassen sich nicht mit Whisky vertreiben. Jeden Morgen um drei steht er auf. Von meinem Bett aus seh' ich sein Licht in der Küche.«
Die Weidenkätzchen schimmerten silbern, an den Wegrändern sproßte der Mohn; der Salinas River trat schwarz über die Ufer, überschwemmte die Fluren vier volle Wochen, um sich dann wieder in kleinen grünen Pfützen zu sammeln.
Peter hatte sein Land aufs beste bestellt. Schwarz und weich lag es da, kein Klumpen größer als eine Murmel; nach Regenfällen glänzte es purpurn unter der Sonne.
Dann kamen die ersten hauchzarten Striche Grün über dem

schwarzen endlosen Beet. Ein Neugieriger kroch in der Dunkelheit unter dem Zaun durch und zog ein Pflänzchen heraus. »Irgendein Gemüse«, erklärte er seinen Bekannten, »anscheinend spanische Wicken. Warum macht er damit ein solches Getue? Ich habe ihn selber gefragt, und er hat es mir nicht verraten.«

»Süße Erbsen . . . spanische Wicken . . .«, lief die Kunde durch alle Höfe. »Hol mich der Teufel; die ganzen zwanzig Hektar nichts als spanische Wicken!«

Man bat Clark De Witt um seine Ansicht. Er äußerte sich folgendermaßen: »Die Leute meinen, weil man fürs Pfund zwanzig bis sechzig Cents löst, könne man ein reicher Mann daran werden. Aber die Ernteaussichten sind halt doch die kitzligsten, die es nur gibt! Wenn die Käfer nicht drangehen, meint man, alles sei gut. Aber dann kommt ein heißer Tag, die Schoten platzen, und alles ist futsch. Oder es braucht nur ein kleiner Regen zu fallen, und die ganze Herrlichkeit ist zum Teufel. Ein paar Hektar, dagegen will ich nichts sagen; es ist ein Glücksspiel wie jedes andere, aber doch nicht das ganze Land! Seit Emmas Tod scheint Peter nicht mehr ganz richtig im Kopf.«

Das war eine weitverbreitete Ansicht, die sich bald jeder zu eigen machte.

Schließlich kam sie auch Peter Randall zu Ohren. Aber da brauste er auf.

»Was kümmert euch, was ich tue? Gehört das Land euch oder mir? Wenn ich pleite gehen will, ist das mein gutes Recht. Etwa nicht?«

Daraufhin schlug die Stimmung um. Peter war schließlich ein tüchtiger Landwirt. Vielleicht hat er besondere Kenntnisse, Tips! Da waren doch diese zwei Männer in Wasserstiefeln gewesen! Natürlich Sachverständige, Bodenchemiker! So mancher Farmer wünschte nichts sehnlicher, als daß er einige Hektar spanische Wicken gesät hätte.

Der Wunsch wurde allgemein, als sich die Ranken auszubreiten begannen und es schon mit Händen zu greifen war, es werde eine vorzügliche Ernte geben.

Nun kam die Blüte. Zwanzig Hektar Farben, zwanzig Hektar voll Duft! Es hieß: vier Meilen entfernt, in Salinas, könne man es noch riechen. Schulen kamen in Autobussen gefahren, um die Pracht anzuschauen. Die Expertenkommission einer Sämereigesellschaft verbrachte einen ganzen Tag mit der Besichtigung der Ranken, des Anbaus, der Erde.

Ganze Nachmittage saß Randall auf seiner Veranda im Schaukelstuhl und blickte hinab auf die Riesenquadrate in Blau und Rosa und den bunten Tumult der gemischtfarbigen Felder. Sein blaues Hemd stand am Halse weit offen, als wolle er den süßen Duft in alle Poren einsaugen.

Die Farmer befragten Clark De Witt wieder um seine Meinung, und er orakelte: »Bis zur Ernte können noch gut zehnerlei Zwischenfälle eintreten. Er kann sich noch gratulieren!«

Aber an Clarks Erregung merkten die Leute, daß er nur eifersüchtig war. Sie blickten über die Felder farbiger Lust; sie schauten auf Peter, der da auf der Veranda saß, und neue Hochschätzung und Bewunderung erfüllten sie.

Ed Chappell kam eines Nachmittags zu ihm. »Das gibt eine Ernte, Mister!« bemerkte er scherzhaft.

»Sieht so aus«, antwortete Peter ernst.

»Die Schoten haben gut angesetzt.«

Peter seufzte: »Bald ist die Blüte vorbei. Mir ist es um jedes Blättchen leid, das herunterfällt.«

»Sei froh, daß es soweit ist! Wenn nichts mehr passiert, kannst du das Geld nur so scheffeln.«

Peter zog ein buntseidenes Tuch. Ein Niesreiz war ihm in die Nase gestiegen; er schneuzte sich und rieb ihn weg.

»Es macht mich traurig, daß ich den Duft bald nicht mehr riechen werde.«

Mit diskretem Augenzwinkern erlaubte sich Ed eine zarte Anspielung auf die durchzechte Trauernacht.

»Nun? Hast du schon jemand gefunden? . . . Um dir das Haus in Ordnung zu halten?«

»Ich habe mich noch nicht umgesehen«, erwiderte Peter. »Keine Zeit!« – Um seine Augen zeigten sich Sorgenfalten.

Wer hätte auch keine Sorgen, wenn ein einziger Guß die Ernte des ganzen Jahres zerstören kann, sagte sich Ed.

Aber wenn man das Wetter eigens für spanische Wicken bestellt und gemacht hätte, es hätte heuer nicht besser sein können. An den Vormittagen, an denen die Ranken gerupft wurden, lagerte der Nebel dicht am Boden, und als die Ranken bergehoch auf weit ausgebreiteten Segeltuchbahnen lagen, schien die pralle Sonne und dörrte die Schoten zum Drusch. Die Nachbarn sahen, wie sich die hohen Säcke mit den runden schwarzen Samen füllten, und rechneten beim Nachhausegehen aus, was Peter an seiner unglaublichen Ernte verdienen würde. Clark De Witt verlor ein gut Teil seiner Anhängerschaft. Für das kommende Jahr mußten sie unbedingt herausfinden, was Randall anbauen würde. Der Mann verfügte zweifellos über geheime Kenntnisse. Wie wäre er sonst auf den Gedanken gekommen, daß gerade heuer ein Spanisch-Wikken-Jahr sei!

Alle besseren Leute aus dem Salinas Valley pflegten, wenn sie geschäftlich oder zur Erholung nach San Franzisko kamen, im Hotel Ramona zu wohnen. Da traf man meist einen Bekannten von daheim, konnte mit ihm im Vestibül in den angenehm tiefen und weichen Sesseln sitzen und vom Salinas Valley plaudern. Natürlich stieg auch Ed Chappell, als er einen aus Ohio erwarteten Vetter seiner Frau abholen kam, im Ramona ab, und da der Zug erst am folgenden Morgen ankommen sollte, sah er sich gleich in der Halle nach Landsleuten um. Aber da saßen nur Fremde. Um die Liste der Gäste durchzugehen, war es zu spät. Er rauchte seine Zigarre zu Ende und wollte sich eben zu Bett begeben, als er vor dem Hotel ein Lärmen vernahm.

Der Empfangschef winkte; ein Ausläufer rannte hinaus. Ed bog sich in seinem Sessel zurück, um zu sehen, was es da draußen gäbe. Ein Taxichauffeur hob einen Mann aus seinem Auto, übergab ihn dem Laufburschen, der ihn geschickt durch die Drehtür hereinschaufelte. Der Mann war Peter.

Seine Augen waren verglast, den Hut hatte er unterwegs verloren, sein Haar hing wirr, und sein triefender Mund stand offen. Ed sprang auf, eilte ihm entgegen: »Peter!«

Peter Randall suchte vergebens den Ausläufer beiseite zu schieben. »Laß mich gehen!« rief er, »mir fehlt doch nichts. Du bekommst fünfzig Penny von mir, wenn du mich in Ruh läßt!«

»Peter!« rief Ed zum zweitenmal.

Die stieren Augen wandten sich langsam. Gleich darauf fiel Peter ihm um den Hals. Ed stellte ihn wieder auf die Beine, wobei der Betrunkene schrie: »Mein alter Freund, mein Ed Chappell, guter Junge, was treibst du hier? Komm mit, wir trinken noch eins! Ist dir recht?«
»Warum nicht«, meinte Ed, »ein kleiner Schlaftrunk!«
»Schlaftrunk – nichts da! Wir gehn in ein Tingeltangel oder so wohin!«
Ed schaffte den Nachbarn in den Aufzug und von da auf sein Zimmer, wo Peter der Länge nach auf das Bett fiel. Doch sogleich saß er wieder aufrecht.
»Im Badezimmer ist eine Flasche Whisky. Hol sie! Schenk ein!«
Ed brachte die Flasche und Gläser.
»Na, Peter, du feierst wohl dein Erntefest? Hast ja auch klotzig verdient!«
Peter hob die Linke und tippte mit Zeige- und Mittelfinger der Rechten vielsagend in die Handfläche.
»Verdient . . . verdient . . . das haben wir, aber ich kann dir sagen: es war eine Lotterie, ein Lotteriespiel war das . . .!«
»Hauptsache, du hast dein Geld!«
Peter brütete vor sich hin.
»Kopf und Kragen hätte es kosten können«, kam es schwerfällig von seinen Lippen. »Das ganze Jahr hab' ich in Angst gelebt. Ein Vabanquespiel, sage ich dir!«
»Aber jetzt bist du fein heraus.«
»Mir ist schlecht«, wechselte Peter das Thema, »im Taxi ist mir übel geworden Ich komme von der Van Ness Avenue aus einem Puff. Ich mußte wieder einmal in die Stadt; ich wäre zerplatzt; ich bin ja noch gut im Saft!«
Ed musterte ihn. Der Kopf wackelte zwischen den Schultern; der Bart war verdreckt und verwildert.
»Peter, damals die Nacht, wie Emma dahingegangen war, hast du gesagt, du würdest jetzt alles ändern . . .«
Peters schwankender Kopf richtete sich langsam auf. Er starrte umdüstert auf seinen Freund.
»Sie ist nicht totgestorben«, kam es verquollen aus seiner Kehle, »sie läßt mir ja keine freie Hand . . . Jedes Jahr hat sie mir wegen

der Wicken zugesetzt, jedes Jahr ...« Seine Augen glotzten verwundert. »Ich weiß nicht, wie sie das anfängt.«
Sein Blick wurde noch finsterer: »Stell dir vor, Ed Chappell, ich will den Panzer doch nicht mehr tragen, verdammt, ich will nicht, nie wieder, das weißt du doch!«
Sein Kopf fiel wieder nach vorn. Aber sogleich hob er sich wieder.
»Ich bin besoffen«, stellte er feierlich fest, »ich war in der Van Ness Avenue.«
Er legte den Arm vertraulich um Ed und flüsterte schwer: »Es ist schon richtig: ich tu's, ich richte es ein, bestimmt. Wenn ich heimkomme, weißt du, was ich dann tue? Elektrisches Licht richte ich ein. Emma hat immer elektrisches Licht haben wollen.«
Er sackte auf seinem Bett zusammen.
Ed Chappell zog ihm die Stiefel aus und hob ihm die Beine aufs Bett. Dann begab er sich auf sein Zimmer.

Es dunkelte schon, als der junge Dr. Philips seinen Rucksack schulterte und den Ebbetümpel verließ. In seinen Gummistiefeln klomm er über die Felsen und stapfte durch nasse Straßen. Als er in Monterey vor seinem kleinen Handelslaboratorium in der Konservenfabrik-Straße anlangte, brannten die Laternen. Es war ein schmales, niedriges Haus, von dem ein Teil über dem Wasser der Montereybucht auf Pfählen ruhte. Rechts und links davon türmten sich die mächtigen Wellblechschuppen der Ölsardinenfabriken.

Er stieg eine Holztreppe hinauf und schloß auf. Drinnen huschten weiße Ratten hinter Gitterdraht, krallten sich in ihn ein, gefangene Katzen miauten nach Milch. Dr. Philips knipste die Beleuchtung über dem Seziertisch an, stellte den nassen Rucksack auf den Boden, ging zu den Glasbehältern beim Fenster, die seine Klapperschlangen beherbergten, und beugte sich über sie. Sie ruhten, ineinander verknäuelt, in den Ecken des Käfigs; nur die Köpfe hoben sich aus der Verstrickung; die Augen starrten ins Nichts.

Sobald der junge Mensch sich ihnen genähert hatte, waren die gespaltenen Zungen, schwarz an der Spitze, rosig am Ansatz, hervorgeschnellt; die Hälse wiegten sich auf und nieder. Dann erkannten sie ihren Herrn und zogen die Zungen ein.

Dr. Philips warf seinen Ledermantel ab, machte Feuer in dem eisernen Herd, setzte einen Topf Wasser auf, warf eine Büchse Bohnen hinein und starrte auf seinen Rucksack.

Er war schlank; seine überanstrengten Augen hatten den Blick eines Menschen, der viel durchs Mikroskop sieht. Sein kurzgeschnittener Bart war blond.

Das Herdfeuer hatte guten Zug. Bald schlug ihm die Wärme behaglich entgegen. Unter der Wohnung plätscherten Wellen gegen die Stützpfähle. Auf Wandbrettern stand reihenweise in Glaszylindern viel präpariertes Seegetier – alle Gattungen und Abarten, mit denen das Laboratorium zu tun hatte.

Dr. Philips öffnete eine Seitentür und betrat sein Schlafgemach. Die Wände waren von Bücherregalen bedeckt. Sonst enthielt es nichts als ein Feldbett und einen einfachen Holzstuhl. Er entledigte sich seiner Gummistiefel und schlüpfte in Schaffellpantoffeln. Das Wasser im Topf fing zu summen an. Er hob den Rucksack unter das grelle Licht, öffnete ihn, schüttelte einige Dutzend gewöhnlicher Seesterne über den Tisch und ordnete sie in Reihen. Seine überanstrengten Augen richteten sich auf die geschäftigen Ratten hinter den Drahtgittern. Er nahm einige Handvoll Körner aus einer Tüte und streute sie in die Futternäpfe. Sogleich fielen die Tiere darüber her. Auf einem Glasregal stand zwischen den Präparaten eines Seepolypen und einer Meduse eine Flasche mit Milch. Er nahm sie herunter und ging damit zum Katzenzwinger. Doch ehe er dort die Behälter füllte, langte er in den Käfig, hob eine große geschmeidige Tigerkatze heraus, streichelte sie ein wenig, warf sie in einen schwarz gestrichenen Kasten, verschloß den Deckel und öffnete einen Hahn, durch den das Gas in die Todeskammer strömte.

Während in der schwarzen Kiste ein kurzer Todeskampf stattfand, füllte Philips die Schalen mit Milch. Eine der Katzen nahte sich ihm mit gekrümmtem Buckel. Lächelnd kraute er sie hinter den Ohren.

In der Kiste war es still geworden. Er stellte den Gashahn ab; der luftdichte Kasten war voll.

Auf dem Herd brodelte das Wasser um die Konservenbüchse. Mit einer Zange zog er sie heraus, öffnete sie und leerte die Bohnen auf eine Glasplatte. Beim Essen beobachtete er die Seesterne auf dem Tisch. Zwischen ihren Zacken schwitzten sie milchige Tropfen aus.

Er verschlang seine Bohnen, legte die Platte in den Ausguß und trat vor einen Schrank, dem er ein Mikroskop und zehn Glasplättchen entnahm, benetzte sie mit Meerwasser aus einem besonderen Wasserhahn, ordnete sie in gerader Linie neben den Seesternen, zog seine Uhr, hakte sie aus und legte sie auf den Tisch in den weißen Lichtkreis. Mit leisen Seufzern schlugen die Wellen unter dem Boden des Zimmers gegen die Pfeiler. Er entnahm einer Schublade eine Pipette und beugte sich über die Seesterne.

Im selben Augenblick wurde auf der Holzstiege ein rascher leichter Schritt hörbar und gleich darauf laut an die Tür gepocht.

Der junge Mensch schnitt eine unwillige Fratze und öffnete. Auf

der Schwelle stand eine große hagere Frau. Ihr schwarzes Haar wuchs tief in die flache Stirn; es war glatt, doch, wie es schien, vom Winde zerzaust. Die schwarzen Augen glitzerten in dem scharfen Licht. Ihr Gewand war dunkel und ernst.
»Darf ich eintreten«, fragte sie mit sanft gutturaler Stimme, »ich möchte Sie etwas fragen.«
»Ich habe im Augenblick dringende Arbeit«, antwortete er zerstreut, »bei der es auf die Minute ankommt.«
Doch trat er zur Seite. Die Frau schlüpfte herein.
»Ich bin ganz still, bis Sie Zeit für mich haben.«
Er schloß die Tür, holte den unbequemen Stuhl aus der Schlafkammer und entschuldigte sich: »Der Versuch hat, wie Sie sehen, begonnen; ich kann ihn nicht unterbrechen.«
Es geschah öfters, daß Leute zu ihm hereinkamen und allerhand Fragen stellten. Er hatte genügend Erfahrung, wie man Wißbegierige aufklärte; es kostete ihn kein Nachdenken.
»Setzen Sie sich! In ein paar Minuten stehe ich zu Ihrer Verfügung.«
Die Große beugte sich über den Tisch. Der junge Mensch sammelte mit der Saugpipette die Flüssigkeit zwischen den Zacken der Seesterne, spritzte sie in ein Glas, sog noch ein milchiges Fluid mit dem Saugheber auf, spritzte es in dasselbe Glas und verrührte die Flüssigkeit mit der Pipette, wobei er trocken erklärte: »Im Zustand sexueller Reife sondern bei Ebbe die Seesterne Sperma und Ova aus. Dadurch, daß ich geschlechtsreife Exemplare aus dem Wasser nehme, unterwerfe ich sie den gleichen Lebensbedingungen, denen sie während der Ebbe ausgesetzt sind. Ich habe nun Samen und Eier miteinander vermischt. Diese Mischung verteile ich jetzt auf diese zehn Plättchen. In zehn Minuten werde ich die in der ersten Schale befindlichen befruchteten Eier mittels einer Menthollösung abtöten, nach zwanzig Minuten die in der zweiten, nach weiteren zwanzig die dritte Gruppe und so fort bis zur letzten. Auf diese Weise fixiere ich den ganzen Entwicklungsvorgang in zehn aufeinanderfolgenden Stadien, die ich zu biologischen Studienzwecken präparieren werde. Möchten Sie sich die erste Gruppe unter dem Mikroskop ansehen?«
»Nein, danke.«

Er wandte sich rasch nach ihr um. Sonst wollten alle immer durchs Mikroskop sehen! Sie aber sah nicht einmal auf den Tisch. Ihre schwarzen Augen schienen auf Philips zu ruhen, aber sie sahen ihn nicht. Ihre Iris war ebenso dunkel wie die Pupille: beide gingen, durch nichts geschieden, ineinander über.

Philips ärgerte sich über die Abfuhr. Obwohl ihn sonst die übliche Fragerei langweilte – ein solcher Mangel an Interesse brachte ihn auf und erregte den Wunsch, es zu wecken.

»Während der ersten zehn Minuten, die ich jetzt warten muß, habe ich noch etwas anderes vor. Es ist nicht jedermanns Sache, es anzusehen. Vielleicht treten Sie inzwischen hier nebenan ein.«

»Nein«, sagte sie in ihrem flachen gedeckten Ton. »Tun Sie nur, was Sie wollen. Ich warte.«

Ihre Hände ruhten nebeneinander in ihrem Schoß. So saß sie völlig gelassen da. Ihre Augen schimmerten; im übrigen schien sie wie scheintot.

»Wie auf einer niedern Entwicklungsstufe«, dachte Philips, »so nieder fast wie ein Frosch; den Eindruck hat man.«

Das Verlangen, sie aus ihrer Erstarrung zu reißen, packte ihn jetzt stärker.

Er trug eine kleine hölzerne Wiege zum Tisch, legte Skalpelle, Scheren und eine Hohlnadel zurecht, hob aus der Gaskiste den schlaffen Katzenkadaver, legte ihn in die Wiege und befestigte die Pfoten seitlich mit Haken. Dabei beobachtete er von der Seite her unauffällig die Frau.

Sie regte sich nicht.

Die tote Tigerkatze grinste zum Lichte empor; zwischen den spitzigen Zähnchen hing rosig die Zunge. Mit geschicktem Schnitt löste ihr Philips die Haut von der Kehle, führte ein Skalpell ein und fand eine Arterie. Mit untadeliger Technik stieß er die Hohlnadel in das Gefäß und band es mit Catgut ab.

»Ein Konservierungsfluid«, erläuterte er, »ich werde nun in das Venensystem gelben und in die Arterien roten Farbstoff injizieren. Blutstromzerlegung nach biologischen Klassen.«

Und wieder ein Blick auf die Fremde.

Die dunklen Augen schienen von Staub verhüllt. Ohne Ausdruck blickten sie über die geöffnete Kehle der Katze, aus der kein Bluts-

tropfen quoll. Der Schnitt war fehlerlos sauber. Dr. Philips sah auf die Uhr: »Zeit für Gruppe eins!«
Er schüttete ein paar Mentholkristalle auf das erste Plättchen. Die Frau machte ihn nervös.
Die weißen Ratten kletterten wieder an ihrem Gitter herum und pfiffen leise.
Die Wellen unter dem Haus plätscherten stoßweise gegen die Stützpfeiler.
Er fröstelte, stieß einige Schaufeln Kohle in den Herd und setzte sich.
»Zwanzig Minuten wäre jetzt nichts zu tun«, sagte er.
Wie kurz unter der Unterlippe ihr Kinn ist, fiel ihm auf.
Es war, als tauchte sie langsam vom Grund des Bewußtseins empor. Ihr Kopf hob sich; die dunkel verschleierten Augen wanderten durch den Raum und zu ihm.
»Ich habe gewartet«, sagte sie. Ihre Hände lagen noch immer Seite an Seite in ihrem Schoß.
»Haben Sie Schlangen?«
»Warum nicht«, sagte er laut, »zwei Dutzend Klapperschlangen; ich melke ihr Gift; ich liefere es an ein Gegengiftlaboratorium.«
Sie sah ihn noch immer an, und doch ruhte ihr Blick nicht auf ihm. Er ging durch ihn hindurch, er umkreiste ihn.
»Haben Sie eine männliche Schlange, eine männliche Klapperschlange?«
»Zufällig ja; ich weiß es durch reinen Zufall. Ich fand eines Morgens ein sehr großes Exemplar, das gerade ein kleineres begattete, ein äußerst seltener Fall in Gefangenschaft! Sonst wüßte ich nicht, daß ich einen Schlangenwurm habe.«
»Wo ist er?«
»Er? Da rechts vom Fenster im Glasbehälter!«
Ihr Kopf wandte sich langsam, ihre Hände ruhten noch reglos in ihrem Schoß.
»Darf ich ihn sehen?«
Philips stand auf und trat zu dem Käfig am Fenster. Ein Knäuel Klapperschlangen lag eng verflochten im Sand. Nur die Köpfe schwangen, wiegten sich hin und her. Die Zungen schmeckten die Luft.

Dr. Philips wandte nervös den Kopf. Die Frau stand dicht hinter ihm. Er hatte sie nicht aufstehen hören. In seinen Ohren war nur das Plätschern des Wassers gewesen, der leichte Wellenschlag gegen die Pfeiler und das kratzende Klettern der Ratten hinter dem Gittergeflecht.
»Wo ist das Männchen, von dem Sie sprachen?« fragte sie sanft.
Er zeigte auf einen dicken staubgrauen Riesenwurm, der von den übrigen abgesondert in einer Ecke lag.
»Fünf Fuß lang«, erklärte er, »kommt aus Texas. Die Schlangen hier an der pazifischen Küste sind im allgemeinen kleiner. Er frißt den andern immer die Ratten weg. Vor jeder Fütterung muß ich ihn herausnehmen.«
Die Frau starrte auf das stumpftrockene Schlangenhaupt. Einen Moment stieß die gespaltene Zunge hervor, züngelte, zuckte . . .

»Sie wissen genau, daß es ein Männchen ist?«
»Klapperschlangen sind zwar merkwürdige Tiere«, versetzte er liebenswürdig gewandt, »fast jede Verallgemeinerung erweist sich als falsch. Ich würde über Klapperschlangen nie etwas Bindendes aussagen, aber daß das hier ein Männchen ist, kann ich Ihnen versichern.«
Ihre Augen wichen nicht von dem flachen Kopf.
»Ich will es kaufen.«
»Kaufen?« rief er, »Sie wollen es kaufen?«
»Sie verkaufen doch Exemplare aller Art?«
»Natürlich . . . gewiß . . . allerdings . . .«
»Wieviel? Fünf Dollar? Zehn?«
»Nicht mehr als fünf. Aber – verstehen Sie sich denn auf Klapperschlangen? Wenn Sie gebissen werden . . .«
Ihr Blick streifte ihn kurz.
»Ich will ihn nicht mitnehmen. Ich lasse ihn hier. Er ist mein. Ich will hierherkommen, ihn betrachten, füttern und wissen, er gehört mir.«
Sie öffnete ein Geldtäschchen und nahm eine Fünfdollarnote heraus. »Hier! Jetzt ist er mein.«
Dr. Philips wurde angst und bange.
»Sie wollen kommen und ihn ansehen, ohne ihn zu besitzen?«
»Ich will, er soll mein sein.«
»Um Gottes willen«, schrie er auf, »ich habe die Zeit verpaßt!« Er stürzte zum Tisch. »Drei Minuten drüber! Wird wohl nichts ausmachen«, beruhigte er sich und schüttelte Mentholkristalle in das zweite Plättchen.
Und wieder zog es ihn zu dem Käfig und zu der Frau, die still auf die Schlangen starrte.
»Was ißt er?« fragte sie.
»Ich gebe ihm weiße Ratten – von da drüben!«
»Tun Sie ihn in den andern Käfig! Ich will ihn füttern.«
»Er braucht jetzt nichts. Diese Woche hat er schon eine Ratte gefressen. Manchmal fressen sie drei, vier Monate nichts. Ich hatte eine Schlange, die fastete über ein Jahr.«
»Würden Sie mir eine Ratte verkaufen?« fragte sie leise, eintönig.
Er zuckte die Achseln: »Ich verstehe! Sie möchten gern sehen, wie

eine Klapperschlange frißt. Gut. Ich werde es Ihnen zeigen. Ratten kosten das Stück fünfundzwanzig Cents. So etwas kann man sich ansehen; es ist aufregender als ein Stierkampf. Aber man kann es auch anders betrachten; dann ist da nur eine Schlange, die frißt«, kam es ironisch-sarkastisch.

Er haßte die Menschen, die aus einem natürlichen Vorgang einen Sport machen. Er war nicht für Sensationen. Er war Biologe. Tausend Tiere konnte er für die Wissenschaft töten, doch ohne Grund keiner Fliege etwas zuleide tun. Das entsprach seiner Überzeugung.

Langsam wandte sie sich ihm zu. Auf ihren dünnen Lippen schien ein Lächeln zu keimen.

»Ich will ihn füttern«, sagte sie leise. »Ich will ihn in den andern Käfig tun.«

Eh Philips wußte, was da geschah, hatte sie den Behälter geöffnet und fuhr mit der Hand hinein. Er sprang zu und riß sie zurück. Der geöffnete Deckel knallte herunter.

»Haben Sie den Verstand verloren?« schrie er sie an. »Wenn Sie nicht daran sterben, können Sie sich doch eine scheußliche Krankheit holen, trotz aller Gegenmittel, die ich Ihnen verabreichen würde.«

»Bringen Sie ihn hinüber!« sagte sie ruhig.

Er war erschlagen. Er mied bewußt diese dunklen Augen, den Blick in das Nichts. Er fühlte, es war eine Schande, die Ratte jetzt in den Schlangenkäfig zu setzen; es war eine Sünde. Und dabei wußte er nicht, warum. Oft hatte er früher schon auf besonderen Wunsch Ratten den Schlangen zum Fraß vorgeworfen. Heute aber ekelte er sich davor; es machte ihn krank. Er suchte sich vor sich selber zu rechtfertigen.

»Es ist belehrend und nützlich«, erklärte er, »ein Einblick in das Leben der Schlangen. Man lernt sie schätzen und auf der Hut sein. Und dann: die Angstträume von Schlangen, wobei Sie selber die Ratte sind. Der Mensch ist die Ratte. Sobald Sie es aber einmal in Wirklichkeit gesehen haben, ist die Ratte nur eine Ratte. Die Angst ist in ihr objektiviert. Sie sind sie los.«

Er nahm von der Wand einen langen Stecken, an dessen Ende ein ledernes Hütchen in Form einer Nase befestigt war, öffnete eine

Klappe im Käfigdeckel, stülpte das Hütchen über das Schlangenhaupt und zog an. Ein durchdringendes trockenes Geklapper erfüllte den Raum ... Der dicke Schlangenleib ringelte sich, schlug gegen den Stockgriff und Philips Hände, die den Wurm in den Futterkäfig versetzten. Dort angekommen, beruhigte er sich, beschrieb eine große Acht und lag still.

»Wie Sie bemerkt haben«, erklärte der junge Mann, »sind diese Giftwürmer im Grunde ganz zahm. Sie sind auch schon lange bei mir. Ich könnte sie sogar, wenn es mir drum zu tun wäre, dressieren. Aber jeder Schlangenbändiger wird früher oder später gebissen. Dazu habe ich nicht die mindeste Lust.«

Er sah nach dem Weibe. Sollte er wirklich die Ratte verfüttern? Der Gedanke war ihm zuwider.

Die Frau war vor den Futterkäfig getreten. Ihre dunklen Augen senkten sich über das Schlangenhaupt, das wie versteint dalag.

»Geben Sie ihm die Ratte!« befahl sie.

Widerwillig ging er zum Rattenzwinger. Das Opfertier tat ihm leid. Nie hatte er eine Ratte bedauert. Es war das für ihn ein neues Gefühl. Er blickte in das Gewimmel, das sich ihm munter entgegendrängte. ›Welche?‹ ... überlegte er, ›welche soll ich herausgreifen? ...‹

Jäh warf er sich herum und fuhr die Fremde an: »Soll ich nicht eine Katze hineintun? Sie könnten dann einen richtigen Kampf erleben, bei dem vielleicht die Katze gewinnt! Sie könnte die Schlange töten. Kaufen Sie eine Katze!«

Sie sah ihn nicht an.

»Die Ratte«, wiederholte sie. »Er soll fressen.«

Philips öffnete den Rattenzwinger, steckte blindlings die Hand hinein, bekam einen Schweif zu fassen. Sie wollte ihm in den Finger beißen; als es ihr nicht gelang, ließ sie alle viere hängen und rührte sich nicht mehr.

Er trug sie rasch zum Futterkäfig hinüber und ließ das Opfertier durch die geöffnete Klappe auf den Sandboden fallen.

»Jetzt passen Sie auf!« rief er.

Keine Antwort. Kein Blick, der ihm galt. Sie hatte nur Augen für die Giftschlange, die unbewegt dalag. Sie züngelte, schmeckte die Luft ...

Die Ratte war auf die Pfoten gefallen, schnupperte an ihrem nackten rosigen Schwanz und trabte dann, immerzu schnüffelnd, ahnungslos durch den Sand.
Hatten die Wellen zwischen den Pfeilern – hatte das Weib geseufzt? Philips wußte es nicht. Der Raum lag totenstill.
Ohne den Kopf zu wenden, beobachtete er seine Besucherin mit verstohlenem Seitenblick. Ihr Körper schmiegte und straffte sich.
Sachte begann sich das Schlangentier zu verschieben; man merkte es kaum. Die Zunge flackerte. Am andern Ende des Käfigs stellte die Ratte sich auf die Hinterbeine und leckte die feinen weißen Härchen an ihrer Brust. Der Giftwurm bewegte sich weiter; sein Hals hatte die Form eines S.
Die Stille drückte auf den jungen Mann. Er spürte sein Blut durch den Körper jagen. Er sagte laut: »Das ist die Kampfhaltung, schauen Sie! Er hat seine Kampfstellung bezogen. Klapperschlangen sind vorsichtig, fast könnte man sagen, feig; sie sind von sehr empfindlichem, heiklem Körperbau. Ihr Mahl vollzieht sich mit einer Gewandtheit wie die Operation eines Chirurgen; mit derselben Treffsicherheit benützen sie ihre Werkzeuge.«
Der Giftwurm war in der Mitte des Käfigs angelangt. Die Ratte sah auf, bemerkte die Schlange, hüpfte unbekümmert zurück und leckte wieder an ihrer Brust.
»Es ist das Fabelhafteste, was man nur sehen kann«, sagte der junge Mensch. Seine Adern pochten. »Es ist das Fürchterlichste, was man nur sehen kann.«
Die Schlange war nun ganz nah. Ihr Haupt hob sich einige Zoll über den Sand, wellte vor und zurück, zielte, nahm Abstand, zielte wiederum ... Philips Blick streifte die Frau und fuhr zurück. Ihr Körper arbeitete mit, wogte leise, fast wie der des Giftwurms.
Die weiße Ratte sah auf und erkannte den Feind. Sie fiel auf die Vorderfüße, wollte sich wehren – da kam der Biß. Man sah ihn kaum, es war wie ein Blitz. Die Ratte kreischte wie unter einem unsichtbaren Schlag. Die Schlange schnellte zurück in den Winkel, aus dem sie hervorgekrochen, lag still; nur die Zunge flackerte immerzu.
»Vollkommen!« rief Dr. Philips: »Genau zwischen den Schulterblättern! Die Giftzähne müssen fast bis zum Herz gedrungen sein.«

Die Ratte stand still. Sie atmete wie ein kleiner weißer Blasebalg. Plötzlich ein Luftsprung – dann fiel sie auf die Seite. Die Beine stießen im Krampf. Sie war tot.
Das Weib stand erschlafft. Wie zum Schlaf lösten sich ihre Glieder.
»Nun«, meinte der junge Mensch, »war das eine Gefühlsmassage?« Sie wandte ihm ihre umschleierten Augen zu.
»Wird er sie jetzt fressen?«
»Natürlich! Für einen bloßen Nervenkitzel hat sie das Tier nicht getötet, sondern aus Hunger.«
Die Lippen der Frau kräuselten sich leicht.
»Ich will ihn fressen sehen.«
Sie sah wieder die Schlange an, die schon aus ihrem Winkel hervorkam, nun nicht mehr mit angriffsbereiter S-Krümmung des Halses, sondern behutsam darauf gefaßt, im Fall von Gefahr sich zurückzuziehen. Vorsichtig, heimlich stieß die Klapperschlange mit stumpfer Nase das tote Tier, fuhr ihm beruhigt mit dem Kinn über den ganzen Leib, fast als messe, als küsse sie ihn, öffnete endlich das Maul, sperrte es weit auf und hob ihre Kinnladen aus den Scharnieren.
Mit ganzer Willenskraft nahm sich Dr. Philips zusammen, sich nicht nach der Frau umzusehen. Er konnte nicht anders, er mußte denken: ›Sie öffnet den Mund; mir wird schlecht, wenn ich es sehe.‹ Er sah sie nicht an.
Die Schlange fügte ihre Kinnladen dicht um den Rattenkopf und begann in langsam gleichmäßigem Schlingen, die Ratte sich einzuverleiben. Die Kinnbacken griffen und packten; die Kehle kroch vorwärts, und wieder packten die Lefzen zu.
Philips blickte nach seinem Arbeitstisch.
»Jetzt habe ich Ihretwegen eine Gruppe versäumt«, klagte er. »Der Satz ist jetzt unvollständig.«
Er brachte ein Plättchen unter das Mikroskop, sah durch – und goß ärgerlich alle zehn Schalen in den Ausguß. Die Flut unter dem Haus war gesunken. Nur noch ein flüsterndes Wogen drang feucht nach oben. Der junge Mann hob eine Falltür im Boden und schüttete seine Seesterne in das Brackwasser. Vor der in der hölzernen Wiege gekreuzigten Katze machte er halt. Mit verzerrtem, erstarrtem Ausdruck grinste sie in das kalte Licht. Ihr Leib war von dem

Konservierungsfluid aufgeschwollen. Er zog die Hohlnadel heraus und band die Ader ab.
»Wünschen Sie einen Kaffee?« fragte er.
»Danke. Ich werde bald gehen.«
Er trat neben sie vor den Schlangenkäfig. Bis auf ein Stück des rosigen Schwanzes, das wie eine Teufelszunge aus dem Schlangenmaul ragte, war die Ratte verschlungen. Noch einmal hob sich die Kehle – da verschwand auch das Schwanzende. Die Kinnladen schnappten wieder in ihre Pfannen zurück. Der Riesenwurm verzog sich schwerfällig in seinen Winkel, beschrieb eine große Acht; der Kopf legte sich in den Sand ... »Jetzt schläft er«, sagte das Weib. »Jetzt gehe ich. Aber ich komme wieder. Ich füttere ihn von Zeit zu Zeit. Die Ratten werde ich Ihnen bezahlen. Und einmal werde ich ihn mit mir nehmen.«
Ihre Augen tauchten einen Moment aus verschleiertem Traum.
»Vergessen Sie nicht, er ist mein! Nehmen Sie ihm sein Gift nicht! Er soll es behalten. Gute Nacht!«
Rasch ging sie zur Tür und hinaus. Auf der Stiege konnte Philips noch ihre Schritte vernehmen – draußen nicht mehr.
Er rückte den Stuhl vor den Schlangenkäfig und setzte sich. Während er auf das erstarrte Gewürm blickte, suchte er seine Gedanken zu ordnen.
»Ich habe alles Erdenkliche über Sexualsymbole gelesen«, dachte er, »aber hier liegt die Erklärung nicht ... Vielleicht bin ich zuviel allein. Ich sollte die Schlange töten. Wenn ich wüßte – nein ... ich kann zu keinem Gotte mehr beten ...«
Wochenlang wartete er auf ihre Rückkehr.
»Wenn sie wiederkommt, lasse ich sie allein und gehe weg«, sagte er sich, »ich will das nicht mehr mitansehen.«
Sie kam nicht wieder.
Wenn Dr. Philips in die Stadt ging, hielt er nach ihr Umschau – monatelang. Einige Male lief er hinter einer großen Frau her, weil er dachte, sie sei es. Aber er sah sie nie wieder.

Wie ein Dach aus grauem Flanell schied der hochlagernde Winternebel das Salinastal von Himmel und Welt – wie ein Deckel saß er rings an den Bergeshöhen und machte das Tal zu einem riesigen Topf, in dessen Boden sich Pflüge tief einfraßen. Die durchschnittenen Schollen glänzten metallen. Schien auf die gelben Stoppelfelder beim Fluß ein Strahl Sonne? Es war keine Sonne; die gab es jetzt im Dezember nicht – es war das leuchtende, flammende Gelb des dichten Blattwerks der Weidenbüsche, die den Flußlauf entlang wuchsen.

Stille, Frieden, Erwartung und milde Winterluft. Ein leichter Südwest ließ die Farmer auf Regen hoffen. Doch auch am Salinas wandern Regen und Nebel nicht Hand in Hand.

Auf Henry Allens Farm zwischen Fluß und Berg gibt es wenig zu tun. Das Heu ist geschnitten und eingebracht, die Obstplantagen gepflügt, bereit, den Regen zu trinken – wenn er nur käme! Das Vieh auf den Höhen hat schon sein rauhes, zottiges Winterfell.

Elisa Allen schafft fleißig in ihrem Blumengarten. Dabei geht ihr Blick von Zeit zu Zeit hinüber zum Hof, wo Henry mit zwei Männern, Geschäftsleuten der Kleidung nach, etwas verhandelt. Jeder der drei hat einen Fuß auf dem Trittbrett des kleinen Fordsons. Sie rauchen und begucken sich den Motor.

Elisa ist fünfunddreißig Jahre, ihr Gesicht schmal und kräftig, die Augen klar. Ihre Gestalt wirkt in der Gärtnerstracht und den derben Bauernschuhen etwas plump, zumal sie obendrein einen schwarzen breitrandigen Männerhut tief ins Gesicht gedrückt hat. Sie trägt eine rauhe Arbeitsschürze mit vier großen Taschen für Spachtel, Baumschere, Schaber und Messer; sie trägt auch Handschuhe zum Schutz ihrer Finger.

Mit einer kräftigen Schere schneidet sie Stiele der vorjährigen Chrysanthemen. Ihr hübsches reifes Gesicht glüht vor Eifer, vor Übereifer! Die Chrysanthemenstengel scheinen zu schwach, zu leicht für die Kraft, die sie aufwendet. Dazwischen sieht sie immer wieder einmal nach den Männern und wischt dabei mit dem Handrücken der behandschuhten Hände die heruntergefallenen

Haarsträhnen aus dem Gesicht. Ein Schmutzpatzen Erde bleibt ihr auf der Wange. – Hinter ihr erhebt sich das fröhliche weiße Farmhaus, dicht umwachsen von roten Geranien; sie reichen bis zu den Fensterbrüstungen. Es ist ein sauberes Häuschen mit blitzblanken Fenstern. Selbst die Schmutzmatte vor den Eingangsstufen weist keinen Flecken auf.
Wieder wirft Elisa einen Blick nach dem Traktorschuppen. Die Fremden steigen in ihren Ford. Sie zieht einen Handschuh aus, versenkt die kräftigen Finger in einen Wald junger grüner Chysanthemensprößlinge, die rings um die alten Wurzeln emporschießen, zerteilt das Blattwerk und blickt forschend zwischen die dichtstehenden Stengel.
Keine Blattläuse, Asseln, Schnecken, Larven? Ihre Jagdfinger haben all diese Plagen längst im Entstehen vernichtet.

Beim Ton von Henrys, ihres Gatten, Stimme fährt sie zusammen. Er ist unbemerkt nähergekommen, hat sich neben ihr über das Drahtgitter gelehnt, das sie zum Schutz ihrer Blumen gegen Vieh, Hunde und Hühner gezogen.
»Schon wieder dabei?« fragt er, »das muß ja eine unheimliche Ernte geben!«
Elisa richtet sich auf, zieht den Handschuh wieder an.
»Ja, es kann gut werden«, bestätigt sie etwas selbstgefällig.
»Du hast darin eine besondere Gabe«, bemerkte Henry. »Da waren dieses Jahr Chrysanthemen darunter, weißt du, die gelben – davon hatten doch etliche gut und gern fünfundzwanzig Zentimeter im Durchmesser. Ich wünschte mir bloß, du brächtest das auch mit unsern Äpfeln fertig.«
Ihr Blick wurde gespannt; abwehrbereit erwiderte sie: »Vielleicht wäre mir das gar nicht unmöglich. Ich habe darin wirklich eine besondere Gabe; von meiner Mutter her. Die konnte in den Boden stecken, was sie nur wollte – es ist gediehen. ›Man muß Pflanzerhände haben‹, sagte sie einmal, ›die wissen von selbst, was sie zu tun haben.‹«
»Mit Blumen mag das stimmen«, meinte er etwas geringschätzig.
»Henry, wer waren die zwei, mit denen du da gesprochen hast?«
»Dazu bin ich ja da, um es dir zu erzählen! Die sind von der Western Meat Company. Ich hab' ihnen unsere dreißig dreijährigen Stiere verkauft. Sie zahlen mir, was ich gefordert habe.«
»Gut«, fand sie, »das ist sehr gut für dich!«
»Ja, und da dachte ich mir: heut ist Samstag, wie wär's, wir fahren zur Feier des Tages gegen Abend nach Salinas, essen fein zu Nacht und sehen uns dann einen Film an – was meinst du?«
Er sah sie erwartungsvoll an.
»Gut«, wiederholte sie, »o ja, das wäre mir recht.«
»Heut sind auch Boxkämpfe«, begann Henry sie aufzuziehen, »willst du nicht lieber dorthin, statt ins Kino?«
Sie schüttelte sich: »Boxkämpfe mag ich nicht.«
»Ich hab' ja nur Spaß gemacht, Elisa. Es bleibt beim Kino! Jetzt ist es zwei Uhr. Ich bringe mit Scotty die Stiere herunter – das dauert etwas bis kurz nach vier. Um fünf fahren wir in die Stadt und essen im Hotel Cominos. Einverstanden?«

»Natürlich; es ist schön, einmal auswärts zu essen.«

»Also dann werde ich jetzt die Pferde herbeischaffen.«

»Und ich hier die Setzlinge umpflanzen.«

Da rief er auch schon nach Scotty, der drunten im Stall war.

Bald darauf sah Elisa beide Männer hügelan auf Stiersuche reiten und machte, eifriger noch als zuvor, ein Sandbeet zur Aufnahme der Chrysanthemen bereit. Mit der Kelle wendete sie den Boden um und um, glättete und klopfte ihn fest und hub zehn parallele Furchen aus, die die Setzlinge aufnehmen sollten. Hierauf wandte sie sich dem alten Chrysanthemenbeet zu, zog die kleinen frischen Schößlinge heraus, stutzte sie und legte sie ordentlich auf einen Haufen.

Räderquietschen und Hufschlag scholl von der Landstraße. Elisa schaute auf. Es war mehr ein Feldweg, den hohe kanadische Pappeln und dichtes Weidengebüsch vom River trennten, und auf diesem holperigen Weg näherte sich ein wunderliches Gefährt mit einem wunderlichen Gespann, einem altmodischen alten Kastenwagen wie ein alter Präriekarren, mit rundem Leinwanddach, davor ein Brauner, kaum weniger alt, und ein grauweißes Langohr. Auf dem Bock zwischen den Bahnen des Zeltdachs saß ein großer stoppelbärtiger Mann und lenkte das langsam dahinkriechende Fahrzeug. Unter dem Wagen zwischen den Hinterrädern zottelte gemächlich ein magerer Bastard von einem Vorstehhund. Auf der Zeltleinwand aber standen in krakelig plumpen Buchstaben zwei Reihen verschiedener Gegenstände geschrieben: »Kessel, Töpfe, Pfannen, Messer, Scheren, Gartengeräte«, und drunter vielverheißend und zuversichtlich sechs Buchstaben: »Wie neu!« Und um jeden der schwarzen Buchstaben temperamentvolle Pinselspritzer.

Elisa, am Boden hockend, gedachte sich den Vorbeizug des närrischen Rumpelkarrens mit anzusehen. Aber das Fahrzeug zog nicht vorbei, sondern bog mit knirschenden, quiekenden Rädern in die Anfahrtsstraße zur Farm ein. Der Vorstehhund sprang zwischen den Rädern hervor und rannte voraus. Augenblicklich stürzten die beiden Schäferhunde der Ranch hervor und auf ihn los. Doch mit einem Schlag hielten die drei wütenden Gegner inne und strichen mit bebend erhobenen Schwänzen, schnuppernd, mit der würdevollen Behutsamkeit eines Berufsdiplomaten umeinander herum.

Die Karawane bewegte sich auf Elisas Drahtzaun zu und hielt an. Der fremde Hund, da er sich in der Minderheit sah, zog sich mit eingezogenem Schweif gekrümmten Rückens und zähnefletschend unter den Wagen zurück.
»Feigling!« rief der Mann auf dem Bock ihm zu. »Bist doch sonst so ein Draufgänger, wenn du gereizt wirst!«
»Man merkt's«, lachte Elisa, »wann ist er denn zum letzten Mal ›gereizt‹ worden?«
Der Mann lachte herzlich mit: »Das ist schon lange her«, und stieg etwas steif über das Vorderrad vom Bock. Pferd und Esel ließen wie welke Blumen die Köpfe hängen.
Elisa sah, es war ein stattlicher Mann von ungewöhnlicher Größe. Haar und Bart begannen schon grau zu werden, doch wirkte er immer noch jugendlich. Sein Rock war abgetragen, verknittert und voller Flecken. Im Augenblick, da das laute Gelächter endete, war auch jegliche Heiterkeit aus seinem Gesicht verschwunden. Seine dunklen Augen hatten den sinnenden Blick in die Ferne, wie man ihn nur bei Seefahrern und Fuhrleuten findet. Seine schwieligen Hände, die auf dem Gitterzaun ruhten, waren durchfurcht, jede Furche ein schwarzer Strich. Er zog den verbeulten Hut.
»Kommt man auf diesem Dreckweg über den Fluß zur Hauptstraße nach Los Angeles – entschuldigen Sie, Ma'am; ich bin nämlich von meiner gewohnten Route abgekommen!«
Elisa stand auf, schob die Gartenschere in ihre Schürzentasche.
»Sie müßten durch eine Furt und danach einen Serpentinenweg hinauf. Ich glaube nicht, daß Sie mit Ihrem Gespann durch den Sand kommen; die Biester schaffen das nicht!«
»Sie dürften staunen, Ma'am«, antwortete er würdevoll, »wenn Sie sehen würden, was diese Biester nicht alles schaffen!«
»Ja, wenn sie gereizt sind?!« spottete Elisa.
»Wenn sie gereizt sind«, versetzte er mit überlegenem Lächeln.
»Am besten«, erklärte sie, »fahren Sie die Straße nach Salinas; dort stoßen Sie auf die Hauptstraße.«
Er strich mit den Fingern über den Drahtzaun wie über eine Harfe.
»Ich habe es eilig, Ma'am. Jahr für Jahr ziehe ich von Seattle bis San Diego – Monate brauch' ich dazu. Bis ich wieder zurück bin, ist das Jahr um. Ich ziehe dem schönen Wetter nach.«

Elisa streifte die Handschuhe ab, stopfte sie zu der Schere in ihre Schürzentasche, griff unter die breite Krempe ihres Männerhutes und suchte ihr Haar in Ordnung zu bringen.
»Es klingt eigentlich wunderschön . . . so ein Wanderleben . . .«
Er lehnte sich über den Zaun und sagte geheimnisvoll formelhaft:
»Bemerkten Sie die Inschrift an meinem Wagen? Ich flicke Pfannen und schleife Messer und Scheren. Da gibt es hier sicher manches für mich zu tun.«
»Nein, nein«, fiel sie rasch ein, »nichts, wir brauchen nichts!« Ihr Blick wurde abweisend.
»Die meisten Menschen ruinieren ihre schönen Scheren, weil sie selber daran herumschleifen; das ist Pfuscherei. Bei mir geschieht es mit einem Spezialapparat – patentiert, garantiert unfehlbar, ein kleines Wunder von einer Maschine!«
»Meine Scheren sind scharf.«
»Schön. Nehmen wir einen Topf«, fuhr er schwungvoll fort, »einen verbeulten Topf oder einen mit Loch! Ich mache ihn wieder jung! Das bedeutet für Sie eine Ersparnis von hundert Prozent!«
»Nein«, schlug sie das Angebot ab, »hier gibt's nichts.«
Sein Gesicht legte sich automatisch in Kummerfalten; die Stimme bebte vor Schmerz.
»Ich hatte heute den ganzen Tag noch keinen einzigen Auftrag. Es klingt sehr schön, so ein Wanderleben, bemerkten sie eben, Ma'am. Aber ich habe mich von der Hauptstraße verirrt und für heute nichts zu essen. Und dabei wartet Kundschaft auf mich – von Seattle bis San Diego – lauter gute Bekannte; sechs Monate lang heben sie alles zum Schleifen und Flicken auf, bis ich da bin. Sie wissen, sie sparen auf diese Weise Geld!«
»Tut mir leid«, sagte Elisa gereizt. »ich habe keine Arbeit für Sie.«
Seine Augen wanderten suchend umher, zu dem Chrysanthemenbeet.
»Was sind das für Pflanzen, Ma'am?« fragte er dann freundlich und bescheiden.
»Oh, das sind Chrysanthemen«, antwortete sie, und Widerstand und Gereiztheit schwanden aus ihrer Miene, »gelbe und weiße Riesen; ich ziehe sie jedes Jahr, größer als irgendwer weit und breit.«

»Blüten auf hohem Stiel! Wie ein rasch ausgestoßenes farbiges Rauchwölkchen sieht jede einzelne aus, nicht wahr?« meinte er.

»Wie ein farbiges Rauchwölkchen, wirklich! Das haben Sie hübsch beschrieben.«

»Sie riechen auch nur so lange schlecht, bis man sich dran gewöhnt«, meinte er.

»Sie riechen nicht schlecht!« widersprach sie, »es ist ein angenehm bittrer Geruch.«

»Gewiß, gewiß«, beeilte er sich ihr beizupflichten, »ich rieche es selber sogar sehr gern.«

»Ich hatte dieses Jahr Blüten – zehn Zoll im Durchmesser«, sagte sie stolz.

Der Mann beugte sich weiter über den Zaun.

»Ich kenne da eine Dame, einige Meilen von hier an der Chaussee – die hat den nettesten Garten, den man sich denken kann, alle möglichen Blumen, nur keine Chrysanthemen. Wie ich letztes Mal den Kupferboden ihrer Badewanne repariert habe – ein schwieriges Geschäft, aber ich habe es tadellos fertiggebracht – da bat sie mich: ›Wenn Sie je unterwegs zufällig irgendwo schöne Chrysanthemen sehen, schauen Sie, bitte, ob Sie nicht für mich etwas Samen bekommen!‹ Hat sie mir selber gesagt.«

»Dann versteht sie aber von Chrysanthemen nicht viel«, meinte Elisa mit nachsichtigem Lächeln, »die zieht man nicht aus Samen; es geht viel einfacher, wenn man die jungen Setzlinge nimmt, wie Sie hier sehen.«

»Aha! Davon könnte man wohl keine bekommen?« fragte er schüchtern.

»Das können Sie«, rief Elisa entflammt, »ich könnte Ihnen ein paar in feuchten Sand setzen, und Sie nehmen sie einfach mit. Wenn Sie gut aufpassen und den Sand feucht halten, schlagen sie in dem Topf Wurzeln; die Dame kann sie dann umpflanzen.«

»Da wäre sie sicher beglückt, Ma'am. Und sie werden so schön?«

»Wunderbar werden sie, prachtvoll!«

Ihre Augen glänzten. Sie riß ihren Hut herunter und schüttelte ihr volles und schönes Schwarzhaar.

»Ich setze sie in einen Blumentopf; Sie können ihn dann gleich mitnehmen. Kommen Sie bitte herein!«

Und schon eilte sie, während der Mann ihrer Einladung folgte, aufgeregt den geranienumsäumten Pfad hinter das Farmhaus, von wo sie alsbald mit einem schönen großen rotglasigen Blumentopf zurückkehrte. Sie kniete neben dem Setzbeet nieder und schöpfte, ohne an Handschuhe zu denken, mit den Fingern den Sand in den blitzblanken Blumentopf, nahm den eben vorbereiteten Stapel Schößlinge, drückte ihn hinein und klopfte den Sand mit den Knöcheln fest. Neben ihr, über ihr stand der Mann.

»Ich werde Ihnen sagen, wie man sie zu behandeln hat«, erklärte sie eifrig. »Können Sie es sich merken und der Dame ausrichten?« fragte sie.

»Ich werde mir alle Mühe geben.«

»Dann passen Sie auf! In etwa einem Monat schlagen sie Wurzeln. Dann muß sie sie herausnehmen und in Abständen von ungefähr einem Fuß in gute Gartenerde – wie diese hier – einsetzen.«

Sie hob eine Handvoll der fetten Erde und zeigte sie ihm.

»Sie wachsen rasch und werden sehr groß. Passen Sie gut auf! Im Juli soll sie sie ganz kurz abschneiden: acht Zoll vom Boden!«

»Vor der Blüte?« fragte der Mann.

»Vor der Blüte!«

Ihr Gesicht war von Eifer gespannt: »Sie wachsen nachher erst recht. Gegen Ende September kommen die Knospen.«

Sie hielt inne, etwas verwirrt: »Die Knospen erfordern besondere Pflege . . .« Sie zögerte. »Wie soll ich es Ihnen nur klarmachen? . . .«

Sie sah ihm tief in die Augen, forschend, suchend. Ihr Mund öffnete sich ein wenig. Es war, als lausche sie.

»Haben Sie je von Pflanzerhänden gehört?« fragte sie leise.

»Nicht daß ich wüßte, Ma'am.«

»Ich kann Ihnen auch nur sagen, wie ich es empfinde. Beim Auslesen der Knospen . . . wenn man die ungeeigneten abpflückt – das spürt man in den Fingerspitzen und sieht zu, wie die Finger arbeiten; sie arbeiten von selbst, pflücken die Knospen und irren sich nie. Sie sind eins mit den Pflanzen. Man fühlt das bis in den Arm hinauf. Nie begehen sie einen Irrtum; man fühlt es. Wenn Sie auch so sind, machen Sie nie etwas falsch. Können Sie das verstehen? . . . Verstehen Sie mich? . . .«

Sie kniete noch; ihre Brust hob sich erregt. Sie sah zu ihm auf. Seine Augen wurden schmal. Er blickte verloren beiseite.
»Vielleicht kenne ich das . . . Manchmal in meinem Wagen bei Nacht . . .«
Ihre Stimme ward heiser, als sie ihm ins Wort fiel: »Ich hatte nie ein Leben wie Sie, aber ich weiß, was Sie meinen. Die Nacht ist finster, die Sterne spitz und rings alles still. Sie fahren auf, stehen auf. Jeder der spitzen Sterne ist wie ein Nagel in Ihren Körper getrieben; so ist es, ja . . . so heiß und scharf und – lieb.«
Da kniete sie; ihre Hand hob sich, streckte sich aus, fast rührten die Fingerspitzen an seinen schwarzen schmierigen Hosen.
Die Hand fiel, lag im Grund. Elisa duckte sich, krümmte sich hündisch.
»Sehr hübsch, wie Sie das sagen«, meinte der Mann, »wenn man aber nichts zu Abend gegessen hat, ist es weniger hübsch.«
Sie richtete sich auf, stand beschämt, hielt ihm den Blumentopf hin, legte ihn freundlich in seine Arme.
»Hier! Stellen Sie ihn in Ihren Wagen neben sich auf den Sitz, damit Sie ihn unter Augen haben. Vielleicht läßt sich doch etwas für Sie finden.«
Hinter dem Haus wühlt sie im Blechhaufen, findet zwei alte beschädigte Schmortiegel, bringt sie ihm.
»Hier, vielleicht können Sie die instand setzen!«
Sogleich ist er wie ausgewechselt: »Die werden wie neu«, sagt er sachlich mit Kennerblick.
Schon hat er hinten aus seinem Wagen einen kleinen Amboß und aus seinem öligen Werkzeugkasten ein Maschinenhämmerchen hervorgeholt. Elisa ist durch das Pförtchen getreten und sieht ihm zu, wie er aus den Pfannen die ausgezackten Ränder herausklopft. Sein Blick ist sicher und kundig. Als seine Arbeit zum schwierigsten Punkt gelangt, saugt er an seiner Unterlippe.
»Schlafen Sie immer in Ihrem Wagen?« fragt Elisa.
»Immer, Ma'am. Ob Regen, ob Sonnenschein – ich liege da drinnen so trocken wie eine Kuh im Stall. Bei Hitze lege ich mich auch darunter.«
»Das muß herrlich sein«, findet Elisa. »Schade, daß eine Frau so etwas nicht kann!«

»Ist nicht das richtige Leben für eine Frau.«
Ihre Oberlippe hebt sich eben so viel, daß man ihre Zähne sieht.
»Warum nicht? Wie können Sie das behaupten?«
Sie sieht ihn fragend, erwartungsvoll an.
»Will ich auch gar nicht behaupten, natürlich nicht, Ma'am. Hier sind Ihre beiden Pfannen, fix und fertig. Sie brauchen keine neuen zu kaufen.«
»Und wieviel–?«
»Sagen wir fünfzig Cent. Ich arbeite billig und gut, daher sind auch die Kunden überall hochbefriedigt.«
Sie holte ein Fünfzigcentstück aus ihrer Küche und legte es in seine Hand.
»Ich kann selber Scheren schleifen, jawohl, ich mache Ihnen bei mir Konkurrenz, und aus kleineren Töpfen bringe ich auch die Zacken und Zähne heraus. Ich könnte Ihnen schon zeigen, wozu eine Frau imstande ist.«
Er versorgte den Hammer im Werkzeugkasten, den Amboß unter der Wagenplane.
»Für eine Frau«, meinte er, »wäre das ein zu einsames Leben, ein karges, hartes Dasein: jede Nacht mit den Tieren unter den Wagen kriechen.«
Er stieg auf die Deichsel, wobei er sich an dem Hinterteil und weißen Schwanzstück des Esels festhielt, setzte sich auf den Bock, nahm die Zügel auf.
»Herzlichen Dank, Ma'am! Ich folge Ihrem Rat und fahre zurück nach Salinas.«
»Vergessen Sie nicht«, rief sie, »wenn Sie sich länger aufhalten, den Sand zu befeuchten!«
»Was für Sand – ach so, den Blumensand! Wird besorgt!«
Er schnalzte mit der Zunge. Klepper und Esel legten sich mühsam ins Zeug, das Hundevieh lief zwischen die Hinterräder auf seinen Platz, der Wagen wendete, rumpelte durch die Einfahrt und den Weg zurück, auf dem er gekommen.
Elisa stand am Drahtzaun. Ihre Schultern waren gestrafft, ihr Kopf zurückgeworfen, die Augen halb geschlossen, so daß das Bild der abziehenden Karawane in ihnen verschwamm. Stumm bewegten sich ihre Lippen zu einem Lebewohl . . .

»Lebe wohl!«
Sie flüsterte: »Ein guter Weg . . . hell und klar . . . da ist Glut«, und fuhr beim Ton ihrer Stimme zusammen. Hatte sie jemand gehört? – Nein, nur die Hunde. Sie hoben die Köpfe, blinzelten schläfrig aus ihrer Hütte, reckten sich, kuschten und schliefen weiter. Elisa schüttelte sich und eilte ins Haus.
In der Küche griff sie an den Boiler; er war voll, das Wasser vom Mittag noch heiß. Im Badezimmer riß sie sich die befleckten Kleider vom Leib, schleuderte sie in die Ecke, stieg in ihr Bad, scheuerte sich mit Bimsstein Beine, Schenkel, Lenden, Brust, Arme, bis die Haut rot und zerkratzt war. Nachdem sie sich trockengerieben, stellte sie sich im Schlafzimmer vor einen Spiegel und betrachtete ihren Körper. Sie straffte den Unterleib, hob die Brüste, drehte sich und besah über die Schulter den Rücken. Dann kleidete sie sich sehr langsam an.
Sie zog ihre neue Unterwäsche und ihre zartesten Strümpfe an. Sie legte ein Kleid zurecht, das für sie Sinnbild der eigenen Schönheit war, frisierte sich mit der größten Sorgfalt, zog die Brauen nach und legte Rouge auf. Ehe sie fertig war, vernahm sie den leichten Donner der Hufe und Henrys und Scottys Geschrei, womit sie die Stiere der Hürde zutrieben. Sie hörte das Gittertor hinter dem eintretenden Gatten zuschlagen und seine Schritte auf der Veranda.
Mit dem Ruf: »Elisa, wo bis du?« betrat er das Haus.
»Hier!« rief sie, »in meinem Zimmer, ich ziehe mich an, ich bin noch nicht fertig. Eil dich, es ist schon spät! Heißes Wasser für dein Bad ist bereit!«
Sie hört ihn in der Wanne plätschern, legt ihm den schwarzen Anzug aufs Bett, daneben Hemd, Socken, Krawatte, stellt die polierten Schuhe davor, geht auf die Veranda, sitzt steif, geziert auf dem Stuhl und blickt hinab auf den Uferweg, die dichte, winterlich gelbe Weidenreihe, die wie ein gemalter Sonnenstrahl unter dem hohen, stumpfgrauen Nebeldach liegt, die einzige Farbe im Lichtlosen. Unbewegt sitzt sie, kaum daß ihre Augen zucken . . .
Die Tür laut hinter sich zuschlagend, kam Henry heraus und schob noch den Selbstbinder in die Weste. Erstaunt sah er Elisa an.
»Nanu! Nett siehst du aus, Elisa!« rief er gutgelaunt.
»Nett? Was willst du damit sagen?«

»Ich weiß nicht«, antwortete er täppisch, »so anders, so stark und glücklich.«
»Stark?« fragte sie betroffen. »Was meinst du mit ›stark‹?«
»Du, ist das ein neues Spiel, das du dir ausgedacht hast?« fragte er hilflos verwirrt. »Du siehst so stark aus, als könntest du ein Kalb überm Knie auseinanderbrechen, und so glücklich, als könntest du es wie eine Melone zum Nachtisch verspeisen!«
Ihre Erstarrung wich: »Du sollst so nicht reden, Henry!«
Sie hatte sich wieder in der Gewalt.
»Ja, ich bin stark«, rühmte sie sich, »nie hab' ich gewußt, wie stark ich bin.«
Henry schaute zum Traktorschuppen.
»Ich fahre den Wagen vor. Zieh nur inzwischen den Mantel an!«
Sie hörte ihn, wie er beim Gittertor vorfuhr und anhielt. Der Motor surrte. Es währte lange, bis sie den Hut richtig aufgesetzt hatte. Sie schob und rückte, dahin, dorthin. Als Henry den Motor abstellte, schlüpfte sie in den Mantel und ging hinaus.
Der kleine Zweisitzer holperte über die starren Furchen des Uferwegs, jagte die Vögel auf und scheuchte wilde Kaninchen in die Gebüsche. Zwei Kraniche strichen dicht über die Weiden und tauchten ins Flußbett.
Weit vor ihnen, mitten im Weg, sah Elisa einen dunkleren Fleck. Sie erkannte ihn. Sie wußte, was es war.
Sie wollte nicht hinsehen, als sie vorüberfuhren, doch ihre Augen gehorchten ihr nicht.
Traurig sprach sie zu sich selbst: ›Er hat sie unterwegs weggeworfen. Sie hätten ihn nicht belästigt, nicht sehr . . . Aber den Topf hat er behalten‹, redete sie sich ein. ›Den Topf mußte er behalten. Drum konnte er sie nicht mitnehmen.‹
Der Roadster nahm eine Kurve. Vor sich sah Elisa die Karawane. Sie wandte sich ganz nach dem Gatten hin, und so geschah es, daß sie nichts von dem bespannten Wägelchen sah, nichts von dem ungleichen Gespann und nichts von dessen Lenker. Ihr Roadster sauste vorüber.
Sie war über ihn hinaus. Es war geschehen. Sie sah nicht zurück und sagte laut, das Motorgeräusch zu übertönen: »Das wird heut abend schön! Ich freu mich schon auf das Essen!«

»Jetzt bist du wieder ganz anders«, fand Henry, nahm die Hand vom Volant und klopfte ihr zärtlich das Knie.
»Ich sollte dich öfters ausführen. Es täte uns beiden gut. Auf der Ranch wird man schwerfällig.«
»Henry«, fragte sie unvermittelt, »bestellst du zum Dinner Wein?«
»Gern«, rief er, »es soll heut lustig werden!«
»Henry«, fragte sie wieder nach längerem Schweigen, »bei diesen Boxkämpfen – tun da die Männer einander sehr weh?«
»Manchmal schon, nicht oft. Warum?«
»Ich habe gelesen, daß sie sich die Nasen zertrümmern, bis ihnen das Blut über die Brust fließt und die Fausthandschuhe von Blut nur so triefen.«
Er sah sie erstaunt an.
»Solches Zeug liest du, Elisa? Ja, was ist denn heut in dich gefahren?«
Er verlangsamte die Fahrt, drehte nach rechts und fuhr über die Salinasbrücke.
»Gehen auch Frauen zu Boxkämpfen?« fragte sie.
»Gewiß, viele. Möchtest du hin, Elisa? Ich dachte, du magst nicht, aber wenn du Lust hast, nehme ich dich gern mit.«
Matt lehnte sie sich zurück.
»Nein, nein . . . ich will nicht hin, sicher nicht, nein!« Sie wandte sich ab: »Mir genügt, wenn wir Wein trinken; das ist mehr als genug«, und stellte den Kragen des Pelzmantels hoch, damit er ihr Weinen nicht sähe, ein dünnes, kraftloses Weinen wie das einer alten Frau.

Eine weiße Wachtel

I

Ein mächtiges Atelierfenster bildete die dem Kamin gegenüber gelegene Wand des Wohnzimmers. Sie bestand aus einzelnen in Blei gefaßten Scheiben und reichte von den Polstersitzen bis zur Decke. Von diesem Fenster aus hatte man – vorausgesetzt, daß man dort sitzen durfte – einen weiten Blick auf den Garten, den schattigen Rasen unter den Eichen, die sorgsam gepflegten Blumenrondells mit vielfarbigen Zinerarien, die sich unter der zaubrigen Last ihrer von scharlachrot bis ultramarin spielenden Blütenpracht zur Erde neigten, auf das Fuchsienspalier am Ende des Gartens und daneben den kleinen seichten Weiher, dessen Spiegel mit Absicht fast auf der gleichen Ebene wie der Rasen lag.

Hinter dem Garten ging es bergan. Da wuchsen Lebens- und Giftbäume, spanische Cascarabüsche, vielerlei Sträucher und wilde Gräser bunt durcheinander.

Es war eine Wildnis, und niemand, der nicht ums Haus herum und zur Vorderseite desselben ging, hätte vermuten können, daß er sich hier am Rand einer größeren Stadt befand.

Mary Teller, genauer gesagt: Mrs. Harry E. Teller, war davon durchdrungen: dieser Blick durch das Fenster und dieser Garten waren der Inbegriff der Vollkommenheit. Es konnte nicht anders sein. Hatte sie doch den Platz für Garten und Haus schon Jahre, bevor sie gebaut wurden, ausgesucht! Hatte sie Haus und Garten nicht schon im Geiste gesehen, deutlich und tausendmal, als das Grundstück noch kahl und unbebaut dalag? Deshalb allein hatte sie fünf Jahre lang jeden Mann, der sich um ihre Gunst bewarb, nur daraufhin angesehen, ob er und der geträumte Garten ›zusammengehen‹ würden. Sie hatte nicht etwa gedacht: »Wird dieser Mann so einen Garten lieben?«, sondern: »Wird mein Garten so einen Mann lieben?« Denn der Garten war sie, und schließlich mußte sie ja jemanden heiraten, den sie liebte.

Als sie Harry Teller begegnete, schien ihn der Garten zu lieben. Aber Harry war doch ein wenig erstaunt, als Mary, nachdem er ihr seinen Antrag gemacht und beklommen ihre Antwort erwartete, von einem großen Atelierfenster zu reden begann und anschließend einen Rasen mit Eichen, Fuchsien und Zinerarien beschrieb.

»Gewiß . . . allerdings . . .« meinte er unsicher.

»Hältst du das für verkehrt?« fragte sie.

Er wußte nicht recht, was er sagen sollte und sagte daher: »Keinesfalls«, worauf sie den Antrag annahm, sich küssen ließ und erklärte: »Dahinter liegt ein kleiner Weiher auf gleicher Ebene mit dem Rasen. Weißt du, warum? Im Bergwald sind soviel Vögel, wie du es dir gar nicht vorstellen kannst, Goldammern, wilde Kanarienvögel, Amseln, Schwarzdrosseln, Hänflinge und viele Wachteln, natürlich auch Spatzen. Die werden herüberfliegen und trinken, was meinst du?«

Sie war bildhübsch. Er wollte sie immerzu küssen. Sie ließ ihn gewähren und sagte: »Vergiß nicht die Fuchsien! Sie sehen wie Christbaumschmuck aus.«

Er küßte weiter.

»Den Rasen muß man täglich rechen, damit sich kein Eichenlaub drauf herumtreibt.«

Er lachte: »Du bist ein komischer Käfer! Das Grundstück ist noch nicht gekauft, das Haus noch nicht gebaut, der Garten noch ungepflanzt, und du machst dir wegen heruntergefallener Eichenblätter

Gedanken! Du bist so schön, ich habe ein solches Verlangen nach dir!«
Dieses Verlangen verursachte ihr ein Unbehagen; das hübsche Gesicht verzog sich, doch ließ sie ihn weiterküssen und schickte ihn dann nach Hause, ging auf ihr Zimmer, nahm einen Federhalter, der oben in eine Pfauenfeder auslief, und ihr Tagebuch zur Hand und schrieb: »Mary Teller Mary Teller«, immerzu: »Mary Teller.« Ein paarmal schrieb sie auch: »Mrs. Harry E. Teller.«

II

Die Parzelle war gekauft, das Haus gebaut und die beiden verheiratet. Mary hatte einen genauen Plan des Gartens entworfen und war den Handwerkern keinen Augenblick von der Seite gewichen. Haargenau wußte sie, wo alles hinkommen und wie es sein sollte. Den kleinen Weiher zeichnete sie den Handwerkern auf: er war fast herzförmig, zementiert, ohne Kanten, die Ränder abgeschrägt, denn die Vögel sollten bequem trinken.
Henry staunte.
»So ein schönes Mädchen und dabei so tüchtig!« rief er, und das gefiel ihr.
Sie war so glücklich, daß sie ihm antwortete: »Du kannst in dem Garten alles pflanzen, wozu du Lust hast«, aber das lehnte er ab: »Nein, der Garten soll ganz deinen Wünschen entsprechen und deiner Art.«
Sie fand das sehr lieb von ihm, aber es war ja auch wirklich ihr Garten. Sie hatte ihn erfunden und bis in jede Schattierung mit Sorgfalt bestimmt. Es wäre nicht nett von Henry gewesen, wenn er Blumen gewollt hätte, die nicht in den Garten hineinpaßten.
Endlich war der grüne Rasen instand; die Zinerarien standen in eingegrabenen Töpfen rings um die Eichen und blühten, und die Fuchsienstöcke waren so behutsam eingepflanzt worden, daß nicht ein Blättchen zu Boden fiel.
Auf der langen Fensterbank beim Atelierfenster lagen viele Kissen, alle in lichtem, ungefärbtem Überzug; die Sonne schien ja den größten Teil des Tages darauf.

Als alles fertig war und so dalag, wie sie es im Geiste gesehen hatte, führte sie eines Abends den Gatten, als er vom Bureau nach Hause kam, zum Fenstersitz und sprach sanft: »Siehst du, so habe ich es gewollt, genau so.«

»Wunderbar«, fand Harry, »einfach fabelhaft.«

»Fast tut es mir leid, daß es fertig ist«, meinte sie, »aber ich bin doch auch froh. Es soll jetzt nichts mehr daran geändert werden, nicht wahr, Harry? Wenn ein Busch stirbt, setzen wir einen genau gleichen an dieselbe Stelle.«

»Komischer kleiner Käfer!«

»Ja, weißt du, ich habe so lange an diesen Garten gedacht, daß er ein Teil meiner selbst geworden ist, und wenn man daran etwas umändern wollte, dann wäre es so, als reiße man mir etwas aus der Seele.«

Er streckte die Hand aus, wollte Mary berühren – er zog sie wieder zurück.

»Ich liebe dich, Mary, liebe dich sehr. Aber« – setzte er nach einer Pause hinzu – »ich habe Angst um dich.«

»Du brauchst dich doch nicht um mich zu ängstigen . . .« Sie lächelte still vor sich hin.

»Doch, du weißt es selbst nicht, Mary; es ist etwas Unerklärliches, diese Unberührbarkeit . . . Du bist wie dein Garten – festgelegt bis in jede Einzelheit; man hat Angst, sich darin zu ergehen. Es könnte irgendwo eine Störung eintreten.«

Sie dankte ihm für sein zartes Verständnis: »Du bist lieb, du hast mich gewähren lassen; du hast ihn zu meinem Garten gemacht. O du bist lieb«, und überließ sich seinen Umarmungen.

III

Bei der ersten Abendgesellschaft im neuen Haus konnte er auf seine junge Frau stolz sein und war es auch. So hübsch, wie sie war, so kühl und vollendet. Der Blumenschmuck in den Gesellschaftsräumen war zauberhaft. Von ihrem Garten sprach sie so zaudernd, bescheiden, als spräche sie von sich selbst.

Manchmal geschah es, daß sie einen Besucher durch den Garten

geleitete, auf einen Fuchsienstock wies und lächelnd bemerkte: »Ich wußte nicht, ob er sich durchsetzen würde«, erläuterte sie, und es war, als spräche sie von einem Menschen: »Er brauchte viel kräftige Nahrung, bis er sich endlich dazu entschloß, in die Höhe zu schießen.«
Sie sah reizend aus, wenn sie im Garten arbeitete: Ihr lichtes Kleid war hell gemustert, ärmellos und sehr lang. Dazu trug sie einen schönen uraltmodischen Sonnenhut und zum Schutz ihrer Hände kräftige Handschuhe. Es machte Harry Freude, ihr zuzusehen, wie sie mit ihrem Korb sich von Pflanze zu Pflanze begab und mit einem großen Löffel den Wurzeln ihr ›Futter‹ verabreichte, oder wenn sie gemeinsam des Nachts auf Schneckenjagd auszogen. Da hielt Mary die Taschenlaterne, und Harry wütete unter den Schnecken und Asseln und dachte, während er sie zu Brei zertrat, wie furchtbar der Anblick für Mary doch sein müsse, und sah sie an, aber das Licht in ihrer Hand zitterte nicht. ›Tapferes Kind‹, dachte er, ›welch unerschrockenes Herz wohnt doch in diesem zerbrechlich zarten und schönen Körper!‹ Sie spornte noch seinen Jagdeifer an: »Da, das Riesenvieh! Es will an die große Levkoje; rasch, mach es tot!«
Unter glückseligem Lachen kehrten sie nach beendeter Jagd in ihr Haus zurück.
Wegen der Vögel war Mary in Sorge.
»Sie kommen nicht«, klagte sie, »kaum, daß einmal einer zur Tränke kommt. Was hält sie nur von dem Weiher zurück?«
»Sie haben sich noch nicht daran gewöhnt; sie werden schon kommen! Vielleicht streicht da auch eine Wildkatze herum.«
»Wenn eine Katze in der Gegend ist«, rief Mary hochrot vor Empörung, »werde ich vergiftete Fische auslegen. Es dürfen keine Katzen hinter meinen Vögeln her sein.«
Sie fletschte die Zähne vor Wut; ihr Atem ging schwer.
Harry besänftigte sie: »Weißt du, was ich tue? Ich kaufe ein Luftgewehr. Wenn sich die Katze dann blicken läßt, brenne ich ihr eins auf den Pelz. Davon stirbt sie nicht; es tut nur verdammt weh. Du wirst sehen: sie läßt sich dann nie wieder blicken.«
»Ja«, meinte sie getröstet, »das wird das richtige sein!«
Nachts war das Wohnzimmer besonders gemütlich.

Das Feuer loderte wie eine Wand von Flammen.
Bei Vollmond schaltete Mary die Lichter aus, und sie saßen beisammen am Fenster und sahen hinaus in die blaue Kühle des Gartens, auf die dunklen Eichen . . . ruhig und ewig lagen die Dinge vor ihnen ausgebreitet, und dahinter begann die Wildnis, der Berg.
»Der Feind!« nannte ihn Mary einmal, »die Welt, die in die unserige einbrechen möchte, eine wilde, wirre, ungeordnete Welt! Aber sie darf nicht herein; die Fuchsien erlauben es nicht; sie halten Wache. Die Vögel dürfen herein. Sie leben zwar in der Wildnis, aber in meinem Garten finden sie Frieden und Wasser.«
Sie lächelte sanft: »Es ist wie ein Wunder, Harry. Die Wachteln werden schon zutraulich. Heut abend sind ihrer zwölf vom Berg her zu meinem Weiher gekommen, ist das kein Wunder? . . .«
Sie lachte beglückt.
»Ich wollte, ich könnte in dich hineinsehen«, gestand er. »Alles an dir ist Unruhe, Bewegung – und dabei bist du deiner so sicher, so abgeklärt und so kühl . . .«
Sie setzte sich ihm auf den Schoß: »Gar nicht so sicher, du weißt davon nichts, Gott sei Dank, ich bin froh«, und stand wieder auf.

IV

Eines Nachts – Harry saß neben der Stehlampe und las die Zeitung – fuhr Mary auf: »Ich habe meine Gartenschere draußen gelassen. Sie wird ja rostig!«
Er sah auf.
»Kann ich sie dir nicht holen?«
»Nein, ich gehe selbst, Harry, du findest sie nicht.«
Sie eilte hinaus, suchte und fand ihre Schere. Dann sah sie von draußen durchs große Fenster ins Wohnzimmer.
Harry las. Das Zimmer war hell. Es war wie ein Bühnenbild – gleich mußte das Spiel beginnen. Ein feuriger Vorhang loderte aus dem Kamin empor. Mary stand und sah, sah den tiefen breiten Sessel, aus dem sie sich vor einer Minute erhoben hatte. Was täte sie wohl jetzt, wenn sie da sitzen geblieben und nicht hinaus in den Garten gegangen wäre? Vielleicht war nur ihr Sehen, ihr geistiges

Auge hinaus ins Freie gewandelt und hatte Mary dort drinnen gelassen. Saß sie nicht immer noch dort?
Ihr war, als sähe sie ihre runden Arme, die schmalen Finger auf der Lehne des Sessels. Das feine, nervöse Profil blickte nachdenklich in die Flammen.
»Woran denkt sie?« flüsterte sie. »Ich wollte, ich könnte in sie hineinsehen ... Ob sie wohl aufsteht? ... Nein, sie bleibt. Der Ausschnitt am Kleid ist ein wenig zu weit; es gleitet ihr über die Schulter ... Es steht ihr gut, es hat etwas Freies, Sorgloses und wirkt dabei schön und rein. Sie lächelt ... Sie denkt wohl an etwas sehr Angenehmes.«
Sie kam wieder zu sich und war sich darüber klar, was geschehen. Sie war darüber entzückt. ›Ich war doppelt‹, dachte sie, ›als hätte ich zwei Leben. Mir ist gegeben, mich selber zu sehen. Wie schön! Ob ich das immer kann, sooft ich will? ... Ich sah, was die andern sehen, wenn sie mich betrachten. Das muß ich Harry erzählen!‹
Aber im gleichen Augenblick entstand ein zweites Bild: Sie versucht, ihm das Geschehene zu erklären, und sieht ihn mit angestrengtem, ja fast gequältem Blick sie über die Zeitung prüfend betrachten; er gibt sich stets solche Mühe, sie zu verstehen – und es gelingt ihm nie! Würde sie ihm von ihrer nächtlichen Erscheinung erzählen, er würde sie ausfragen, die Sache nach allen Seiten hin erörtern, um dahinterzukommen – und alles wäre zerstört. Es ist nicht seine Absicht, gewiß nicht, aber so würde es kommen, so kam es immer ... Er wollte Licht auf Dingen, die das Licht nicht vertrugen. Nein, sie wird ihm nichts sagen. Sie wird bald wieder hinaus und vors Fenster treten. Wenn er es verdirbt, kann sie es nicht mehr.
Sie sieht durchs Fenster. Harry läßt die Zeitung sinken und schaut zur Tür. Sie eilt hinein, zeigt ihm die Schere zum Beweis, daß ihr Verweilen zweckmäßig war: »Siehst du, da hat sie schon Rost angesetzt. Morgen früh wäre sie braun und verdorben gewesen.«
Er lächelt, nickt.
»Nach dem, was ich eben in der Zeitung gelesen habe, wird es mit dem Anleihegesetz Schwierigkeiten geben. Es sind Gegenströmungen vorhanden. Ich finde aber, wenn Bedürfnis nach Kapital vorhanden ist, muß jemand es vorstrecken!«

»Von Anleihen verstehe ich nichts«, sagte sie. »Mir hat jemand gesagt, deine Gesellschaft hat schon auf jedes Auto Anspruch, das hier über die Straße fährt.«
Er muß lachen.
»Ganz so ist's nicht, aber beinah. Wenn die Zeiten schlecht sind, verdienen wir.«
»Schrecklich«, fand sie, »das kommt mir nicht anständig vor.«
Er legte die Zeitung zusammen.
»Ich halte es keineswegs für unanständig. Das Volk braucht Geld; wir liefern es. Der Zinsfuß wird gesetzlich festgelegt; damit haben wir nichts zu tun.«
Sie legte die schönen Arme, die schmalen Finger über die Sessellehne, so wie sie es eben durchs Fenster an sich beobachtet hatte.
»Ich halte es auch nicht für unfair; es sieht nur so aus, weil ihr Nutzen aus Menschen zieht, denen es schlecht geht.«
Er starrte lange ins Feuer. Sie fühlte, ihr Wort hatte ihn getroffen.
›Es kann ihm nichts schaden‹, dachte sie, ›wenn er einmal merkt, was Business wirklich ist! Wenn man selber das gute Geschäft macht, sieht es natürlich ganz anders aus, als wenn man als ein Außenstehender darüber nachdenkt. Eine kleine seelische Reinigung kann Harry nur guttun!‹
Er sah zu ihr auf.
»Sag, Kind, du hältst es für unanständig?«
»Aber nein! Ich versteh' nichts von Anleihen. Wie kann ich da sagen, ob etwas richtig oder nicht richtig ist?«
Er ließ nicht locker: »Du hast das Gefühl, es sei unanständig. Sag nur! Du hältst es für eine Schande, solche Geschäfte zu machen? Du schämst dich meiner. Das täte mir leid.«
Sie war plötzlich wie ausgewechselt.
»Bist du dumm!« lachte sie. »Ich schäme mich nicht. Jeder hat das Recht, Geld zu verdienen, wenn er es kann. Du tust, was du kannst, und du kannst es!«
»Bist du jetzt beruhigt?«
»Gewiß, Schäfchen!«
Als sie im Bett lag, in ihrem eigenen hübschen Schlafzimmer, vernahm sie ein leises Klinken, sah den Türknopf sich drehen und langsam wieder zurückgehen. Ihre Tür war verschlossen; das war

für ihn das Zeichen, daß etwas im Wege lag, worüber sie nicht reden wollte. Der Riegel war die Antwort auf eine Frage, eine klare, rasche und saubere Antwort.
Merkwürdigerweise war es Harry unangenehm, wenn sie wußte, er habe versucht, zu ihr zu kommen. Aber sie wußte es immer. Er war lieb und zartfühlend und genierte sich grenzenlos, wenn er den Knopf drehte und die Türe geschlossen fand.
Sie schaltet das Licht aus. Ihre Augen gewöhnen sich an das Dunkel. Sie sieht zum Fenster hinaus in den Garten, der im Lichtschein des Halbmondes daliegt. Harry ist taktvoll und lieb. Neulich erst: die Geschichte mit dem Hund! Wie er da hereingestürzt kam, richtig gestürzt, mit hochrotem Gesicht, so aufgeregt, daß es ihr einen Schrecken einjagte; sie dachte, es sei ein Unglück geschehen. Sie hatte bis tief in die Nacht hinein Kopfweh.
»Joe Adams« – hatte er da gerufen – »seine irische Terrierhündin hat Junge! Er will mir eins schenken! Prima Stammbaum! Rot wie Erdbeeren!«
Er freute sich so auf das Junge, und es tat ihr weh, daß nichts daraus werden konnte. Aber sie war stolz darauf, wie rasch er es einsah! Als sie ihm erklärte, was ein Hund im Garten an ihren Pflanzen anstellen würde . . . er würde sogar in den Beeten wühlen, und was das schlimmste wäre, die Vögel vom Weiher verscheuchen – da sah er es ein. Verwickelte Dinge wie jene Vision im Garten würden ihm natürlich Kopfzerbrechen verursachen, aber das mit dem Hund verstand er sogleich. Als ihr damals der Kopf schmerzte, rieb er ihr Schläfen und Stirne mit Florida-Wasser ein. Das war der Fluch ihrer lebhaften Einbildungskraft! Hatte sie nicht im selben Moment den Hund im Garten gesehen, wie er ihre Blumen besudelte und in den Beeten scharrte! Furchtbar! Genau, als geschähe es wirklich! Harry war hintennach unglücklich und konnte doch nichts für ihre zu lebhafte Einbildungskraft! Sie durfte ihm keine Vorwürfe machen; er konnte es ja nicht wissen.

V

Die Zeit gleich nach Sonnenuntergang nannte Mary ›die eigene Stunde des Gartens‹; es war so etwas wie eine Weihestunde. Dann arbeitete die Werkstudentin, die für Hausarbeiten bestellt war, in der Küche, während Mary über den Rasen auf eine Eiche zuschritt, hinter der ein Liegestuhl stand, in dem sie Platz nahm. Von hier aus konnte sie die Vögel beim Trinken beobachten. Hier fühlte sie sich ganz in den Garten ein. Kam Harry aus dem Bureau, so blieb er drinnen im Haus, las die Zeitung und wartete, bis sie verklärten Antlitzes aus ihrem Garten kam. Sie konnte dort keine Störung vertragen; es machte sie unglücklich.

Der Sommer neigte sich seinem Ende zu. Mary warf einen Blick in die Küche. Da war alles in Ordnung, im Wohnzimmer lag das Holz im Kamin bereit; sie brauchte es nur anzuzünden und tat es. Die Sonne war hinter dem Berge verschwunden. Blaue Abendschatten senkten sich über das Tal. ›Es ist, als kämen Millionen von Feen in meinen Garten‹, dachte sie, ›niemand sieht sie, aber sie geben der Luft eine andere Farbe.‹ Sie fand den Gedanken hübsch und lächelte zufrieden. Der Rasen war frisch gemäht und gegossen. Die schimmernden Zinerarien bildeten in der Luft kleine farbige Heiligenscheine; die Fuchsienstöcke waren von Blüten schwer, die roten Knospen hingen wie Christbaumschmuck und die geöffneten Blüten glichen Mädchen im Tanzkostüm. Sie waren vollkommen, ihre Fuchsien, sie waren richtig und brav; sie schreckten den Feind dort im Walde ab: das Dickicht, die wilden, unwirtlichen Bäume, den Busch.

Sie schritt über den Rasen in den Abend hinein. Sie ließ sich auf ihrem Liegestuhl nieder, hörte, wie sich die Vögel am Weiher einfanden. Sie haben heut eine Einladung, spintisierte sie, eine Abendgesellschaft in meinem Garten. Wie schön wäre es, wenn ich heute zum ersten Mal meinen Garten besuchen könnte! Wie freundlich würde ich mich empfangen! Guten Abend, Mary, komm nur! Komm in den Garten, Mary! –

»Wie lieblich, o wie schön! . . .«

Ja, Mary, besonders um diese Stunde – still, Mary, still! Du erschreckst sonst die Vögel!

Erwartungsvoll saß sie, still wie ein Mäuschen, den Mund halb geöffnet, erwartungsvoll. Im Busch rief die Wachtel ein scharfes Signal. Eine Goldammer ließ sich am Weiherrand nieder. Zwei kleine Fliegenschnäpper flatterten über dem Wasser, still, immerzu über die gleiche Stelle.

Und dann der Wachtelschwarm ... Mit drolligen Schrittchen näherten sich die scheuen Vögel, hoben prüfend ihre Köpfchen, ob die Luft rein sei; ihr Hähnchen, groß, mit braunschwärzlichem Kamm, ließ seinen waldhornartigen Ruf ertönen; das hieß soviel wie: keine Gefahr! Der Zug trippelte zur Tränke.

Und nun geschah das Zauberhafte ... Aus dem Busch kam eine weiße Wachtel hervor. Mary stockte der Atem. Es war eine Wachtel, ja! Kein Zweifel war möglich, und sie war weiß wie Schnee, wunderbar ...

Ein wonniger Schauer, lustvolles Fieber überfiel die Lauschende, Staunende.

Die zierliche kleine Wachtelhenne begab sich zum gegenüberliegenden Ufer des Weihers, als halte sie sich dem gewöhnlichen Haufen fern, blieb stehen, lugte umher und tauchte den Schnabel in die Flut.

»Sie ist wie ich, sie ist mir gleich«, durchzuckte es Mary.

Ihr Leib bebte, von heiliger Wonne durchflutet.

»Sie ist mein Wesen, meine Seele, mein Sein in höchster Reinigung! ... In ihr wird alles, was je ich erfuhr, zur Beglückung. Sie ist die Wachtelkönigin ...«, sang es in ihr.

Wieder tauchte die weiße Wachtelhenne den Schnabel ins Wasser, warf das Köpfchen zurück und schluckte.

Erinnerungen durchwogten Mary; die Brüste taten ihr weh – ein Päcklein Erinnerung kam nach dem andern; ihre Ekstase band eins nach dem anderen auf; jedes enthielt bebende Unrast ... Da war eine wunderbare Süßigkeit aus Italien, ein Bonbon – »iß es nicht!« hatte es geheißen; »es schmeckt nicht so gut, wie es aussieht.« Sie hat es nie genossen. Es anzusehen, war eine Wonne gewesen wie diese weiß schimmernde Wachtelwonne.

»Was für ein schönes Mädchen Mary geworden ist, wie ein Enzian so still und entrückt!« hatte sie einstmals gehört.

Es war eine Wonne gewesen wie diese.

»Mary, geliebtes Kind, du mußt künftig sehr brav sein. Dein guter Vater ist sanft entschlafen . . .«
Es war ihr erster Verlust und eine Ekstase wie diese . . .
Die weiße Wachtel hob einen Flügel und glättete die Federn mit ihrem Schnabel.
»Dieses bin ich, die ich immer sehr schön war . . . Sie ist mein Herz«, sang es in Mary.

VI

Im Garten wurde die blaue Dämmerung purpurn. Die Fuchsienknospen leuchteten wie kleine Kerzen. Ein grauer Schatten bewegte sich plötzlich vom Busch her zum Garten. Mary saß vor Schrecken gelähmt. Ihr Mund stand offen. Wie der Tod kam aus dem Dickicht ein grauer Wildkater und beschlich die trinkenden Vöglein am Weiher.
Mary starrte entsetzt. Ihre Hand fuhr zur Kehle. Dann aber brach der lähmende Bann. Mary schrie. Ein markerschütternder Schrei – der Wachtelschwarm stob empor, das Katzentier huschte zurück in den Busch –, sie schrie, schrie. Harry kam aus dem Zimmer gestürzt: »Mary! Was hast du, was ist dir?«
Als er sie berührte, fuhr sie schaudernd zusammen.
Sie weinte hysterisch. Er nahm sie auf den Arm und trug sie ins Haus auf ihr Zimmer. Zitternd lag sie auf ihrem Bett.
»Was war denn, Geliebtes? Was hat dich erschreckt?«
»Eine Katze hat die Vögel beschlichen.« Stöhnend, wimmernd richtete sie sich auf. In ihren Augen loderte es.
»Harry! Du mußt Gift ausstreuen. Heut abend noch mußt du unbedingt dieser Katze Gift streuen.«
»Lege dich, du mein Liebstes, ruhe dich aus auf den Schreck, schlaf!«
»Versprich, daß du Gift legst!«
Sie sah ihm streng in die Augen und gewahrte darin einen Widerspruch. »Versprich es mir!« flehte sie angstvoll.
»Liebling, sei doch vernünftig! Nachher frißt ein Hund das vergiftete Zeug; ein vergiftetes Tier leidet entsetzlich.«

»Es ist mir gleich«, rief sie, »in meinem Garten hat kein Hund etwas zu suchen. Ich will nicht!«
»Nein«, entschied er, »das bringe ich nicht übers Herz. Aber morgen in aller Frühe nehme ich das neue Luftgewehr – das zieht! Das wird der Katze einen Denkzettel versetzen, daß sie für immer daran genug hat.«
Es war das erste Mal, daß er ihr eine Bitte abschlug.
Sie kann nichts gegen ihn ausrichten. Ihr Kopf schmerzt wahnsinnig – und dabei versucht der Mann immerzu, ihr seine Weigerung verständlich zu machen.
Mit einem in Florida-Wasser getränkten Wattebausch betupft er ihr die Stirn. ›Ob ich ihm von der weißen Wachtel erzähle?‹ geht es ihr durch den gequälten Kopf. ›Er wird mir nicht glauben. Vielleicht aber sieht er dann ein, wie wichtig es ist, Gift zu streuen.‹
Als sich ihre Nerven ein wenig beruhigt haben, beginnt sie: »Harry . . . im Garten war eine weiße Wachtel.«
»Eine weiße Wachtel? War es vielleicht eine Taube?«
Natürlich. Das mußte kommen. Alles verdarb er mit dem ersten Wort.
»Ich kenne Wachteln«, rief sie erregt, »sie kam nicht an mich heran, es war eine weiße Wachtelhenne.«
»Das wäre geradezu ein Naturwunder. Davon habe ich noch nie gehört.«
»Ich hab' sie gesehen! Wenn ich dir sage!«
Er betupft ihr weiter die Stirn.
»Ich nehme an, es war ein Albino . . . Die weiße Farbe kommt von Mangel an Farbstoff im Gefieder.«
Sie wurde wieder hysterisch.
»Du verstehst mich nicht. Die weiße Wachtel war ich, mein heimliches Ich, das niemand erfaßt, tief innen das Ich!«
Er müht sich krampfhaft, sie zu verstehen. Sie redet verzweifelt in ihn hinein.
»Verstehst du mich? Liebster! Die Katze war hinter mir her, sie wollte mich töten. Da mußt du sie vergiften, siehst du denn das nicht ein?«
An seinem Gesicht erkennt sie: nein, er versteht sie nicht. Er hat sie nie verstanden. Warum hat sie es ihm nur gesagt?

»Ich werde meine Weckuhr stellen«, versichert er eifrig, »morgen früh bekommt das Biest seinen Denkzettel.«
Um zehn Uhr wünschte er ihr gute Nacht. Als er draußen ist, steht Mary auf und verschließt die Tür.
Das Rasseln des Weckers weckt sie am Morgen auf. Im Zimmer ist es noch dunkel, doch durch die Scheiben kommt schon der graue Frühschimmer. Sie hört, wie Harry sich rasch fertig macht, auf Zehen zur Haustür schleicht, sie leise hinter sich schließt, ihren Schlaf nicht zu stören. Das neue blanke Gewehr trägt er in der Hand.
Mit vollen Zügen atmet er den frischen Frühmorgen, schreitet munter durch das betaute Gras zum äußersten Ende des Gartens. Dort legt er sich im Feuchten Rasen auf die Lauer.
Der Garten hellt sich auf. Schon hört man das metallische Schlagen der Wachteln. Am Waldrand taucht die braune Schar auf; sie recken die Köpfchen, ihr Hahn ruft »Weg frei!«, und rasch trippeln alle zum Weiher.
Einen Atemzug später folgt die weiße Wachtel.
Sie ging zum entgegengesetzten Ufer, tauchte den Schnabel ein, warf den Kopf zurück – Harry hob sein Gewehr.
Die weiße Wachtel neigte das Köpfchen und sah ihn an. Boshaft zischte das Luftgewehr.
Der Wachtelschwarm flog auf und zum Wald hin. Die weiße Wachtel sank um, zuckte noch einmal; dann lag sie still.
Langsam ging Harry auf seine Jagdbeute zu, hob sie auf. ›Ich wollte sie nicht totschießen‹, dachte er, ›nur verscheuchen‹, und betrachtete den toten Vogel in seiner Hand. Der Schuß hat die weiße Wachtel unter dem rechten Auge getroffen.
Er geht zum Fuchsienspalier und wirft den kleinen Leichnam hinauf in die Büsche. Und legt gleich darauf sein Gewehr beiseite, klettert durch Unterholz den Abhang hinauf, sucht die weiße Wachtel und trägt sie weiter den Berg hinauf, tiefer ins Dickicht, wo er sie unter einem Haufen welker Blätter begräbt.
Mary hört ihn, wie er das Haus betritt.
»Hast du die Katze erschossen, Harry?«
»Die kommt nicht wieder«, schallt es zurück.
»Hoffentlich ist sie tot; du kannst dir alle Einzelheiten ersparen!«

Harry geht in das Wohnzimmer. Es liegt im Zwielicht. Der Garten glüht durch das große Fenster; die Eichenwipfel glänzen im ersten Sonnenlicht.
»Ich bin doch ein Schwein«, sagt sich der Mann, »ein elendes Stinktier – etwas zu zerstören, was sie so liebt!«
Er senkt den Kopf; er starrt zu Boden.
»O Gott, bin ich einsam«, murmelt er vor sich hin, »elend allein . . .«

Der rote Pony

I Das Geschenk

II Die großen Berge

III Das Versprechen

IV Der Anführer

Bei Tagesanbruch trat Billy Buck aus seiner Unterkunft, dem Bunkhaus, wie sie es nannten, stand einen Augenblick in der Veranda und sah zu dem Himmel auf. Er war untersetzt, hatte krumme Beine, Schnauzbart, Hände, breit wie Spaten, die Handflächen waren knollig und sehnig zugleich. Seine Augen waren wässerig grau und in sich gekehrt; borstig stachen die Haare unter dem schwarzen breitrandigen hohen Filzhut hervor. Er stopfte das Hemd in die Hosen aus blauem Baumwollköper und richtete den abgetragenen Gürtel; die Schnallenabdrücke hinter jedem Gurtloch ließen genau erkennen, wieviel Billy Buck im Lauf der Jahre zugenommen hatte. Nachdem er die Wetterlage geprüft, schneuzte er jedes Nasenloch einzeln, wobei er das andere mit dem Zeigefinger zuhielt und kräftig schnaubte. Dann ging er, die Handflächen gegeneinander reibend, zur Stallung. Dort striegelte und bürstete er zwei Reitpferde, wobei er immerzu beruhigend in sie hineinredete, und kaum war er damit fertig, als auch schon der Triangel vom Farmhaus herüber zu läuten begann. Billy schlug den Striegel in die Bürste, tat beides an Ort und Stelle aufs Querbrett und ging zum Frühstück.

Dabei verfuhr er so geschickt und ohne den mindesten Zeitverlust, daß er bereits bei dem Farmhaus war, als Mrs. Tiflin noch den Triangel schlug. Ihr Kopf war schon grau; sie nickte Billy zu und zog sich in die Küche zurück.

Billy setzte sich auf die Hausstufen, denn er war nur ein Knecht, und es hätte sich nicht für ihn geschickt, als erster ins Eßzimmer zu gehen. Er hörte, wie Mr. Tiflin drinnen im Haus die Füße in seine hochschäftigen Stiefel hineinstampfte.

Das schrille Triangelgeklingel hat auch Jody in Bewegung gesetzt. Jody ist ein kleiner Junge von zehn Jahren mit Haaren wie vergilbendes Weideland und scheu höflichen grauen Augen. Wenn er über etwas nachdenkt, bewegen sich seine Lippen. Der Triangel hat ihn aus dem Schlaf aufgestört, aber er denkt nicht daran, dem Schrillton den Gehorsam zu versagen; weder er noch irgendwer, den er kennt, hat das je getan. Er streicht sich das wirre Haar aus den Augen, zieht den Nachtkittel aus und steht gleich darauf fertig in blauleinenen Hemdhosen da; es ist Spätsommer, da braucht er sich nicht mit Schuhen zu plagen. In der Küche wartet er, bis die Mutter vom Spülstein weg und wieder beim Ofen ist. Nun kann er sich waschen. Das nasse Haar kämmt er mit allen zehn Fingern zurück.

»Deine Haare gehörten längst geschnitten«, tadelt die Mutter und mustert ihn scharf.

Jody guckt scheu beiseite.

»Das Frühstück steht auf dem Tisch«, fährt sie fort, »geh voran; Billy wartet schon drauf!«

Jody setzte sich an den langen Tisch, der mit einem an mehreren Stellen durchgescheuerten Wachstuch bedeckt war. In einer flachen Schüssel lagen Spiegeleier auf dicken knusperigen Speckscheiben. Jody nahm sich von beiden drei Stück. An einem der Dotter war eine Blutspur; die kratzte er sorgfältig weg.

Billy Buck stapfte herein.

»Das macht nichts«, erklärte er, »das ist bloß so ein Zeichen, das die Hühner dranlassen.«

Jodys hochgewachsener ernster Vater kam herein; an seinem Schritt hatte Jody bereits gemerkt, daß er die hohen Stiefel trug, aber er schaute zur Sicherheit doch noch unter den Tisch. Der Vater blies die Hängelampe aus; das Frühlicht kam voll durch die Fenster.

Jody stellte keine Frage, wohin der Vater und Billy Buck reiten wollten; er hätte nur gerne mitgewollt. Aber Carl Tiflin war ein gestrenger Herr, und Jody folgte ihm in allem, ohne zu fragen.

Carl Tiflin setzte sich und griff nach der Eierplatte.

»Sind die Kühe bereit, Billy?«

»In der unteren Hürde; da sind sie jetzt ganz für sich.«

»Gut so. Nur der Mensch will immerzu andere Gesellschaft.«

Carl Tiflin war anscheinend guter Laune.

Seine Frau steckte den Kopf durch die Tür: »Wann denkst du wieder zurück zu sein, Carl?«

»Läßt sich schwer sagen; ich muß in Salinas ein paar Leute sprechen. Vielleicht bis Einbruch der Dunkelheit.«

Die Eier, der Kaffee und große Zwiebäcke verschwanden in aller

Geschwindigkeit. Jody ging hinter den beiden Männern hinaus und sah zu, wie sie aufsaßen, sechs Milchkühe aus der Hürde trieben und bergan Richtung Salinas ritten. Sie wollten die alten Kühe dem Metzger verkaufen.

Als sie hinter der Höhe verschwunden waren, ging Jody ums Haus und dahinter bergauf. Die beiden Hofhunde waren ihm schon entgegengesprungen, fletschten vor Freude die Zähne und krümmten die Rücken. Jody täschelte ihnen die Köpfe – dem alten Doubletreedumm mit dem langen dicken Schweif und den gelben Augen und dem jungen Schäferhund Smasher, der bereits einen Kojoten totgebissen und dabei ein Ohr eingebüßt hatte; das noch vorhandene Ohr war dafür ein Stück länger, als es bei Schäferhunden der Fall sein sollte, aber Billy Buck behauptete, so etwas käme vor. Nach stürmischer Begrüßung senkten die Hunde ihre Schnauzen geschäftig zu Boden und liefen voraus. Dann und wann schauten sie sich um, ob ihnen der Junge nachkomme. So ging es über den Hühnerhof, wo eine Wachtel mitten unter den Kücken ihr Futter suchte. Smasher jagte ein bißchen die Hühner, bloß als Vorübung, wenn er demnächst Schafe zu hüten hätte.

Jody war bereits im Gemüsegarten, wo ihm der grüne Mais schon über den Kopf wuchs, aber die Kolben waren noch unreif und klein. Er ging zum Salbeifeld und zum Brunnen, aus dessen hölzerner Röhre der kalte Strahl in einen runden Holzzuber floß, beugte sich über und trank, den Mund dicht an dem grünbemoosten Holz, denn da schmeckte das Wasser am besten.

Dann wandte er sich und schaute zurück und hinab auf die Farm, das niedere weißgetünchte, von roten Geranien umstandene Haus, das lange Bunkhaus bei der Zypresse; dort wohnte Billy Buck ganz allein.

Unter der Zypresse sah er den großen schwarzen Kessel, in dem die geschlachteten Schweine abgebrüht wurden.

Nun kam die Sonne über die Hügelkette, beglänzte die weißen Häuser, Scheune und Ställe und ließ das feuchte Gras sanft erglühen. Hinter Jody in dem weiten Salbeifeld stoben die Vögel mit großem Gelärm durch die trockenen Blätter. Eichhörnchen pfiffen schrill von oben. Jodys Blick strich über die Farmhäuser hin; er fühlte eine Ungewißheit, es lag etwas in der Luft, ein Gefühl von

Veränderung, von Verlust oder Gewinn, von etwas Neuem und Unvertrautem.
Zwei mächtige schwarze Bussarde kamen über die Hügel geflogen, senkten sich dicht über die Erde, und ihre Schatten strichen geschmeidig rasch vor ihnen her. In der Nachbarschaft war wohl ein Tier verendet. Jody kannte das – vielleicht eine Kuh oder auch bloß ein Kaninchen; den Bussarden entgeht ja nichts – er verabscheute sie; das tat jede anständige Kreatur, aber man durfte ihnen nichts tun, weil sie doch mit dem Aas aufräumten.
Nach einer Weile ging der Junge langsam den Hügel wieder hinab. Die Hunde hatten ihn längst verlassen und jagten sich in den Büschen. In dem Gemüsegarten blieb er stehen und zertrat mit bloßen Füßen eine Warzenmelone. Aber es machte ihm keinen Spaß; es war häßlich von ihm, das wußte er ganz genau. Er scharrte Erde auf die zerstörte Frucht, damit niemand es sehe.
Zu Hause mußte er seiner Mutter die Hände und Fingernägel vorweisen.
»Was hat es für einen Sinn, einen Jungen sauber zur Schule zu schicken, wenn er unterwegs sich wieder zehnmal verdreckt«, seufzte sie, einige Schwärze von den Fingern herunterreibend, gab ihm dann seine Schulsachen, wickelte ihm einen Imbiß ein und schickte ihn fort; die Schule lag eine Meile vom Farmhaus entfernt. Jodys Lippen arbeiteten heut schon den ganzen Morgen, sein Mund kaute stumme Gedanken; Mrs. Tiflin hatte es wohl bemerkt.
Jody machte sich auf den Weg. Auf der Straße stopfte er sich die Taschen voll weißer Kiesel, die da herumlagen. Damit schmiß er nach Vögeln oder einem wilden Kaninchen, das mitten im Weg in der Sonne hockte. Hinter der Brücke beim Kreuzweg traf er zwei Freunde, mit denen er weiterschlenderte und allerhand Unfug trieb. Der Unterricht hatte erst seit zwei Wochen wieder begonnen; da waren die Kinder noch außer Rand und Band.
Am Nachmittag um vier Uhr stapfte Jody schon wieder den Hügel empor und schaute hinab über die Farm nach den Reitpferden, aber die Hürde war leer, der Vater noch nicht zurück. Da begab er sich denn gemächlich an seine häuslichen Arbeiten. Auf der Veranda stopfte die Mutter Socken.

»In der Küche sind zwei Pfannkuchen für dich«, rief sie ihm zu. Schon war er drinnen und kam, auf beiden Backen kauend, wieder heraus. Als ihn die Mutter fragte, was er heut in der Schule gelernt habe, war seine Antwort derart von Pfannkuchen verstopft, daß sie kein Wort verstand.

»Heut abend machst du mir aber die Holzkisten richtig voll, Jody«, unterbrach sie sein Gekau, »gestern hast du die Scheite kreuz und quer geschmissen; da war sie nur halb voll. Ja, und dann: eine der Hennen versteckt ihre Eier, oder die Hunde fressen sie weg. Schau dich um; vielleicht findest du irgendwo ihr Nest!«

Nachdem die Holzkiste voll war, nahm Jody seine Zweiundzwanziger-Büchse, ging zum kalten Brunnen bei den Sträuchern, trank; dann zielte er mit dem Gewehr auf alle möglichen Dinge: Steine, Vögel im Flug und den großen schwarzen Saukessel unter der Zypresse, schoß aber nicht, denn er hatte keine Patronen; die sollte er erst haben, wenn er zwölf war. Wenn ihn der Vater so mit der Büchse in Richtung auf das Haus zielen sähe, könnte er gut noch ein Jahr länger auf seine Patronen warten! Das kam Jody auf einmal in den Sinn, und da zielte er nicht mehr auf etwas im Hof oder Garten. Zwei Jahre noch auf Patronen warten, war schon reichlich lang. Zu dumm! An fast alle Geschenke knüpfte der Vater eine Bedingung, wodurch deren Wert sehr vermindert wurde. Aber das war eine gute Schule für Jody.

Mit dem Abendessen wurde bis zur Rückkehr des Vaters gewartet. Es war schon ganz finster, als er endlich mit Billy Buck ankam. Jody roch beglückt den Brandyduft ihres Atems. Er freute sich immer, wenn Vater nach Branntwein roch, denn dann sprach er meist mehr mit ihm und erzählte Geschichten aus seiner Jugend.

Nach dem Essen saß Jody beim Herd. Seine scheuen höflichen Augen wanderten unstet. Er wartete, was der Vater berichten würde; sicher steckte er voll von Neuigkeiten. Aber er wurde enttäuscht. Ernst deutete der Vater mit dem Finger auf ihn.

»Geh du jetzt schlafen, Jody; morgen früh brauche ich dich!«

Nicht schlecht, fand Jody. Er tat gern etwas anderes als das gewöhnliche Einerlei. Er guckte zu Boden; sein Mund arbeitete an einer Frage, bis er endlich damit herauskam: »Was tun wir denn morgen früh, Vater, ein Schwein schlachten?« fragte er sanft.

»Das geht dich nichts an. Leg dich schlafen!«
Als sich die Tür hinter ihm schloß, hörte er Billy Buck und den Vater kichern. Also irgendein Spaß! – Bald darauf, als er schon im Bett lag und etwas von dem Gemurmel im Nebenzimmer zu verstehen suchte, hörte er, wie der Vater der Mutter entgegnete: »Aber Ruth, ich habe ja nicht viel für ihn bezahlt.«
Jody hörte die Waldkäuze bei der Stallung schreiend nach Mäusen jagen, hörte einen Baumast im Wind wieder und wieder gegen die Hauswand schlagen und, während er einschlief, das Gebrüll einer Kuh.

Als am Morgen der Triangel tönte, zog er sich rascher als sonst an. Als er sich in der Küche wusch und die Haare kämmte, sagte die Mutter etwas gereizt: »Ehe du nicht ordentlich gegessen hast, darfst du mir nicht hinaus!«
Jody ging ins Eßzimmer, setzte sich an den langen weißen Tisch, nahm einen dampfenden Weizenkuchen von der Platte, setzte zwei Spiegeleier darauf, bedeckte sie mit einem zweiten Weizenkuchen und zermanschte das Ganze mit seiner Gabel.
Als der Vater mit Billy Buck eintrat, hörte es Jody am Schritt, daß beide flache Schuhe trugen, lugte aber zur Sicherheit unter den Tisch. Carl Tiflin löschte die Öllampe, denn der Tag war angebrochen. Er blickte ernst und erzieherisch drein; Billy Buck sah Jody überhaupt nicht an. Er wich den scheu fragenden Augen des Knaben aus und bröckelte eine Toastschnitte in seinen Kaffee.
»Komm nach dem Frühstück mit!« bemerkte der Vater mürrisch. Das klang gefährlich; Jody blieb der Bissen im Halse stecken. Nachdem Billy den Kaffee aus seiner Untertasse geschlürft und sich die Finger an den Arbeitshosen abgewischt hatte, standen die Männer vom Tisch auf und traten hinaus in den dämmernden Morgen, Jody ehrfurchtsvoll hinterdrein.
»Carl, laß ihn nicht die Schule versäumen!« rief die Mutter.
Sie schritten an der Zypresse vorbei, von deren einem Ast Schlegel und Messer zum Schweineschlachten herabhingen, vorbei an dem schwarzen Eisenkessel – ›also kein Schweineschlachten!‹ sagte sich Jody und wäre am liebsten vorausgesprungen, aber er traute sich nicht.

Die Sonne schien über den Berg und warf lange dunkle Baumschatten. Sie gingen quer über ein Stoppelfeld, den Weg zum Stall abzuschneiden. Jodys Vater hakte die Stalltür auf. Sie traten ein.
Sie hatten die Sonne bis jetzt im Gesicht gehabt; im Stall aber war es schwarz wie die Nacht und warm von Tieren und Heu. Jodys Vater näherte sich einem der Pferdestände.
»Komm!«
Nun sah Jody schon deutlicher, spähte in den Stand und prallte zurück.
Ein roter Ponyhengst schaute ihn an. Die Ohren reckten sich steil nach vorn; widerspenstiges Leuchten sprang aus den Augen. Das Fell war rauh und dicht wie bei einem Airedale; die Mähne lang und zottig. Ein Kloß stieg in Jodys Kehle auf; sein Atem ging schwer.
»Er muß gut gestriegelt werden«, sagte der Vater, »und wenn ich je höre, du fütterst ihn nicht pünktlich oder läßt seinen Stand verdrecken, verkauf' ich ihn auf der Stelle.«
Jody konnte es nicht ertragen, länger noch in die Augen des Füllens zu sehen; er guckte einen Augenblick auf seine Hände.
Endlich fragte er scheu: »Mein? . . .«
Niemand antwortete. Er streckte die Hand nach dem Pony aus. Laut schnuppernd näherten sich die grauen Nüstern, die Lippen gingen zurück – kräftige Ponyzähne schlossen sich fest um Jodys Finger.
Das Füllen schlenkerte den Kopf und schien vor Ergötzen zu lachen. Jody betrachtete seine gequetschten Finger.
»Fein!« meinte er stolz, »der kann, glaube ich, ganz gut beißen.«
Die zwei Männer lachten etwas erleichtert. Carl Tiflin ging hinaus, ein Stück bergauf, sich zu sammeln; er war etwas verlegen. Billy Buck blieb. Mit ihm konnte man leichter reden.
»Mein? . . .« fragte Jody nochmals.
Billys Ton wurde fachlich.
»Klar! Das heißt, wenn du auf ihn schaust und ihn ordentlich abrichtest. Ich zeig' dir schon wie. Er ist noch ein Füllen. Reiten kann man den vorläufig nicht.«
Jody streckte noch einmal die gequetschte Hand aus. Diesmal ließ sich der rote Pony die Nüstern streicheln.

»Schade, daß ich keine Mohrrüben da habe«, bedauerte Jody. »Wo habt ihr ihn denn her, Billy?»

»Gekauft«, erklärte Buck, »bei einer Gerichtsauktion. In Salinas ist ein Zirkus verkracht; ein Haufen Schulden . . . Da hat der Sheriff ihr Zeug versteigert.«

Der Pony streckte die Nüstern vor und schüttelte die Stirnhaare aus den ungezähmt blickenden Augen. Jody streichelte ihn sanft und fragte ebenso sanft: »Hat er keinen – Sattel?«

Billy Buck lachte.

»Komm! Das habe ich ganz vergessen.«

Im Geräteraum hob er einen kleinen Sattel aus rotem Maroquinleder empor.

»Halt ein Zirkussattel«, sagte er verächtlich. »Für im Busch ist das nichts . . . Den haben wir ganz billig bekommen.«

Jody traute sich kaum, den Sattel anzusehen; er war sprachlos, strich mit den Fingerspitzen über das glänzende Leder; erst nach einiger Zeit sagte er: »Ich werde gut auf ihn aufpassen«, und er dachte an die größten, herrlichsten Dinge, die es auf dieser Welt für ihn gab, und fuhr fort: »Wenn er noch keinen Namen hat, denk' ich, ich nenne ihn ›die Cabilanberge‹ . . .«

»›Die Cabilanberge‹ . . .«

Billy Buck verstand, was der Junge fühlte.

»Der Name ist ein bißchen lang. Nenn ihn doch einfach Cabilan, das heißt ›Falke‹! Das wäre der richtige Name für ihn.«

Er freute sich.

»Wenn du Schwanzhaare sammeln willst, könnte ich dir ein Haarseil machen. Das kannst du dann als Steigbügelhalter brauchen.«

Immer wieder zog es Jody zum Stand.

»Was meinst du, Billy . . . ob ich ihn mit in die Schule nehmen darf und den Kindern zeigen?«

Buck schüttelte den Kopf.

»Er ist noch auf Halfter abgerichtet. Wir haben lang gebraucht, bis wir ihn hier hatten. Fast mußte man ihn schleifen. Geh du jetzt gescheiter allein in die Schule!«

»Ich bring' die Kinder nachmittags mit, daß sie ihn sehen«, erklärte Jody.

Sechs Buben fegten am Nachmittag, eine halbe Stunde früher als sonst, über den Berg. Die Köpfe gesenkt, die Arme arbeitend wie Maschinenkolben, mit pfeifendem Atem bogen sie vor dem Farmhaus ab und sausten den Abkürzungsweg quer über das Stoppelfeld zum Stall. Und standen mit kundigen Mienen vor dem Pony und blickten auf Jody mit Augen, in denen eine neue hochachtungsvolle Bewunderung stand. Bis heute war Jody ein Junge in blauem Hemd und blauen Hosen gewesen, ruhiger als die meisten; man hielt ihn sogar ein bißchen für feig. Nun war es anders. Aus Jahrtausenden strömte in sie das uralte Staunen des Fußgängers über den Reiter, ein Instinkt, der ihnen sagte, auf dem Pferd sei der Mensch seelisch und körperlich größer als auf dem Erdboden. Wie durch ein Wunder war Jody nun über ihresgleichen entrückt, ihnen hoch überlegen. Cabilan streckte den Kopf aus seiner Box und schnupperte.

»Warum reitest du ihn nicht?« schrien die Buben. »Warum flechtest du ihm keine Schnüre in den Schweif wie auf dem Jahrmarkt?«

»Wann wirst du ihn reiten?«

Jody war obenauf; auch er spürte die Überlegenheit des Reiters.

»Er ist noch nicht alt genug. Den kann man noch lange nicht reiten, niemand! Aber ich werde ihn zureiten; Billy Buck zeigt mir wie!«

»Ah! Dürfen wir ihn ein bißchen herumführen?«

»Er ist doch noch nicht auf die Halfter abgerichtet«, erklärte Jody sachkundig.

Wenn er das erste Mal mit dem Pony herausging, wollte er ganz allein mit ihm sein.

»Kommt, seht euch den Sattel an!«

Fassungslos stehen die sechs vor dem Maroquinsattel.

»Im Busch taugt der nicht viel«, belehrt sie Jody, »da reit' ich ihn ungesattelt. Ich werde sehr gut für ihn sorgen.«

»Wie willst du denn da eine Kuh festbinden, da ist ja kein Sattelhorn dran?«

»Vielleicht kriege ich noch einen gewöhnlichen Sattel für alle Tage. Mein Vater hat so viele Sättel; der leiht mir schon einen.«

Sie dürfen den roten Sattel anfassen; er zeigt ihnen den messingbeschlagenen Kehlriemen und an den Schläfen, wo sich Kopfstück und Stirnband kreuzen, die großen blitzenden Messingknöpfe.

Wunderbar, zu wunderbar! Als sie sich schließlich losreißen müssen, sucht jeder der Freunde in Gedanken unter seinen Schätzen nach einem Gegenstand, der wert wäre, gegen einen Ritt auf dem Pony eingetauscht zu werden, wenn die Zeit da ist.

Jody war froh, daß sie gingen. Er nahm von der Wand Bürste und Striegel, klappte die Schranke der Box herunter und betrat vorsichtig den Stand. Die Augen des Ponys funkelten; er rückte zur Seite, bereit, auszuschlagen. Aber da strich ihm Jody den hohen gewölbten Hals; das hatte er Billy Buck abgesehen, und dazu brummte er »So-o-o Boy!« mit tiefer Stimme. Des Füllens Spannung lockerte sich allmählich, und Jody striegelte und bürstete, bis ein ganzer Haufen roter Haare auf dem Stallboden lag und das Fell tiefrot erglänzte. Als er fertig war, fand er, es sei noch nicht genug; es könne noch besser sein, und er fing wieder von neuem an. Er drehte Stirnhaare und Mähne in Zöpfchen, dann flocht er sie wieder auf und kämmte sie glatt.

Er hörte die Mutter nicht in den Stall kommen. Sie kam zornig an, aber wie sie den Pony und Jody so eifrig arbeiten sah, stieg ein seltsamer Stolz in ihr auf.

»Hast du die Holzkiste vergessen?« fragte sie freundlich. »Es wird dunkel, und im ganzen Haus ist kein Stückchen Holz; die Hühner sind auch nicht gefüttert.«

Jody nahm flink seine Sachen zusammen.

»Ich habe ganz dran vergessen, Ma!«

»Dann wirst du in Zukunft zuerst fürs Haus arbeiten, dann erst im Stall. Dann wirst du es nicht vergessen. Ich glaube, ich muß von jetzt an ganz besonders auf dich achtgeben.«

»Kann ich Mohrrüben aus dem Garten für ihn haben, Ma?«

Mrs. Tiflin überlegte: »Ich denke, ja . . . wenn du nur die großen, harten nimmst . . .«

»Mohrrüben geben ein schönes Fell«, sagte Jody, und wieder fühlte die Mutter den seltsamen Stolz.

Seit der Pony da war, brauchte Jody zum Aufstehen keinen Triangel mehr. Schon vor der Mutter wachte er auf, kroch aus den Federn, schlüpfte in seine Kleider und verließ leise das Haus. Wenn in der ersten Frühe trübgrauer Tage Feld, Busch und Häuser schwarz und silbergrau wie photographisches Negativ dalagen, lief er unter den schlafenden Bäumen, über schlafende Steine zur Stallung zu Cabilan. Truthühner, im hohen Geäst der Bäume vor Kojoten geschützt, kollerten schläfrig zufrieden. Die Felder lagen in graufrostigem Schimmer; in ihren Tau scharf eingezeichnet Fährten von Wild und Feldmäusen. Mit tiefem, grollendem Knurren kamen die braven Hunde gereckten Leibes aus ihren Hundehütten, aber sobald sie Jodys Witterung in die Nase bekamen, gingen die Schweife steil in die Höhe und wedelten den Morgengruß des dummen Doubletree mit den gelben Augen und Smashers, des angehenden Schäferhundes, dann krochen sie wieder faul auf ihr warmes Lager zurück.

Für Jody war es eine wunderliche Zeit; jedesmal war der Weg voller Geheimnis, ein verlängerter Traum. In der ersten Zeit, da er den Pony besaß, war es ein quälender Angsttraum, der ihm vorgaukelte, Cabilan sei nicht im Stall, sei niemals dort gewesen. Noch mit andern Martergedanken beschäftigte er sich: Ratten hätten in den roten Sattel rauhe Löcher genagt, Mäuse Cabilans Schweif angeknabbert, und nun war er ausgefasert und dünn. Das letzte Stück des Wegs bis zum Stall rannte er wie gehetzt, klappte den rostigen Torverschluß auf – aber so sachte er auch die Stalltür auftun mochte, immer sah Cabilan über die Schranke der Box ihn an, wieherte leise und stampfte mit den Vorderbeinen; in seinen Augen glomm es wie Funken aus Aschenglut.

An Tagen, an denen die Arbeitspferde gebraucht wurden, fand Jody im Stall Billy Buck, der sie striegelte und schirrte, dann aber sich zu ihm gesellte, Cabilan lange, lange betrachtete und viel von Pferden erzählte. Sie hätten schreckliche Angst um ihre Füße; man müsse daher sehr geschickt ihre Beine heben, ihnen Hufe und Fesseln streicheln, um ihnen die Scheu zu nehmen, und sie hätten es gern, wenn man sich mit ihnen unterhielt.

»Du mußt immer mit ihm sprechen und ihm die Gründe für alles sagen!«

Billy war zwar nicht sicher, ob ein Pferd alles verstehe, was man ihm sage, doch ebensowenig könne man wissen, wieviel es verstand. Nie schlage ein Pferd unwillig aus, wenn ihm einer die Dinge freundlich erkläre; dafür gäbe es viele Beispiele. Er habe zum Beispiel ein Pferd gekannt, das konnte halb tot vor Müdigkeit sein – sobald man ihm sagte, nun sei es nicht mehr weit bis zum Ziel, reckte es sich und hielt aus. Ein anderes Pferd, das er kannte, war einmal vor Angst wie gelähmt, als ihm aber sein Reiter erklärte, was das für ein Ding sei, vor dem es sich fürchte, überwand es sein Entsetzen.

Während dieser Frühgespräche schnitt Billy zwanzig bis dreißig Strohhalme in saubere Stücke von drei Zoll Länge und steckte sie in sein Hutband. Wenn er dann tagsüber in den Zähnen zu stochern hatte oder auch nur etwas kauen wollte, langte er sich eines herunter. Jody lauschte voll Andacht, denn er und die ganze Gegend wußten: Billy Buck verstand sich auf Pferde. Sein eigenes Roß war ein sehniger Cayuse, ein ganz vernagelter Dickschädel, aber bei den Zuchtprüfungen bekam er fast immer den ersten Preis. Billy Buck konnte einen Stier ans Seil nehmen, ihm mit der Ristaschlinge einen Doppelknoten übers Horn werfen, und wenn er dabei auch selbst aus dem Sattel flog – sein Roß spielte mit dem Stier wie der Angler mit einem Fisch und hielt den Strick gestrafft, bis der Stier, ob er wollte oder nicht, nachgab.

Jeden Morgen, wenn er den Pony gestriegelt und gebürstet hatte, ließ Jody die Boxschranke herunter, und Cabilan preschte hinter ihm drein durch den Stall, hinaus in die Hürde, dort im Galopp immerzu im Kreise; manchmal ein Sprung, doch stand er dann immer wieder fest und steif auf den Vorderbeinen, bebend, die Ohren steil nach vorn gerichtet, mit rollenden Augen, daß man das Weiße sah – nicht als ob sich der Pony gefürchtet hätte, das sah nur so aus! Schnaubend lief er zur Tränke und senkte die Nase bis über die Nüstern ins Wasser. Daran erkannte man, daß er von gutem Schlage war; das wußte Jody und war stolz darauf. Armselige Pferde rühren nur grad mit den Lippen ans Wasser, doch ein kühnes, feuriges Roß taucht mit Nase und Maul unter und läßt nur eben Raum zum Atmen.

Jody beobachtete an dem Ponyhengst Dinge, die er zuvor noch an keinem Pferd wahrgenommen hatte; das geschmeidige Spiel der Weichen, die Schließmuskeln der Hinterbacken, die sich ballten und öffneten wie eine Faust, den Sonnenschein auf dem roten Fell. Weil er Pferde von jeher kannte, hatte er sie nie genau angesehen;

jetzt aber lernte er die Sprache der Ohren, die dem Kopf Ausdruck, sogar sehr verschiedenen Ausdruck gaben, ja: Der Pony sprach mit den Ohren. Je nachdem, wohin sie zeigten, wußte man, was er gerade empfand. Manchmal standen sie steif und kerzengerade, manchmal hingen sie schlaff. Wenn er scheu und ängstlich war, legten sie sich zurück; war er jedoch ausgelassen und neugierig, so strebten sie nach vorn; jedes seiner Gefühle lag offen zutage.

Billy Buck hielt sein Wort. Im Frühherbst begann das Training. Zuerst kam der Halfter; das war am schwierigsten, denn es war der Anfang. Jody hielt Cabilan eine Mohrrübe vor, schmeichelte, gab gute Worte und zog an der Leine. Der Pony sperrte sich wie ein gereizter Bulle. Aber allmählich lernte er es, und Jody führte ihn am Halfter über die ganze Farm. Nach und nach lockerte er das Halteseil, bis ihm das Füllen folgte, wohin er auch ging.

Nun wurde Cabilan an die ›Longe‹ genommen, eine langwierige Arbeit! Jody stand in der Mitte des Kreises und hielt die Leine, schnalzte mit der Zunge; der Pony setzte sich in Bewegung und ging im Schritt, von der Longe gehalten, im weiten Kreise. Abermals schnalzte Jody, da setzte Cabilan sich in Trab, und beim dritten Schnalzen ging er in Galopp über, brauste wie der Teufel im Kreis herum und fühlte sich glücklich, bis Jody »Huah!« rief – und da stand er still. Bald machte er seine Sache hervorragend. Aber manchmal war er auch schlimm, biß Jody in die Hosen oder trat ihm auf den Fuß. Ja, mitunter legten sich seine Ohren zurück; er zielte und schlug nach dem Jungen aus. Und nach jedem derartigen Lumpenstreich blieb er zufrieden stehen und schien über sich selbst zu lachen.

Abends am Herd arbeitete Billy Buck an dem Haarseil. Jody hatte die Schweifhaare in einem Sack gesammelt und sah nun zu, wie Billy immer einige Haare zur Faser, hierauf zwei Fasern zur Schnur zusammendrehte, dann einige Schnüre zum Seil ineinanderflocht, das er dann mit den Füßen so lange auf dem Boden fest hin und her rollte, bis das Ding rund und hart war.

Das Longe-Training näherte sich der Vollendung. Jodys Vater, als er einmal zusah, wie der Pony ansprang, stillestand, trabte und galoppierte, hatte natürlich wieder zu nörgeln: »Das reinste Zirkuspony! Das sind Kunststückchen! Alle Würde und Ursprünglichkeit geht dabei flöten. Ein Pferd, das auf Tricks dressiert ist, kommt mir vor wie ein Komödiant: keine Ehre im Leib, kein eigener Charakter!«

Und er meinte, es sei gescheiter, den Ponyhengst bald an den Sattel zu gewöhnen.

Jody stürzte zum Geräteraum. Er hatte dort schon einige Male im Sattel auf dem Sägebock gesessen; er hatte die Steigbügelriemen bald kürzer, bald länger geschnallt, war damit nie zurechtgekommen, aber er hatte oben gesessen, und während rings um ihn und über ihm Kummete, Halfter, Decken und Töpfe herumhingen, ritt er immer frei weg, seine treffliche Büchse quer über den Sattel, hinaus in die Ferne. Wälder und Felder flogen an ihm vorbei; er hörte den Schall der galoppierenden Hufe.

Es war eine kitzlige Sache, den Pony zum ersten Mal zu satteln. Er bäumte sich, machte einen Buckel und hatte den Sattel abgeworfen, ehe der Gurt sich noch anziehen ließ. Immer wieder mußte man den Sattel von neuem auflegen, bis er ihn endlich duldete. Das Schnallen war eine Heidenarbeit. Tag für Tag schnallte Jody den Gurt ein klein wenig fest, bis endlich der Pony den Sattel vertrug.

Dann kamen die Zügel, und Billy Buck zeigte, wie man zuerst ein

Stück Süßholz dazu benutzt, das Tier daran zu gewöhnen, etwas im Maule zu haben.
»Wir könnten gewiß auch Gewalt anwenden«, erklärte er, »dann geht schließlich alles, aber dann würde er kein so gutes Pferd; er bliebe immer ein wenig schreckhaft und könnte doch selbst nichts dazu.«
Als Cabilan zum erstenmal Zügel spürte, schnellte sein Kopf empor, und die Zunge stieß gegen die Trense, bis ihm das Blut aus den Maulwinkeln troff. Das Kopfstück wollte er an der Krippe wegscheuern; seine Augen wurden rot vor Ungestüm und Verzweiflung. Aber Jody war froh im Herzen; er wußte ja, nur ein edles Pferd widersetzt sich der Zähmung.
Aber er zitterte bei dem Gedanken an seinen ersten Ritt. Sicher wird ihn der Pony abwerfen. Das wäre kein Unglück. Ein Unglück wäre es erst, wenn er nicht dennoch hinaufkäme, immer wieder hinauf. Manchmal träumte er, er liege im Straßenkot, weine und könne den Pony allein nicht besteigen. Den halben Tag lastete dann die geträumte Schande auf ihm.
Cabilan wuchs schnell. Von der Langbeinigkeit des Füllens war schon nichts mehr zu sehen; die Mähne wurde länger und dunkler. Dank dem unablässigen Striegeln und Bürsten war sein Fell glatt und glänzend wie Lack. Jody ölte und pflegte die Hufe, damit sie keine Risse bekamen.
Das Haarseil war soweit fertig. Der Vater gab Jody ein Paar alte Sporen, bog ihre Seiten ein, kürzte die Riemen und feilte die Zakken ab, bis alles paßte. Und dann sagte er eines Tages: »Dein Pony wächst schneller, als ich erwartet habe. Ich denke, zum Erntefest kannst du ihn reiten. Glaubst du, du schaffst es?«
»Ich weiß nicht«, sagte Jody verlegen.
Das Fest war schon in drei Wochen. Wenn es nur dann nicht regnete; das würde den roten Sattel verderben.
Cabilan kannte und liebte Jody. Er wieherte, wenn sein Herr über das Stoppelfeld kam; er hörte auf seinen Pfiff und bekam dafür jedesmal eine Mohrrübe.
Billy Buck gab immerzu Ratschläge.
»Wenn du oben sitzt, Schenkeldruck nehmen und nicht am Sattel anklammern! Wenn du runterfliegst, darf dich das nicht kümmern;

so etwas passiert selbst dem besten Reiter. Sofort wieder rauf, ehe das Tier dazu kommt, sich als Sieger zu fühlen! Dann wird es sehr bald keine Lust mehr haben, dich abzuwerfen, und schließlich bringt es das überhaupt nicht mehr fertig.«

»Hoffentlich regnet es nicht«, meinte Jody.

»Das macht doch nichts. Oder hast du Angst, er wirft dich in eine Pfütze?«

Das war das wenigste. Aber wenn Cabilan, im Eifer ihn abzuwerfen, ausglitte, auf ihn fiele, ihm Rippen und Beine bräche! Es wäre nicht das erste Mal, daß so etwas geschah; er hatte einmal einen Reiter gesehen, der auf dem Boden lag wie eine gequetschte Wanze und sich vor Schmerzen krümmte. Davor hatte Jody Angst.

Auf dem Sägebock übte er, wie er die Zügel in der linken und einen Hut in der rechten Hand halten würde. Wenn beide Hände etwas zu tun hatten, konnte er, wenn es schiefging, nicht nach dem Sattelknauf fassen. Gar nicht dran denken wollte er, was dann geschähe, wenn er sich anklammern würde! Vielleicht daß dann Vater und Billy Buck kein Wort mehr mit ihm redeten; sie würden sich ja seiner so schämen! Er würde zum allgemeinen Gespött; auch seine Mutter würde sich schämen. Und auf dem Schulhof – es war nicht auszudenken . . .Wenn Cabilan gesattelt dastand, legte sich Jody bereits mit ganzem Gewicht in den Steigbügel. Aber das rechte Bein warf er noch nicht über des Ponys Rücken. Bis zum Erntefest war das verboten.

Jeden Nachmittag legte er dem Pony den Sattel auf und zog den Gurt fest. Cabilan hatte bereits gelernt, sich dabei aufzublähen und, wenn die Riemen geschnürt waren, die Luft aus dem Bauche herauszulassen. Manchmal führte Jody ihn zu den Büschen und ließ ihn aus dem runden grünen Zuber trinken; manchmal führte er ihn auch durch das Stoppelfeld auf die Anhöhe, von der man auf die weiße Stadt Salinas sieht, die abgezirkelten Felder im weiten Tal und die Eichen inmitten der Schafherden. Dann und wann drangen sie auch durch den Busch bis zu den kleinen Lichtungen vor, die so eingehegt waren, daß die Welt geschwunden und nur der Himmel und rings der Busch vom alten Leben geblieben waren. Cabilan liebte solche Ausflüge, er zeigte es; er trug den Kopf hoch, und es blähten sich seine Nüstern vor Lust. Wenn dann die beiden von ihrem Ausgang zurückkehrten, rochen sie nach dem süßen Salbei.

Die Zeit bis zum Fest schleppte sich hin, allein der Winter kam rasch. Tief hingen die Wolken über dem Land und strichen über die Hügel; bei Nacht pfiffen die Winde schrill. Von den Eichbäumen wehte das Laub, bis der Boden mit Blättern bedeckt war, und doch waren die Bäume nicht anders geworden.

Jody hatte sich gewünscht, es möge vor dem Erntefest keinen Regen geben. Aber es regnete. Die braune Erde wurde schwarz, und die Bäume glänzten. Die abgeschnittenen Enden der Stoppeln wurden dunkel vom Mehltau, die Heuschober grau von Dunst und Nässe, und das Moos auf den Dächern, das im Sommer grau wie die Eidechsen war, funkelte grüngelb. Während der Regenwoche hielt Jody den Pony im Stall; nur nach der Schule ließ er ihn kurze Zeit an den Wassertrog der oberen Hürde und machte mit ihm ein paar Übungen. Nicht ein einziges Mal wurde Cabilan naß.

Das feuchte Wetter hielt an, bis das junge Gras aufsproß. Jody ging in Regencape und Gummischuhen zur Schule. Bis eines Morgens endlich die Sonne leuchtend hervorkam.

Da sagte Jody bei der Arbeit im Stall zu Billy: »Vielleicht lasse ich Cabilan heut in der Hürde, bis ich von der Schule komme.«

»Wird ihm guttun, ein bißchen Sonne!« versicherte Billy. »Kein Tier ist gern solang eingesperrt. Ich gehe mit deinem Vater auf den Berg. Die Quelle muß von den Blättern gesäubert werden.«

Dabei säuberte er seine Zähne mit einem Strohstückchen.

»Wenn es aber Regen gibt . . .« bedachte Jody.

»Sieht nicht danach aus. Es hat sich ausgeregnet.«

Billy streifte seine Ärmel auf und rollte sie ein.

»Wenn's tropfen sollte – Gott, so ein kleiner Regen schadet einem Pferd nicht.«

»Wenn aber doch Regen kommt, gelt Billy, dann holst ihn herein, ja? . . . Er erkältet sich sonst, und dann kann ich ihn nicht reiten, wenn es soweit ist. Ich habe Angst . . .«

»Ich passe schon auf, wenn wir zeitig zurück sind, klar! Aber heut regnet es nicht.«

Da ging denn Jody getrost in die Schule und ließ Cabilan draußen im Pferch.

In sehr vielen Dingen hatte Billy Buck nicht unrecht, gewiß nicht. Allein mit dem Wetter an diesem Tag hatte er unrecht, denn bald nach Mittag drängten Wolken über die Berge, und es fing an zu gießen. Jody hörte es auf das Schulhausdach prasseln. Er überlegte, ob er den Finger hochheben und sagen solle, er müsse aufs Häuschen, und dann, einmal draußen, heimrennen solle und den Pony hereintun . . . Er würde dafür zu Hause und in der Schule bestraft. also gab er es auf und beruhigte sich mit Billys Erklärung, Regen schade einem Pferd nicht. Als endlich die Schule aus war, eilte er durch den Guß nach Hause. Die Böschungen zu beiden Seiten der Straße spritzten kleine schmutzige Wasserstrahlen. Unter kaltem böigem Wind peitschte dunkler Regen in schrägen Wirbeln herab. Im Hundetrab, hundenaß, kämpfte sich Jody durch Schlamm und Pfützen.

Schon von der Höhe sah er Cabilan jämmerlich in der Hürde stehen. Das rote Fell war fast schwarz, vom Regen schraffiert. Den Kopf tief gesenkt, stand er mit dem Hinterteil gegen den Regen, den Wind. Jody jagte heran, warf die Stalltür auf, zog das nasse Tier bei den Stirnhaaren herein, nahm einen Jutesack, rieb damit das triefende Haar, die Beine und die Gelenke. Cabilan stand geduldig. Er zitterte stoßweise; die Stöße kamen und gingen wie die des Windes.

Nachdem er den Pony, so gut er nur konnte, getrocknet hatte, holte er aus der Stallung oben heißes Wasser und weichte Korn ein. Aber Cabilan war nicht hungrig. Er nippte gleichgültig an dem heißen Brei. Immer wieder überlief ihn ein Schauer. Leichter Dampf stieg ihm vom Rücken auf.

Es war fast dunkel, als Billy und Carl Tiflin nach Hause kamen.

»Wie es zu regnen anfing«, erzählte Carl Tiflin, »haben wir uns bei Ben Herche untergestellt; es wollte und wollte nicht aufhören, den ganzen Nachmittag nicht.«

Jody sah vorwurfsvoll auf Billy Buck, und Billy Buck fühlte sich schuldig.

»Du hast gesagt, es wird nicht regnen«, klagte Jody ihn an.

Billy schaute beiseite.

»In dieser Jahreszeit kann man das schwer voraussagen«, suchte er sich herauszureden.

Es war eine lahme Entschuldigung. Er hatte kein Recht, sich zu irren, und wußte es.
»Der Pony ist naß geworden, ganz durchweicht.«
»Hast du ihn abgetrocknet?«
»Mit einem Sack abgerieben, und heißes Korn habe ich ihm auch gegeben.«
Billy nickte zustimmend.
»Glaubst du, er bekommt eine Erkältung, Billy?«
»Bißchen Regen macht weiter nichts«, versicherte Billy, worauf Jodys Vater in das Gespräch eingriff und den Jungen belehrte: »Ein Pferd ist kein Schoßhündchen.«
Er haßte Schwäche und Krankheit. Hilflosigkeit war ihm verächtlich.
Die Mutter trug das Essen heiß auf. Beefsteak, Erbsen und Erdäpfel dampften. Sie setzten sich. Carl Tiflin brummte noch etwas von Schwäche: Tiere und Menschen verweichlichten, wenn man sie verzärtele.
Billy war über sein Versagen verstimmt.
»Hast du ihm Decken übergetan?« fragte er.
»Ich habe keine gefunden«, gab Jody an, »aber ein paar Säcke habe ich ihm übergelegt.«
»Sobald wir fertig mit Essen sind, gehen wir hin und decken ihn zu.«
Als Jodys Vater sich an den Herd setzte und die Mutter Geschirr abwusch, zündete Billy eine Laterne an und stampfte mit Jody den schlammigen Weg zum Stall.
Drin war es dunkel und warm und würzig. Die Rosse käuten noch über dem Abendheu.
»Halt die Laterne!« gebot Billy und betastete die Beine des Ponys, prüfte die Temperatur an den Weichen, legte seine Wange an das graue Maul, stülpte die Augenlider nach oben, um nach der Iris zu schauen, hob die Lippen, besah den Gaumen, fuhr ihm mit den Fingern in die Ohren.
»Scheint gar nicht so uneben«, meinte er dann, »ich muß ihn nur gehörig abreiben.
Er nahm einen Sack und rieb damit heftig die Beine, die Brust und den Widerrist. Cabilan stand wie geistesabwesend, ließ alles ge-

duldig mit sich geschehen. Zum Schluß brachte Billy aus dem Geräteraum eine alte baumwollene Steppdecke und band sie dem Pony um Brust und Rücken.
»Morgen ist er wieder in Ordnung«, sagte Billy.

Als Jody das Farmhaus betrat, blickte die Mutter von ihrer Arbeit auf, »es ist Zeit für ins Bett«, und stand auf, ihre harte Hand faßte sein Kinn; sie strich ihm das wirre Haar aus den Augen.
»Mach dir nur keine Sorgen wegen dem Pony; er kommt schon in Ordnung! Billy versteht das besser als der Tierarzt.«
Jody hatte gar nicht gewußt, daß man ihm seine Sorgen ansah.
Er löste sich freundlich von der Mutter, ging zum Feuer, kniete davor, bis ihm der Bauch brannte; er wärmte und glühte sich richtig durch und ging zu Bett. Aber er schlief erst spät ein.
Als er aufwachte, glaubte er lange geschlafen zu haben. Es war noch finster, nur im Fenster ein Grau, der erste Vorbote der Dämmerung. Jody stand auf, tastete nach seinen Baumwollhosen, fand sie; stieg schlaftrunken in das verkehrte Hosenbein. Die Uhr im Nebenzimmer schlug zwei. Er legte sein Zeug wieder beiseite und legte sich hin. Als er erwachte, war heller Tag. Zum ersten Mal hatte er das Triangelläuten verschlafen. Er sprang auf, in die Kleider, zum Haustor hinaus; all seine Knöpfe standen noch offen. Die Mutter sah ihm einen Augenblick nach und machte sich dann wieder ruhig an die Arbeit. Ihre Augen blickten nachdenklich gütig. Um ihren Mund stand ein Lächeln.
Jody rannte zum Stall. Da hörte er auch schon den Ton, den er befürchtet hatte: hohl krächzenden Pferdehusten! Mit einem Sprung war er bei der Box, wo er Billy beim Pony fand. Mit seinen starken dicken Händen rieb der Knecht Beine und Fesseln. Lächelnd blickte er auf.
»Nur eine kleine Erkältung. In ein paar Tagen ist er sie wieder los.«
Jody sah dem Pony in die Augen. Sie waren halb geschlossen, die Lider dick und trocken; in den Augenwinkeln saß eine harte Schleimkruste. Die Ohren hingen schlaff, der Kopf auch. Jody streckte die Hand nach Cabilan aus, aber der rührte sich nicht. Er hustete. Sein ganzer Leib zog sich vor Anstrengung zusammen. Dünne Flüssigkeit rann aus den Nüstern.

Jody sah Billy Buck an: »Billy! Er ist sehr krank.«
»Eine kleine Erkältung«, blieb Billy bei seiner Meinung. »Iß du dein Frühstück und dann marsch in die Schule! Ich sorge für ihn.«
»Vielleicht hast du etwas anderes zu tun und läßt ihn dann stehen?«
»Nein, tu' ich nicht. Ich geh' überhaupt nicht weg. Morgen ist Samstag, da kannst du den Tag über bei ihm bleiben.«
Wieder hatte sich Billy geirrt, und das bedrückte ihn. Jetzt mußte er den Pony pflegen und heilen.
Jody ging ins Haus und setzte sich lautlos zu Tisch. Der Speck war kalt geworden, die Eier zerlaufen. Er merkte es nicht. Er aß die gewohnte Portion. Er bat nicht einmal, heut daheimbleiben zu dürfen. Beim Abräumen strich ihm die Mutter über das Haar.
»Billy wird für den Pony sorgen«, versicherte sie.
Bekümmert saß Jody den Tag über in der Schule, konnte auf keine Frage antworten, kein Wort lesen. Er wollte es niemand sagen, sein Pony sei krank. Ihm war, als würde es davon nur kränker. Als die Schule endlich zu Ende war, schlich er scheu nach Hause, langsam, in Furcht; er ließ die andern Buben vorausgehen und wünschte, er könne nur immer gehen und gehen und nie ankommen . . .
Wie er es versprochen hatte, befand sich Billy im Stall. Es stand mit dem Pony noch schlechter. Die Augen waren fast geschlossen; der Atem gurgelte mühsam scharf durch die verstopften Nüstern. Ein Häutchen lag über den Augen, soweit sie noch sichtbar waren. Vielleicht konnte Cabilan gar nicht mehr sehen! Dann und wann schnaubte er, um die Nüstern freizubekommen, aber dadurch schienen sie sich nur noch mehr zu verstopfen. Entgeistert sah Jody auf Cabilans Fell. Es lag rauh, ungekämmt, der einstige Glanz schien dahin. Billy lehnte gelassen am Stand. Jody wollte nicht fragen, aber er mußte es; er mußte wissen . . .
»Billy – wird er wieder gesund?«
Billy fuhr mit den Fingern dem Pony zwischen die Knochen der Kinnlade, »da fühle einmal«, und führte Jodys Finger über etwas Dickes unter den Kinnbacken.
»Wenn sich das noch vergrößert, mach' ich es auf; dann wird es gleich besser mit ihm.«
Jody sah weg. Von diesem Klumpen hatte er wohl schon gehört.

»Was ist damit los?«
Billy wollte nicht mit der Sprache heraus, aber er mußte Rede und Antwort stehen.
Zum dritten Male durfte er nicht unrecht behalten.
»Das würgt ihn«, gab er unbestimmt an, »aber laß dir deshalb keine grauen Haare wachsen; ich nehme es raus. Ich habe Pferde wieder in die Höhe gebracht, mit denen stand es viel schlimmer! Ich werde ihm jetzt ein Dampfbad machen. Du kannst mir helfen.«
»Ja«, sagte Jody unglücklich.
Er ging mit Billy in die Kornkammer und sah ihm zu, wie er einen Dampfsack zurechtmachte. Es war das ein langer Leinwandsack mit Schlaufen, die dem Pferd über die Ohren gelegt wurden. Diesen füllte Billy ein Drittel mit Kleie, gab eine Handvoll getrockneten Hopfen dazu und goß darüber etwas Karbolsäure und eine Spur Terpentin.
»Das rühre ich jetzt durcheinander; hol du inzwischen einen Kessel mit kochendem Wasser, Jody!«
Als Jody mit dem dampfenden Kessel zurückkam, befestigte Billy eben die Schlaufen über Cabilans Kopf und dichtete den Sack rings um die Nase fest ab. Hierauf gossen sie durch eine kleine Seitenöffnung im Sack das kochende Wasser auf das Gemisch. Vor der aufwallenden Dampfwolke fuhr der Pony zurück; dann aber kroch der lindernde Dunst durch Nase und Lungen. Die scharfen Gerüche begannen die Atmungsorgane zu reinigen. Cabilan atmete laut. Die Beine zitterten wie im Schüttelfrost; die Augen waren vor den beißenden Dünsten fest zugekniffen. Billy goß wieder Wasser zu; fünfzehn Minuten ließ er den Dampf aufsteigen. Dann setzte er den Kessel ab und nahm den Sack wieder herunter. Der Pony sah besser aus. Er atmete frei. Die Augen waren offener als zuvor.
»Siehst du, wie gut ihm das tut«, sagte Billy zufrieden. »Jetzt wikkeln wir ihn wieder in Decken, und morgen – vielleicht – ist es schon fast wieder gut.«
»Ich will heut nacht bei ihm bleiben«, wünschte Jody.
»Nein, tu das nicht! Ich bring' meine Decken herauf und leg' mich ins Heu. Morgen kannst du aufbleiben und ihm, wenn nötig, ein Dampfbad geben.«

Als die beiden zum Essen nach Hause gingen, brach der Abend herein. Jody merkte nicht, daß jemand anders die Hühner gefüttert und die Holzkiste gefüllt hatte. Er ging am Hause vorüber zu der dunklen Buschreihe und trank aus dem Brunnenrohr. Das frische Wasser war so kalt, daß ihm der Mund davon weh tat und es ihn kühl durchschauerte. Über den Hügeln war der Himmel noch licht. Jody sah einen Habicht fliegen! Er flog so hoch, daß seine Brust noch einen Sonnenstrahl fing und wie ein Fünklein am Himmel leuchtete. Regengewölk zog wieder im Westen auf.

Solang die Familie beim Essen saß, sprach Jodys Vater kein Wort. Erst als sich Billy Buck mit seinen Decken zum Schlafen in den Stall begeben hatte, entfachte er im Kamin ein hohes Feuer und erzählte Geschichten: Von dem wilden Mann mit Roßschweif und Pferdeohren, der nackt durch die Gegend rennt; von den Kaninkatzen im Monte Cojo, die auf Vogelfang in den Bäumen herumhopsen; er beschwor die Erinnerung an jene Brüder Maxwell, die einst eine gewaltige Goldader entdeckten und ihre Spur so sorgsam versteckten, daß sie nicht einmal eine Spur dieser Spur, geschweige denn die Goldader je wiederfanden.

Jody saß, das Kinn in die Hände gestützt; sein Mund arbeitete nervös. Sein Vater mußte allmählich bemerken, daß er nicht aufpaßte.

»Ist das nicht komisch, Jody?« fragte er.

Jody lächelte höflich und sagte: »Ja, Herr Vater.«

Daraufhin war dieser beleidigt und erzählte keine Geschichten mehr.

Jody nahm seine Laterne und ging zum Stall. Billy Buck schlief im Heu. Dem Pony schien es besser zu gehen. Aber der Atem rasselte noch in den Lungen. Jody blieb ein Weilchen bei ihm; seine Finger liefen über das rauhe Fell. Dann nahm er die Laterne auf und ging wieder ins Farmhaus.

Als er im Bett lag, kam die Mutter herein.

»Bist du gut zugedeckt? Es wird Winter.«

»Ja, Ma.«

»Also dann schlaf dich gut aus!«

Sie ging, zögerte, stand unschlüssig: »Dein Pony wird wieder gesund«, sagte sie.

Jody war müde. Er schlief schnell ein und erwachte bei Tagesanbruch. Der Triangel erscholl. Ehe Jody noch aus dem Haus war, kam Billy Buck schon vom Stall.
»Wie geht es ihm?« fragte ihn Jody.
»So ziemlich«, antwortete Billy, während er wie gewöhnlich sein Frühstück hinunterschlang. »Heut morgen mach' ich den Knollen auf. Ich denke, dann wird ihm besser.«
Nach dem Frühstück nahm Billy sein bestes Messer, das mit dem Stecher, schliff die blanke Klinge lang an einem kleinen Schleifstein, probierte Stecher und Klinge immer von neuem, erst an seinem schwieligen Daumen und dann über der Oberlippe.
Auf dem Gang zum Stall sah Jody, wie junges, wildes Gras schon über die Stoppeln emporwuchs.
Es war ein kalter sonniger Morgen.
Sobald er den Pony erblickte, wußte er, es stand schlimm. Die Augen waren geschlossen, verklebt mit getrocknetem Schleim. Der Kopf hing so tief, daß er fast den Boden berührte. Jeder Atemzug war ein leises Stöhnen, ein tiefes, leidendes Seufzen.
Billy hob Cabilan den gesenkten Kopf in die Höhe; das Messer tat einen raschen Schnitt. Aus dem scharfen Einschnitt sah man den gelben Eiter fließen. Während Billy die Wunde mit einer schwachen Karbollösung auswusch, hielt Jody Cabilans Kopf.
»Jetzt wird ihm wohler«, versicherte Billy. »Das gelbe Gift hat ihn krank gemacht.«
Jody sah ihn ungläubig an. »Billy! Er ist doch entsetzlich krank.«
Billy überlegte sich diesmal die Antwort genau. Er unterdrückte eine billige Redensart, die er schon auf der Zunge hatte, und gestand: »Ja, er ist recht krank. Aber ich habe schon schlimmere Dinge wieder gut werden sehen. Wenn er keine Lungenentzündung bekommt, kriegen wir ihn durch. Du kannst bei ihm bleiben. Wenn es schlimmer wird, holst du mich, ja?«
Er blieb trotzdem noch einige Zeit. Als er fort war, stand Jody beim Pony und streichelte ihn hinter den Ohren. Aber der Kopf schnellte nicht mehr wie sonst, in gesunden Tagen, zu ihm herüber. Immer hohler stöhnte der Atem.
Doubletreedumm kam hereingesprungen; sein langer Schweif wedelte so herausfordernd gesund, daß Jody aufgebracht einen har-

ten schwarzen Erdklumpen aufhob und nach Doubletree warf. Kläffend wich der Getroffene, und leckte seine schmerzende Pfote.
Im Lauf des Vormittags kam Billy zurück und richtete noch einen Dampfsack her. Jody paßte genau auf, ob auch diesmal sich eine Besserung zeigen würde wie beim ersten Mal . . . Gewiß, der Pony atmete etwas leichter, hob aber nicht mehr den Kopf.
Am Samstagabend brachte Jody sein Bettzeug herunter und breitete sich ein Lager im Heu. Er hatte die Mutter nicht um Erlaubnis gefragt. Sie sah ihn jetzt immer so an, daß er wußte, sie werde ihm nichts verbieten. Er hing seine Laterne an einen Draht über Cabilans Stand. Billy hatte ihn angewiesen, er solle die Beine des Ponys von Zeit zu Zeit reiben.
Gegen neun erhob sich ein Sturmwind und heulte um Farmhaus und Stallung. Trotzdem und trotz seiner Sorge um Cabilan sank Jody, in seine Decken gewickelt, in Schlaf. Das stöhnende Atmen des Tieres tönte durch seine Träume. Und er hörte im Schlaf ein Krachen, ein Tosen, immer wieder, bis er erwachte. Der Sturmwind blies in den Stall. Der Knabe sprang auf, sah durch den Mittelgang: die Stalltür war aufgeflogen. Der Pony war fort.
Er ergriff die Laterne, rannte hinaus in den Sturm und sah Cabilan. Schwankend, schlenkernd, langsam, den Kopf gesenkt, bewegte er sich durch die Finsternis. Er lief hinter ihm her, faßte ihn bei den Stirnhaaren. Cabilan ließ sich, ohne zu widerstreben, zurückführen. Sein Stöhnen klang lauter; ein böses Pfeifen drang aus den Nüstern. Jody schlief nicht mehr ein. Der Atem zischte lauter und schärfer.
Der Junge war froh, als Billy bei Tagesanbruch erschien. Dieser sah sich das Tier lange an, als habe er es noch niemals gesehen, befühlte die Ohren, die Weichen.
»Jody«, sagte er endlich, »ich muß jetzt etwas tun; das brauchst du aber nicht zu sehen. Geh eine Weile hinüber ins Haus, los!«
Jody packte ihn heftig beim Arm.
»Du willst ihn doch nicht erschießen?«
Billy gab ihm die Hand darauf: »Nein – ich muß ihm ein kleines Loch in die Luftröhre machen, damit er atmen kann. Die Nase ist verstopft. Wenn es soweit geheilt ist, setzen wir ihm eine Kanüle in das Loch, durch die er dann atmet.«

Selbst wenn er gewollt hätte, wäre es Jody unmöglich gewesen zu gehen. Es war schrecklich, den Schnitt durch die rote Haut anzusehen, aber unendlich viel furchtbarer war es zu wissen, jetzt werde geschnitten, ohne daß er es sah!
»Ich bleibe hier«, sagte er hart. »Bist du auch sicher, daß es geht?«
»Ja. Ganz sicher. Wenn du bleibst, kannst du ihm den Kopf halten, das heißt, wenn dir nicht schlecht wird.«
Das gute Messer kam wieder zum Vorschein und wurde genau so sorgsam geschliffen wie das erste Mal. Jody hob Cabilans Kopf in die Höhe und zog die Haut an der Kehle straff, während Billy nach der geeigneten Stelle suchte. Als die blanke Messerspitze in der Kehle verschwand schluchzte der Knabe auf. Der Pony wankte zur Seite, stand wieder still. Er zitterte heftig. Das Blut floß dick über das Messer, über BillysHand und in seinen Ärmel. Aber die sichere breite Hand schnitt in das Fleisch ein rundes Loch aus dem der Atem hervorbrach und feinen, blutigen Sprühregen vor sich herwehte. Die jähe Sauerstoffzufuhr gab plötzlich dem Pony Kraft. Seine Hinterbeine schlugen aus; er wollte sich aufbäumen, doch Jody hielt ihm den Kopf herunter, so daß Billy die frische Wunde mit Karbol auswaschen konnte.
Das war eine Leistung gewesen. Es kam kein Blut mehr, die Luft entwich; neue Luft wurde in regelmäßigen Stößen unter leise gurgelnden Tönen eingesogen.
Regen, den der Nachtsturm gebracht hatte, prasselte auf das Stalldach, bis der Triangel zum Frühstück rief.
»Geh du, ich warte«, riet Billy, »wir müssen aufpassen, daß sich das Loch nicht verstopft!«
Langsam verließ Jody den Stall. Er war so niedergeschlagen, daß er Billy nichts von der Stalltür sagen konnte, wie sie der Wind aufgerissen habe und der Pony entwichen sei.
Er trat hinaus in den graufeuchten Morgen, schlapfte mitten durch den ärgsten Matsch; eigensinnig trat er in jede Pfütze. Die Mutter gab ihm zu essen und trockene Kleider, aber sie fragte nicht. Sie ahnte wohl, er hätte nicht antworten können. Als er sich anschickte, wieder zum Stall zu gehen, reichte sie ihm eine Pfanne mit dampfendem Futterbrei.
»Gib ihm das!«

Jody rührte die Panne nicht an.
»Er ißt überhaupt nichts«, stieß er hervor und rannte hinaus.
Im Stall zeigte ihm Billy ein Stäbchen, an dem ein Wattebausch befestigt war, und unterwies ihn, wie er damit das Atemloch auswischen müsse, wenn der Schleim es verstopfe.
Jodys Vater trat ein, stand mit den beiden vor Cabilans Box und wandte sich schließlich an Jody: »Willst du mitkommen? Ich fahre über Land, über den Berg!«
Jody schüttelte den Kopf.
»Es wäre gut, wenn du endlich hier einmal herauskämest«, meinte der Vater.
»Laßt ihn in Ruh«, brach da Billy Buck los. »Es ist ja schließlich sein Pony!«
Schwer gekränkt verließ Carl Tiflin wortlos den Stall.

Den ganzen Morgen hielt Jody die Wunde offen, durch die die Luft frei aus- und einströmte. Um Mittag legte sich der Pony mit gestrecktem Hals müde hin. Bald darauf kam Billy zurück.
»Wenn du die Nacht bei ihm bleiben willst«, meinte er, »machst du jetzt besser ein Schläfchen.«
Verstört verließ Jody den Stall.
Das Wetter hatte sich aufgeklärt; blaßblau und hart stand der Himmel. Überall pickten Vögel geschäftig nach Würmern, die sich vom Grund zur feuchten Oberfläche gewühlt hatten. Jody stieg zur Buschreihe empor, setzte sich auf den bemoosten Brunnenrand und schaute hinab zu dem Farmhaus, dem langen Bunkhaus und der dunklen Zypresse. Alles war ihm vertraut und doch seltsam verändert; es war nicht mehr es selbst, nur noch ein Rahmen für Dinge, die sich ereigneten. Von Osten wehte ein kalter Wind, ein Zeichen, daß nun der Regen für einige Zeit vorüber war. Frisch aufgeschossenes Unkraut breitete sich rings um den Brunnen; dicht an seinem Rand zu Jodys Füßen waren die Spuren zahlloser Wachteln zu sehen.
Doubletree kam die Hecke entlang durch den Gemüsegarten geschlichen. Es fiel Jody aufs Herz, daß er mit dem Erdklumpen nach ihm geworfen hatte; er legte ihm den Arm um den Hals und küßte ihn fest auf die dicke schwarze Schnauze. Doubletree saß still, als

wisse er, daß sich etwas Feierliches vollzog; sein großer Schweif schlug in gemessenem Takt den Boden. Jody zog aus Doubletrees Fell eine geschwollene Laus und zerquetschte sie zwischen den Daumennägeln. Dann wusch er sich in dem kalten Wasser das häßliche Zeug von den Fingern.

Außer dem Brausen des Windes war alles still auf der Farm, sehr still. Jody wußte, die Mutter würde nicht schelten, wenn er das Mittagessen versäumte. Langsam ging er zurück in den Stall. Doubletree kroch in die Hundehütte und winselte leise.

Billy erhob sich von der Spreu in der Box und händigte Jody das Wattestäbchen aus. Der Pony lag auf der Seite; seine Kehlwunde arbeitete wie ein Blasbalg. Als Jody Cabilans Fell ansah, wie tot und trocken es war, da wußte er, hier war keine Hoffnung mehr. Dies tote Haar hatte er schon an sterbenden Hunden und Kühen gesehen; es war ein sicheres Zeichen. Er ließ die Barriere herunter, saß bedrückt in der Box, immer die Augen auf die sich bewegende Wunde gerichtet, und duselte schließlich ein.

Der Nachmittag verging rasch. Bei Einbruch der Dunkelheit brachte die Mutter eine tiefe Schüssel geschmortes Fleisch, stellte es vor ihn hin und ging wieder. Als es dunkel war, stellte er die Laterne neben Cabilans Kopf auf den Boden, damit er die Wunde beobachten und offenhalten konnte. Und sank wieder in Schlummer, bis ihn der Nachtfrost weckte. Der Wind blies heftig; er brachte die Kälte von Norden mit.

Jody holte von seinem Heulager seine Decke und wickelte sich hinein. Cabilans Atem ging endlich ruhig; das Kehlloch ging sanft auf und zu. Durch den Heuboden strichen Eulen und suchten kreischend nach Mäusen. Jody legte die Hände unter den Kopf und schlief ein. Schlafend spürte er, wie der Sturm zunahm und am Stall rüttelte.

Es war taghell, als er erwachte. Das Stalltor war aufgeflogen. Der Pony war fort.

Der Junge sprang auf und rannte hinaus in den Morgen.

Die Fährte des Ponys redete eine deutliche Sprache: müde Spuren schleppten sich durch das frostbetaute junge Gras; dazwischen zog sich in kleinen Streifen der Abdruck der mühselig nachgezogenen

Hinterhufe. Sie führten die Anhöhe empor zur Buschreihe. So schnell er konnte, setzte ihnen der Knabe nach. Die Sonne schien scharf auf den weißen Quarz, der da und dort aus dem Boden hervorsah.

Wie er so die deutliche Fährte verfolgt, fällt plötzlich ein fliegender Schatten quer über die Hufspur. Er schaut empor und sieht hoch oben einen Kreis schwarzer Bussarde. Langsam dreht er sich tiefer und tiefer, bis hinter die Höhe. Jody rennt schneller und schneller, von Wut und Entsetzen gepackt. Die Fährte führt ins Gestrüpp, folgt einem gewundenen Pfad durch hohe Büsche.
Außer Atem erreicht Jody den Gipfel; er pustet, muß stehenbleiben. Das Blut saust ihm in den Ohren. Er sieht sich um und erblickt, was er suchte. Unter ihm, in einer der kleinen Lichtungen, liegt der rote Pony. Von fern sieht Jody die Beine sich langsam, krampfhaft bewegen. Im Kreise rings um ihn her schweben die Bussarde unbewegt. Sie warten auf den Tod; so warten sie stets.
Jody stürzt vorwärts den Hang hinab. Schlamm des Bodens windet sich ihm um die Füße; der Busch verdeckt ihm die Sicht. Als er ankommt, ist alles zu Ende. Der erste Bussard sitzt auf dem Kopf des Ponys; von dem aufwärtsgewandten Schnabel trieft dunkles Augenfluid. Wie eine Katze springt Jody in den gierigen Kreis. Die ernste schwarze Bruderschaft erhebt sich in einer Wolke; nur für den gewaltigen Ersten ist es zu spät. Wie er sich hüpfend vom Boden erheben will, packt Jody ihn bei einem Flügelende und reißt ihn herunter.
Der Bussard ist fast so große wie er selbst. Mit dem freien Flügel klatscht er in Jodys Gesicht; es ist wie ein Keulenhieb; aber Jody hält fest. Klauen klammern sich ihm in die Beine; die Flügel schlagen ihm um die Ohren. Jody tappt blind mit der freien Hand; seine Finger fassen den Hals des sich sträubenden Vogels, die roten Augen starren ihm ins Gesicht, böse und ohne Furcht. Der nackte Vogelkopf windet sich; nun sperrt er den Schnabel auf und speit einen Strom fauliger Flüssigkeit aus. Jody bricht in die Knie, fällt auf den großen Vogel, preßt mit der einen Hand den dürren Bussardhals gegen die Erde, mit der andern langt er nach einem scharfen Stück weißen Quarzes. Der erste Schlag schmettert den Schnabel zur

Seite; schwarzes Blut schießt aus den gekrümmten, lederharten Schnabelwinkeln. Die roten Augen zielen noch immer nach ihm, unpersönlich entrückt, ohne Furcht.

Wieder und wieder haut Jody drauflos, bis der Bussard tot daliegt, sein Kopf ein roter Klumpen.

Er schlug immer noch auf den Vogel ein, als Billy Buck ihn zurückzog und festhielt, den Zitternden zu beruhigen. Mit seiner roten Schärpe wischte Carl Tiflin das Blut aus dem Bubengesicht.

Jody war wieder ruhig; schlaff und erschöpft. Der Vater stieß den Bussard mit der Fußspitze an.

»Jody, der Bussard hat den Pony nicht getötet. Weißt du das?« fragte er.

»Ich weiß es«, kam müde die Antwort.

Da geriet Billy Buck in Zorn. Er hatte Jody aufgehoben, hielt ihn in den Armen; er trug ihn nach Hause. Nun aber wandte er sich zurück und sagte zu Tiflin: »Und ob er es weiß!« rief er wütend. »Herrgott im Himmel, seht ihr denn nicht, wie ihm zumute ist?«

In der summenden Hitze des Hochsommernachmittags schaut der neunjährige Jody über die Farm; er sucht eine Beschäftigung. Im Stall war er schon, hat auch schon Steinchen nach den Schwalbennestern in der Dachrinne geschmissen, daß die kleinen Lehmhäuschen auseinanderbrachen und Stroh und Federn herausfielen. Dann hat er eine alte Käserinde in eine Rattenfalle als Köder gesteckt und sie dem großen Doubletreedumm in den Weg gestellt. Jody ist nicht grausam; er langweilt sich nur. Da kommt auch schon Doubletreedumm und steckt seine dumme Nase in die Falle – klapp, schlägt sie zu; er heult vor Schmerz. Blut an den Nasenlöchern, hinkt er davon. Ganz gleich, wo es schmerzt, Doubletreedumm hinkt auf alle Fälle; das ist seine Gewohnheit. Seit er als junger Hund sich einmal in einer Kojotenfalle gefangen hat, hinkt er bei jedem Unfall. Auch wenn er Schelte bekommt, hinkt er.
Bei Doubletrees Aufheulen rief die Mutter zum Fenster heraus: »Quäl den Hund nicht, Jody; tu etwas Vernünftiges!«
Darüber ärgert sich Jody und wirft einen Stein nach dem Hund, holt dann seine Gummischleuder aus der Veranda und geht damit hinauf zur Buschreihe; vielleicht daß er einen Vogel erlegt! Die Schleuder ist gut, mit echtem Gummiband aus dem Warenhaus; er hat nur noch nie was damit getroffen. Er geht durch den Gemüsegarten. Seine nackten Zehen zeichnen sich in dem Staube ab. Schon hat er den richtigen Schleuderstein gefunden: leicht abgeflacht und doch rund und schwer genug, daß er gut fliegt. Er legt ihn genau in die Mitte der Schleuderlasche und schleicht zur Buschreihe. Seine Augen sind zusammengekniffen; der Mund arbeitet. Den ganzen Tag war er nicht so gespannt. Im Schatten der Büsche flattern die Vögelchen, kratzen in den Blättern, fliegen rastlos auf und wieder zurück, um weiterzukratzen. Jody zieht die Gummibänder straff an, schleicht vorsichtig näher . . . Eine kleine Drossel hält in ihrem Geflatter inne, äugt nach ihm hin, duckt sich, um aufzufliegen; Jody schiebt sich leise, Schrittchen für Schrittchen vor – nun nur noch zwanzig Fuß breit –, hebt bedächtig die Schleuder, zielt, das Steinchen saust, die Drossel fliegt auf, gerade

in seinen Wurf. Mit zerschmettertem Köpfchen liegt sie am Boden. Jody rennt hin, hebt sie auf.
»So, da hab' ich dich!«
Tot sieht der Vogel viel kleiner aus, als da er noch lebte. Jody hat ein unbehagliches Gefühl im Magen; niederträchtig kommt er sich vor. Also zieht er sein Taschenmesser und schneidet dem Vogel den Kopf ab, nimmt ihn aus, reißt die Flügel ab und wirft die Stücke in den Busch. Der Vogel kümmert ihn nicht, das kleine Leben ... Er denkt nur daran, was andere Leute wohl sagen würden, wenn sie das mitangesehen hätten, schämt sich vor ihrer möglichen Meinung und beschließt, er wird die ganze Geschichte schleunigst vergessen und kein Wort darüber fallenlassen.
Die Berge sind in dieser Jahreszeit trocken, das Wildgras golden. Nur beim Brunnen, wo das Wasser aus der Röhre über den runden Holzzuber hinausfließt, wächst zartes grünes Gras, tief, süß und feucht. Jody trinkt aus der bemoosten Röhre, wäscht sich im kalten Wasser das Vogelblut von den Händen, legt sich auf den Rücken ins Gras und starrt hinauf in die bauschigen Sommerwolken. Wenn er das eine Auge schließt, kommt ihm die Wolke ganz nah; er kann sie berühren. Er hilft dem leichten Wind, sie am Himmel weiterzutreiben. Mit seiner Hilfe zieht das Gewölk bedeutend schneller, kommt es ihm vor. Eine fette weiße Wolke muß unbedingt über den Bergrand; er gibt ihr einen Stoß – nun ist sie hinüber und außer Sicht. Was sie dort drüben jetzt sehen mag? grübelt Jody. Er richtet sich auf, um die großen fernen Berge besser zu sehen, die dunkel sind und wild, immer wilder, bis hinauf zu dem zackigen Grat ganz im Westen ... Geheimnisberge ... denkt er bei sich. Er weiß nichts von ihnen.
»Was ist auf der andern Seite?« fragte er einmal seinen Vater.
»Noch mehr Berge, denk' ich; warum?«
»Und auf der andern Seite von denen?«
»Auch Berge; warum?«
»Lauter Berge? Nur Berge?«
»Aber nein; dann kommt schließlich das Meer.«
»Was ist in den Bergen?«
»Felswände und Wald, Busch, Steine, Steppe, Dürre ...«
»Warst du schon dort«

»Nein.«
»War überhaupt jemand dort?«
»Ja, ein paar Leute schon. Es ist gefährlich, mit Abgründen und dergleichen. In den Bergen, allein in unserem Bezirk Monterey, soll es mehr unerforschtes Gebiet geben als in den ganzen Vereinigten Staaten.«
Carl Tiflin ist ordentlich stolz darauf.
»Und dann das Meer?«
»Ja, schließlich das Meer.«
»Ja ... und was dazwischen ... weiß niemand?« beharrt Jody.
»Doch, es gibt schon Leute, denk' ich. Aber da ist ja nichts zu holen. Und wenig Wasser. Felsen, Klippen, Gestrüpp. Warum?«
»Das wäre schön, da hinzukommen.«
»Wozu? Da ist nichts.«
Aber Jody wußte, da war etwas, etwas sehr Wunderbares, denn niemand kannte es. Etwas Geheimes, Rätselhaftes. Er fühlte es in sich.
Er fragte die Mutter: »Weißt du, was in den großen Bergen ist?«
Sie sah ihn an, und dann zur fernen Bergkette hingewendet: »Da ist nur der Bär, glaub' ich«, sagte sie dann.
»Was für ein Bär?«
»Na, halt der Bär, der über die Berge geht und schaut, was er findet«, antwortete sie ungeschickt.
Da ging Jody zu Billy Buck und fragte ihn nach versunkenen Städten im Urgebirge.
Aber Billy war der gleichen Ansicht wie Mr. Tiflin.
»Sieht nicht danach aus«, meinte er. »Da gibt's nichts zu essen. Die Bewohner dieser Städte müßten sich von Steinen ernähren.«
Immer erhielt Jody die gleiche Auskunft, und sie machte die Berge ihm lieb und furchtbar. Und er sah in Gedanken unendliche Bergreihen hinter Bergreihen und schließlich das Meer. Wenn am Morgen die Gipfel rosig dalagen, luden sie ihn zu sich ein; wenn aber am Abend die Sonne hinter dem Saum des Gebirges versank, die Berge purpurne Verzweiflung ausstrahlten, dann fürchtete sich Jody vor ihnen. Sie waren so fremd, unmenschlich und fern; ihre Reglosigkeit schien ihm zu drohen.
Jody wendet den Kopf, schaut nach den Bergen im Osten, den Ca-

bilans – oh, das ist ein frisches, heiteres Gebirge; in seinen Falten hat es Hügelreihen, Pinien wachsen an seinen Hängen; da wohnen Menschen. In seinen Tälern und Schluchten hat man einst Krieg gegen die Mexikaner geführt. Er dreht sich noch einmal um nach den Riesen im Westen. Sie sind so anders, daß es ihm kalt den Rükken hinunterläuft. Unter ihm die Hügelmulde mit der Heimatfarm ruht sicher und sonnig. Das Farmhaus glänzt weiß im Licht, die Scheuer in warmem Braun. Die roten Kühe weiden hügelan ihren Weg gen Norden. Selbst die dunkle Zypresse beim Bunkhaus wirkt freundlich beruhigend. Mit kleinen Tanzschrittchen kratzen die Hühner im Mist.

Auf der Straße nach Salinas nähert sich langsam ein Mann. Schon als kaum sein Kopf hinter dem Hügelrücken emporgetaucht war, hatte ihn Jody bemerkt. Er ging auf das Farmhaus zu. Jody stand auf und ging auch auf das Farmhaus los. Wenn Besuch kam, mußte er doch dabeisein. Als der Junge beim Haus eintraf, hatte der Ankömmling erst den halben Weg die Straße herunter zurückgelegt. Es war ein hagerer Mann mit strammer Haltung. Daß er alt war, erkannte man nur an seinem harten ruckweisen Gang. Beim Näherkommen bemerkte Jody, daß er blaue Baumwollhosen trug, die landesüblichen ›Jeans‹, eine Überjacke aus gleichem Stoff, plumpe Schuhe und einen alten schwarzen breitrandigen Filz. Über die Schulter trug er ein zerbeultes, vollgestopftes Flintenfutteral.

Nun ließ sich auch sein Gesicht erkennen. Es war dunkel und trokken wie Rauchfleisch. Bläulich weiß wehte der lange Schnurrbart vor dem dunkleren Himmel. Auch sein Haar, das unter dem breiten Hute hervorquoll, war weiß. Unter der eingeschrumpften Gesichtshaut sah man nichts als Schädel und Knochen, kein Fleisch. Nase und Kinn ragten scharf und zerbrechlich. Die Augen waren groß, tief und dunkel; Iris und Pupille gingen schwarz ineinander über. Das Gesicht war faltenlos. Die Überjacke aus blauer Baumwolle war mit Messingknöpfen bis obenhin zugeknöpft; er hatte also kein Hemd. Knorrig, knochig und knotig wie Äste des Pfirsichbaumes ragten Hände und Handgelenke aus den Ärmeln. Die Nägel waren flach, breit und glänzend.

Der alte Mann zog bis hart an den Zaun, wo Jody stand, warf seinen Sack ab; seine Lippen flatterten etwas unruhig, und eine sanfte Stimme drang zwischen ihnen hervor: »Bist du hier zu Hause?«
Jody war verlegen, guckte zurück zum Farmhaus, drehte sich um, sah nach der Stallung, wo er den Vater und Billy wußte, und als aus keiner der beiden Richtungen Hilfe kam, antwortete er: »Ja.«
»Ich bin wieder da«, sagte der alte Mann, »ich bin Gitano und bin wieder da.«
Jetzt wurde die Verantwortung für Jody zu groß. Er wandte sich um und rannte um Hilfe ins Haus. Die Glastür schlug klirrend hinter ihm zu. Die Mutter war gerade dabei, das Ausgußsieb am Wasserstein in der Küche mit einer Haarnadel sauberzumachen.
»Ein alter Mann«, schrie Jody aufgeregt, »ein alter Paisano. Er hat gesagt, er wär' wieder da!«
Die Mutter hob den Kopf, steckte die Haarnadel hinter das Abwaschbrett und fragte geduldig: »Was ist denn jetzt wieder los?«
»Komm! Ein alter Mann ist draußen.«
»Ja, was will er denn?«
Sie band ihre Schürze ab und strich über ihr Haar.
»Ich weiß doch nicht. Er ist zu Fuß gekommen.«
Die Mutter wischte sich über den Rock und ging, von Jody gefolgt.
Draußen hatte Gitano sich nicht gerührt.
»Und?« fragte Mrs. Tiflin.
Gitano zog den Hut, den alten schwarzen, hielt ihn mit beiden Händen vor den Magen und wiederholte: »Ich bin Gitano, ich bin wieder da.«
»Wieder da! . . . wo denn? Woher denn?«
Gitanos hagerer Leib beugte sich etwas über den Zaun. Seine Rechte beschrieb einen weiten Bogen über die Hügel, die Triften, die hohen Gebirge, bis sie wieder bei seinem Hut anlangte.
»Zurück auf die Ranch! Ich bin hier geboren, mein Vater auch.«
»Hier?« fragte die Frau. »Das ist kein so altes Gut.«
»Dort!«
Er wies nach dem nahen Hügelrücken im Westen: »Jenseits. Das Haus steht nicht mehr.«
Endlich verstand sie. »Die weggeschwemmte alte Bude, ach so!«
»Ja, Señora, wie die Ranch aufgelöst worden ist, da gab's keinen

Dünger mehr und keinen Kalk für die alte Bude, nichts . . . Regen hat alles heruntergewaschen.«
Jodys Mutter schwieg; seltsames Heimweh zog ihr durch das Gemüt, doch rasch hatte sie es abgeschüttelt.
»Und was willst du jetzt hier, Gitano?«
»Bleiben«, antwortete er ruhig, »bis ich sterbe.«
»Wir brauchen keine Arbeitskraft.«
»Ich kann ja auch nicht mehr kräftig arbeiten. Eine Kuh melken, Hühner füttern, bißchen Holz kleinmachen, weiter nichts.«
Er wies auf den Sack am Boden neben sich. »Hier ist mein Zeug.«
Sie wandte sich an Jody.
»Lauf zum Stall, hol den Vater!«
Jody rannte los und kam mit dem Vater und Billy.
»Was ist?« fragte Tiflin. »Worüber regt sich Jody so auf?«
Die Frau wies mit dem Kopf nach dem Alten: »Er will hierbleiben, für kleine Arbeiten.«
»So was brauchen wir nicht, brauchen doch überhaupt keine Leute mehr. Er ist zu alt. Was nötig ist, schafft Billy.«
Sie sprachen über den Mann, als sei er gar nicht vorhanden. Plötzlich besannen sie sich, sahen ihn an und wurden verlegen.
Gitano räusperte sich: »Zum Arbeiten bin ich zu alt. Ich bin da, wo ich geboren bin.«
»Hier bist du nicht geboren«, wies Carl ihn zurecht.
»Über dem Hügel drüben. Ehe ihr kamt, war das alles dieselbe Ranch.«
»Ich sag' dir, es geht nicht.« Carl wurde zornig: »Ich brauch' keinen alten Kerl. Das hier ist eine kleine Ranch. Essen und Doktorskosten für einen alten Mann trägt die nicht. Du hast doch sicher Verwandte und Freunde, geh zu denen! Zu Fremden gehen, das ist Bettelei.«
»Ich bin hier geboren«, sprach Gitano geduldig und unbeugsam.
Carl Tiflin wollte nicht grausam sein, aber es ging nicht anders.
»Du kannst meinetwegen hier übernachten«, räumte er ein, »heut nacht in der Kammer im alten Unterkunftshaus. In der Früh bekommst du noch Frühstück, und dann – ab! Man kommt nicht zu Fremden, um da zu sterben. Geh zu Bekannten!«
Gitano setzte den Hut auf und bückte sich nach dem Sack.

»Das ist mein Zeug.«
Carl wandte sich zum Gehen: »Komm, Billy, wir haben zu arbeiten! Jody, zeig dem Mann die Kammer!«
Sie schritten zur Stallung. Mrs. Tiflin ging wieder ins Haus, rief nur noch zurück: »Ich schick' ein paar Decken herüber!«
Gitano sah fragend auf Jody; der sagte: »Ich zeige dir, wo es ist.«
Ein Feldbett mit Matratze aus Maisstroh, eine Apfelkiste, auf der eine Laterne stand, ein Schaukelstuhl ohne Lehne – sonst war in der Kammer nichts. Gitano legte seinen Sack sorgsam zu Boden und setzte sich auf den Bettrand. Jod stand scheu herum. Er ging noch nicht; er fragte erst: »Kommst du aus den großen Bergen?«
Die Gedanken von heute nachmittag rumorten noch immer in ihm.
Gitano schüttelte langsam den Kopf.
»Nein. Ich habe im Salinas Valley gearbeitet.«
»Und du warst nie da hinten in den großen Gebirgen?«
Da wurden die alten dunklen Augen größer und starrer. Ihr Licht leuchtete nach innen, durchleuchtete viele Jahre, die in Gitanos Kopf lebten.
»Einstmals, als ich ein kleiner Junge war, ging ich mit meinem Vater . . .«
»Geradewegs in die Gebirge?«

»Ja.«
»Was war da? Hast du Menschen gesehen? Häuser?«
»Nein.«
»Ja, und was war da?«
Gitanos Augen blickten noch immer nach innen. Eine tiefe Runzel kam zwischen seine Brauen.
»Was hast du da gesehen?« drängte Jody.
»Ich weiß nicht mehr.«
»War es furchtbar und wüst und trocken?«
»Ich kann mich nicht drauf besinnen.«
Vor Aufregung hatte Jody alle Scheu verloren.
»Du erinnerst dich an gar nichts mehr – von allem?«
Gianos Mund öffnete sich zum Reden und blieb geöffnet, während er Worte suchte und fand: »Ich glaube, da war der Friede. Ich glaube, es war sehr schön.«
Seine Augen schienen fern, fern im Hintergrund der Jahre etwas zu sehen. Sie waren mit einmal so lind; ein zartes Lächeln ging durch sie hindurch und verschwand.
»Bist du dann noch einmal in den Gebirgen gewesen?« beharrte Jody.
»Nein.«
»Wolltest du nie mehr?«
»Nein.«
Plötzlich waren Gitanos Gesicht und sein Ton ungeduldig. Jody wußte, er werde nichts weiter erfahren, doch ein merkwürdiger Zauber hielt ihn gefangen. Er konnte sich von Gitano nicht losreißen. Scheu fragte er: »Willst du nicht unsere Pferde sehen? Dann komm mit zum Stall!«
Der Alte erhob sich, setzte den Hut auf und folgte dem Jungen.
Es war Abend geworden. Im Schlendergang kamen die Rosse von den Hängen zum Abendtrunk an die Wasserstelle. Gitanos knotige Hände rasteten auf dem Querbalken des Geheges. Fünf Pferde näherten sich der Wasserrinne, tranken; standen herum, schnupperten in dem lockeren Erdboden oder scheuerten ihre Flanken am glatten Holz der Umzäunung.
Lange nachdem sie getrunken hatten, kam noch ein altes Roß mühsam über die Höhe und langsam zur Tränke herunter. Es

hatte lange gelbe Zähne, die Hufe waren flach und scharf wie Spaten. Rippen und Hüftbein sprangen unter der Haut hervor.
»Das ist Easter, der alte Easter«, erklärte Jody, »das erste Pferd, das meinem Vater gehört hat. Es ist schon dreißig Jahre alt.«
Er schaute an Gitano empor, suchte in seinen alten Augen nach Antwort.
»Es taugt nicht mehr«, sagte Gitano.
Carl und Billy kamen vom Stall herüber.
»Zu alt zur Arbeit«, wiederholte der alte Mann, »einmal noch fressen und dann verrecken.«
Carl Tiflin hatte die letzten Worte gehört. Ihn verdroß seine eigene Brutalität, aber das machte ihn nur noch brutaler.
»Eine Schande, daß man das Tier nicht abknallt. Würde ihm eine Menge Schmerzen und Rheuma ersparen.«
Er warf einen raschen Seitenblick auf Gitano, ob dieser die Anzüglichkeit merke, aber die großen Knochenhände regten sich nicht. Die dunklen Augen ließen nicht von der Mähre.
»Was alt ist«, fuhr Jodys Vater fort, »sollte man von dem Elend befreien. Ein Schuß, ein Knall, vielleicht ein Schmerz im Hirn, fertig! Jedenfalls besser als steife Knochen und faule Zähne.«
Billy Buck widersprach. »Alle haben ein Recht auf Ruhe im Alter; sie haben ihrer Lebtage gearbeitet. Laßt sie doch noch ein bißchen spazierengehen!«
Carl schaute immerfort auf den ausgemergelten Klepper.
»Das kannst du dir nicht vorstellen, wie der Easter früher ausgesehen hat«, sagte er weich, »den hohen Hals, die kräftige Brust, prachtvollen Leib! Der sprang in einem Satz über ein fünf Ballen hohes Gehege. Wie ich fünfzehn Jahre alt war, habe ich mit ihm ein Flachrennen gewonnen. Das denkt heute kein Mensch, was das einmal für ein Prachtpferd war!«
Er riß sich zusammen; er haßte Weichheit.
»Aber jetzt gehört es abgeknallt«, sagte er rauh.
Billy Buck aber blieb dabei: »Es hat das Recht, sich auszuruhen.«
Carl hatte einen witzigen Einfall und lud ihn gleich auf Gitano ab.
»Wenn auf meiner Wiese Speck und Eier wachsen wollten, ja dann würde ich dich gleich dort weiden lassen, aber in meiner Küche kannst du nicht weiden.«

Lachend ging er mit Billy zum Haus: »Wäre nicht übel, wenn hier draußen Speck und Eier wachsen würden!«
Jody wußte, sein Vater suchte die Stelle, an der er Gitano am tiefsten verletzten konnte; er machte das oft so, auch bei ihm kannte er jeden Seelenfleck, in dem ein Wort eitern würde.
»Er redet nur so«, wandte er sich an den Alten, »er denkt nicht dran, Easter totzuschießen; dazu hat er ihn viel zu gern, sein erstes Pferd!«
Die Sonne sank hinter die hohen Berge; lautlos lag die Farm. Sie standen noch immer an der Tränke. Gitano schien jetzt am Abend sich mehr zu Hause zu fühlen. Er machte ein merkwürdig scharfes Geräusch mit den Lippen und streckte die Hand über die Umzäunung. Der alte Easter kam steif heran. Gitano streichelte ihm den hageren Hals unter der Mähne.
»Du hast ihn gern?« fragte Jody sanft.
»Ja. Er ist unnütz.«
Der Triangel tönte vom Farmhaus.
»Das Abendessen!« rief Jody. »Komm mit zum Essen!«
Auf dem Weg zum Haus fiel es Jody wieder auf, wie straff Gitanos Körper war, kerzengerade wie der eines Jünglings. Nur dem Schlurfen der Absätze und den ruckweisen Bewegungen sah man sein Alter an.
Die Truthühner ließen mit schwerem Flügelschlag sich in den unteren Zweigen der dunklen Zypresse beim Bunkhaus nieder. Eine fette glatte Katze lief ihnen über den Weg; im Maul trug sie eine große totgebissene Ratte, deren Schweif auf dem Boden nachschleifte.
Von den Hängen tönte der helle Signalruf der Wachtel.
Jody und Gitano näherten sich der Rückfront des Farmhauses. Mrs. Tiflin sah durch die Glastür.
»Eil dich, Jody! Komm herein, Gitano, zum Essen!«
Carl und Billy hatten schon angefangen.
Geräuschlos glitt Jody auf seinen Stuhl an dem langen, wachstuchbedeckten Tische. Indes stand Gitano, den Hut in der Hand, und wartete, bis Carl aufsah und »setz dich, setz dich!« sagte. »Kannst dich ruhig vollessen, eh du weitergehst!«
Er hatte vor seiner eigenen Nachgiebigkeit Angst und hörte daher

nicht auf, sich und die andern daran zu erinnern, daß der Alte nicht bleiben dürfe.
Gitano lgte den Hut auf den Boden und nahm schüchtern Platz. Er hätte auch nicht von selbst zugegriffen, wenn ihm Carl die Schüssel nicht zugeschoben und ihn ermuntert hätte: »Da, füll dich an!«
Gitano aß langsam. Er schnitt das Fleisch in Teilchen, zerdrückte eine Kartoffel und teilte auf seinem Teller das Zerquetschte in kleine Portionen.
Die Situation ließ Carl Tiflin immer noch keine Ruhe.
»Hast du denn in der Gegend keine Verwandten?« fragte er.
Nicht ohne Stolz versetzte Gitano: »Mein Schwager ist in Monterey. Ich habe auch Vettern da.«
»Na also, dann geh zu ihnen und bleibe dort!«
»Ich bin hier geboren«, versetzte Gitano mit freundlichem Tadel.
Die Mutter kam aus der Küche mit einer großen Schüssel Tapiokapudding.
Carl kicherte ihr entgegen: »Weißt du, was ich ihm gesagt habe? Ich habe gesagt: Wenn die Speckseiten bei uns auf dem Feld wachsen würden, möchte ich ihn schon auf die Weide schicken, wie meinen alten Easter.«
Gitano starrte reglos auf den Teller.
»Es ist traurig, daß er nicht hierbleiben kann«, sagte Mrs. Tiflin.
»Jetzt fang nicht wieder von vorne an!« brummte Carl.
Als sie gegessen hatten, ging er mit Billy und Jody auf eine Weile ins Wohnzimmer, während Gitano ohne Dank oder Gruß durch die Küche und zum Hinterausgang hinausging. Verstohlen beobachtete Jody den Vater und wußte, wie niederträchtig sich dieser jetzt vorkam.
»Die Gegend wimmelt von lauter alten Paisanos«, bemerkte Carl zu Billy.
»Tüchtige Leute«, verteidigte sie dieser. »Ein Weißer kommt in dem Alter da gar nicht mehr mit. Ich habe einen gesehen, der war hundertfünf Jahre alt und ist noch geritten, und wie! Ihr findet auch keinen Weißen, der im Alter von Gitano an einem Tag dreißig Meilen läuft.«
»Zäh sind sie, ja«, gab Carl zu, dann milder: »Du willst dich jetzt wohl für ihn einsetzen? Paß einmal auf! Es ist mir verdammt

schwer geworden, daß die Bank of Italy nicht auch diese Farm aufgefressen hat – auch ohne daß ich noch jemand Fremden durchfüttern mußte. Weißt du das, Billy?«
»Ich weiß . . .« sagte Billy. »Wenn ihr Geld hättet, wär' das eine andere Sache.«
»So ist es. Und schließlich hat er Verwandte, zu denen er kann. Schwager und Vettern in Monterey. Was soll ich mich da mit ihm belasten?«
Jody stand still und hörte – und hörte dazwischen nur immer Gitanos freundliche Worte, die unbeantwortet blieben, weil es auf sie keine Antwort gab: »Ich bin hier geboren.«
Gitano war so geheimnisvoll wie die Gebirge. Da waren Gebirgsketten, immer weiter und tiefer, und hinter der letzen, die sich zum Himmel auftürmte, lag ein ungekanntes, ein großes Land. Und Gitano war nur so lange ein Alter, bis man an seine stillen Augen kam. Auch hinter ihnen lag etwas Unbekanntes. Was lag nur hinter den dunklen Augen? Unwiderstehlich fühlte sich Jody zum Bunkhaus gezogen. Während der Vater noch redete, glitt er lautlos vom Stuhl und ging zum Haus hinaus.
Es war sehr finster. Ferne Geräusche kamen klar wie aus nächster Nähe, Glocken von einem Ochsengespann im Wald jenseits des Hügels. In der Kammer im Bunkhaus brannte ein Licht; das zeigte Jody den Weg über den Hof, durch den Garten. Ruhig ging der Knabe in der verschwiegenen Nacht geradewegs auf das Fenster zu und spähte hinein. Den Rücken zum Fenster saß Gitano auf dem zerbrochenen Schaukelstuhl. Sein rechter Arm bewegte sich langsam vor und zurück. Jody stieß die Tür auf und trat ein. Gitano sprang auf, warf ein Stück Rehfell über den Gegenstand auf seinen Knien, aber das Fell glitt zu Boden. Jody stand überwältigt. Gitanos Hand hielt einen schlanken blitzenden Stoßdegen mit goldenem Griff.
Die Klinge war wie ein feiner Strahl düsteren Lichtes. Der Griff war kunstvoll durchbrochen und wunderlich ziseliert.
»Was ist das?«
Gitano sah Jody abweisend an, hob das heruntergefallene Rehfell auf und hüllte die herrliche Schneide fest darin ein.
Jody streckte die Hand danach aus: »Darf ich es sehen?«

Gitano schüttelte den Kopf; Zorn glomm in seinen Augen auf.
»Woher hast du das? Wo ist es her?«
Ein tiefer Blick Gitanos maß Jody, schien ihn zu wägen; dann kam die Antwort: »Von meinem Vater.«
»Ja, aber woher hat er es gehabt?«
Gitano sah auf den langen Rehfellpacken in seiner Hand.
»Wie soll ich das wissen?«
»Hat er es dir nie erzählt?«
»Nein.«
»Was machst du damit?«
Gitano blickte leicht überrascht.
»Nichts. Ich hebe es auf.«
»Darf ich es noch einmal sehen?«
Langsam enthüllte der Alte den blanken Stahl, das Licht der Lampe huschte darüber, dann verhüllte er das schimmernde Wunderding wieder.
»Geh! Ich will jetzt schlafen.« Ehe noch Jody die Tür hinter sich recht geschlossen hatte, blies der Alte die Lampe aus.
Auf dem Rückweg zum Haus war es Jody so klar, wie ihm noch nie im Leben etwas gewesen: er durfte niemandem etwas von der Klinge erzählen. Es wäre dies furchtbar; es würde etwas vernichten, eine zarte, zerbrechliche Wahrheit. Niemand durfte sie wissen, denn es war eine Wahrheit, die durch Mitteilung und Teilung zerbrach.
Im dunklen Hof stieß er auf Billy: »Wo steckst du? Sie suchen nach dir!« Jody schlüpfte ins Wohnzimmer. Der Vater wandte sich nach ihm um: »Wo warst du?«
»Ich habe nachgesehen, ob in meinen neuen Fallen schon Ratten gefangen sind.«
»Geh schlafen, 's ist Zeit!« sagte der Vater.

Am Morgen war Jody als erster beim Frühstückstisch. Dann kam der Vater, dann Billy. Die Mutter sah durch die Küchentür: »Wo ist der Alte?«
»Macht wohl einen Morgenspaziergang«, meinte Billy. »Ich habe im Vorbeigehen hineingesehen; in der Kammer war er nicht mehr.«

»Vielleicht ist er schon in der Frühe nach Monterey aufgebrochen«, vermutete Carl, »es ist ein weiter Weg.«
»Nein, nein; sein Sack liegt noch in der Kammer«, erklärte Billy.
Nach dem Frühmahl ging Jody zum Bunkhaus. Mücken spielten im Sonnenschein. Die Ranch schien heute besonders still. Sobald er sicher war, daß ihn niemand beobachtete, huschte Jody in die Kammer und lugte in Gitanos Sack. Da waren ein Paar lange Unterhosen aus Baumwolle, ein Paar alte Arbeitshosen und drei Paar gestopfte Socken. Sonst nichts. Ätzende Einsamkeit fiel über den Knaben. Langsam ging er zum Haus zurück. Auf der Veranda standen die Eltern im Gespräch.
»Ich glaube, der alte Easter ist endlich tot«, sagte der Vater; »ich habe wenigstens nicht gesehen, daß er mit den andern Pferden zur Tränke gekommen ist.«
Später am Morgen kam Jess Taylor von der oberen Ranch herübergeritten.
»Du, Carl, hast du am Ende deinen alten Krippensetzer verkauft? Den Easter!«
»Keine Spur! Wieso?«
»J-ja machte Jess. »Ich war heut schon in aller Früh draußen, und da habe ich doch etwas ganz Komisches gesehen! Ein alter Mann auf einem alten Gaul ohne Sattel, ohne Zügel, nicht der kleinste Strick! Hielt sich auch nicht an den Weg, schnitt direkt ab, quer durch den Busch. Er hatte wohl auch ein Gewehr; er hatte irgend so etwas in der Hand.«
»Der alte Gitano!« rief Tiflin, »muß doch gleich einmal nachsehen, ob eines von meinen Gewehren fehlt!«
Er trat ins Haus und war gleich wieder da.
»Nein, alles am Platz! In welcher Richtung ist er denn, Jess?«
»Ja, das ist das Komischste: er ist geradewegs auf das Gebirge los.«
»Zum Stehlen und zum Gestohlenwerden ist doch niemand und nichts zu alt«, lachte Tiflin. »Jetzt hat der mir den alten Easter gestohlen!«
»Willt du ihm nach, Carl?«
»Um Gottes willen! Der spart mir doch das Einscharren des Kadavers. Möchte wissen, woher er das Gewehr hat! Und was er da hinten will, im Gebirge . . .«

Jody wanderte durch die Gemüsepflanzung zur Gebüschreihe hinauf. Suchend schaute er nach den ragenden Gebirgszügen – Kette auf Kette, eine folgte der anderen, und am Ende war da das Meer. Einen Augenblick war dem Spähenden, als könnte er an dem fernsten Grat einen winzigen dunklen Fleck erkennen, der langsam emporkroch. Er dachte an die Stoßklinge und an Gitano. Er dachte an die großen Gebirge.

Ein Sehnen, ein Weh überkam ihn, so heftig und schneidend, daß er es aus der Brust hätte herausheulen mögen.

Er legte sich in das grüne Gras bei dem runden Holzzuber an der Buschreihe. Er bedeckte die Augen mit seinen gekreuzten Armen. Lang lag er da. Eine namenlose Trauer erfüllte ihn.

An einem frühen Nachmittag marschiert Jody kriegerisch auf seinem Schulweg die Hecken entlang nach Hause. Er trommelt auf seine blecherne Frühstücksbüchse, das ist seine große goldene Pauke; mit scharfen Zungenstößen ahmt sein helltönender Kindermund die Blasinstrumente der Militärmusik nach: Drommeten, Fanfaren. Sein Gefolge der Mitschüler hat sich schon nach und nach, bald in dieses, bald in jenes Seitentälchen, ein jeder auf seine heimische Farm, verzogen. Er aber marschiert weiter, Knie hochgehoben, Füße aufgesetzt. Er marschiert nur scheinbar allein. Denn hinter ihm zieht eine Geisterarmee mit wehenden Fahnen und Waffen, ein schweigendes todbringendes Heer.

Der Frühlingstag war grün und golden. Unterhalb der Eichen mit ihrem breiten Geäst standen die Setzlinge hochaufgeschossen und blaß; die Grashalden an den Hügeln waren dicht bewachsen und glatt. Der Gartensalbei trug neue Blätter; sie schimmerten silbern; die Eichbäume hatten goldgrüne Kapuzen. Und über allem wogte ein Duften, das jagte die Rosse in gestrecktem Galopp, in dem sie jäh innehielten und staunten; das verleitete Lämmer, ja sogar alte erfahrene Schafe und Böcke zu Luftsprüngen, aus denen sie dann auf steife Beine zu stehen kamen und wieder friedlich zu weiden begannen, während junge täppische Kälber mit den Köpfen gegeneinanderstießen, zurückwichen und wieder gegeneinanderrannten. Als aber das schweigende graue Geisterheer unter Jodys Oberkommando vorüberzog, stockten Kampf und Spiel und das Grasen der Tiere, und sie betrachteten den Vorbeimarsch.

Plötzlich bleibt der Anführer stehen, sein großes Heer steht wie aufs Haupt geschlagen. Er bückt sich, kniet; die Reihen geraten ins Wanken, lösen sich in zarten Nebeldunst auf und sind mit leisem Seufzerhauche verschwunden.

Im Straßenstaub hat Jody die Stachelkrone einer Leguaneidechse erblickt. Zielsicher reckt seine Hand sich nach dem stacheligen Heiligenschein, packt zu, hält das sich heftig sträubende Tier und dreht es, jagdkundig, auf den Rücken. Blaßgolden, preisgegeben schimmert die Blöße des Bauches. Mit weichem Zeigefinger

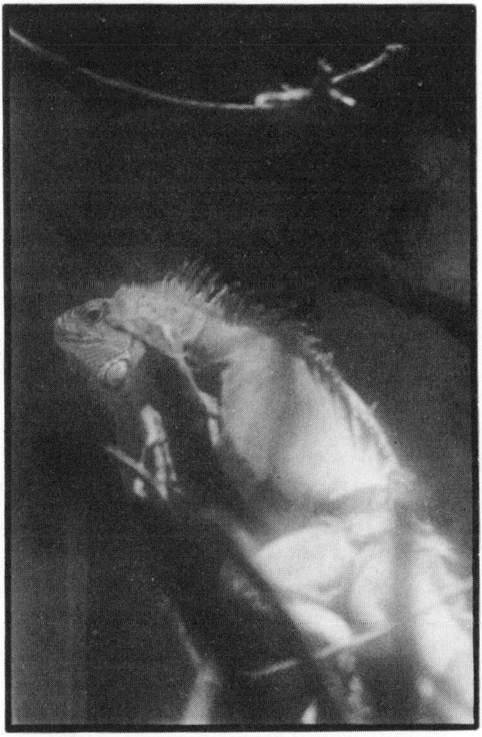

streicht Jody über Kehle und Brust des Leguans, bis dieser ermattet nachgibt, die Augen schließt, schlaff daliegt und einschläft.
Die erste Jagdbeute. Jody birgt sie in seiner Lunchbüchse – ein anderer Jody. Der sachte, auf unhörbaren nackten Zehen, mit eingezogenen Schultern dahinschleicht; seine Rechte umschließt ein unsichtbares Gewehr, und der Hecke entlang der Straße entquillt ein neues, unerwartetes Heer von Schattentieren und Grislybären. Die Jagd ist gut. Bis zum Briefkasten an der Straßenkreuzung hat der kühne Waidmann zwei weitere Leguans, vier kleine Graseidechsen, eine blaue Schlange, sechzehn gelbgeflügelte Heuschrecken gefangen und zwischen Felsgestein einen braunen, feuchtglänzenden Molch hervorgezogen. Und der ganze Verein krabbelt nun unglücklich und scharrt verzweifelt in Jodys Frühstückstrommel.
Beim Kreuzweg verdunstete das Gewehr, die Tiger und Bären lö-

sten in Tau sich auf, ja selbst das feuchte Gewimmel in der Frühstücksbüchse schien nicht mehr zu existieren, denn an dem Briefkasten ist ein rotes Fähnlein aufgezogen, und das bedeutet: Post für Tiflins. Jody stellt seine Menagerie auf den Boden, öffnet den Kasten, entnimmt ihm eine Nummer des ›Salinas Weekly Journal‹ und einen Katalog von Montgomery Ward, schlägt den Briefkasten wieder zu und trottet mit seinem Blechgefäß über den Hügel hinab in die Senkung der heimischen Ranch. Kurz vor dem Stall setzt er sich in Trab, rennt an Heuschober, Bunkhaus und dem Zypressenbaum vorbei und durch die vordere Glastür ins Haus: »Ma, Ma, da ist ein Katalog!«

Mrs. Tiflin hatte Quarkkäse ausgepreßt und wusch sich die Hände unter dem Kran.

»Hier, Jody!« meldete sie sich, »in der Küche!«

Da kam der Junge auch schon herein, bummste die Blechbüchse in den Spülstein und wandte sich um: »Darf ich den Katalog aufmachen, Ma?« – Die Mutter wandte sich wieder dem Quark zu.

»Verlier ihn aber nicht, Jody! Der Vater braucht den Katalog.«

Sie schabte die Quarkreste zusammen: »Ach, Jody, der Vater will dich noch sprechen, eh du die Hühner füttern gehst«, fiel ihr ein, während sie eine Fliege vom Käse verjagte.

Bestürzt klappte Jody den eben geöffneten Katalog wieder zu.

»Ma?«

»Ja, hörst du denn nicht, mein Junge? Dein Vater will mit dir sprechen, habe ich dir gesagt.«

Brav legte Jody den Katalog auf das Geschirrbrett.

»Ist es etwas . . . etwas . . . was ich angestellt habe?«

Die Mutter lachte: »Immer ein schlechtes Gewissen! Was hast du denn angestellt?«

»Gar nichts, Ma«, widersprach er schwach; vielleicht erinnert er sich nur nicht mehr dran, und außerdem, man kann doch nie wissen, woraus einem hinterher ein Strick gedreht wird! Wenn einer will, ist alles ein Verbrechen.

Der weiche Käse war nun in einem Baumwollsäckchen; das hing die Mutter an einen Nagel zum Abtröpfeln über den Ausguß.

»Er hat mir nur gesagt, wenn du nach Hause kämst, wolle er mit dir über etwas sprechen. Er ist irgendwo drüben beim Stall.«

Jody machte kehrt und ging zur Hintertüre hinaus. Als er den Aufschrei der Mutter beim Öffnen der Frühstücksbüchse vernahm, gab es ihm einen Stich; er beschleunigte seine Schritte, hörte um keinen Preis die wütende Stimme, die ihm vom Farmhaus nachschrie.

Carl Tiflin und Billy Buck standen beim unteren Gehege. Auf den obersten Balken der Umzäunung hatten sie ihre Ellenbogen und auf den untersten je einen Fuß gestützt. Ab und zu fiel ein belangloses Wort. Innerhalb der Einfriedung knabberten sechs Pferde zufrieden an süßen Gräsern. Die Stute Nelly stand aufgebäumt mit dem Rücken zum Gatter und rieb ihre Kruppe an einem schweren Pfosten.

Langsam, unbehaglich kam Jody angetrödelt. Er schleppte die Füße am Boden nach; er wollte recht harmlos erscheinen. Bei den Männern angelangt, stellte er einen Fuß auf den untersten Balken, stützte die Ellenbogen auf den zweiten und guckte auf die Weide. Die beiden sahen ihn von der Seite an.

»Ich wollte mit dir sprechen«, sprach Carl Tiflin in jenem überlegenen Ton, den er für Kinder und Tiere bereit hatte.

»Ja, Vater«, antwortete Jody schuldbewußt.

»Billy hat mir berichtet, du hättest den Pony gut gepflegt, ehe er einging.«

Also da lauert kein Strafgericht, nach solcher Einleitung . . .!

»Ja, Vater, das habe ich«, versetzte Jody, schon merklich kühner.

»Billy sagt, du hättest mit Pferden Geduld und eine gute, geschickte Hand.«

Ein Gefühl warmer Freundschaft für Billy wallte in Jody auf.

»Kein Mensch hätte den Pony besser trainieren und halten können als er«, warf Buck ein, und nun ging Carl Tiflin geradewegs auf sein Ziel los.

»Wenn du wieder ein Pferd bekämst, würdest du für es arbeiten?«

»Ja, Vater«, antwortete Jody und erschauerte wie im Fieber.

»Dann paß einmal auf. Billy meint, so richtig mit Pferden umzugehen, lernst du nur, wenn du erst einmal eines von der Geburt an gepflegt und in die Höhe gebracht hast . . .«

»Die einzige Möglichkeit«, warf Billy ein.

»Also, dann höre zu!« fuhr der Vater fort. »Jess Taylor auf der obe-

ren Ranch hat einen guten Zuchthengst. Aber das Beschälen kostet fünf Dollar. Ich werde das Geld auslegen, aber du mußt dafür den ganzen Sommer über schaffen. Ist dir das recht?«
Die Därme zogen sich Jody vor Sehnsucht zusammen.
»Ja, Vater«, antwortete er sanft.
»Und dich nicht beklagen? Und was man dich heißt, auch erledigen? Nichts vergessen?!«
»Ja, Vater.«
»Schön. Also dann führst du morgen Nellie zu dem Hengst auf der oberen Ranch. Und dann übernimmst du ihre Pflege, bis sie ihr Füllen wirft, verstehst du?«
»Ja, Vater.«
»Und jetzt kümmere dich um das Holz und die Hühner!«
Jody entfernte sich. Als er hinter Billy vorbeistrich, streckte sich seine Hand fast wie von selber aus nach den blaubaumwollenen Hosenbeinen, aber Billy merkte es nicht. Ein Gefühl der Reife und eigenen Bedeutung erfüllte den Jungen; er bewegte die Schultern mit männlichem Schwung.
Gewissenhaft wie noch nie erledigte er seine Pflichten. Die Futterkanne stülpte er den Hühnern nicht mehr auf einen Fleck aus, wo sie sich drücken und stoßen und um jedes Körnlein herumbalgen mußten, nein, er breitete heute den Weizen so fein, so sorgsam und so weit aus, daß die Hühner einen Teil davon überhaupt nicht mehr auffinden konnten. Und nachdem er in der Küche Mutters Verzweiflung über einen Jungen, der seine Lunchbüchse mit schleimigen erstickten Reptilien und Wanzen vollstopft, geduldig angehört hatte, gelobte er, es nie wieder zu tun! All diese Torheiten gehörten nun der Vergangenheit an; er fühlte sich viel zu erwachsen, um je wieder einen Leguan in die Butterbrotbüchse oder die Lunchtasche zu stecken. Er schleppte so viel Holz ins Haus und errichtete daraus einen so hohen Bau, daß die Mutter in Furcht vor einer Brennholzlawine erblaßte. Nachdem er auch noch Eier gefunden hatte, die seit Wochen unentdeckt geblieben waren, ging er wieder zur Weide. Eine dicke warzige Kröte, die bei der Tränke unter dem Trog hervorlugte, machte auf ihn nicht den mindesten Eindruck.
Tiflin und Buck waren nicht zu sehen, doch hörte Jody von der an-

dern Seite des Stalles her ein metallisches Läuten, das ihm angab, daß Billy beim Melken der Kühe war.

Die übrigen Pferde grasten am oberen Ende der Weide, nur Nellie rieb sich noch immer erregt an dem Pfosten. Jody näherte sich ihr langsam.

»So-o-o, so-o, Fräulein«, beruhigte er.

Die Ohren der Stute legten sich böse zurück, die gelben Zähne entblößten sich. Sie warf den Kopf herum; ihre Augen waren stier und verglast. Jody kletterte auf das Gatter hinauf, ließ die Beine hinunterbaumeln und schaute väterlich auf die Stute. Die Nacht brach an. Fledermäuse und Nachteulen flatterten.

Billy Buck trug einen Eimer mit Milch zum Farmhaus. Als er Jody sah, blieb er stehen.

»Du wirst lange drauf warten müssen«, meinte er freundschaftlich, »schauderhaft lang! Das bekommt man bald über, das Warten.«

»Ich bekomme es nicht über, Billy. Wie lang dauert es denn?«

»Fast ein Jahr.«

»Gut. Ich werde warten.«

Der Triangel läutete scharf vom Haus herüber. Jody kletterte von dem Gatter herunter und ging mit Billy zum Abendessen. Er half ihm auch den Milcheimer tragen.

Am folgenden Morgen wickelte Tiflin nach dem Frühstück eine Fünfdollarnote in ein Stück Zeitungspapier und steckte das Päckchen in Jodys Brusttasche fest. Billy Buck legte der Stute Nellie den Halfter um und führte sie aus der Umzäunung. »Paß gut auf!« warnte er Jody, »du mußt sie ganz kurzhalten, so! Sonst beißt sie; das ist ein verrücktes Biest!«

Jody griff den Halfter nicht erst am Strick an, sondern gleich kurz am Leder und zog den Hügel empor in Richtung der oberen Ranch. Hinter ihm tänzelnd, mit scheuen Seitensprüngen, die Stute Nellie. Auf den Weideplätzen entlang der Straße kamen die Körner des wilden Hafers just aus den Hülsen, und die warme Morgensonne schien so mollig auf Jodys Rücken, daß er trotz seiner gereiften Würde von Zeit zu Zeit unbedingt einen kleinen Luftsprung riskieren mußte. Auf den Weidenzäunen hockten schwarze Vögel mit roten Achselschnüren, die einen trockenen Ruf ausstießen. Feldlerchen sangen wie Wasserfälle. Wildtauben, unter raschelndem, brüchigem Eichenlaub versteckt, gurrten verhaltene Trauertöne. In den Feldern sonnten sich Hasen; Scheren gleich ragten ihre Löffel über die Grasspitzen. So ging es eine Stunde gleichmäßig bergan. Dann bog Jody in einen schmalen Pfad ein, der über einen steileren Hang zur oberen Ranch führte. Er sah schon das rote Dach der Stallung über den Eichen hervorragen und hörte vom Haus her gleichmäßiges Hundegebell.

Plötzlich springt Nellie zurück, fast reißt sie sich los. Von der Stallung her hört Jody ein grell pfeifendes Wiehern, Splittern von Holz, den lauten Ruf eines Mannes. Nellie wiehert und ruft zurück. Er hat noch das Ende des Halfterseils in der Hand. Mit entblößten Zähnen rennt die brünstige Stute gegen ihn an. Er läßt den Strick los, weicht behend aus und ist mit einem Satz in den Büschen. Wieder der hohe Schrei von den Eichen her, und wieder wiehert Nellie zur Antwort.

Der Zuchthengst wird sichtbar, seine Hufe wirbeln den Grund auf. Ein zerrissenes Halteseil nachziehend, prescht er den Abhang herab und heran. Mit fiebrig funkelnden Augen, die Nüstern gereckt, wie Flammen rot, die feuchte Haut von Sonne leuchtend, naht er so schnell, daß er bei der Stute nicht einzuhalten vermag, an ihr vorübersaust. Nellies Ohren gehen zurück, sie dreht sich, schlägt nach dem Vorbeijagenden aus. Nun wirft sich der Hengst herum und zurück, haut mit den Vorderhufen nach der Stute; sie wankt unter dem Schlag; seine Zähne suchen nach ihrem Nacken, schlagen hinein; Blut quillt hervor . . .

Und im Augenblick ist Nellie wie umgewandelt. Weiblich kokett nagt sie an seinem gewölbten Nacken, schiebt sich an ihn heran und reibt ihren Bug an dem seinen.

Im Busch halb verborgen hat Jody alles mitangesehen. Nun hört er es hinter sich traben – schon hat ihn eine Faust beim Hosenriemen gepackt, vom Boden gehoben, und – Jess Taylor hat ihn hinter sich auf sein Pferd gesetzt.

»Beinah!« sagt Jess, »beinah wärst du jetzt hin, mausetot! Sundog ist manchmal ein ganz hundsgemeines Aas; hat sein Seil durchgerissen und dann hui durchs Gatter!«

Jody saß ruhig auf dem Roß, aber nur einen Moment; dann schrie er: »Er tut ihr weh, er macht sie kaputt; tu ihn weg von ihr!«

Jess mußte lachen.
»Nellie ist pudelwohl. Geh du jetzt lieber hinauf ins Haus. Vielleicht gibt es da ein Stück Torte für dich.«
Aber der Junge schüttelte eifrig den Kopf.
»Die Stute ist unser, und das Füllen soll mein sein; ich zieh es groß!«
Jess nickte beifällig: »Eine gute Sache! Ausgezeichnet. Carl hat doch manchmal verständige Einfälle.«
Binnen kurzem war die Gefahr vorüber, Jess setzte Jody ab, fing den Hengst am abgerissenen Halteseil und ritt im langsamen Schritt voran, gefolgt von Jody, der Nellie am Halfterband führte. Erst nachdem er seine fünf Dollar losgesteckt, abgeliefert und zwei Stück Torte vertilgt hatte, machte Jody sich auf den Heimweg. Nellie ging folgsam mit ihm und war so sanft, daß er unterwegs von einem Baumstumpf auf ihren Rücken stieg und nach Hause ritt.

Die vorgestreckten fünf Dollar des Vaters machten den Sohn für den Rest des Frühlings und den ganzen Sommer zum Taglöhner. Beim Heuen legte er kräftig mit Hand an; beim Jackson-Forke-Preßpacker leitete er den Zuggaul, und als der Verpacker da war, mußte er mit dem Gaul, der die Heupresse drehte, immer mit im Kreise als Tretmühlensklave eines embryonalen Füllens. Und obendrein lehrte Carl Tiflin ihn melken und gab ihm eine Kuh zur Wartung; von früh bis nachts hatte der Junge zu tun.
Die braune Mutterstute fühlte sich immer zufriedener. Wenn sie an den gilbenden Hängen einherging, schien ihr Maul von seligem Lächeln gekräuselt. Sie verrichtete nur die leichteste Arbeit und dies mit der ruhigen Herablassung einer Kaiserin. Im Gespann zog sie gleichmäßig gleichgültig. Jody sah täglich nach ihr, musterte sie mit kritischen Blicken, aber ihr Rumpf zeigte nicht die geringste Veränderung.
Eines Nachmittags lehnte Billy Buck die vielzinkige Mistgabel gegen die Stallwand, lockerte seinen Gürtel, stopfte das Hemd tiefer, zog den Gürtel dann wieder stramm, langte sich einen Strohhalm vom Hutband, steckte ihn in den Mundwinkel und verließ langsam den Stall. Jody, der eben mit Doubletreedumm ein Erdeichhörnchen ausgrub, richtete sich bei seinem Anblick auf.

»Komm, wir sehen mal nach, was Nellie macht!« schlug Billy vor, und sogleich war Jody an seiner Seite.

Wütend, besessen grub Doubletree weiter, scharfes stoßendes Kläffen schien den nahen Sieg über das Erdhörnchen zu verkünden, doch als weder Jody noch Billy sich um ihn kümmerten, verließ er unwillig knurrend sein Erdloch und lief hinter seinem Herrn her. Der wilde Hafer stand reif, jede Ähre neigte sich unter der Last ihrer Frucht, und das Gras war so trocken, daß es beim Vorbeistreifen zischte. Mitten am Hang gewahrten sie Nellie mit Pete, dem eisengrauen Wallach, der friedlich vom Wildhafer naschte. Nellie warf beim Anblick der Herannahenden die Ohren zurück und schlenkerte unwillig trotzig den Kopf. Billy aber griff mit der Hand unter ihre Mähne und strich ihr den Hals. Da beruhigte sie sich, ihre Ohren legten sich wieder nach vorn, und sie beschnupperte seinen Hemdärmel.

»Glaubst du, daß sie wirklich ein Füllen bekommt?« fragte Jody.

Da drehte Billy der Stute die Augenlider nach oben, befühlte die Oberlippe, die Brustwarzen.

»Sollte mich, weiß der Teufel, nicht wundern!«

»Aber sie hat sich doch in den drei Monaten gar nicht verändert!«

Billy rieb die flache Stirn der Stute, bis sie vor Behagen zu schnauben begann. »Ich hab' es dir ja gesagt, du kannst es nicht abwarten«, sagte er. »Bis du auch nur das mindeste siehst, dauert es seine fünf Monate, und acht Monate, bis sie wirft, gegen Ende Januar!«

»Eine Ewigkeit!« seufzte Jody.

»Und nachher dauert's noch mal zwei Jahre, eh du drauf reiten kannst.«

»Bis dahin bin ich ja schon erwachsen!« schrie Jody.

»Ja«, tröstete Billy, »bis dahin bist du ein Greis.«

»Was meinst du, was für eine Farbe das Fohlen bekommt?«

»Das weiß kein Mensch. Die Stute rötlichbraun, der Hengst schwarz, da kann das Junge schwarz, rot, braun, grau oder gesprenkelt ausfallen; es hat sogar schon einmal ein schwarzes Muttertier ein weißes Füllen geworfen.«

»Hoffentlich wird es schwarz und ein Hengst.«

»Den müßten wir dann verkaufen; dein Vater duldet keinen Hengst auf dem Hof.«

»Vielleicht doch. Ich könnte ihn schon so erziehen, daß er anständig ist.«
Billy mußte so heftig lächeln, daß ihm das Strohhälmchen aus dem Mundwinkel rutschte.
»Wenn du denkst, daß ein Hengst« – skandierte er weise – »sich erziehen läßt, bist du schwer im Irrtum! Immer müssen die Krach machen, und wenn sie den Rappel haben, arbeiten sie nicht; sie machen die Stuten verrückt und vertragen sich nicht mit den Wallachen, sie schlagen gegen sie aus, sie schlagen über die Stränge – nein, einen Hengst erlaubt dir dein Vater auf keinen Fall!«
Nellie erging sich abseits im trockenen Gras. Jody griff nachdenklich in die Gräser, zerrieb einen Halm, warf die geschälten Samenkörner in die Luft, daß sie wie gefiederte Speere dahinsegelten.
»Sag mir doch, wie es ist, Billy! Ist es so, wie wenn eine Kuh kalbt?«
»Ungefähr. Stuten sind nur etwas empfindlicher; man muß ihnen helfen. Und wenn etwas schiefgeht, muß man« – er stockte.
»Was muß man, Billy?«
»Dann muß man das Ungeborene zerstückeln; sonst geht das Muttertier drauf.«
»Aber bei uns kommt das doch nicht vor, gelt, Billy?«
»Nicht dran zu denken! Nellie hat immer tadellos geworfen.«
»Darf ich dabeisein, Billy? Du mußt mich holen, bestimmt, Billy; es ist mein Fohlen!«
»Sicher. Ich rufe dich zur Zeit.«
»Und wie geht das dann? Sag doch!«
»Hast du schon eine Kuh kalben sehen? Fast grad so. Die Stute stöhnt, strengt sich an, und wenn die Geburt richtig vonstatten geht, kommen erst der Kopf und die Vorderbeine – die stoßen eine Öffnung, grad wie bei den Kälbern. Und das Fohlen fängt an zu leben. Es atmet. Da muß man natürlich dabeisein. Wenn die Füße nicht arbeiten und nicht durchbrechen, so erstickt es ja.«
»Wir werden dasein«, erklärte Jody und schlug sich mit einem Grasbüschel ans Bein, »gelt, Billy?«
Sie kehrten um und gingen hinab zum Stall.
Von Angst und Zweifeln gequält, begann Jody zu fragen – er wollte es nicht, aber er konnte nicht anders: »Billy«, begann er kläglich, »dem Füllen darf nichts passieren, gelt, du läßt es nicht zu!«

Und Billy sah, was Jody vor Augen hatte: den roten Ponyhengst Cabilan, wie er gestorben war – erstickt. Billy wußte: bis dahin war er unfehlbar gewesen; nun war er es nicht mehr. Das machte ihn unsicher; er antwortete rauh: »Was weiß ich! Passieren kann immer was; da kann ich nichts dazu, ich kann auch nicht alles!«
Sein geschwundenes Ansehen bedrückte ihn, aber er ließ es sich nicht merken, er schrie barsch: »Ich werde mein möglichstes tun, aber ich kann nichts versprechen. Nellie ist eine gute Stute, hat bisher gute Füllen geworfen, das soll sie halt diesmal auch!«
Damit entfernte er sich von Jody und ging in den Sattelraum beim Stall. Er war im tiefsten verletzt.

Jody stieg oft zur Buschreihe hinter dem Hause empor. Dort wo das fließende Wasser, den Zuberrand überflutend, die Erde tränkte, zog sich das Gras in immer grünendem Kranz um den Brunnen. Selbst wenn alle Hügel in weiter Runde braun und verbrannt in der Sonnenglut lagen, hier war es grün und kühl, und das Wasser sprang und sang während des ganzen Jahres. Hier sprudelte Jodys Lebensquelle. Wenn er bestraft worden war und litt, besänftigte ihn der Gesang des Wassers, das Grün; alles Bittere, Beißende löst sich auf. Die Gemeinheit schwand, wenn er im Grase lag und dem fallenden Strahl lauschte. Schranken, die sich in seinem jungen Sinn aufgerichtet, sanken zusammen.
Aber der Gegenpol seines Daseins und ihm so zuwider, wie ihm der Brunnen anziehend war, lag beim Bunkhaus: die dunkle Zypresse. Denn hierher mußte früher oder später alles, was auf der Farm geschlachtet wurde. Schweineschlachten war wohl ein Fest, aber das Quieken, das Schreien, das stürzende Blut ließ Jodys Herz fast zerspringen. Wenn die geschlachteten Tiere im großen schwarzen dreibeinigen Kessel abgebrüht und ihre Haut abgeschabt wurde, trieb es Jody immer zu seinem Brunnentrog, wo er blieb, bis sich sein Herz beruhigte. Der grüne Holzzuber und die schwarze Zypresse blieben einander feind.
Nachdem ihn Billy, beleidigt und wütend, verlassen hatte, war Jody ganz in Gedanken an Nellie und das kleine Füllen weitergegangen und plötzlich bei der Zypresse angelangt – grad unter dem abscheulichen Blutbalken, an dem man die Schlachtopfer aufhing!

Nein, er wollte an dieser Stätte nicht an sein Füllen denken, besonders jetzt nicht nach allem, was er von Billy gehört hatte. Er mußte der üblen Vorbedeutung durch etwas Gutes entgegenwirken. Rasch rannte er am Farmhaus vorbei durch die Gemüsepflanzung in den bergenden Schutz seiner Buschreihe. Dort kauerte er sich in das saftige Gras, blickte über die Häuser der Farm zu den sanften Hügeln, die rings, reich an Frucht, gelb in der Sonne lagen, und sah Nellie auf ihrer Trift. Der Sang des Wassers, der Zauber des Ortes ließen Zeit und Raum schwinden, und Jody sah im Geist ein schwarzes langbeiniges Füllen, das sich hungrig, nach Milch verlangend, an Nellies Seite drängte. Und dann sieht er sich selbst, wie er das Füllen – es ist tüchtig gewachsen – an den Halfter nimmt und es bändigt. Und es wächst immer herrlicher, schon ist sein Hals so hoch und gewölbt wie der des Zuchthengstes Sundog, sein Schweif lodert wie eine schwarze Flamme. Furchterregend ist dieses Roß für alle, nur nicht für Jody. Im Schulhof betteln alle seine Mitschüler, einmal reiten zu dürfen; mit gnädigem Lächeln läßt er es zu. Kaum aber ist einer aufgesessen, als ihn der schwarze Dämon schon abwirft. Ja, daher sein Name: Der schwarze Dämon! Einen Augenblick ist das singende Wasser, das saftige Gras, der Sonnenschein wieder da, und dann . . .

Manchmal zur Nachtzeit hören die Rancher ringsum in ihren warmen Betten das Dröhnen vorüberdonnernder Hufe.

»'s ist Jody auf seinem Dämon«, sagen sie dann, »er hilft wieder einmal dem Sheriff.«

Und dann . . .

In der Arena von Salinas ist die Luft voll goldenen Staubes. Der Ausrufer ruft in die Schranken zum Stierkampf. Als aber Jody auf seinem Rappen in die Manege sprengt, überlassen die Mitkämpfer ihm willig den ersten Platz; es ist ja bekannt: Jody und Dämon bezwingen den Stier rascher, erledigen ihn gründlicher als eine ganze Mannschaft. Jody ist ja kein Knabe mehr, und Dämon ist mehr als ein Pferd. Die zwei sind ein ruhmreiches Ganzes. Und dann . . .

Vom Präsidenten der Vereinigten Staaten ist ein Brief angelangt, Jody soll helfen, den Weltfeind zu fangen, der drüben in Wäldern und Bergen sich schmählich verbirgt. Jody im Gras ist bereit. Der Wasserstrahl in dem moosigen Holzzuber singt ihm das Siegeslied.

Langsam rückte das Jahr weiter vor. Es gab Tage und Wochen, da Jody all seine Hoffnungen auf das ersehnte Füllen aufgab. An Nellies Aussehen hatte sich nichts verändert. Noch spannte Carl Tiflin sie vor das leichte Fuhrwerk. Sie zog die Harkmaschine, und als das Heu eingebracht war, ging sie im Frondienst des Jackson-Preßpackers.

Der Sommer schied, und der warme strahlende Herbst ging dahin. Leidenschaftliche Morgenwinde wirbelten über die Felder; Frost erfüllte die Luft. Eichen und Gifteschen wurden rot.

An einem Septembermorgen rief Jodys Mutter ihn in die Küche. Sie schüttete kochendes Wasser in einen Eimer mit trockenem Gemisch, bis ein dampfender Brei daraus wurde.

»Ja, Ma?« fragte Jody.

»Sieh genau zu, Jody! Das hast du jetzt jeden Morgen zu tun.«

»Was soll das geben?«

»Ein warmes Mischfutter für Nellie. Das hält sie in Form.«

Jody rieb sich die Stirn.

»Ja, ist sie denn soweit?«

Die Mutter stellte den Wasserkessel ab und rührte das Futtergemisch mit einem Holzlöffel um.

»Natürlich, warum denn nicht? Aber du mußt dich von nun an mehr um sie kümmern. Hier! Das bringst du ihr jetzt zum Morgenessen!«

Jody packte den Eimer und lief damit am Bunkhaus vorbei, an der Stallung vorüber. Der schwere Eimer schlug ihm gegen die Knie. Er fand Nellie bei der Tränke, wo sie munter im Wasser herumspielte, mit dem Kopf hineinpatschte, daß es Wellen gab, der Trog überlief und sich das Wasser bis zum Grund trübte.

Jody kletterte über den Zaun, stellte den dampfenden Mischmasch neben sie und trat dann ein paar Schritte zurück, um sie genau anzusehen. Sie war verändert. Ihr Bauch war geschwollen, die Hufe setzte sie vorsichtig sanft. Sie steckte die Nase in den Eimer und verschlang gierig das heiße Frühmahl. Als sie damit fertig war, stieß sie den leeren Eimer mit der Nase auf dem Boden herum, ging dann zu Jody herüber und rieb ihre Wange an ihm.

Billy Buck kam aus dem Sattelraum herüber.

»Wenn es erst anfängt, siehst du, dann kommt's gleich richtig!«

»Wie ist das denn auf einmal gekommen?«
»Du hast halt eine Zeitlang nicht nachgesehen.«
Er drehte den Kopf der Stute, damit Jody sie besser sehen könne.
»Hübsch ist sie geworden. Sieh nur, wie schön ihre Augen sind! Manche werden wüst. Aber wenn sie hübsch werden, sind sie auch freundlich.«
Nellie steckte den Kopf unter Billys Arm und rieb ihren Hals an ihm zwischen Arm und Rippen.
»Du mußt jetzt auch schrecklich nett zu ihr sein«, riet Billy.
»Wie lange kann es noch dauern?« erkundigte Jody sich atemlos.
Billy begann halblaut an den Fingern zu rechnen.
»Etwa drei Monate noch«, verkündete er das Ergebnis. »Aufs Haar genau läßt es sich nicht sagen. Manchmal sind's auf den Tag elf Monate; es kann aber ebensogut zwei Wochen früher sein oder einen Monat später; das macht nichts.«
Jody starrte zu Boden. »Billy«, bat er erregt, »du rufst mich, wenn es losgeht, gelt? Du läßt mich dabeisein, ja?«
Billy biß mit den Vorderzähnen freundlich in Nellies Ohr.
»Carl sagt, er will, daß du von Anfang an dabei bist. Das ist die einzige Art, um Pferdeverstand zu bekommen. Vom Reden lernst du nie alles. So hat es mein Alter auch mit mir gemacht . . . mit der Satteldecke! Wie ich so alt war wie du, da war er bei der Verwaltung als Packknecht und hatte ein Lasttier zu führen. Einmal, da hab' ich in meiner Satteldecke eine Falte gelassen, und das Tier ist davon wund geworden. Mein Alter hat mir keinen Krach gemacht, nein! Aber am folgenden Morgen hat er mich gesattelt: einen vierzig Pfund schweren Packsattel hat er mir aufgeschnallt, und dann mußte ich mein Pferd in der prallen Sonne über einen verdammten Berg hinüberführen, den Sattel immerzu auf dem Buckel! Die Strafe hat mich fast umgebracht. Aber in meinem ganzen Leben hab' ich nie wieder auch nur das kleinste Fältchen im Woilach gelassen. Denn jedesmal, wenn ich eine Decke auflege, spür' ich den Sattel auf meinem Buckel.«
Jody griff zärtlich in Nellies Mähne.
»Du sagst mir alles, was ich zu tun habe, gelt? Du verstehst doch soviel von Pferden!«
Billy lachte: »Ja, weißt du, ich bin halt selbst so ein halbes Pferd!

Meine Ma ist bei meiner Geburt gestorben, und wo doch mein Alter damals im Gebirg Packknecht bei der Verwaltung war, und weit und breit gab es damals keine Milchkuh, da haben sie mich mit Stutenmilch aufgesäugt.«
Er blickte ernst: »Das wissen die Pferde«, sagte er leise. »Weißt du es, Nellie?«
Die Mutterstute wandte den Kopf nach ihm um und sah ihm einen Augenblick voll in die Augen. Das ist etwas, was Pferde sonst nie tun, und Billy empfand es als Auszeichnung. Er fühlte sich wieder sicher. Er prahlte sogar ein wenig.
»Ich sorge dafür, daß du ein gutes Füllen bekommst; ich lerne dich an, und wenn du alles so machst, wie ich dir sage, hast du das beste Pferd im ganzen Land.«
Da fühlte auch Jody sich gehoben; eine Wärme umfing ihn, und als er sich nach Hause begab, ging er wie ein alter Cowboy mit gekrümmten Beinen und schwingenden Schultern. »Huah, du schwarzer Dämon«, flüsterte er, »geh mir nicht in die Luft, immer die Füße am Boden!«

Mit Macht brach der Winter herein. Einige Regenschauer als Vorboten, dann anhaltender starker Regen. Die Hügel verloren ihre Strohfarbe und wurden vor Nässe schwarz. Reißend strömten die Winterflüsse durch alle Canyons. Staubschwämme und Pilze schossen auf. Das junge Gras erschien schon vor Weihnachten.
In diesem Jahr war das Weihnachtsfest für Jody nicht mehr die Hauptsache. Ein noch nicht bestimmter Januar war der Drehpunkt, um den die Monate kreisten. Sobald es regnete, zog er Nellie in ihre Box, brachte jeden Morgen ihr warmes Futter und bürstete und striegelte sie.
Das Muttertier wurde so dick, daß Jody in Angst geriet. »Sie platzt«, sagte er aufgeregt zu Billy.
Da legte dieser seine kantigen kräftigen Hände an Nellies Rumpf und äußerte ruhig: »Fühl hier! Du fühlst, wie es sich bewegt. Das wäre eine Überraschung, wenn es Zwillinge gäbe!«
»Meinst du?« schrie Jody auf. »Es gibt Zwillinge?«
»Ich weiß nicht. Es ist schon vorgekommen.«
Während der ersten zwei Januarwochen regnete es immerzu.

Wenn er nicht in der Schule war, befand sich der Junge fast immer im Stand bei Nellie, legte ihr dutzendemale die Hand an den Bauch und fühlte, wie sich das Füllen bewegte. Nellie wurde zu ihm immer sanfter und freundlicher, rieb ihre Nüstern an ihm, und wenn er den Stall betrat, wieherte sie.

Eines Tages kam Carl Tiflin mit Jody, musterte voll Bewunderung das gepflegte rotbraune Fell und betastete das feste Fleisch über Rippen und Schulterblatt.

»Du hast gut gearbeitet«, lobte er!

Es war die höchste Anerkennung, die es bei ihm gab. Jody war noch Stunden danach von Stolz geschwellt.

Der fünfzehnte Januar kam. Das Füllen war nicht geboren. Der zwanzigste Januar kam, und in Jodys Magen bildete sich ein Klumpen Angst.

»Ist das in Ordnung?« fragte er Billy.

»Sicher.«

Und abermals: »Bist du sicher, Billy, daß es so richtig ist?«

Billy klopfte den Nacken der Stute. Ihr Kopf wandte sich schwerfällig.

»Ich hab' dir gesagt, es ist nicht immer dieselbe Zeit. Da heißt es abwarten.«

Als der Monat ohne Geburt zu Ende ging, war Jody entsetzt. Nellie war furchtbar dick; ihr Atem ging schwer; ihre Ohren standen steil und dicht beieinander. Man hatte den Eindruck, der Kopf tue ihr weh. Jody schlief nur noch unruhig und träumte viel wirres Zeug.

Am zweiten Februar wachte er nachts mit einem Schrei auf.

»Du hast geträumt, Jody«, rief ihn die Mutter an. »Wach auf! Geh nur hinüber!«

Beklommen, in Angst lag Jody einige Sekunden und wartete, bis sich die Mutter wieder hingelegt hatte. Dann zog er sich an und kroch barfuß hinaus.

Die Nacht war schwarz und dick von Dunst. Dünner Regen fiel. Bunkhaus und Zypresse entstiegen undeutlich drohend dem Nebel und sanken wieder zurück in die finstere Nässe. Das Stalltor knarrte beim Öffnen; bei Tag tat es das nie. Jody nahm die Laterne und Wachszündhölzer vom Brett, machte Licht und ging durch den langen Mittelgang zu Nellies Stand.

Sie stand aufrecht, aber ihr Leib schwankte von einer Wand zur andern. Er rief sie an: »So-o, Nellie, so-o, so-o, Nellie!«
Sie sah sich nicht um, und ihr Schwanken hörte nicht auf. Er trat in die Box, streichelte ihr den Bug und fühlte ihr schauderndes Beben. Vom Heuboden über dem Stall drang plötzlich Billys Stimme herunter.
»Jody, was machst du?«
Jody trat ein paar Schritte zurück und warf einen Jammerblick durch das Loch nach Billys Nachtlager.
»Denkst du, sie ist so recht?«
»Warum? Sicher denk' ich's.«
»Du wolltest doch, daß kein Unglück geschieht, Billy. Weißt du genau . . .«
»Ich hab' dir gesagt, ich ruf' dich, und das werde ich. Geh schlafen, mach mir die Stute nicht unruhig. Sie hat schon genug zu schaffen, auch ohne daß du sie aufregst!«
Jody war zusammengezuckt. So erregt hatte ihn Billy noch nie angefahren.
»Ich wollte nur einmal nachsehen«, entschuldigte er sich. »Ich bin aufgewacht.«
»Schön«, kam es ruhiger von oben, »geh nur wieder zu Bett! Du brauchst dich nicht zu beunruhigen. Ich habe dir ein gutes Füllen versprochen, das sollst du haben, aber jetzt geh!«
Langsam verließ der Junge den Stall, blies die Laterne aus und stellte sie wieder an ihren Platz.
Die Schwärze der Nacht und der neblige Frost stießen nach ihm und schlossen ihn ein. So gern hätte er alles geglaubt, was Billy ihm sagte, so wie er es vor dem Sterben des Ponys geglaubt. Aber vorhin, dort in der verlassenen Box, im Vorübergehen, im schwachen Seitenlicht der Laterne hatte er Cabilan stehengesehn . . .
Über dem naßkalten Boden froren die bloßen Füße.
In der Zypresse kollerte aufgeschreckt das Truthühnervolk; die beiden Wachhunde antworteten pflichtgemäß, kamen aus ihren Hütten gekrochen und bellten, um räubernde Kojoten in die Flucht zu jagen.
Als er durch die Küche schlich, stieß Jody an einen Stuhl.
»Wer da?« rief Tiflin vom Schlafzimmer her. »Was ist los?«

Und seine Frau fragte schläfrig: »Was hast du, Carl?«
Doch da war dieser schon auf den Beinen und kam mit einer brennenden Kerze heraus.
»Was hast du draußen zu suchen?« fragte er Jody, der eben zu Bett gehen wollte.
Scheu wandte Jody sich ab. »Ich war drüben . . . nach der Stute sehen.«
Verdruß über die nächtliche Störung kämpfte in Vater Tiflin mit einer Genugtuung über den Pflichteifer des jüngsten Tag- und Nachtlöhners ohne Lohn.
»Höre«, sagte er schließlich, »in unserer ganzen Gegend ist niemand, der so viel von Füllen versteht wie Billy. Überlaß das nur ihm!«
»Aber der Pony ist trotzdem gestorben«, brach es aus Jody hervor.
»Das darfst du ihm nicht vorwerfen«, gab Carl streng zurück. »Wenn Billy ein Pferd nicht retten kann, ist es nicht mehr zu retten.«
»Mach ihm Beine, er soll ins Bett!« rief die Mutter, »sonst schläft er morgen wieder den ganzen Tag.«

Es war Jody, als habe er grad erst die Augen zugemacht und versucht einzuschlafen, da wurde er rauh an der Schulter gerüttelt. Beim Bett stand Billy mit einer Laterne.
»Auf! Los! Eil dich!«
Und schon war er wieder draußen.
»Was ist?« rief die Frau hinter ihm drein: »Bist du es, Billy?«
»Ja, Ma'am.«
»Ist Nellie soweit?«
»Ja, Ma'am«, kam es von fern.
»Gut, ich mach' Wasser heiß; du wirst es wohl brauchen.«
Jody sprang in seine Kleider und war so rasch aus der Hintertür, daß er Billys Laterne noch auf der ersten Hälfte des Weges zum Stall pendeln sah. An den Berggipfeln zeigte sich ein erster Streif Frühdämmerung, doch in der Senke der Farm war noch kein Schimmer Licht. Wild jagte Jody hinter der Laterne her. Am Stall holte er Billy ein. Der hing die Stallaterne an die Wand und warf seinen Rock ab. Darunter trug er ein ärmelloses Hemd.

Nellie stand starr und steif. Nun krümmte sie sich. Ihr Leib wand sich in Krämpfen; sie gingen vorüber, setzten aber nach wenigen Augenblicken abermals ein und gingen vorüber.
»Da stimmt etwas nicht«, stammelte Billy erregt. Seine Hand verschwand in dem aufgetriebenen Leib.
»Jesus«, lallte er unbewußt, »mein Gott, es liegt schief.«
Wieder ein Krampf. Billy arbeitete angestrengt; an seinen Schultern und Armen sprangen die Muskeln hervor. Er hob, keuchte; dicke Schweißperlen standen an seiner Stirn. Nellie schrie laut.
»Es liegt verkehrt«, stammelte Billy, »Ich krieg's nicht herum, ich kann es nicht drehn, es liegt verkehrt, es hat sich verkehrt gelegt.«
Wild starrt er auf Jody. Dann nimmt er mit den Händen eine sehr genaue Untersuchung vor. Sein Gesicht ist grau. Hart und spitz stehen die Backenknochen hervor. Prüfend, fragend sieht er einen Augenblick, der endlos erscheint, auf den Knaben, der an die Stallwand gepreßt steht. Dann schreitet er zum Düngerfenster und ergreift mit der nassen Rechten den Hammer, mit dem er sonst die Pferde beschlägt.
»Jody, geh raus!«
Jody steht reglos, starrt ihm betäubt ins Gesicht.
»Hinaus, sag' ich dir; sonst ist es zu spät!«
Jody regt sich nicht.
Mit einem Satz ist Billy bei Nellies Kopf. »Dreh dich um!« schreit er, »verflucht noch einmal, dreh dich weg!«
Jetzt gehorcht Jody, wendet den Kopf zur Seite. Er hört aus der Box Billys heiseres Flüstern, ein hohles schmetterndes Krachen, Knochengesplitter, den schrillen Todesschrei Nellies. Er hat sich umgewandt, sieht den erhobenen Hammer nochmals auf die flache Pferdestirn niedersausen. Nellie fällt schwer auf die Flanke, zuckt noch einmal. Billy stürzt sich auf den geschwollenen Bauch, in der Hand sein geöffnetes Messer.
Er schält die Haut herunter, senkt die große Klinge tief in den prallen Bauch, sägt, schneidet, reißt auf. Die Luft ist voll übler Gerüche warmer lebender Eingeweide. Die anderen Pferde bäumen sich hoch, reißen an ihren Halteketten, stampfen und schlagen aus.
Billy wirft das Messer beiseite. Mit beiden Armen taucht er in die furchtbar zerfetzte Öffnung hinab und hebt ein großes, weißes,

tropfendes Bündel heraus. Seine Zähne reißen in die Umhüllung ein Loch.
Aus dem Riß schaut ein schwarzer Kopf, schauen kleine, glatte, feuchte Ohren hervor. Ein gurgelnder Atemzug weht, jetzt ein zweiter. Billy schüttelt den Sack ab, greift wieder zum Messer und durchschneidet die Nabelschnur. In seinen Armen hält er das kleine schwarze Füllen. Einen Augenblick sieht er es an. Dann geht er langsam hinüber und legt es vor Jodys Füße ins Stroh.
Billys Arme, Brust und Gesicht triefen rot. Sein Leib bebt; seine Zähne klappern. Er hat keine Stimme mehr. Er kann nur noch flüstern: »Da ist dein Füllen. Ich hab's versprochen. Da ist es. Ich mußte, mußte.«
Er hält inne, sieht über die Schulter zur Box.
»Hol heißes Wasser und einen Schwamm«, hauchte er heiser. »Wasch ihn und trockne ihn so, wie es seine Mutter getan hätte!« Du mußt ihn mit der Hand füttern. Es ist dein Füllen; ich habe es dir versprochen.«
Jody starrt stumpf auf das nasse, heftig atmende Füllen. Es reckt das Kinn, sucht den Kopf zu heben.
»Gottverdammich«, krächzt Billy, »wirst du wohl endlich das Wasser holen! Wird's bald!«
Da wendet sich Jody und taumelt hinaus in den dämmernden Morgen. Kehle, Leib, alle Glieder schmerzen; seine Beine sind steif und schwer. Er möchte sich freuen; er hat sein Fohlen. Doch vor ihm im Grauen steht Billy Bucks blutbespritzes Gesicht und seine besessenen, todmüden Augen.

Samstagnachmittag. Billy Buck ist dabei, die Überreste der vorjährigen Heuhaufen zusammenzurechen. Einige Heugabeln voll schleudert er über die Umfassung unter das Vieh, das darauf nicht sonderlich erpicht zu sein scheint. Hoch am Himmel stehen Wölkchen, dichtgeballt wie von Schrapnells; der Märzwind treibt sie gen Osten. Man hört ihn hoch über die Bergkämme pfeifen. Bis hinab in die Senke von Tiflins Farm dringt kein Lüftchen.
Jody kommt aus dem Farmhaus, in der Hand eine Scheibe Brot. Sie ist dick und gut mit Butter geschmiert. Er sieht Billy beim Heuhaufen und kommt auf eine Art und Weise herangeschlurft, von der man ihm oft schon gesagt hat, daß er damit das beste Sohlenleder in kürzester Frist ruinierte. Als er bei der schwarzen Zypresse vorüberkommt, stiebt eine Schar weißer Tauben daraus hervor, zieht Kreise rings um den Baum und läßt sich wieder drin nieder. Aus dem Bunkhaus springt noch eine junge Falbkatze über Jodys Weg, dreht sich ein paarmal um sich selbst; er will ihr durch einen Steinwurf Beine machen, aber eh der Stein geschleudert, ist sie mit einem Satz unter dem Vordach des Bunkhauses. Er schmeißt den Kiesel in die Zypresse. Abermals stieben die Tauben aufwärts in kreisender Flucht.
Bei dem Überrest des kürzlich noch mächtigen Heuhaufens lehnt er sich gegen den Zaun.
»Ist das alles, was noch da ist, Billy?« erkundigt er sich.
Der Pferdeknecht sticht mit der Heugabel in den Grund, nimmt seinen schwarzen Hut ab und fährt sich durch das widerspenstige Haar.
»Was noch da ist, taugt nichts mehr: alles von unten her durchgefault.«
Er setzt den Hut wieder auf und reibt sich die schwieligen Hände.
»Ui!« freut sich Jody, »da muß es jetzt massenhaft Mäuse geben!«
»Das wimmelt nur so von dem Lausepack«, bestätigt Billy.
»Wenn du fertig bist«, plant Jody sogleich, »könnte ich dann die Hunde holen und Mäuse jagen?«
»Warum nicht«, meint Billy Buck, sticht tief in die unterste Schicht

und wirft eine Gabel dampfenden Heus in die Luft. Drei Mäuse springen erschrocken hervor, um sich sofort wieder in das verrottete Heu zu vergraben.
»A-ah!« macht Jody befriedigt.
Diese glatten, wohlgenährten, kecken Mäuse, denkt er, sollen sich nicht mehr lang ihres Daseins erfreuen. Acht Monate haben sie in dem Haufen gehaust und sich kräftig vermehrt, sicher vor Katzen, vor Fallen, vor Gift und vor Jody. Die Sicherheit hat sie fett und übermütig gemacht. Nun aber hat ihr letztes Stündlein geschlagen; den morgigen Tag sollen sie nicht überleben.
Billy schaut zu den Höhen empor.
»Frag lieber erst deinen Vater«, rät er dem Jungen »ob es ihm jetzt recht ist!«
»Gut. Wo ist er? Ich frage ihn gleich.«
»Er ist nach dem Essen zur oberen Ranch geritten, muß bald wieder da sein.«
Jody, an den Gatterpfosten gelümmelt: »Er hat doch sicher nichts dagegen.«
»Ich würde ihn auf jeden Fall fragen«, warnt Billy und nimmt die unterbrochene Arbeit wieder auf, »du weißt, wie er ist.«
Jody weiß es. Der Vater ist peinlich darauf bedacht, daß nichts auf der Farm ohne seine Erlaubnis geschieht.
Der Junge rutscht mit dem Rücken am glatten Gatterpfosten herunter, bis er fast auf den Boden zu sitzen kommt, und schaut zu den Wolkenballen empor.
»Glaubst du, daß es Regen gibt, Billy?«
»Möglich wäre es. Der Wind ist richtig, er ist bloß noch nicht stark genug.«
»Hoffentlich hält sich's, bis ich das Mäusepack abgekillt habe!«
Er guckt verstohlen nach Billy, ob der seine forsche Ausdrucksweise, die er für männlich hält, genügend würdigt.
Billy äußert sich nicht. Jody wendet den Kopf und blickt nach den Höhen, über welche die Straße hinüberführt in die weite Welt. Die Hänge liegen in laulicher Märzensonne. Zwischen Salbei blühen blaue Lupinen und Silberdisteln; da und dort leuchtet rot der Mohn. Auf halber Höhe gräbt Doubletreedumm, der schwarze Hofhund, nach Erdeichhörnchen mit einer Besessenheit, als wolle

er die alte Erfahrung, daß noch nie ein Hund Eichhörnchen aus ihrem Bau ausgegraben habe, mit aller Gewalt Lügen strafen. Immer wieder setzt er von neuem an; zwischen seinen Hinterbeinen wirbelt der Dreck in die Höhe.

Plötzlich hält er in seiner Erdarbeit inne, zieht sich zurück, spitzt die Ohren; Jody folgt seinem Blick: Hinter der Höhe taucht ein Reiter auf – es ist der Vater. Die Konturen von Pferd und Mann heben sich klar vom zartblauen Himmel ab; dann geht es im Trab hinab ins Tal. In der Hand hält Carl Tiflin ein weißes Papier.

Der Junge springt auf.

»Er hat einen Brief«, ruft er und sputet sich, rechtzeitig zu Hause zu sein, wenn der Vater der Mutter den Brief vorliest, ist auch richtig schon vor ihm dort, hört eintretend, wie draußen der Vater aus dem krachenden Sattel steigt, dem Roß einen Klaps gibt, daß es allein zum Stalle läuft, wo Billy es absatteln und in die Hürde hinauslassen kann. Jody stürzt in die Küche.

»Er hat einen Brief!« ruft er aufgeregt.

Die Mutter blickt von einem Topf Bohnen auf.

»Wer hat?«

»Der Vater! Es ist ein Brief, ich hab's gesehen; er hat ihn in der Hand.«

Als Carl Tiflin die Küche betrat, forschte die Mutter: »Von wem ist der Brief?«

»Woher weißt du denn, daß ein Brief da ist?« fragte er stirnrunzelnd.

Sie wies mit dem Kopf nach Jody und lächelte: »Da, unser Tekumseh, hat mir etwas geflüstert.«

Jody genierte sich schrecklich.

Der Vater sah ihn verachtungsvoll an.

»Der soll erst zeigen, daß er das Zeug zu einem Tekumseh hat«, schalt er; »um alles, was ihn nichts angeht, kümmert er sich, nur nicht um seine Aufgaben.«

»Sein Geist hat zuwenig Beschäftigung«, suchte Mrs. Tiflin ihrem Sohn beizustehen. »Von wem ist denn der Brief?« lenkte sie ab.

»Soll seinen Geist nur zusammennehmen«, grollte Tiflin weiter, »sonst gebe ich ihm Beschäftigung!« Er reicht der Frau einen versiegelten Brief: »Anscheinend von deinem Vater.«

Sie zieht eine Haarnadel aus der Frisur und schlitzt den Umschlag auf. Jody sieht ihre Augen die Zeilen entlangwandern. »Er will Samstag kommen und ein paar Tage bleiben«, übermittelt sie den Inhalt und fährt auf: »Heut ist ja schon Samstag! Wie lange hat denn der Brief gebraucht . . .?«
Sie sieht nach dem Stempel: »Vorgestern aufgegeben – da hätte er gestern hier sein können!«
Fragend schaut sie auf ihren Gatten und ärgert sich.
»Was machst du wieder für ein böses Gesicht! Er kommt weiß Gott selten genug.«
Tiflin weicht ihren zornigen Augen aus. Er kann sie manchesmal hart anfassen, aber wenn sie in Wut gerät, ist er machtlos, und als sie nun kampflustig fragt: »Bitte! Was hast du dagegen?« schwingt in seiner Antwort ein demütiger Ton, der merkwürdig an gewisse Rechtfertigungsversuche Jodys erinnert: »Ach . . . wie er immer redet!«
»Und? Und? Du redest ja auch!«
»Ja, aber du weißt doch, er erzählt immer nur ein und dieselbe Geschichte!«
»Von den Indianern«, fällt Jody aufgeregt ein, »und dem Zug durch die Steppe!«
»Mach, daß du rauskommst!« fährt Carl Tiflin herum, »wir brauchen hier keinen Tekumseh – hinaus!«
Eingeschüchtert schleicht Jody zur Hintertür und macht sie möglichst geräuschlos hinter sich zu. Er schämt sich der erlittenen Demütigung. Sein Blick fällt auf einen merkwürdig geformten Stein; er bückt sich danach, hebt ihn auf, dreht ihn zwischen den Fingern. Durch das offene Küchenfenster dringen Worte der Eltern.
»Ganz recht hat Jody«, hört er den Vater: »Indianer und der Zug durch die Steppe! Tausendmal habe ich schon diese Pferdegeschichte mitanhören müssen, immer derselbe Mist, Wort für Wort!«
Nun antwortet die Mutter. Ihre Stimme klingt so verändert, daß Jody erstaunt von seinem Steinwunder aufblickt. Wie mag ihr Gesicht wohl jetzt aussehen?
Sie sagt: »Versetz dich einmal an seine Stelle, Carl! Es war das große Ereignis im Leben des Vaters. Er leitete einen ganzen Zug

Wagen quer durch die Ebene bis zum Meer. Als sie am Ziel waren, war seine Lebensaufgabe vollbracht. Es war etwas Großes, was er geleistet hatte – es dauerte nur zu kurz. Schau«, fährt sie fort, »ihm war, als sei er zu dieser Tat von Geburt an bestimmt gewesen, und nachdem sie vollbracht war, blieb für ihn nichts mehr zu tun, als darüber nachzusinnen und davon zu reden. Wäre noch Land im Westen gewesen, wohin man hätte ziehen können, er hätte seinen Zug weitergeführt. Aber da war der Ozean. Dort wo seine Fahrt ein Ende nahm, wohnt er jetzt, dicht am Wasser.«

Carl war durch ihre Worte und noch mehr durch den sanften Ton entwaffnet.

»Ich habe ihn selber gesehen«, gab er zu, »wie er den Strand hinabgeht und nach Westen über das Meer hin starrt. Aber dann«, setzte er etwas gereizt hinzu, »geht er nach Pacific Grove in den Reiterklub und erzählt seine Indianer- und Pferdegeschichte.«

Wieder suchte sie ihn mit Sanftmut zu fangen.

»Es ist sein alles! Habe Geduld mit ihm! Du brauchst ihm nicht zuzuhören, aber tu wenigstens so.«

»Wenn's mir zu arg wird«, sagte Carl ungeduldig, »geh' ich ins Bunkhaus zu Billy«, stand auf und ging. Laut schlug die Tür hinter ihm zu.

Jody begab sich an seine Obliegenheiten, schüttete den Hühnern ihr Futter, sammelte aus den Nestern die Eier, trug Brennholz ins Haus und baute es so kunstvoll in der Holzkiste auf, daß sie mit zwei Armladungen bis zum Rande gefüllt schien.

Die Bohnen sind gar. Die Mutter schürt das Feuer und wischte die Herdplatte mit einem Truthahnflügel.

Jody forscht verstohlen in ihren Mienen, ob da von vorhin noch eine Verstimmung geblieben ist.

»Kommt Großvater heut?« fragt er zaghaft.

»So steht es im Brief.«

»Ob ich ihm wohl ein Stückchen entgegengehe . . .?«

Ein Herdring klirrt in Mrs. Tiflins Hand.

»Das wäre lieb von dir«, sagt sie erfreut. »Er wird sich freuen, wenn ihm jemand entgegenkommt.«

»Ich geh' sofort.«

Im Hof pfeift Jody den Hunden. »Los! Hinauf!« kommandiert er.

Sie wedeln und rennen die Straße entlang.
Der Salbei zu beiden Seiten des aufwärtsstrebenden Weges zeigt frische Spitzen. Jody reißt einige ab, zerreibt sie zwischen den Händen – das gibt einen kräftigen, würzigen Duft. Unvermutet sausen die Hunde in ein Gebüsch. Sie sind hinter einem Kaninchen her und bleiben verschwunden. Nach erfolglosem Jagen kehren sie schon von selbst nach Hause zurück.
Jody stapft die Anhöhe empor. In der Einsattelung packt ihn der Nachmittagswind bei den Haaren und bläht sein Hemd auf. Er blickt auf die niederen Hügel und Ketten hinab und hinüber ins weite grünende Salinastal. Fern in der Ebene liegt weiß die Stadt; ihre Fenster blitzen im Schein der sinkenden Sonne.
Fast senkrecht unter Jody in einer Eiche halten die Krähen Versammlung; der ganze Baum ist ein schwarzes Gewimmel, ein betäubendes Krächzen.
Die scharfen Augen des Knaben folgen dem Fahrweg bergab ins Tal, eine leichte Erhebung verdeckt ihn ein Stück weit – jenseits derselben kommt er wieder zum Vorschein, und dort, in weiter Entfernung, erscheint, von einem Braunen gezogen, ein Wäglein.
Jody setzt sich ins Gras. Der Wagen verschwindet hinter der leichten Erhebung. Gleich muß er wieder erscheinen. Jody faßt die Stelle genau ins Auge. Der Wind singt sein Gipfellied. Die Wolkenballen eilen gen Westen.
Der Wagen taucht auf, fährt die Erhebung hinab und hält. Ein Mann steigt aus und tritt zu dem Pferd. Trotz der weiten Entfernung merkt Jody, daß er die kurze Koppel ausgehakt hat, denn das Pferd läßt den Kopf hängen. Der Mann führt es langsam bergan.
Jody stößt einen Freudenschrei aus und rennt dem Ankömmling entgegen den Berg hinab. Spatzen und Eichhörnchen stieben vor ihm davon. Er versucht bei jedem Sprung, den er tut, mitten auf seinen Schatten zu hüpfen, Steine kollern unter ihm weg – nun noch eine Wegkrümmung; hinter ihr erkennt er bereits die Gesichtszüge des Großvaters. Er mäßigt sein Ungestüm und geht dem alten Herrn mit würdevollen Schritten entgegen. Das Pferd zottelt schwerfällig bergan; sein Schatten und der seines Führers wanken im Licht der sich neigenden Sonne hinterdrein.
Großvater trägt einen ehrwürdigen schwarzen Rock, Glacéleder-

gamaschen, Lackschuhe, steifen Kragen und schwarze Binde; den schwarzen weichen Hut hält er in der Hand. Sein weißer Bart ist kurz geschnitten. Weiße Brauen hängen ihm so dicht wie ein Schnurrbart über die Augen, treuherzig glücklich blicken die blauen Augen. Eine besondere Würde liegt über der ganzen Gestalt und dem ruhigen Antlitz. Jeder Schritt, den dieser alte Mann tut, ist ruhig und bestimmt; er wird keinen zurücktun, den er einmal gemacht, wird ihn weder verlangsamen noch beschleunigen, und die Richtung, die er einst eingeschlagen, wird er nie wieder ändern. Und legt er sich einmal zur Ruhe, wird der Erstarrte so, wie er ist, zu Stein.

Als Jody sich nähert, hebt Großvater grüßend den Hut. »Ei, Jody«, ruft er, »wolltest du mir entgegengehen?«

»Ja, Herr Großvater«, entgegnet der Junge geziemend, macht kehrt und sucht seinen Schritt dem des Großvaters anzupassen. »Wir haben Ihren Brief erst heute erhalten.«

Er richtet sich kerzengerade auf; er möchte würdevoll wie der Großvater sein.

»Er hätte gestern eintreffen müssen«, tadelt der Alte. »Wie geht es bei euch zu Hause?«

»Gut.«

Das Gespräch stockte, bis Jody schüchtern ansetzte: »Herr Großvater, hätten Sie Lust, morgen ein Mäusespiel mitzumachen?«

»Mäusejagd, Jody?«

Ein hartes, dünnes Gelächter bricht aus dem alten Mund: »Ist die heutige Generation soweit heruntergekommen? Viel habe ich nie von ihr gehalten, aber daß Mäuse für sie ein Wildbret seien, hätte ich nicht gedacht.«

»Es ist ja auch bloß ein Spiel, Herr Großvater. Mit den Heuhaufen ist es zu Ende; Da will ich mit den Hunden die Mäuse herausjagen. Sie können zusehen, Herr Großvater, vielleicht auch ein bißchen aufs Heu klopfen.«

»Ach so!«

Die treuherzigen Augen blicken herab auf das Kind: »Verspeisen tut ihr sie also nicht; soweit ist es mit euch noch nicht gekommen.«

»Die Hunde fressen sie«, erklärt Jody. »Eine Indianerjagd – das war, glaub' ich, etwas anderes, Herr Großvater . . .«

»Ja, Kind – aber später, als dann die Truppen anrückten, die Indianer zu Paaren trieben, Kinder erschossen, die Hütten in Brand steckten – da war es wohl nicht viel anders als eure Mäusejagd.«
Sie hatten den Kamm erreicht. Während sie in die Ranchsenke hinunterstiegen, verlor sich die Sonne von ihren Schultern.
»Du bist gewachsen«, meinte der Großvater, »um einen Fingerbreit, schätze ich.«
»Mehr!« gab Jody stolz an, »seit dem Erntefest schon über zwei; wir haben es an der Türe gemessen.«
»Wachstum«, sagte der Alte gravitätisch und heiter, »kann auch von zuviel Wasser herrühren. Geduld! Es wird sich mit der Zeit herausstellen, ob du Mark in den Knochen hast.«
Jody versteht nicht recht, was der Großvater meint. Sollte es eine Kränkung sein? Er schaut ihn von der Seite her an, doch in den blauen scharfen Augen entdeckt er keine Spur von Überheblichkeit. »Vielleicht ist auch Schweineschlachten«, lenkt er verheißungsvoll ab.
»Aber nein! Du willst mich wohl uzen? Jetzt, um die Jahreszeit schlachtet man doch kein Schwein – das gebe ich nicht zu, daß ihr mir zu Ehren . . .«
»Aber unser Riley hat doch – Sie kennen doch den Riley, den großen Keiler, Herr Großvater?«
»Gewiß, den Riley kenne ich.«
»In denselben großen Heuhaufen, der jetzt soweit abgetragen ist, hat er ein solches Loch hineingefressen, daß der ganze Haufen auf ihn gefallen ist, und er ist drunter erstickt.«
»Das haben Schweine so an sich«, erklärt der Großvater, »es liegt in ihrer Natur.«
»Riley war sonst ein braves Schwein; er hat mich sogar manchmal auf sich reiten lassen.«
Eine Tür fällt schallend ins Schloß. In der Vorveranda des Farmhauses steht Jodys Mutter und winkt mit der Schürze ein Willkommen! Vom Stall naht der Vater, um bei der Ankunft des Gastes rechtzeitig dazusein. Auf den Höhen liegen die letzten Strahlen der Sonne. In flachen bläulichen Schichten zieht sich der Rauch vom Schornstein des Farmhauses über die Senke. Der Wind hat sich gelegt. Die Wolkenbällchen stehen reglos am Himmel.

Billy Buck tritt aus dem Bunkhaus, entleert eine Schüssel mit Seifenwasser und eilt zum Farmhaus. Obwohl heute nicht der Tag ist, hat er sich rasch noch rasiert. Er verehrt den Großvater, und dieser findet, von der jungen Generation sei Billy einer der wenigen, die unverdorben und nicht verweichlicht sind. Billy Buck ist zwar keineswegs mehr der jüngste; aber für Großvater ist er noch immer ein Knabe.

Als Jody mit Großvater ankommt, stehen die Eltern mit Billy beim Hoftor.

»Hello, Herr Schwiegervater«, grüßt Carl, »wir haben Sie schon erwartet.«

Seine Frau gibt ihrem Vater einen Kuß auf die bärtige Wange. Er klopft ihr freundlich auf die Schulter.

Billy strahlt über das ganze Gesicht, als ihm der Alte die Hand schüttelt.

»Ich schirre Ihr Pferd ab«, erklärt er mit Wärme.

Er macht sogar so etwas wie eine kleine Verneigung; dann geht er und bringt das Gefährt zm Stall.

Großvater sieht ihm nach. »Ein braver Junge«, bemerkt er und wendet sich der Familie zu. »Seinen Vater habe ich gut gekannt; man nannte ihn immer ›Eselbuck‹ – ich habe nie verstanden, warum; höchstens vielleicht – weil er die Esel bepackte.«

Wohl hundertmal hat man den Satz schon aus Großvaters Munde gehört.

Mrs. Tiflin geht den andern voraus ins Haus.

»Wie lang kannst du bleiben, Vater? Du hast nichts darüber geschrieben.«

»Ich weiß nicht; ich dachte, etwa zwei Wochen, aber ich bleibe ja nie so lange, wie ich vorhabe.«

Bald saßen die fünf um den wachstuchgedeckten Tisch beim Abendbrot unter der spiegelnden Hängelampe. Große Fliegen brummten und schlugen von draußen gegen die Scheiben.

Großvater schneidet sein Fleisch in kleine Stückchen und kaut es langsam.

»Die Fahrt hier heraus hat mir Hunger gemacht – natürlich keinen solchen Hunger, wie seinerzeit meine Fahrt durch die Prärie. Da

konnten wir doch nie abwarten, bis das Fleisch gar war. Vier Pfund Büffelfleisch konnte ich damals auf einen Sitz zum Abendessen vertilgen.«
»Das kommt von der Bewegung in freier Luft«, läßt sich Billy vernehmen. »Mein Vater war Packer bei der Verwaltung; als kleiner Bube habe ich ihm manchmal geholfen – da haben wir oft wie nichts zu zweit einen ganzen Rehschinken verputzt.«
»Deinen Vater habe ich gut gekannt«, sagte der Großvater, »man nante ihn immer Eselbuck, ich habe nie verstanden, warum; höchstens vielleicht, weil er die Esel bepackte.«
»Das war auch der Fall«, bestätigte Billy, »er hat die Maulesel bepackt.«
Großvater legt Messer und Gabel beiseite; seine Blicke wandern über den Tisch in die Ferne.
»Dann aber kamen Tage«, beginnt er, »da ging uns die Nahrung aus; da war kein Büffel mehr, keine Antilopen, nicht einmal wilde Kaninchen.«
Seine Sprache hat auf einmal etwas merkwürdig Ausgeleiertes. »Kein schäbiger Kojote kam unsern Schützen vor den Lauf.«
Von zahllosen Wiederholungen hat die Geschichte sich abgenutzt, die Worte, der Klang sich zu eintönigem Singsang abgeschliffen: »Da hieß es denn für den Anführer, auf der Hut sein. Ich hatte die Führung und hielt die Augen offen. Warum? Das will ich euch sagen. Sobald die Leute zu hungern beginnen, schlachten sie ihre Gespanne. Ich wußte von Wanderungen, auf denen man das ganze Zugvieh geschlachtet hat; in der Mitte des Zuges fing man an, und dann ging es so weiter mit der Schlachterei bis zur Tête und der Nachhut. Sie verzehrten sogar ihre Leitpferde und schließlich die Stangenpferde. Dem muß der Anführer energisch um jeden Preis vorbeugen.«
Ein großer Käfer summte um die Petroleumlampe. Billy stand auf, setzte ihm nach; seine breiten Hände klatschten zusammen – vergebens! Carl fing den Brummer mit der hohlen Hand, zerdrückte ihn und warf ihn zum Fenster hinaus.
»Der Anführer, wie gesagt« – Großvater setzte von neuem an, aber sein Schwiegersohn unterbrach: »Essen Sie erst Ihr Fleisch! Der Pudding wartet schon.«

Jody sah in den Augen der Mutter Unwillen aufsteigen, aber der Großvater griff bereits wieder zu Messer und Gabel.
»Ich erzähle nachher weiter«, versprach er. »Wenn ich nur daran denke, bekomme ich Hunger!«

Das Abendessen ist zu Ende; die Familie sitzt am Kamin im Nebenzimmer. Erwartungsvoll hängen Jodys Augen am Großvater. Der beugt sich vor, staunt in die Glut des Kamins, die hageren Finger umklammern die Knie – Jody kennt diese Anzeichen; nun wird Großvater beginnen: »Habe ich euch schon einmal von den Piuten erzählt . . .«, und richtig! Er fängt mit den nämlichen Worten an und fährt fort: »Diesem Diebsgesindel, das uns fünfunddreißig unserer besten Pferde stahl!«
»Das kennen wir«, unterbricht Carl, »es war, bevor Sie nach Tahoe kamen.«
»Richtig«, wendet sich überrascht der Alte an seinen Schwiegersohn, »vielleicht habe ich euch das schon einmal erzählt?«
»Oft!« sticht Carl grausam nach ihm und meidet den Blick seiner Frau. Aber er fühlt ihre Augen zornig auf sich gerichtet; rasch versichert er: »Ich höre es meinetwegen auch gern noch einmal.«
Wieder starrt Großvater in die Glut. Um seine Knie spannen und entspannen sich seine alten Hände. Jody fühlt, wie ihm zumute ist, wie leer, wie ausgehöhlt sein Inneres! Und er? Hat ihm die Mutter nicht vorhin den Namen des großen Indianerhelden Tekumseh gegeben? Hat nicht der Vater gesagt, er müsse erst zeigen, daß er das Zeug zu einem Tekumseh hat?
Er wird es zeigen, sogleich!
»Herr Großvater«, bittet er inständig sanft, »erzählen Sie von den Indianern, den Piuten!« Da wird Großvaters Blick wieder treuherzig; wehmütig bemerkt er: »Buben hören gern von Indianern. Männer haben mit den Rothäuten gekämpft, aber nur Kinder wollen heute noch davon hören. Habe ich schon erzählt, wie ich dafür sorgte, daß jeder Wagen eine mächtige Eisenplatte mitführte?«
Tiflins und Billy schweigen, allein Jody ruft: »Nein, noch nie, Herr Großvater!«
»Wenn die Indianer angriffen«, hub der Alte an, »stellte man immer die Wagen in einem Kreise zusammen und schoß zwischen

den Rädern durch. Da dachte ich mir: Wenn jeder Wagen eine hohe Eisenplatte mit Schießscharten hätte, könnte man diese vor die Wagen postieren; die Männer könnten im Stehen schießen, hätten so einen besseren Überblick und wären zugleich besser geschützt als zwischen den Rädern. Was dadurch an Verwundeten oder gar Toten gespart wäre, würde die Mehrbelastung durch die Eisenschilde bei weitem aufwiegen. Aber der Trupp wollte davon nichts wissen. Das hat man bisher auch nicht getan, behaupteten sie, es verursacht nur unnötige Kosten. – Bald genug sollten sie ihre Kurzsichtigkeit bedauern!«
Jody sah seine Mutter an. Sie hörte nicht zu; der Vater zupfte an einer Schwiele am Daumen; Billy Buck beachtete eine Spinne, die an der Wand hinaufkroch.

Großvater verfällt wieder in seinen Leierton. Jody kennt jede Hebung und Senkung, mit der die Geschichte sich weiterschleppt. Er kennt jedes Wort vom Angriff der Indianer, von den Leiden der Verwundeten, dem Klagegesang über den Toten, den Gräbern inmitten der endlosen Steppe . . . und lauscht und sieht dabei immerzu den Großvater an. Der blauen Augen Blick starrt entrückt; es ist, als nehme er selbst an seiner Geschichte schon keinen Anteil mehr. Als sie zu Ende ist, entsteht eine respektvolle Pause, bis Billy Buck aufsteht, an den Hosen ruckt.
»Ich denke, ich muß jetzt gehen«, bemerkt er und sieht den Großvater an. »Ich habe noch ein altes Pulverhorn, eine alte Kugelpistole und Zündhütchen von damals. Habe ich Ihnen die schon gezeigt?«
»Ich glaube, ja, Billy«, nickt Großvater langsam, »es erinnert mich an meine alte gute Pistole von damals, als ich das Volk durch die Steppen führte . . .«
Billy blieb höflich stehen, bis auch diese Geschichte zu Ende war, wünschte dann gute Nacht und verließ das Farmhaus.
Carl Tiflin versuchte nun der Unterhaltung eine andere Wendung zu geben.
»Wie sind die Felder zwischen Monterey und hier? Ich habe gehört, ziemlich ausgetrocknet!«
»Kein Tropfen Wasser in der ganzen Laguna Seca«, antwortete

der Alte. »Aber das ist noch nichts gegen Anno 87, da war die ganze Gegend ein einziger Staub, und Anno 61 sind alle Kojoten vor Durst krepiert. Heuer hatten wir immerhin fünfzehn Zoll Regen.«

»Nur leider zu früh«, meinte Carl, »jetzt könnten wir etwas davon gut brauchen.«

Sein Blick fiel auf Jody: »Geh zu Bett!«

Gehorsam stand Jody auf.

»Darf ich die Mäuse im alten Heuhaufen ausrotten, Vater?«

»Mäuse? Gewiß, nur zu! Billy sagt, es ist kein brauchbares Heu mehr da.«

Jody wechselte einen Blick heimlichen Einverständnisses mit dem Großvater und versprach: »Morgen werden alle vertilgt.«

Er liegt im Bett. Er gedenkt der entschwundenen Zeiten, der untergegangenen Welt der Büffeljäger und Indianer und wünscht sich, er hätte damals gelebt. Doch nein! Er weiß, er ist nicht aus dem Holz, aus dem man Tekumsehs schnitzt. Keiner, der heute lebt, wäre zu solchen Taten imstande – ausgenommen vielleicht Billy Buck. Ein Geschlecht von Riesen muß damals gelebt haben; furchtlose Männer von einer Beharrlichkeit, wie es sie heutzutage nirgends mehr gibt. Er denkt an die endlosen Steppen, an die Wagenzüge, die wie riesige Tausendfüßler darüber hinkriechen, an Großvater, wie er auf einem stattlichen Schimmel allen voranritt. Gewaltige Gestalten ziehen ihm durch den Sinn – einst wandelten sie auf Erden, nun sind sie für immer verschwunden.

Er vernimmt die Geräusche der Stille. In seiner Hundehütte knurrt Smasher, kratzt seine Mückenstiche und scheuert und wetzt sich am Boden. Ein Wind erhebt sich; die schwarze Zypresse ächzt. Jody schläft ein.

Eine halbe Stunde, bevor der Triangel tönt, ist er schon wieder auf den Beinen. Als er durch die Küche kommt, stochert die Mutter im Ofen herum; sie braucht ein kräftiges Feuer.

»Was hast du vor?« fragt sie, »daß du heut schon so zeitig auf bist?«

»Ich suche mir einen kräftigen Stock. Wir wollen doch die Mäuse töten.«

»Wer – ›wir‹?«

»Ei, ich und der Großvater.«
»So, du willst den Großvater mit hineinziehen! Du suchst dir immer einen geeigneten Sündenbock für den Fall, daß es was absetzt.«
»Ich bin rechtzeitig zum Frühstück da«, gab Jody an, »ich brauche nur einen kräftigen Stock.«
Damit schloß er die Glastür hinter sich und trat hinaus in die blaue Kühle des Morgens.
Die Vögel lärmten; vier Katzen kamen wie Schlangen von der Höhle geschlichen. Sie hatten im Dunkel Erdeichhörnchen gejagt, gefressen und waren bis obenhin satt. Trotzdem hockten sie sich im Halbkreis um die Küchentür und miauten kläglich nach Milch. Doubletreedumm und Smasher schnupperten um die Hecke, auf Jodys Pfiff reckten sie die Köpfe, wedelten heftig, sprangen herbei, schüttelten sich und gähnten. Jody tätschelte sie, begab sich zu einem abseits gelegenen Schutthaufen, auf dem er einen alten Besenstiel und einen fingerdicken kurzen Stecken herausklaubte, zog einen Schnürriemen aus dem Sack, band die Enden der Stöcke lokker zu einer Art Dreschflegel zusammen, ließ prüfend die neue Waffe durch die Luft sausen und hieb einige Male fest auf den Boden, daß die Hunde erschreckt vor ihm zurückwichen.
Er befand sich schon auf dem Weg zum alten Heuhaufen, um rasch einen Blick auf sein heutiges Schlachtfeld zu werfen, als Billy Buck, der geduldig wartend auf den Stufen vor der Eingangstür saß, ihn zurückrief. »Geh lieber hinein; in zwei Minuten ist Frühstück!«
Jody machte kehrt und lehnte seinen Dreschflegel an die Hauswand.
»Damit treib' ich die Mäuse heraus«, erklärte er, »die werden schön fett sein und haben noch keine Ahnung, was ihnen heute geschieht!«
»Du auch nicht«, bemerkte Billy Buck philosophisch, »ich auch nicht und überhaupt kein Mensch.«
Der Gedanke beschäftigte Jody. Er sieht dessen Richtigkeit ein, denkt ihn weiter und weiter, fernab der geplanten Mäusejagd. Doch da tritt seine Mutter auf die Veranda; der Triangel schrillt, und alle Gedanken zerrinnen in nichts.
Großvater fehlt beim Frühstückstisch.

Billy weist mit dem Kinn nach dem leeren Stuhl.
»Fehlt ihm etwas?«
»Er braucht immer lange zum Anziehen«, erklärt Mrs. Tiflin, »bis er seinen Bart gepflegt, die Gamaschen und Schuhe poliert und den Anzug gebürstet hat . . .«
Carl streut sich Zucker über den Brei.
»Der Anführer einer Wagenkolonne in der Prärie muß allerdings wie aus dem Ei gepellt zum Frühstück erscheinen«, spöttelt er.
»Sei bitte nicht gehässig!« Mrs. Tiflins Bitte klingt beinahe drohend. »Sprich nicht so!«
Carl Tiflin fühlt sich durch ihre Ermahnung gereizt. »Na, ja«, fährt er los, »wie oft soll ich mir noch den Quatsch von den eisernen Platten anhören und von den fünfunddreißig gestohlenen Pferden! Der Fall ist seit bald einem halben Jahrhundert erledigt, für mich bestimmt, fertig, erledigt!«
Aber trotz dieser Behauptung schimpft er laut weiter: »Wozu muß er das immerzu wiederkäuen? Er ist durch die Prärie gezogen, schön! Aber jetzt ist er durch, seit bald einem halben Jahrhundert; kein Mensch hat dafür noch Interesse.«
Die Küchentür wird leise von draußen geschlossen. Die vier sitzen reglos starr. Carl Tiflins Löffel sinkt langsam in seinen Teller mit Brei. Viel zu spät hält er sich den Mund zu.
Die Küchentür öffnet sich. Großvater tritt ein. Er lächelt mit schiefem Kopf: »Guten Morgen!«
Er setzt sich und widmet sich seinem Brei.
Carl hält es nicht aus.
»Haben Sie . . . gehört, was ich sagte? Ich weiß nicht, was in mich gefahren ist, Sir. Ich habe es nicht so gemeint; ich bin halt ein bißchen komisch.«
Schamerfüllt schaut Jody von unten her nach der Mutter. Sie sieht ihren Mann an, sie wagt kaum zu atmen. Furchtbar, wozu er sich da versteht! Für ihn ist nichts schrecklicher, als wenn er einmal ein Wort, das er gesagt, zurücknehmen muß. Doch sich dessen obendrein schämen zu müssen, ist tausendmal schlimmer.
Großvater sieht ihn nicht an.
»Ich möchte nicht ungerecht sein«, sagt er vornehm und sanft. »Ihr braucht mich nicht für verrückt zu halten. An sich ist es mir

gleich, was da gesagt wurde. Nur wenn es zuträfe, könnte es mir nicht gleichgültig sein.«
»Es stimmt ja nicht«, ruft Carl, und der Schweiß steht ihm vor der Stirn, »es ist nicht wahr! Ich fühle mich heut nicht recht wohl; entschuldigen Sie meine Äußerung!«
»Du brauchst dich nicht zu entschuldigen, Carl. Als alter Mann sieht man manchmal die Dinge nicht so, wie sie sind. Der Zug durch die Steppe kam ja ans Ziel; was braucht man da noch dran zu denken . . .!«
Carl stand auf: »Ich habe genug gegessen, ich muß an die Arbeit. Nicht wahr, Billy – sei pünktlich!«
Und er verließ rasch das Zimmer. Billy verschlang den Rest seiner Mahlzeit, dann folgte er ihm. Die Mutter war in der Küche.
Nur Jody kann sich von seinem Platz an der Seite des Großvaters nicht losreißen.
»Erzählen Sie keine Geschichten mehr, Herr Großvater?« fragt er zaghaft.
»Ei, gewiß, aber nur Leuten, von denen ich weiß, daß sie sie hören wollen.«
»Ich will sie hören.«
»Du schon! Aber du bist ein kleiner Junge. Männer haben mit den Rothäuten gekämpft, aber nur Kinder wollen heute noch davon hören.«
Jody rutscht von seinem Stuhl: »Herr Großvater . . . ich warte draußen auf Sie. Ich habe einen kräftigen Stock für die Mäuse.«

Er wartet hinter dem Lattengeländer der Veranda, bis Großvater auf die Veranda kommt.
»Kommen Sie mit; wir wollen die Mäuse töten.«
»Weißt du, Jody, ich sitze lieber hier in der Sonne. Geh du nur Mäuslein töten!«
»Wenn Sie wollen, Großvater, gebe ich Ihnen meinen Stecken!«
»Nein, laß mich hier sitzen . . .«
Bekümmert wandte der Junge sich ab und schlich nach dem verrotteten Heuhaufen.
Vergeblich versucht er seinen Kampfeseifer mit Gedanken an die kecken und fetten Mäuse neu zu entfachen.

Einige Male haut er mit seinem Dreschflegel auf den Boden. Die Hunde umschmeicheln ihn winselnd.
Es geht einfach nicht. Er bleibt stehn, sieht zurück. Dünn, schwarz und klein sitzt der Großvater auf der Veranda. Jody kehrt um, setzt sich auf die Stufen zu Füßen des alten Mannes.
»Schon zurück? Hast du die Mäuslein getötet?«
»Nein, Herr Großvater ... lieber ein andermal!«

Vor den Stufen watscheln Enten, Fliegen summen, der Salbei duftet. Das Lattengeländer wird heiß von der Sonne.
Großvater hat zu sprechen begonnen; sein Enkelkind hat es kaum bemerkt.
»Ich sollte mich hier nicht länger aufhalten; ich habe keine Lust mehr dazu ...« Er sieht auf seine verwitterten sehnigen Hände. »Ich glaube, der Zug durch die Steppe war nicht der Mühe wert ...«
Sein Blick wandert hügelan; auf einem kahlen Ast sitzt reglos ein Falke.
»Da erzählt man die alten Geschichten ... Will ich sie denn erzählen? Ich weiß nicht ... ich weiß nur, was die Leute, denen ich sie erzähle, dabei empfinden sollten, wenn es nach mir ginge ...«

Sein Blick ruht auf dem Falken.
»Die Indianer – das war nicht die Hauptsache, auch nicht das Abenteuer, nicht einmal, daß wir hierhergelangt sind. Es war der Bund vieler Menschen, geeint zu einem großen lebenden Wesen, das vorwärtsdrang – und ich war sein Haupt. Es drang gen Westen, immer weiter gen Westen. Jeder der Männer wollte etwas für sich, aber das große lebendige Ganze, das wollte nur vorwärts, nur immer weiterziehen. Ich war der Anführer, aber wenn ich nicht mitgemacht hätte, wäre es ein anderer gewesen. Das Ding brauchte ein Haupt . . .
Die Schatten unter dem niederen Buschwerk standen um Mittag Schwarz auf Weiß . . . Als wir endlich die Berge erblickten, schrien wir auf, wir brüllten, alle . . . Aber die Hauptsache war es nicht, daß wir da waren, sondern die Weiterbewegung, der Wille, vorwärtszukommen . . . Wir brachten Leben mit, wir trugen und legten es hier ab, wie die Enten dort ihre Eier legen. Und ich war der Anführer . . .
Der Westen war da und war groß wie Gott. Unsere Schritte waren sehr klein, aber es waren unzählig viele und häuften sich, mehr und mehr, bis der Erdteil durchmessen war . . . Wir kamen zum Meer, und da war es getan.«
Er hielt inne und wischte sich die geröteten Augen.
»Das sollte ich ihnen sagen und keine Geschichten erzählen.«
Jody begann – und Großvater schaute verwundert auf seinen Enkel, der sagte: »Vielleicht werde ich einmal Menschen anführen.«
Der alte Mann lächelte: »Es ist kein Platz mehr, um weiterzugehen. Der Ozean hält dich dort auf. Eine Kette von alten Männern die Küste entlang haßt diesen Ozean, weil er sie hemmte.«
»In Booten könnte es gehen, Herr Großvater.«
»Kein Platz! Jeder Platz ist besetzt. Aber das ist nicht das schlimme – nein, nicht das schlimmste. Der Westen – der wilde, schöne Westen ist für die Leute tot; sie haben die Sehnsucht verloren, weiterzuziehen . . . Alles ist abgetan. Dein Vater hat recht: der Fall ist erledigt, fertig.«
Seine Finger umkrallten die Knie, auf die er die Augen gesenkt hielt.
Jody saß tief bekümmert.

»Möchten Sie ein Glas Limonade, Herr Großvater?« fragte er traurig, »ich will Ihnen eine zubereiten.«
Fast hätte Großvater abgelehnt, aber da sah er des Jungen Gesicht. »Ja«, antwortete er, »das wäre hübsch; eine Limonade wäre mir angenehm.«

Jody rennt in die Küche, in der die Mutter die letzten Teller vom Frühstückstisch abtrocknet.
»Eine Zitrone!« stößt er hervor, »ich will Großvater eine Limonade machen.«
»Und noch eine Zitrone, ich will mir auch eine Limonade machen«, äfft ihn die Mutter nach.
»Nein, Ma, ich will keine.«
»Jody! Was ist dir? Fehlt dir etwas?«
Sie sieht ihn an und sagt sanft: »Nimm eine aus dem Eisschrank! Und hier hast du die Zitronenpresse.«